古典詩歌研究彙刊

第十二輯

龔鵬程 主編

第 2 冊

唐聲詩及其樂譜研究

張窈慈 著

國家圖書館出版品預行編目資料

唐聲詩及其樂譜研究／張窈慈 著 — 初版 — 新北市：花木蘭
文化出版社，2012〔民 101〕
序 4+ 目 8+310 面；17×24 公分
（古典詩歌研究彙刊 第十二輯：第 2 冊）
ISBN 978-986-254-898-1（精裝）
1. 唐詩 2. 曲譜 3. 詩評

820.91   101014402

ISBN-978-986-254-898-1

9 789862 548981

古典詩歌研究彙刊
第十二輯 第二冊   ISBN：978-986-254-898-1

唐聲詩及其樂譜研究

作　　者 張窈慈
主　　編 龔鵬程
總 編 輯 杜潔祥
出　　版 花木蘭文化出版社
發 行 所 花木蘭文化出版社
發 行 人 高小娟
聯絡地址 新北市永和區中正路五九五號七樓
　　　　 電話：02-2923-1455 ／傳眞：02-2923-1452
網　　址 http://www.huamulan.tw 信箱 sut81518@gmail.com
印　　刷 普羅文化出版廣告事業
初　　版 2012 年 9 月
定　　價 第十二輯 24 冊（精裝）新台幣 33,600 元

唐聲詩及其樂譜研究

張窈慈　著

作者簡介

張窈慈，1981 年生，國立中山大學中國文學系文學博士。小學就讀高雄市前金國小音樂班，國中就讀道明中學國中部音樂班，主修鋼琴，副修大提琴，曾任高雄市吳麥基金會愛樂弦樂團大提琴手、東海大學現代合唱團女低音、多年國樂團大提琴的演出經驗。曾任國小一般與音樂代課教師，美和科技大學、樹德科技大學兼任講師、兼任助理教授，現任國立高雄第一科技大學、中華大學、國立高雄大學兼任助理教授。

碩博畢業論文，皆以文學與音樂為題材，碩士論文為《論趙元任結合新詩與音樂的理論與實踐 —— 以《新詩歌集》的〈秋鐘〉、〈瓶花〉、〈也是微雲〉、〈上山〉為例》。碩博論文曾發表各章論文於《國立臺北藝術大學藝術評論》、《國立臺灣藝術大學學報》（前述期刊屬為國科會藝術學門：良好期刊，收於 THCI）、《國立臺南大學藝術研究學報》與《臺灣藝術大學藝術論文集刊》之中。另有單篇論文〈從李臨秋的歌謠談舊曲新唱的詩樂藝術〉，《大同大學通識教育年報》7 期（100.06）；〈淺談毛奇齡之音樂美學〉，《國立臺南大學藝術研究學報》1 卷 2 期（97.10）；〈論《周禮》「樂」的文化內涵〉，《中國語文》584 期（95.02）等三篇音樂文學或音樂美學的學術論文。

提　　要

唐朝是中國詩歌史上的黃金時代，形式方面，無論古體律絕，或是五言、七言都由完備而達全盛之境。而且唐詩不僅可以朗誦，能合樂，還可披管弦，因此唐代音樂的興盛，與唐詩的發達，恰互為輝映。

本論文的聲詩歌辭方面，筆者主要討論隋唐至五代間，可歌唱的敦煌歌辭、唐詩與樂府詩；唐樂古譜方面，採用葉棟所譯譜的《敦煌曲譜》、唐傳《五弦琵琶譜》、唐傳十三弦《仁智要錄》箏譜、唐大曲《仁智要錄》箏曲、《三五要錄》琵琶譜與《博雅笛譜》橫笛譜等（不包含合奏樂譜與鋼琴伴奏譜）為素材，且將樂譜中與其所填配的唐聲詩作為研究對象，進而申說聲詩歌辭與樂譜二者的關係。

全文共分為九章，各章「唐聲詩」的部分，以唐聲詩「大曲」與「法曲」之分類為論述對象，又將「大曲」和「法曲」中的聲詩與各樂譜之間，作一討論。最後，再整理不歸屬於「大曲」和「法曲」二類的「唐舞曲」，說明聲詩與樂曲中的各項問題。

總結來說，本論文可從「聲詩總數與譯譜論述的情況」、「五種樂譜的結構與聲詩填配」與「聲詩歌辭在樂曲組織的詮釋」等三方面作綜合整理。筆者盼能在前人為「唐聲詩」所作的研究中，再賦予一新的生命力，也為「聲詩歌辭」在「唐樂譜」的實踐上，將中國唐、五代古典詩歌與傳統音樂樂譜間，作一跨領域的結合，以開啟不同的道路。

謝　辭

　　為期近兩年的寫作時間，除了指導教授為學生的迷津解惑，以及自己密集的撰寫之外，我還要感謝我的家人與周遭的音樂同好們，因為他們是支持我度過這五年研究生生涯的主要力量。我敬愛的父親、和藹的公公、婆婆與鼓勵我繼續讀書的先生，不僅讓我安定而無憂地在課業上層層推進，也給予了我精神上、生活上豐富而優厚的資源；昔日同窗的好友，亦熱情地分享了器樂的演奏經驗，讓我在主修鋼琴與副修大提琴的器樂演奏，以及參與近七年國樂團的基礎之外，還得以開展出文學與音樂相結合的學術研究。總之，他們使我剛踏入人生的第三十個年頭就完成博士班的學業，達成階段性的里程碑。

　　回顧這五年來，學生平時擔任數位老師們的研究助理、教學助理，進而融入更為多元的專業知識，由此獲益良多，學生甚為感激。學生除了擔任助理、從事個人學術研究與兼課教學之外，課餘時間曾多次參與兩岸交流活動，參訪大陸地區上海、北京、西安、杭州、蘇州、南京、瀋陽、大連等名勝與大學院校，以及前往日本奈良，由此搜集資料、購買書籍與探訪和所學相關的舊聞與新知。因此，這些年來的生活，可謂是多采多姿。

　　最後，還要謝謝口委老師們的賜教，讓學生習得不同的治學方法，以開啟學生在文學與音樂領域的新道路。學生也期待己身在這領域中，能以此為基礎，且抱持著嚴謹、細緻與精益求精的求知態度，更為精進。

張窈慈　2011.07.18 高雄

涵泳於詩歌與音樂天地

蔡振念教授

　　窈慈學棣自幼學習音樂，除鋼琴外，也兼修大提琴，有很好的西洋樂理基礎及實際的演奏經驗。大學以後，雖然轉入中國文學的領域，但並未離棄音樂女神，舉凡合唱團及國樂團的參與，都讓她時時親炙音樂的美好，保持靈性中對天籟人籟的感受。加入大專聯吟的行列，更使她進一步將音樂與所習的中國詩歌結合，發揮了她天賦中的兩項才能。大學畢業，窈慈順利考取研究所，進一步深化了她在中國詩歌和音樂上的學殖，她的碩士論文《論趙元任結合新詩與音樂的理論與實踐——以《新詩歌集》的〈秋鐘〉、〈瓶花〉、〈也是微雲〉、〈上山〉為例》，我讀了以後留下很深的印象，因為她結合音樂與文學的研究方法是許多中國文學系的研究生比較少應用的，少用的原因，當然是缺乏如窈慈般的音樂和文學兼具的素養，這也是她能夠開拓中國詩歌研究新視野的獨特優勢。後來她報考中山大學中文系博士班，我忝為口試委員之一，對她清晰的口條和冷靜的思考方式衷心以為難能可貴，果然她順利考取了博士班，並機緣巧合成了我指導的學生。

　　博士班五年，窈慈是同班同學中第一個畢業取得學位的。這不僅是因她天賦過人，更因為她勤勉踏實的做學問態度。博士班期間，窈慈一直是我的研究助理，我對她有第一手的近身觀察。舉凡交待她的工作，都能如期完成，更常的是提前完竣，我怕她忙壞，常常要特別

交待她不要急。在學業上，窈慈實在不需要我擔心，博士班前幾年，她除兼課兼任助理外，更通過資格考並在學報發表多篇論文，在同儕中實屬不可多得。博論的撰寫，我除了和她討論研究方向外，舉凡參考資料的搜尋，論文進度的掌握，窈慈都能做好自我管理，很少需要我操心。和窈慈這段師生緣分，真是教書生涯的一件樂事。

畢業後，窈慈還在上庠兼課。我雖肯定她研究的能力和努力，無奈高等教環境驟變，少子化的風暴山雨欲來，她和同輩許多年輕學者一樣，一職難求。台灣大專院校現有學生約在三十二萬人之譜，五年之後的民國一百零五年，將降到二十七萬人，民國一百十二年，更將降到二十萬人，形勢之嚴峻可想而知。不僅如此，台灣在高教全球化的影響下，大學教育走向完全資本主義式的商品化與市場化，在這樣的大環境下，從 2000 年開始，愛爾蘭政府開始通過第三階段教育機構研究計劃，會同愛爾蘭科學基金，向愛爾蘭大學基礎研究提供資金支持，促進大學的研究開發。在其資金支持下，至 2004 年，各大學新擴建的研究面積達 9.7 萬平方米，其中包括大約 2 萬平方米能容納 1600 個研究人員的新圖書館。通過第三階段教育機構研究計劃的投資，愛爾蘭在大學中成立了 24 個主要研究中心，每個中心的投資都超過 500 萬歐元。在教育公共化的卓越條件下，愛爾蘭高等教育培育了好幾代的優異人力資源，讓愛爾蘭能在激烈競爭的全球化資本主義體系內立足。愛爾蘭的教育公共化充分地證明，高等教育的社會承擔、社會投資，到最後整體社會都會受益的。

國內的高等教育如果能走向公共化，最直接受益的當然是像窈慈這樣的無數高等教育的流浪教師，今天高教的流浪教師來自過去政策盲目擴張博碩士生的錯誤，政府有責任以可長可久的政策來彌補過去的錯誤，而不是用非典型就業來讓高學歷的失業率好看些而已。

儘管現實環境不如人意，窈慈在畢業後仍然潛心修改博論，增補新資料，向學的精神十分可貴。她的博論處理唐詩和音樂的關係，在任二北唐聲詩研究的基礎上高屋建瓴，口試時獲得口試委員諸多的肯

定，當然其中牽涉到許多唐代音樂古譜已不可得，文獻不足徵，尚不足以成為定論，但就當前這一領域的研究成果來看，窈慈的論文已足為學術界提供參考。因此，論文今日即將出版，窈慈求序於我，作為她的指導教授，自是樂於操觚。是為序。

目

次

表　次

第一章 緒 論

第一節 研究動機

　　所謂「音樂文學」，依莊捃華《音樂文學概論》定義：「是指這樣一種藝術：它以語言爲工具，通過形象，具體地反映社會生活，表達作者思想感情。同時，它又具有與音樂結合爲聲樂作品的可能，最終以歌唱的方式訴諸人們的聽覺。」〔註1〕又說：「所謂『音樂文學』，就是和音樂相結合的文學，它的本質是文學，與音樂的結合決定它形式的特徵。歌詞——歌，在感情的抒發、形象的塑造上和詩沒有任何區別，但在結構上、節奏上它要受音樂的制約，在韻律上它要照顧演唱的方便，在遣詞煉字上它又要考慮聽覺藝術的特點，因爲它是要入樂歌唱的。歌詞——入樂的歌，它是詩歌中最古老的一支，也是規範最嚴的一支。」〔註2〕由此可見，「音樂文學」是「文學」的一個特殊門類，其作品必須能夠入樂，並實際能與「音樂」結合。中國自古以來，舉凡歌辭、戲曲文本、彈詞、鼓詞、雜曲等說唱藝術的唱詞，凡與「音樂」結合爲聲樂作品的「文學」，皆可視爲「音樂文學」。況

〔註1〕 莊捃華著：《音樂文學概論》（北京：人民音樂出版社，2006 年 12 月），頁 1。
〔註2〕 莊捃華著：《音樂文學概論》，頁 22。

且，聲辭的結合是相輔相成的，創作方式可能爲先詞後曲、因詞度曲、或先曲後詞、倚聲塡詞。〔註3〕「音樂文學」在《詩經》之後的發展，一爲繼續保持與「音樂」結合，互相促進，發展更新；一爲掙脫音樂的束縛，充分發揮語言的功能，向純文學過渡。戰國的楚辭、漢代的樂府、魏晉南北朝民歌和文人樂府歌辭，隋、唐、五代曲子詞，唐代律絕，宋代長短句、諸宮調和唱賺等勾欄說唱，元代的散曲、雜劇，明清的彈詞、鼓詞、崑曲、弋陽腔至京劇等，數量繁多。〔註4〕本文即擬以《樂府詩集》、《全唐詩》與敦煌歌辭爲範疇，探討「文學」與「音樂」的關係。

首先，討論隋唐以前至唐代音樂的發展，由於中原於當時與西方交通頻繁，西方音樂至此傳入中國。《隋書・音樂志》記載：

> 鄭譯云：「考尋樂府鍾石律呂，皆有宮、商、角、徵、羽、變宮、變徵之名。七聲之內，三聲乖應，每恒求訪，終莫能通。先是周武帝時，有龜茲人曰蘇祗婆，從突厥皇后入國，善胡琵琶。聽其所奏，一均之中間有七聲。因而問之，答云：『父在西域，稱爲知音。代相傳習，調有七種。』以其七調，勘校七聲，冥若合符。一曰『娑陀力』，華言平聲，即宮聲也。二曰『雞識』，華言長聲，即南呂聲也。三曰『沙識』，華言質直聲，即角聲也。四曰『沙侯加濫』，華言應聲，即變徵聲也。五曰『沙臘』，華言應和聲，即徵聲也。六曰『般贍』，華言五聲，即羽聲也。七曰『俟利箑莘』，言斛牛聲，即變宮聲也。」譯因習而彈之，始得七聲之正。然其就此七調，又有五旦之名，旦作七調。以華言譯之，旦者則謂「均」也。其聲亦應黃鍾、太蔟、林鍾、南呂、姑洗五均，已外七律，更無調聲。譯遂因其所捻琵琶，絃柱相飲爲均，推演其聲，更立七均。合成十二，以應十二律。律有七音，音立一調，故成七調十二律，合八十四調，

〔註3〕莊捃華著：《音樂文學概論》，頁3。
〔註4〕莊捃華著：《音樂文學概論》，頁8。

旋轉相交，盡皆和合。〔註5〕

上述先言「七聲音階」的由來，再論隋開皇七年鄭譯因蘇祇婆調式音階有七種，七調弦柱而立五韻，合作十二，成爲十二律。尚且，律有七音，音立一調，成七調十二律，總數爲八十四調。〔註6〕另外，《隋書・音樂志》又記載，開皇年間所配置的「七部樂」，如下：

> 一曰〈國伎〉，二曰〈清商伎〉，三曰〈高麗伎〉，四曰〈天竺伎〉，五曰〈安國伎〉，六曰〈龜茲伎〉，七曰〈文康伎〉。又雜有〈疏勒〉、〈扶南〉、〈康國〉、〈百濟〉、〈突厥〉、〈新羅〉、〈倭國〉等伎。〔註7〕

以上是隋初所整理的音樂，另煬帝時改制爲「九部樂」，《隋書・音樂志》即載著大業年間的「九部樂」：

> 煬帝乃定〈清樂〉、〈西涼〉、〈龜茲〉、〈天竺〉、〈康國〉、〈疏勒〉、〈安國〉、〈高麗〉、〈禮畢〉，以爲〈九部〉。樂器工衣創造既成，大備於茲矣。〔註8〕

由此可見，朝廷至此將音樂由七部增加到九部，隋代「七部樂」、「九

〔註5〕 〔唐〕魏徵著，楊家駱主編：《新校本隋書》卷十四〈志第九・音樂中〉（台北：鼎文書局，2006年），頁345-346。本論文所有出自於二十六史之典籍，皆參考自《仁壽本二十六史》的文字（台北：成仁出版社，1971年），以及鼎文書局所出版的標點新校本。全文各史籍的頁數標註則以標點新校本爲主。

〔註6〕 劉再生著《中國古代音樂史簡述》云：「蘇祇婆調式音階共有五種，因此名爲『五旦』。同時，以七聲音階中的任何一音作主音，又可以構成不同的調式。蘇祇婆的『七聲』，即是指的七種調式。……『五旦七聲』即在五種不同調高（旦）上，各按七聲音階構成七種調式。每旦七調，『五旦』共得三十五調（調式）。……鄭譯、萬寶常的『八十四調』理論卻正是在『五旦七調』的基礎上推演而出的，它以七聲音階中的任何一音爲主構成不同調式和十二律旋相爲宮時，在理論上可以獲得八十四調。」（北京：人民音樂出版社，2008年4月），頁206-208。關於「蘇祇婆」一詞，《隋書》作「蘇祇婆」，但在今人劉再生所著的《中國古代音樂史簡述》中則作「蘇祇婆」。

〔註7〕 〔唐〕魏徵著，楊家駱主編：《新校本隋書》卷十五〈志第十・音樂下〉，頁376。

〔註8〕 〔唐〕魏徵著，楊家駱主編：《新校本隋書》卷十五〈志第十・音樂下〉，頁377。

部樂」的制定即爲因應皇室貴族、宴飲享樂的需要，以及漢族音樂和西域音樂融合發展的結果。到了唐代初年，《舊唐書》與《新唐書》中又分別提出樂制的說明，如下：

> 《舊唐書・音樂志》：「高祖登極之後，享宴因隋舊制，用九部之樂，其後分爲立坐二部。今立部伎有〈安樂〉、〈太平樂〉、〈破陣樂〉、〈慶善樂〉、〈大定樂〉、〈上元樂〉、〈聖壽樂〉、〈光聖樂〉，凡八部。……坐部伎有〈讌樂〉、〈長壽樂〉、〈天授樂〉、〈鳥歌萬壽樂〉、〈龍池樂〉、〈破陣樂〉，凡六部。」〔註9〕

> 《新唐書・音樂志》：「分樂爲二部：堂下立奏，謂之立部伎；堂上坐奏，謂之坐部伎。太常閱坐部，不可教者隸立部，又不可教者，乃習雅樂。立部伎八：一〈安舞〉，二〈太平樂〉，三〈破陣樂〉，四〈慶善樂〉，五〈大定樂〉，六〈上元樂〉，七〈聖壽樂〉，八〈光聖樂〉。〈安舞〉、〈太平樂〉，周、隋遺音也。〈破陣樂〉以下皆用大鼓，雜以〈龜茲樂〉，其聲震厲。〈大定樂〉又加金鉦。〈慶善舞〉顓用〈西涼樂〉，聲頗閑雅。每享郊廟，則〈破陣〉、〈上元〉、〈慶善〉三舞皆用之。坐部伎六：一〈燕樂〉，二〈長壽樂〉，三〈天授樂〉，四〈鳥歌萬歲樂〉，五〈龍池樂〉，六〈小破陣樂〉。〈天授〉、〈鳥歌〉，皆武后作也。天授，年名。鳥歌者，有鳥能人言萬歲，因以制樂。自〈長壽樂〉以下，用〈龜茲舞〉，唯〈龍池樂〉則否。」〔註10〕

這正說明唐樂沿用隋制的九部樂，且分列「立部伎」與「坐部伎」二部，二部之下尚有分屬的樂種。另外，《舊唐書・音樂志》有載：

> 隋文帝平陳，得〈清樂〉及〈文康〉、〈禮畢〉曲，列九部伎，〈百濟伎〉不預焉。煬帝平林邑國，獲扶南工人及其匏琴，陋不可用，但以〈天竺樂〉轉寫其聲，而不齒樂部。

〔註9〕〔後晉〕劉昫著，楊家駱主編：《新校本舊唐書附索引》卷二十九〈志第九・音樂二〉（台北：鼎文書局，2000年），頁1059-1061。

〔註10〕〔宋〕歐陽修、宋祁著，楊家駱主編：《新校本新唐書附索引》卷二十二〈志第十二・禮樂十二〉（台北：鼎文書局，1998年），頁475。

西魏與高昌通，始有〈高昌伎〉。我太宗平高昌，盡收其樂，
又造讌樂，而去〈禮畢〉曲。今著令者，惟此十部。〔註11〕

這裡提及唐延續隋的樂制後，唐樂又增加了〈高昌樂〉，且造〈讌樂〉，
除去禮畢曲而為十部，至此便不再以地名和國名作為劃分樂部的依
據，這是中外音樂文化交流中，漢族音樂和其他民族音樂不斷地相互
吸收，且創造出具有多種音樂風格的新型樂舞作品。〔註12〕另外，《舊
唐書・音樂志》又言：

周、隋與北齊、陳接壤，故歌舞雜有四方之樂。至唐，東
夷樂有〈高麗〉、〈百濟〉，北狄有〈鮮卑〉、〈吐谷渾〉、〈部
落稽〉，南蠻有〈扶南〉、〈天竺〉、〈南詔〉、〈驃國〉，西戎
有〈高昌〉、〈龜茲〉、〈疎勒〉、〈康國〉、〈安國〉，凡十四國
之樂，而八國之伎，列於十部樂。〔註13〕

這便是提出〈扶南〉、〈南國〉、〈百濟〉、〈突厥〉、〈新羅〉、〈倭國〉
等樂，其中除了清樂是華夏正聲之外，其餘皆為外來的音樂，受外
來音樂影響很深。以上即是外國音樂於隋唐時期漸次傳入中國的經
過。〔註14〕目前所傳的部分唐代樂譜，是在甘肅省敦煌縣城東南二
十五公里處的鳴沙山東麓斷崖上，分佈上下五層高低錯落的「敦煌
莫高窟」所發現的，因而稱之為《敦煌曲譜》，或稱《敦煌琵琶譜》。

　　文學的部分，唐朝是中國詩歌史上的黃金時代，形式方面，無論
古體律絕，或是五言七言都由完備而達全盛之境。《新唐書》有載：

贊曰：唐興，詩人承陳、隋風流，浮靡相矜。至宋之問、
沈佺期等，研揣聲音，浮切不差，而號「律詩」，競相襲沿。
逮開元間，稍裁以雅正，然恃華者質反，好麗者壯違，人

〔註11〕〔後晉〕劉昫著，楊家駱主編：《新校本舊唐書附索引》卷二十九〈志
　　　　第九・音樂二・四夷之樂〉，頁1069。
〔註12〕劉再生著：《中國古代音樂史簡述》，頁216。
〔註13〕〔宋〕歐陽修、宋祁著，楊家駱主編：《新校本新唐書附索引》卷二
　　　　十二〈志第十二・禮樂十二〉，頁478-479。
〔註14〕此段文字參見陳鐘凡先生為朱謙之所作的「序」。朱謙之著：《中國
　　　　音樂文學史》（上海：上海人民出版社，2006年8月），序頁5。

得一體，皆自名所長。至甫，渾涵汪茫，千彙萬狀，兼古今而有之，它人不足，甫乃厭餘，殘膏賸馥，沾丐後人多矣故元稹謂：「詩人以來，未有如子美者。」甫又善陳時事，律切精深，至千言不少衰，世號「詩史」。昌黎韓愈於文章慎許可，至歌詩，獨推曰：「李、杜文章在，光燄萬丈長。」誠可信云。〔註15〕

魏建安後汔江左，詩律屢變，至沈約、庾信，以音韻相婉附，屬對精密。及之問、沈佺期，又加靡麗，回忌聲病，約句準篇，如錦繡成文。學者宗之，號爲「沈、宋」，語曰「蘇、李居前，沈、宋比肩」，謂蘇武、李陵也。〔註16〕

綸與吉中孚、韓翃、錢起、司空曙、苗發、崔峒、耿湋、夏侯審、李端皆能詩齊名，號「大曆十才子」。憲宗詔中書舍人張仲素訪集遺文。文宗尤愛其詩，問宰相：「綸文章幾何？亦有子否？」李德裕對：「綸四子：簡能、簡辭、弘止、簡求，皆擢進士第，在臺閣。」帝遣中人悉索家笥，得詩五百篇以聞。〔註17〕

上述文士數人，其詩歌風格多異，且創作爲數眾多，不僅能夠反映社會生活的廣闊，且大地山河、戰場邊塞、農村商市，以及反映社會各階層人民的生活，政治的現狀，歷史的題材，階級的對立等，皆涵括其中。尚且，擴大詩的境界與生命，以及提高了詩的地位。而文士本身則多來自中下階層，對於社會現實、人民生活亦有所體驗，便能在社會中吸取現實的創作精神。

其次，唐代的皇帝，亦多喜愛文藝音樂且大加提倡，於《舊唐書》各帝〈本紀〉中有所記載，如下：

〔註15〕〔宋〕歐陽修、宋祁著，楊家駱主編：《新校本新唐書附索引》卷二百一〈列傳一百二十六・文藝上・杜甫傳〉，頁5738-5739。

〔註16〕〔宋〕歐陽修、宋祁著，楊家駱主編：《新校本新唐書附索引》卷二百二〈列傳第一百二十七・文藝中・宋之問〉，頁5751。

〔註17〕〔宋〕歐陽修、宋祁著，楊家駱主編：《新校本新唐書附索引》卷二百三〈列傳第一百二十八・文藝下・盧綸〉，頁5785。

太宗乃銳意經籍，開文學館以待四方之士，行臺司勳郎中杜如晦等十有八人爲學士，每更置閤下，降以溫顏，與之討論經義，或夜分而罷。〔註18〕

（高宗永徽七年顯慶元年）五月己卯，太尉長孫無忌進史官所撰梁、陳、周、齊、隋《五代史志》三十卷，弘文館學士許敬宗進所撰《東殿新書》二百卷，上自製序。〔註19〕

（則天皇后神龍元年）爲天后，未幾，追尊爲大聖天后，改號爲則天皇太后。太后嘗召文學之士周思茂、范履冰、衛敬業，令撰《玄覽》及《古今內範》各百卷，《青宮紀要》、《少陽政範》各三十卷，《維城典訓》、《鳳樓新誡》、《孝子列女傳》各二十卷，《內範要略》、《樂書要錄》各十卷，《百寮新誡》、《兆人本業》各五卷，《臣軌》兩卷，《垂拱格》四卷，并文集一百二十卷，藏於祕閣。〔註20〕

（中宗神龍元年）冬十月癸亥，幸龍門香山寺。乙丑，幸新安。改弘文館爲修文館。辛未，魏元忠爲中書令，楊再思爲侍中。〔註21〕

（睿宗景雲二年）己未，改修文館爲昭文館，黃門侍郎李日知爲左臺御史大夫，依舊同中書門下三品。〔註22〕

太宗開設文學館，招延學士，編纂文書，唱和吟詠；高宗之後，亦有弘文館，武后更召文學之士編輯各類書籍；中宗時代，再改弘文館爲修文館；睿宗時則改修文館爲昭文館。到了玄宗時，風氣更盛，他是

〔註18〕　〔後晉〕劉昫著，楊家駱主編：《新校本舊唐書附索引》卷二〈本紀第二‧太宗〉，頁28。

〔註19〕　〔後晉〕劉昫著，楊家駱主編：《新校本舊唐書附索引》卷四〈本紀第四‧高宗〉，頁75-76。

〔註20〕　〔後晉〕劉昫著，楊家駱主編：《新校本舊唐書附索引》卷六〈本紀第六‧則天皇后〉，頁133。

〔註21〕　〔後晉〕劉昫著，楊家駱主編：《新校本舊唐書附索引》卷七〈本紀第七‧中宗〉，頁141。

〔註22〕　〔後晉〕劉昫著，楊家駱主編：《新校本舊唐書附索引》卷七〈本紀第七‧睿宗〉，頁157。

詩人又兼優伶，於新舊唐書中的〈音樂志〉、〈禮樂志〉裡，皆有記載。
其三，唐代以詩取士，《新唐書‧選舉志》：

> 凡進士，試時務策五道、帖一大經，經、策全通爲甲第；
> 策通四、帖過四以上爲乙第。凡明法，試律七條、令三條，
> 全通爲甲第，通八爲乙第。凡書學，先口試，通，乃墨試
> 《說文》、《字林》二十條，通十八爲第。凡算學，錄大義
> 本條爲問答，明數造術，詳明術理，然後爲通。試《九章》
> 三條、《海島》、《孫子》、《五曹》、《張丘建》、《夏侯陽》、《周
> 髀》、《五經算》各一條，十通六，《記遺》、《三等數》帖讀
> 十得九，爲第。試《綴術》、《緝古》，錄大義爲問答者，明
> 數造術，詳明術理，無注者合數造術，不失義理，然後爲
> 通。《綴術》七條、《輯古》三條，十通六，《記遺》、《三等
> 數》帖讀十得九，爲第。落經者，雖通六，不第。凡弘文、
> 崇文生，試一大經、一小經，或二中經，或《史記》、《前
> 後漢書》、《三國志》各一，或時務策五道。經史皆試策十
> 道。經通六，史及時務策通三，皆帖《孝經》、《論語》共
> 十條通六，爲第。凡貢舉非其人者、廢舉者、校試不以實
> 者，皆有罰。其教人取士著於令者，大略如此。而士之進
> 取之方，與上之好惡、所以育材養士、招來獎進之意，有
> 司選士之法，因時增損不同。〔註23〕

詩歌爲文人得官干祿的捷徑，但以詩取士，受到歌頌的內容與形式的
限制，往往難有精彩的作品。但這種科舉考詩的制度，提倡作詩的風
氣，對加強詩歌技巧的訓練與詩歌的普及，皆有重要的影響。〔註24〕

唐詩作品與作者的論述，宋代計有功撰《唐詩紀事》，〔註25〕所錄
凡一千一百五十家；清代所編纂的《全唐詩》〔註26〕則載有二千餘家，

〔註23〕〔宋〕歐陽修、宋祁著，楊家駱主編：《新校本新唐書附索引》卷四
十九〈志三十四‧選舉志上〉，頁 1162。

〔註24〕劉大杰著：《中國文學發展史》（台北：漢京文化事業出版，1992 年
6 月），頁 359-363。

〔註25〕〔宋〕計有功著：《唐詩紀事》（上海：上海古籍出版社，2009 年 5 月）。

〔註26〕〔清〕彭定求等編：《全唐詩》全十五冊（北京：中華書局，2008 年

詩有四萬八千九百餘首。詩歌本身即爲「音樂文學」，唐人崔令欽、任
半塘〔註 27〕箋訂《教坊記箋訂》所載的曲則有三百多首，書中大致從
幾方面來說明，內容上，反映當時的文治、武功、禮俗、宗教、現實
生活與民族音樂；作用上，論述了作者時代與其意義，曲調時代與其
意義的部分；文藝上，討論與敦煌曲的關係，與聲詩的關係，與長短
句詞的關係，與大曲、歌舞、百戲、著詞的關係，以及受後世曲調的
影響，受日本的影響等。〔註 28〕再者，宋王灼《碧雞漫志》，〔註 29〕任
半塘編《敦煌歌辭總編》，〔註 30〕都反映了唐代音樂的興盛，唐詩不僅
可以朗誦，且能合樂，亦可披管弦，因此唐代音樂的興盛，與唐詩的
發達，恰互爲輝映。至此中國音樂界而有各項新的樂器，文學上方有
新的文體，即五七絕詩的發生。

第二節　研究範圍

　　唐代詩歌可搭配音樂作爲演唱的聲辭，任半塘在《唐聲詩》中，
依句數與字數分爲十七類，調一百三十四個，格一百五十六個，這是
綜合研究探討唐代詩樂及唐人歌詩的初步整理，尚且，這些詩歌與辭、
樂、歌、舞有密切的關聯，主要收錄的年代爲唐至五代的作品。「唐聲
詩」的概念是任氏所提出：「『唐聲詩』（或簡稱『聲詩』）一辭，基本
指唐代五、六、七言之近體詩而結合燕樂之樂、歌、舞諸藝者，實際
已排除同時之雅樂歌辭於其涵義以外。故曰：聲詩所託，端在燕樂。」，

---

2 月）。
〔註 27〕黃俶成著，陳文和、鄭杰編：〈任中敏傳〉，《從二北到半塘──文學
　　　　家任中敏》，提及任半塘（1897-1991）是一位傑出的教育家、近現代
　　　　散曲學的宗師、唐代音樂文藝學家的奠基人。出生在揚州一個經營
　　　　鹽業的殷實之家，名任訥，字中敏，後以字行。任氏祖籍安徽，世
　　　　居揚州。（南京：南京大學出版社，2000 年 3 月），頁 3-4。
〔註 28〕〔唐〕崔令欽著，任半塘箋訂：《教坊記箋訂》（台北：宏業書局，
　　　　1973 年），頁 1。
〔註 29〕〔宋〕王灼著：《碧雞漫志》卷三（台北：廣文書局，1971 年 9 月）。
〔註 30〕任半塘編：《敦煌歌辭總編》（上海：上海古籍出版社，2006 年 7 月）。

〔註31〕又「『唐聲詩』指唐代結合聲樂、舞蹈之齊言歌辭——五、六、七言之近體詩，及其少數之變體；在雅樂、雅舞之歌辭以外，在長短句歌辭以外，在大曲歌辭以外，不相混淆。」〔註32〕再者，「依據時代、樂類、詩之體、辭之用共四點，作以下討論：聲詩斷在唐代。⋯⋯唐代實指唐及五代，起初唐，迄南唐，⋯⋯但諸調至唐，或仍傳舊聲，或已翻新譜要皆必有新辭——近體詩，而確仍合樂以歌，甚且趨聲有舞，當屬聲詩，毫無疑義，不必因其曾用舊名，遂疑之廢之。聲詩斷在雅樂、雅舞之歌辭以外也。所謂雅樂、雅舞，本純粹封建文藝，向與廣大社會無關；其辭之內容，無非濫頌濫禱，奉行故事而已，並無真正生命，歷代皆然，唐亦無異。⋯⋯聲詩之辭，斷以近體詩爲主也。聲詩之構成，除聲樂外，一半當在歌辭——詩。⋯⋯新題樂府及雜言詩（如李白集中所謂「三、五、七言詩」。）等，實際皆已無聲，剩餘有聲者，惟五、六、七言之近體詩耳。聲詩必須爲直接協樂合舞之歌辭也。」〔註33〕由上述可知，第一，聲詩必爲唐代近體詩；第二，雅樂中的律絕不屬爲聲詩，也就是郊廟、宴饗之曲辭不屬於聲詩；第三，聲詩限五、六、七言的近體詩，唐代的四、五、七言古詩、古樂府、新題樂府及雜言詩等，不屬之；第四，聲詩必須爲直接協樂合舞的歌辭，也就是近體詩必須是樂曲或舞曲歌辭，才能稱爲聲詩。

再者，又羅列「鑑別聲詩的標準」有十項，包括原有曲調名無疑；原爲唐、五代辭無疑；原名或題目曾經專門著錄，題目可代調名；原辭曾經專門著錄；有音調；有和聲辭；有疊句；有聲樂之記載；有舞蹈之記載；其他。上述十項內，最前二項本爲基本條件，是每首聲詩所必備；其餘八項是增加條件，每調至少當具其一。〔註34〕另外，任半塘對「聲詩」的範圍內容提出七點，即爲不離唐、五代；不犯雅樂；

〔註31〕任半塘著：《唐聲詩》（上編）（上海：上海古籍出版社，2006 年 6 月），頁 27。

〔註32〕任半塘著：《唐聲詩》（上編），頁 46。

〔註33〕任半塘著：《唐聲詩》（上編），頁 46、48、50。

〔註34〕任半塘著：《唐聲詩》（上編），頁 62-63。

不作長短句；不混大曲；不違詩體；必爲歌辭；吟與唱有別。〔註35〕
最後，另有值得商榷之處，在於「聲詩」「不混大曲」的部分，任半
塘於他處又提出：「大曲較長，歌舞繁重，往往摘遍而歌，即成爲聲
詩。」〔註36〕由此可見，放在大曲中的歌辭不能稱作聲詩，單曲之摘
遍才叫聲詩，而這樣的分類聲詩又與近體詩的本質是不相通的。

　　黃坤堯也有論述「唐聲詩」的文章，〈唐聲詩歌詞考〉〔註37〕提
及「聲詩的義界」，文內有言：「凡配合樂曲歌唱的詩，一律可稱爲聲
詩。但現在所論僅限於詞樂範圍以內，包含了大曲和曲子，其調名未
必與詩意有關。歌詞方面，原則上是以近體詩爲主，齊言，但容許少
量有限度的變體如攤破或增減字句出現。不過，在唐五代歌詞的發展
過程中，聲詩的曲調雖受新興詞調的旋律節拍等支配，但歌詞方面則
以近體詩的平仄韻律影響較大，兩者的關係貌合神離，絕不密切。所
以自詞體風行以後，聲情較見和諧統一，聲詩也就日漸退出歷史舞臺
了。」〔註38〕其中，「歌詞方面則以近體詩的平仄韻律影響較大」之
說，《梁書・庾肩吾傳》有言：「齊永明中，文士王融、謝朓、沈約文
章始用四聲，以爲新變，至是轉拘聲韻，彌尚麗靡，復踰於往時。」
〔註39〕即說明四聲的產生，帶來了講究聲律與諧暢流美的特點。又沈
約《宋書・謝靈運傳論》一文提及：「欲使宮羽相變，低昂互節，若
前有浮聲，則後須切響。一簡之內，音韻盡殊；兩句之中，輕重悉異，
妙達此旨，始可言文。」〔註40〕此段提到「浮聲切響」，所謂「浮聲」
即「平聲」，「切響」即「仄聲」，平聲與仄聲相互配合，二者將產生

〔註35〕任半塘著：《唐聲詩》（上編），頁62。
〔註36〕任半塘著：《唐聲詩》（上編），頁93。
〔註37〕黃坤堯著：〈唐聲詩歌詞考〉，《中國文化研究所學報》13 卷（1982
　　　年），頁111-143。
〔註38〕黃坤堯著：〈唐聲詩歌詞考〉，《中國文化研究所學報》，頁120。
〔註39〕〔唐〕姚思廉著，楊家駱主編：《新校本梁書》卷四十九〈列傳第四
　　　十三・庾肩吾傳〉（台北：鼎文書局，1980年），頁690。
〔註40〕〔南朝梁〕沈約著，楊家駱主編：《新校本宋書》卷六十七〈列傳第
　　　二十七・謝靈運傳論〉（台北：鼎文書局，1980年），頁1778。

抑揚頓挫的聲韻美。

　　儘管任半塘「唐聲詩」的義界之說，為後世研究者多所批評與爭議，但任氏所歸納的曲調內容，包含創始、名解、別名、音調、調略、律要、辭、樂歌、舞、雜考等方面，無不作一詳細的考察，且討論判斷「唐聲詩」的標準與深入研究等議題，仍可視為「唐聲詩」相關研究的參考依據。尚且，詩歌與音樂、舞蹈結合後的關係，亦值得重新思考其詩、樂與舞三者間的彼此關係。

　　以上根據任半塘與黃坤堯對於「唐聲詩」的界定，筆者將對「聲詩」作一明確的「義界」，以利論文文中的論述。其一，聲詩的時代限定於唐初至南唐之間（為討論部分曲調，實際也包含部分的隋代作品）；其二，凡可配合樂曲歌唱的詩，皆可稱為聲詩；其三，聲詩皆齊言歌詞，雜言則屬為詞；其四，聲詩歌辭中，若因為「襯字」使得歌辭成為雜言體，其「襯字」則另當別論；其五，歌辭主要為結合燕樂之樂、歌、舞諸藝者，舉凡任半塘曲調內的舞曲、吳聲、教坊曲、教坊舞曲、戲曲、民歌、印度戲曲、法曲、大曲（限摘遍而歌者）、凱樂鼓吹曲、凱樂舞曲、教坊拋打曲、琴曲、橫吹曲與軟舞曲皆為屬之；其六，不違背任先生鑑別聲詩的十項標準。

　　《全唐詩》可作為演唱的聲辭，前人的整理有數百首之多。《樂府詩集》則把樂府詩分為十二類，〔註 41〕本文取詩集中的「近代曲辭」、「清商曲辭」、「舞曲歌辭」、「雜曲歌辭」、「雜歌謠辭」等類，討論唐聲詩的部分，〔註 42〕與前述《全唐詩》可入樂的聲辭，作一相互

〔註41〕〔宋〕郭茂倩著：《樂府詩集》中，分為郊廟歌辭、燕射歌辭、鼓吹曲辭、橫吹曲辭、相和歌辭、清商曲辭、舞曲歌辭、琴曲歌辭、雜曲歌辭、近代曲辭、雜歌謠辭和新樂府辭等十二類。（北京：中華書局，2007 年 6 月）

〔註42〕任半塘著：《唐聲詩》（上編）：「郭集『近代曲辭』四卷對於唐聲詩堪稱最豐富之結果，前人無出其右者。《全唐詩》開始數卷之樂府，錄郭氏『近代曲辭』，一首不遺。」頁 80。「除『近代曲辭』外，郭集所有如『清商曲辭』、『舞曲歌辭』、『雜曲歌辭』、『雜歌謠辭』諸類中，並有唐之聲詩存在。」頁 74。

的比對。敦煌曲辭的部分，《敦煌歌辭總編》上中下三冊，收有一千三百餘首，即是在《敦煌曲校錄》〔註43〕五百餘首的基礎上不斷增訂。在此之前，任氏亦出版《敦煌曲初探》〔註44〕一書，可相互參照。另外，尚參酌項楚《敦煌歌辭總編匡補》。〔註45〕從歌詞形式看，歌辭為五言、七言齊言的絕句、律詩。在曲子的創作方面，有兩種不同形式。一種是「由樂定詞」，一種是「依詞配樂」。前者是用已有的曲調配上新詞，即所謂的「填詞」，後者是根據新的歌詞創作新的曲調，即所謂「自度曲」。在曲式結構方面，有單節的詞曲；有同曲配上多節歌詞，連續歌唱的。〔註46〕

　　音樂上，敦煌樂譜原先無詞，自日本的林謙三開始，所有譯譜者都曾經嘗試用同名詩詞填入曲譜，使它成為可以歌唱的歌曲。林氏最早解譯了 P.3808 敦煌樂譜二十五曲之後，又首創將第十三曲〈又慢曲子西江月〉取 S.2607 敦煌寫本中的三首同名曲子詞之一，組合成歌曲。後來的葉棟、何昌林、趙曉生、唐朴林等亦都做過〈西江月〉和〈伊州〉的詞曲組合，因組合的方法各不相同，故所得的敦煌樂譜詞曲組合稿亦不一致。〔註47〕

　　關於《敦煌曲譜》、唐傳《五弦琵琶譜》、唐傳十三弦《仁智要錄》箏譜、《三五要錄》琵琶譜與《博雅笛譜》橫笛譜，各家譯譜的情況，如下表格：

〔註43〕任半塘著：《敦煌曲校錄》（上海：上海文藝聯合出版社，1955 年 5 月）。

〔註44〕任半塘著：《敦煌曲初探》（上海：上海文藝聯合出版社，1954 年 11 月）。

〔註45〕項楚編著：《敦煌歌辭總編匡補》（成都：巴蜀書社，2000 年 6 月）。

〔註46〕金文達著：《中國古代音樂史》（北京：人民音樂出版社，2001 年 4 月），頁 179。

〔註47〕陳應時著：〈敦煌樂譜的詞曲組合〉，《敦煌樂譜解譯辯證》（上海：上海音樂學院出版社，2005 年 6 月），頁 154-155。

表格一：葉棟譯《敦煌曲譜》二十五首，入歌有三首〔註48〕

次　序	曲　譜　名	譯譜者	填　配　聲　詩
第一首	品弄		
第二首	品弄		
第三首	傾杯樂		
第四首	又慢曲子		
第五首	又曲子		
第六首	急曲子		
第七首	又曲子		
第八首	又慢曲子		
第九首	急曲子		
第十首	又慢曲子		
第十一首	佚名		
第十二首	傾杯樂		
第十三首	又慢曲子西江月	葉棟譯譜	填同名敦煌曲子詞
第十四首	又慢曲子		
第十五首	慢曲子心事子		
第十六首	**又慢曲子伊州**	**葉棟譯譜**	**填王維七絕〈伊州歌〉**
第十七首	又急曲子		
第十八首	水鼓子		
第十九首	急胡相問		
第二十首	長沙女引	葉棟譯譜	無填詞
第二十一首	佚名		
第二十二首	撒金砂		
第二十三首	營富		
第二十四首	**伊州**	**葉棟譯譜**	**填王維七絕〈送元二使安西〉（又名〈渭城曲〉、〈陽關三疊〉）**
第二十五首	水鼓子		

〔註48〕葉棟著：《唐樂古譜譯讀》（上海：上海音樂出版社，2001年5月），頁145-182。

表格二：其他人譯《敦煌曲譜》三首，入歌二首〔註49〕

次 序	曲譜名	譯譜者	填 配 聲 詩
第十三首	西江月	關也維譯譜	敦煌曲子詞「雲散金烏初吐」
第十三首	又慢曲子西江月	莊永平校譯	敦煌曲子詞「女伴同尋煙水」
第十六首	又慢曲子伊州	陳應時譯譜	填王維七絕〈送元二使安西〉
第十六首	又慢曲子伊州	莊永平校譯	填王維七絕〈伊州歌〉、〈陽關三疊〉
第二十四首	伊州	陳應時譯譜	填王維七絕〈伊州歌〉
第二十四首	伊州	關也維譯譜	無填詞
第二十四首	伊州	劉崇德譯譜	填王維七絕〈伊州歌〉

表格三：葉棟譯《仁智要錄》箏譜，入歌三十首〔註50〕

次 序	曲譜名	譯譜者	填 配 聲 詩
第一首	涼州	葉棟譯譜	王之渙〈涼州詞〉「黃河遠上白雲間」 孟浩然〈涼州詞〉「渾成紫檀金屑文」 王翰〈涼州詞〉「葡萄美酒夜光杯」
第二首	玉樹後庭花	葉棟譯譜	陳後主同名詩「麗宇芳林對高閣」
第三首	**春鶯囀（颯踏）**	**葉棟譯譜**	**張祜同名七絕「興慶池南柳未開」**
第四首	酒胡子（越調）	葉棟譯譜	李白同名詩（一題〈魯中都東樓醉起作〉） 佚名〈酒胡子〉（一題〈醉公子〉）
第五首	酒胡子（沙陀調）	葉棟譯譜	李白同名五絕（一題〈魯中都東樓醉起作〉）
第六首	**回杯樂（越調）**	**葉棟譯譜**	**李景伯〈回波樂〉「回波爾時酒卮」** 敦煌曲子詞王梵志〈回波樂〉「回波爾時六賊」
第七首	賀殿（金殿樂）（越調）	葉棟譯譜	張祜五絕〈金殿樂〉「入夜秋砧動」

〔註49〕陳應時著：《敦煌樂譜解譯辨證》，頁151、165-166；關也維著：《唐代音樂史》（北京：中央民族大學出版社，2006年5月），頁8-9，152；劉崇德著：《樂府歌詩：古樂譜百首》（保定：河北大學出版社，2001年5月），頁36-37；莊永平著：《音樂詞曲關係史》（台北：國家出版社，2010年12月），頁242、244、256。

〔註50〕葉棟著：《唐樂古譜譯讀》，頁297-345。

第八首	菩薩（道行）（越調）	葉棟譯譜	李白〈菩薩蠻〉 敦煌曲子詞〈菩薩蠻〉
第九首	婆羅門（越調）	葉棟譯譜	同名敦煌曲子詞「望月曲彎彎」 同名敦煌曲子詞「望月在邊州」
第十首	王昭君（大食調）	葉棟譯譜	張仲素同名五絕「仙娥今下嫁」 盧照鄰同名五律「合殿恩中絕」 董思恭同名五律「琵琶馬上彈」 上官儀同名五律「玉關春色晚」
第十一首	打球樂（大食調）	葉棟譯譜	皇甫松〈拋球樂〉「紅撥一聲飄」 敦煌曲子詞〈拋球樂〉「寶髻釵橫綴鬢斜」
第十二首	庶人三臺（羽調）	葉棟譯譜	韋應物同名五絕「不寐倦長更」 韋應物同名七絕「雁門山上雁初飛」 王建同名六言「池北池南草綠」
第十三首	還城樂（大食調）	葉棟譯譜	竇常七絕〈還京樂〉「百戰初休十萬師」 敦煌曲子詞〈還京樂〉「知道終驅猛勇」
第十四首	長命女兒（大食調）	葉棟譯譜	岑參〈長命女〉「雲送關西雨」
第十五首	千金女兒（大食調）	葉棟譯譜	佚名同名五絕「巴東三峽遠鳴悲」
第十六首	感恩多（大食調）	葉棟譯譜	牛嶠同名詩「兩條紅粉淚」
第十七首	泛龍舟（水調）	葉棟譯譜	同名敦煌曲子詞「春風細雨沾衣溼」 隋煬帝同名詩「舳艫千里泛歸舟」 隋煬帝同名詩「六轡聊停御百丈」
第十八首	平蠻樂（水調）	葉棟譯譜	劉長卿五絕〈平蠻曲〉「吹角報翻營」
第十九首	柳花園（雙調）	葉棟譯譜	毛文錫〈柳含煙〉「隋堤柳」
第二十首	劍器渾脫（般涉調）	葉棟譯譜	同名敦煌曲子詞「皇帝持刀強」 同名敦煌曲子詞「丈夫氣力全」 同名敦煌曲子詞「排備白旗舞」
第二十一首	白柱	葉棟譯譜	李白〈白紵詞〉「揚清歌發皓齒」 李白〈白紵詞〉「寒雲夜卷霜海空」
第二十二首	輪台（般涉調）	葉棟譯譜	佚名同名六言詩「燕子山裡食散」
第二十三首	千秋樂（般涉調）	葉棟譯譜	張祜同名七絕「八月平時花萼樓」
第二十四首	蘇莫者（般涉調）	葉棟譯譜	敦煌曲子詞〈蘇莫遮〉「聰明兒」

第二十五首	采桑老（般涉調）	葉棟譯譜	張祜〈采桑〉五律「自古多征戰」
第二十六首	回忽（平調）	葉棟譯譜	皇甫松〈怨回紇〉五律「白首南朝女」
第二十七首	扶南（平調）	葉棟譯譜	王維同名五言小律「朝日照綺窗」
第二十八首	春楊柳（平調）	葉棟譯譜	白居易〈楊柳枝〉「六么水調家家唱」、敦煌曲子詞〈楊柳枝〉「春去春來春復春」
第二十九首	**想夫憐（平調）**	**葉棟譯譜**	**佚名同名五絕「夜聞鄰婦泣」**
第三十首	甘州	葉棟譯譜	佚名同名五律「燕路霸山遠」

表格四：其他人譯《仁智要錄》八首，入歌八首 [註51]

次　序	曲譜名	譯譜者	填　配　聲　詩
第一首	涼州	關也維譯譜	王之渙〈涼州詞〉「黃河遠上白雲間」
第三首	春鶯囀（颯踏）	關也維譯譜	張祜同名七絕「興慶池南柳未開」
第六首	回波樂（破）	關也維譯譜	李景伯〈回波樂〉「回波爾時」
第九首	婆羅門	關也維譯譜	同名敦煌曲子詞「望月婆羅門」 同名敦煌曲子詞「望月隴西去」 同名敦煌曲子詞「望月曲彎彎」 同名敦煌曲子詞「望月在邊州」
第十二首	三臺	劉崇德譯譜	王建〈江南三台〉「樹頭花落花開」
第十七首	泛龍舟（破）	關也維譯譜	同名敦煌曲子詞「春風細雨沾衣溼」
第二十首	劍器渾脫	關也維譯譜	同名敦煌曲子詞「皇帝持刀強」 同名敦煌曲子詞「丈夫氣力全」 同名敦煌曲子詞「排備白旗舞」
第二十四首	蘇摹遮	關也維譯譜	張說同名七絕「摩遮本出海西湖」 張說同名七絕「繡莊帕額寶花冠」 張說同名七絕「臘月凝陽積帝台」 張說同名七絕「寒氣宜人最可憐」 張說同名七絕「昭成皇后帝家親」

〔註51〕關也維著：《唐代音樂史》，頁 5、20-21、68-69、72、76-77、83-84、167-168。

表格五：葉棟譯唐傳《五弦琵琶譜》三十二首，入歌十二首

〔註52〕

次　序	曲　譜　名	譯譜者	填　配　聲　詩
第二首	三臺	葉棟譯譜	韋應物或盛小叢〈突厥三臺〉 韋應物〈上皇三臺〉 王建〈宮中三臺〉
第七、八首	王昭君（商調）	葉棟譯譜	張仲素同名五絕「仙娥今下嫁」 盧照鄰同名五絕「合殿恩中絕」 董思恭同名五絕「琵琶馬上彈」 上官儀同名五絕「玉關春色晚」
第九首	聖明樂（商調）	葉棟譯譜	張仲素同名五絕「玉帛殊方至」 張仲素同名五絕「海浪恬丹徼」 張仲素同名五絕「九陌祥煙合」
第十首	何滿子（商調）	葉棟譯譜	白居易同名七絕「半夜秋風凜凜高」 敦煌曲子詞「城傍獵騎個翾翾」 白居易同名七絕「世傳滿子是人名」
第十一首	六胡州（又名 簇拍陸州、六 州）（商調）	葉棟譯譜	岑參同名七絕「西去輪台萬里餘」
第十二、十三首	惜惜鹽（商調）	葉棟譯譜	王維同名五言詩「碧落風煙外」 薛道衡同名五言詩「垂柳覆金堤」
第十六、十七首	秦王破陣樂（商調）	葉棟譯譜	佚名同名五絕「受律辭元首」
第十八首	飲酒樂（商調）	葉棟譯譜	聶夷中〈飲酒樂〉五絕「日月似有事」 晉陸機〈飲酒樂〉五六雜言「葡萄四時芳醇」
第十九首	如意娘（商調）	葉棟譯譜	武則天皇后同名七絕 「看朱成碧思紛紛」
第二十三首	天長久（羽調）	葉棟譯譜	盧綸同名五絕「玉砌紅花樹」 盧綸同名五絕「辭輦復當熊」
第二十五首	弊棄兒（羽調）	葉棟譯譜	張祜七絕〈悖拏兒舞〉 「春風南內百花時」
第二十九首	書卿堂堂	葉棟譯譜	李義府〈堂堂詞〉五絕「鏤月成歌扇」

〔註52〕葉棟著：《唐樂古譜譯讀》，頁 194-295。

表格六：其他人譯《五弦琵琶譜》，入歌十首〔註53〕

次　序	曲譜名	譯譜者	填　配　聲　詩
第七、八首	王昭君	關也維譯譜	上官儀同名五絕「玉關春色曉」
第七、八首	王昭君	劉崇德譯譜	上官儀同名五絕「玉顏春色晚」
第九首	聖明樂	劉崇德譯譜	張仲素同名五絕「玉帛殊方至」
第十首	何滿子	關也維譯譜	無填詞
第十二、十三首	惜惜鹽	關也維譯譜	無填詞
第十六、十七首	秦王破陣樂	關也維譯譜	佚名同名「受律辭元首」
第十六、十七首	秦王破陣樂	何昌林譯譜	佚名同名「受律辭元首」
第十六、十七首	秦王破陣樂	劉崇德譯譜	佚名同名五絕「受律辭元首」
第十八首	飲酒歌	關也維譯譜	聶夷中〈飲酒樂〉五絕「日月似有事」 五絕「一飲解百結」 五絕「我願東海水」
第十八首	飲酒樂	劉崇德譯譜	無名氏〈飲酒樂〉「飲酒須飲多」

表格七：葉棟譯《三五要錄》琵琶譜九首，入歌一首〔註54〕

次　序	曲譜名	譯譜者	填　配　聲　詩
第一首	打球樂（大食調（琵琶黃鐘調））	葉棟譯譜	無填詞
第二首	**庶人三臺（大食調（琵琶黃鐘調））**	**葉棟譯譜**	**韋應物五絕〈三臺〉**
第三首	回忽（平調（琵琶黃鐘調））	葉棟譯譜	無填詞
第四首	扶南（平調（琵琶黃鐘調））	葉棟譯譜	無填詞

〔註53〕關也維著：《唐代音樂史》，頁 9-10、40-41、49、57-58、122-124、；
劉崇德著：《樂府歌詩：古樂譜百首》，頁 30、32-33、107-109、110-111；
孫繼南、周柱銓著：《中國音樂通史簡編》（濟南：山東教育出版社，
2006 年 9 月），頁 83-84。
〔註54〕葉棟著：《唐樂古譜譯讀》，頁 432-443。

第五首	春楊柳（平調（琵琶黃鐘調））	葉棟譯譜	無填詞
第六首	**想夫憐（平調（琵琶黃鐘調））**	**葉棟譯譜**	**無填詞**
第七首	甘州（平調（琵琶黃鐘調））	葉棟譯譜	無填詞
第八首	**泛龍舟（水調）**	**葉棟譯譜**	**無填詞**
第九首	酒胡子（琵琶雙調）	葉棟譯譜	無填詞

表格八：葉棟譯《博雅笛譜》、《龍笛譜》橫笛譜五首〔註55〕

次　序	曲　譜　名	譯譜者	填配聲詩
第一首	**劍器渾脫（渾脫部分）（出自《博雅笛譜》）**	**葉棟譯譜**	**無填詞**
第二首	白柱（出自《博雅笛譜》）	葉棟譯譜	無填詞
第三首	采桑老（出自《博雅笛譜》）	葉棟譯譜	無填詞
第四首	**泛龍舟（出自《博雅笛譜》）**	**葉棟譯譜**	**無填詞**
第五首	酒胡子（出自《龍笛譜》）	葉棟譯譜	無填詞

　　今擬以唐詩、樂府詩與敦煌歌辭爲範疇外，尚採葉棟所譯譜的《敦煌曲譜》、唐傳《五弦琵琶譜》、唐傳十三弦《仁智要錄》箏譜且填配前述三種樂譜之同名唐聲詩四十五首，唐大曲《仁智要錄》箏曲，《三五要錄》琵琶譜譯譜九首，《博雅笛譜》橫笛譜譯譜五首等（但不包含合奏樂譜與鋼琴伴奏譜），與其所填配的唐聲詩作爲研究對象，進而申說唐代歌辭與樂譜的關係。筆者之所以取其譯譜材料，因爲在諸位研究中國傳統音樂樂譜學的學者中，他可謂是整理唐代譯譜最爲完整的一位，其他學者於各樂譜中的譯譜情況，如上面表格二、表格四、表格六的陳列可見，他人僅多從事單曲、零散的譯譜工作，而未能兼顧唐代傳世各類古譜，將唐傳世古譜作一整體性的譯譜。就葉棟解譯發表的唐曲中，試填配同名隋唐詩入歌的現有四十多曲。其中依據王重民校輯《敦煌曲子詞集》，任半塘校輯《敦煌曲校錄》兩書所載的

〔註55〕葉棟著：《唐樂古譜譯讀》，頁 444-449。

敦煌歌辭，又根據任半塘《敦煌曲校錄》爲基礎所編纂出版的《敦煌歌辭總編》，填入十一首唐傳器樂曲曲調的有五十六首辭。〔註 56〕上面列表粗體字的部分，即爲本論文各章所欲討論「曲調」與「聲詩」的內容。因有鑑於唐代文學與音樂的素材，實值得做二者之間的聯繫與探討，即將敦煌歌辭、《全唐詩》、《樂府詩集》與各類樂曲做相關的研究，期盼在敦煌學或唐詩樂的研究上，開啓嶄新的面貌。

第三節　研究方法

既爲文學與音樂的研究論文，除了從詩歌的觀點採用常用的研究方法外，筆者亦以音樂學方法論來分析討論。本論文的研究方法即採以下數種方式：

其一，「歷史考證」方法論，藉由史料的記載，對於歌辭曲調的使用情況，樂歌的歷史考察，歌詞的體例等方面，逐一探討其演變的情形。且多採史籍資料如：《全唐詩》、宋郭茂倩《樂府詩集》、宋計有功《唐詩紀事》、明胡震亨《唐音癸籤》〔註 57〕等。

其二，「音樂社會學」方法論，以此說明音樂在社會中的功能，以及社會影響特殊音樂結構的方式。〔註 58〕由於「音樂社會學」本關注音樂與社會的互動關係，音樂在人類社會中的作用，社會對音樂形成與發展的影響，都必然要通過人的心理結構與音樂審美心理結構。〔註 59〕

〔註 56〕 葉棟著：〈敦煌歌辭的音樂初探〉，《唐樂古譜譯讀》，頁 108。
〔註 57〕 〔明〕胡震亨著：《唐音癸籤》（上海：上海古籍出版社，1981 年 5 月）。
〔註 58〕 洪萬隆著：《音樂與文化》：「一般而言，音樂社會學家最普遍的嘗試是定義不同的音樂作品形式和認知，而形成獨特的社會風氣。」（高雄：復文圖書出版社，1996 年 9 月），頁 35。
〔註 59〕 羅小平、黃虹著：《音樂心理學》：「對音樂的社會心理功能的研究，人在社會中的音樂行爲的探求，對音樂傳播和需求的社會心理基礎的分析，以及社會心理如何作用於音樂家的審美心理結構等一系列問題的探討，都可以補充、豐富音樂社會學的研究。」（上海：上海

其三,「音樂樂譜學」方法論,樂譜學是對樂譜和記譜法及其所蘊蓄的樂學內涵、所體現的文化意蘊進行研究的學問。〔註60〕筆者將以現有的譯譜作品爲基礎,採用葉棟唐代各類的器樂譜與敦煌曲譜,進行聲辭與音樂二者之間關係的探討。

其四,「音樂結構學」方法論,意指探討樂節、樂句、樂調,以及樂調之間的多層關係。音樂結構特點的形成亦與一定的語言、文學、歷史、文化以及審美觀念相關,所以,在中國傳統音樂結構學的研究中,不僅要研究音樂結構的一般特點,還要探討音樂結構與文學、語言、文化與審美觀之間的相互關係。〔註61〕

其五,「歸納統整法」,即針對各種不同樂器演奏的曲譜與歌辭內容進行剖析,探討音樂與文學之間的關係,並結合時代的背景、形制、歷史加以探討,詮釋其詩歌與音樂的運用情形,進而歸納二者之間的共通原則。

其六,「分析演繹法」,是匯集上述各種方法,基於詩歌與樂譜聯繫的普遍原則與方向,以樂歌的審美角度,進行探討與推論。

其七,「比較綜合法」,即將蒐集來的主題詩歌眾多資料,作細密的比對,並從資料的相互關係中,求得結論。

第四節　文獻探討

關於中國音樂與文學的發展,朱謙之《中國音樂文學史》有言:「中國的音樂文學,可分三期來說:第一,古樂時期。周代的三言四言詩,戰國時的楚辭,屬於這類。第二,變樂時期。漢人古詩樂府詩,

---

音樂學院出版社,2008 年 11 月),頁 47。

〔註60〕何昌林著:〈古譜與古譜學〉:「古譜學是一門以譯解疑難古譜爲主要任務的新興學科,亦即:恢復疑難古譜的早已失傳的讀譜法,將其有關曲譜資料由古譜譜式轉譯成現代通行的譜式。」《中國音樂》3 期(1983 年),頁 9。

〔註61〕王耀華、杜亞雄編著:《中國傳統音樂概論》(福州:福建教育出版社,2006 年 5 月),頁 15。

六代隋唐的律絕詩，宋代的詞，屬於這類。第三，今樂時期。元代的
北曲，明代的昆曲，清代的花部諸腔，屬於這類。」〔註62〕上述即是
將民國以前音樂與文學的範疇，劃分為三個時期，各時代皆有合樂的
文體與代表作，古樂時期有周代《詩經》，戰國有《楚辭》；變樂時期
有漢人古詩與樂府詩，魏晉南北朝六代與隋唐有律絕詩，宋有詞體；
今樂時期則有元代元曲、明代崑曲與清代花部腔調等。由此可見，各
時期皆有音樂與文學的代表作品，本章節即以隋唐時代的律絕詩為探
討的主要範疇，其歷來的文獻資料與研究成果，分述如下：

　　歷來研究唐代詩歌與音樂相關的學位論文與期刊論文，包括唐詩
探討樂舞、樂器與專家音樂詩的部分。先論音樂詩的研究，有以下四
篇博士論文：首先，劉月珠《唐人音樂研究──以箜篌琵琶笛筎為
主》，〔註63〕全書共為八章，各章節分別探討「唐樂興盛之歷史考察」、
「箜篌樂詩之藝術內涵」、「琵琶樂詩之藝術內涵」、「笛樂詩之藝術內
涵」、「筎樂詩之藝術內涵」，以及「音樂詩之審美情趣」。各章內容主
要闡述有二：其一「音樂與詩歌的關係」，文章描寫唐詩中所敘述、
描繪的音樂境界多停留在美感經驗上所獲得的感動，難有旋律、調
式、節奏、音階的刻畫與形容，因此，僅就其審美經驗與情態，去建
構美感領域的呈現。對於音樂與詩歌的關係，以普遍的規律去環繞著
音樂的觀念，逐步探析二者關係，冀望對唐代音樂詩歌的了解，有逐
漸深層之效，並探究其中藝術的成分與美學內涵，以彰顯音樂詩歌中
的審美情趣。其二，「聽覺與美感的呈現」，有其次序關係，第一階段
為初步接收音響的訊息，如大小、高低、尖鈍、清濁等。再經由直接
接收與聆聽下，進入第二階段便有刺激情緒的反應，如清新、舒暢、
沈重、哀傷，進而再配合個人際遇以體認後，進入第三階段，始有內

〔註62〕朱謙之著：《中國音樂文學史》，頁 1。
〔註63〕劉月珠著：《唐人音樂詩研究──以箜篌、琵琶、笛筎為主》（台北：
　　　　秀威資訊科技股份有限公司，2007 年 4 月）。（中國文化大學，中國
　　　　文學研究所，2006 年）。

在深層的慨嘆或欣喜全然揭出。

第二篇，孫貴珠《唐代音樂詩研究》，〔註64〕全文共七章，各章涵括「唐詩音樂資料庫之建置」，「唐代音樂詩繁盛之緣由」，「唐代音樂詩之詞語解讀問題——以『雲和』、『風箏』、『笛』、『管』為例」，「唐代音樂詩之思想內涵與美學」，關於思想內涵與美學的部分，此章由音樂思想、審美歷程與唱奏美學來探討。「唐代音樂詩之音樂書寫」，由主體、內容、樂語、樂情與手法之創新與沿襲作討論。文末尚整理「唐代音樂詩彙錄」，整理了作者、詩題與出處；「參考圖片」；「唐代音樂詩內容分類表」，有以下幾個分類，其一，「樂器名稱」分類，分作體鳴樂器、膜鳴樂器、弦鳴樂器、氣鳴樂器、樂器部件與樂器泛稱；其二，「曲名」分類，包括器樂曲、演唱曲與樂舞名稱；其三，「音樂類型」，分作民間音樂、雅正之音、外族音樂與宗教音樂；其四，「唱奏技法」形態，包括唱奏者、歌唱形式、唱奏技法與唱奏情態；其五，「樂律」則有樂譜、樂律；其六，「樂制」分為樂部與音樂機構二部分；其七，「音樂情境」則有樂聲之比喻與音樂感染力；其八，「音樂思想」；其九，有「音樂典故」。

第三篇，周曉蓮《中唐樂舞詩研究》，〔註65〕全文共八章，各章內容包括「中唐樂舞詩的淵源」、「中唐樂舞詩產生的背景與因素」、「中唐詠樂詩的主題內容」、「中唐樂舞詩的表現技巧」與「中唐樂舞詩的價值」。第四篇，沈冬《隋唐西域樂部與樂律研究》，〔註66〕全文共七章，以歷史的角度，運用文獻、壁畫浮雕、文物，以及外國音樂等資料，考論隋唐時的西域音樂，進而勾勒出西域音樂在隋唐演化的脈絡。文章分為上、下二編，上編討論隋唐時代的西域樂部，以樂部發

〔註64〕孫貴珠著：《唐代音樂詩研究》，國立台灣師範大學國文研究所博士論文，2006 年 1 月。

〔註65〕周曉蓮著：《中唐樂舞詩研究》，中國文化大學中國文學研究所博士論文，2003 年 6 月。

〔註66〕沈冬著：《隋唐西域樂部與樂律研究》，國立台灣大學中國文學研究所博士論文，1991 年 6 月。

展爲主幹，各樂部的特質爲縱軸，見出樂部變遷的趨勢。下編論隋唐時代的西域樂律，以呈現樂律融合的應用。

至於碩士論文亦有數篇，鄭慧玲《唐大曲與大曲音樂詩探討》，〔註67〕全文共七章，各章分別從「唐大曲的淵源」、「唐大曲興盛的背景與因素」、「唐大曲音樂詩主題內涵」、「唐大曲音樂詩中的藝術家」與「唐大曲音樂詩的迴響」來討論。蔡霓眞《白居易詩歌及樂舞研究》，〔註68〕全文共十章，內容涵括白居易的音樂美學概述、古琴藝術、古箏藝術、琵琶藝術、歌唱藝術、樂舞藝術、詩歌與樂舞思想的探討來闡述。周虹怡有《唐代古琴詩研究》。林恬慧《唐代詩歌之樂器音響研究》，〔註69〕本論文共七章，除了開頭的緒論與結尾的結論外，各章包括「唐代的詩歌與音樂」、「唐詩中樂器之形制發展與音響特質」、「唐詩中樂器音響之審美經驗」、「唐詩中樂器音響之描繪手法」與「唐詩中樂器音響之象徵意涵」。試從唐代詩歌中的樂器音響，採音樂學、接受美學、心理學、符號象徵的角度來探討。劉怡慧《唐代燕樂十部伎、二部伎之樂舞研究》，〔註70〕本論文以「樂舞」爲主要研究範圍，舞蹈可視爲音樂的一部分，作者採取音樂和舞蹈合論，亦即樂舞合一的概念。歐純純《唐代琴詩研究》，〔註71〕全文共六章，分別從其創作背景、古琴演奏美學、古琴典故、古琴意象來作討論。

聲詩的部分，有博士論文陳鍾琇《唐聲詩研究》，〔註72〕其論文

〔註67〕鄭慧玲著：《唐大曲與大曲音樂詩探討》，玄奘大學中國語文學系碩士在職專班碩士論文，2007年。

〔註68〕蔡霓眞著：《白居易詩歌及樂舞研究》，中國文化大學中國文學研究所碩士在職專班碩士論文，2004年。

〔註69〕林恬慧著：《唐代詩歌之樂器音響研究》，逢甲大學中國文學系碩士論文，2000年。

〔註70〕劉怡慧著：《唐代燕樂十部伎、二部伎之樂舞研究》，國立高雄師範大學國文系碩士論文，1999年。

〔註71〕歐純純著：《唐代琴詩研究》，國立中興大學中國文學研究所碩士論文，1999年6月。

〔註72〕陳鍾琇著：《唐聲詩研究》，東海大學中國文學系博士論文，2004年。

先探討「唐聲詩之定義」，再論「唐樂與聲詩之發達」情況，說明「聲詩詩樂合一的背景」，「唐人歌舞餘興之普及與表演方式」，以及「唐聲詩與唐人社會之關係」。至於各章尚探討「唐聲詩之體製與型樣」，「唐聲詩以曲調為名之情形與詞貌之呈現」，《樂府詩集》與《全唐詩》所載之『唐聲詩』」，「唐聲詩與唐曲子詞之關係及其辨體」，以及「唐聲詩在中國文學史上之地位」等部分。作者於「緒論」中曾提及，其論文所討論的對象，主要以燕享之用的唐代合燕樂的聲詩為範疇，且分析《樂府詩集》與《全唐詩》中的曲調與詩歌分類上的異同；將唐聲詩與唐曲子詞合樂的方式進行比較分析，並以多部詩詞總集所收輯的唐聲詩與唐曲子詞作為研討對象，討論詩體與詞體之間的關係；再以《花間集》作為詞體成熟之準本，進而對二者之間的關係與性質提出客觀見解與辨體之法，以明唐代詩詞演化的軌跡。而筆者所撰寫的論文將以《唐聲詩及其樂譜研究》為題，與前述作者寫作的不同處在於，筆者在「唐聲詩」的部分，以唐聲詩「大曲」與「法曲」之分類為論述對象，又將「大曲」和「法曲」中的聲詩與各樂譜之間，作一討論。最後，再整理不歸屬於「大曲」和「法曲」二類的「唐舞曲」，說明聲詩與樂曲中的各項問題。

　　碩士論文則有兩篇，馮淑華《《唐聲詩》研究》，〔註73〕此論文主要討論兩個部分，第一，先論《唐聲詩》的成就，即《唐聲詩》的理論創新與《唐聲詩》的文獻價值；第二，再論《唐聲詩》的侷限，討論「聲詩」的斷代問題，聲詩語言形式方面的標準，以及評判任半塘對於唐聲詩界定的兩項問題。最後，再將《唐聲詩》所引部分文獻資料加以修正。至於謝怡奕《九宮大成譜中唐聲詩研究》，〔註74〕探討詩與樂的發展，旨在說明詩樂分合的情形及其以詩、詞、曲不同的

〔註73〕馮淑華著：《《唐聲詩》研究》，首都師範大學中國古代文學系碩士學位論文，2003 年 5 月。
〔註74〕謝怡奕著：《九宮大成譜中唐聲詩研究》，東吳大學中國文學系博士論文，1984 年。

形式表達。其餘各章依次探討「聲詩的淵源及其演進」，「唐聲詩的發展及其現存的文獻資料」，「九宮大成譜與唐聲詩的關係」。最後，綜合研究心得，並對現存詩樂古譜的價值，及詩樂結合的狀況作一分析與檢討。以上「音樂詩」與「聲詩」碩博論文的目前研究現況，茲列表格九整理如下：

表格九：「音樂詩」與「聲詩」之碩博論文

作者	論　文　篇　名	畢　業　學　校	年度
鄭慧玲	《唐大曲與大曲音樂詩探討》	玄奘大學中國語文學系碩士在職專班碩士論文	2007 年
劉月珠	《唐人音樂詩研究——以箜篌琵琶笛箛爲主》	中國文化大學中國文學系博士論文	2006 年
孫貴珠	《唐代音樂詩研究》	國立台灣師範大學國文研究所博士論文	2006 年
蔡霓眞	《白居易詩歌及樂舞研究》	中國文化大學中國文學研究所碩士在職專班碩士論文	2004 年
陳鍾琇	《唐聲詩研究》	東海大學中國文學系博士論文	2004 年
周曉蓮	《中唐樂舞詩研究》	中國文化大學中國文學研究所博士論文	2003 年 6 月
馮淑華	《《唐聲詩》研究》	首都師範大學中國古代文學系碩士論文	2003 年 5 月
林恬慧	《唐代詩歌之樂器音響研究》	逢甲大學中國文學系碩士論文	2000 年
歐純純	《唐代琴詩研究》	國立中興大學中國文學研究所碩士論文	1999 年 6 月
劉怡慧	《唐代燕樂十部伎、二部伎之樂舞研究》	國立高雄師範大學國文系碩士論文	1999 年
沈冬	《隋唐西域樂部與樂律研究》	國立台灣大學中國文學研究所博士論文	1991 年 6 月
謝怡奕	《九宮大成譜中唐聲詩研究》	東吳大學中國文學系博士論文	1984 年

另與唐代音樂詩較爲直接相關的單篇期刊論文，尚有朱曉娟〈淺談唐代音樂詩〉，〔註75〕趙士華〈唐詩中的音樂描寫〉，〔註76〕李海莉〈簡論唐詩中的音樂美〉，〔註77〕陳石萍〈唐詩與音樂〉，〔註78〕楊金忠、劉楊〈淺談唐詩的音樂美〉，〔註79〕韓幗英〈唐代音樂詩的表現藝術鑑賞〉，〔註80〕李揚〈唐代音樂詩綜論〉，〔註81〕張羽〈從唐宋詩的風格論音樂對詩歌的規定性〉，〔註82〕李乃平、李加侖〈淺析唐詩歌曲的藝術美感〉〔註83〕等，主要闡釋音樂詩之外，又論述唐代詩歌和音樂的密不可分。詩中所呈現的音樂美，包含音樂入詩、唐詩入樂，並從詩中所提及的樂器，描繪音樂的技巧，包含摹擬音響、以聲寫聲、以形寫聲、側面烘托等，以及論述唐代音樂詩周遭生態環境與文化內涵的篇章。

至於專家詩的部分，涵括李頎（A.D.690-751）、李白（A.D.701-762）、杜甫（A.D.712-770）、白居易（A.D.772-846）與李賀（A.D.791-817）等人的研究。李白的部分，如：王友蘭〈李白音樂素養初探——以李白詩中的樂器演奏與鑑賞爲主〉，〔註84〕從李白詩中

〔註75〕 朱曉娟著：〈淺談唐代音樂詩〉，《人民音樂》11 期（2006 年），頁 41-43。

〔註76〕 趙士華著：〈唐詩中的音樂描寫〉，《現代語文》2 期（2007 年），頁 108。

〔註77〕 李海莉著：〈簡論唐詩中的音樂美〉，《湖南人文科技學院學報》5 期（2007 年），頁 44-46。

〔註78〕 陳石萍著：〈唐詩與音樂〉，《廈門教育學院學報》3 卷 3 期（2001 年 9 月），頁 73-75。

〔註79〕 楊金忠、劉楊著：〈淺談唐詩的音樂美〉，《遼寧師範大學學報（社會科學版）》26 卷 2 期（2003 年 3 月），頁 73-75。

〔註80〕 韓幗英著：〈唐代音樂詩的表現藝術鑑賞〉，《河北大學成人教育學院學報》5 卷 1 期（2003 年 3 月），頁 42-44。

〔註81〕 李揚著：〈唐代音樂詩綜論〉，《晉陽學刊》3 期（1999 年），頁 58-63。

〔註82〕 張羽著：〈從唐宋詩的風格論音樂對詩歌的規定性〉，《欽州師範高等專科學校學報》19 卷 3 期（2004 年 9 月），頁 23-26。

〔註83〕 李乃平、李加侖著：〈淺析唐詩歌曲的藝術美感〉，《音樂生活》2 期（2008 年），頁 66-67。

〔註84〕 王友蘭著：〈李白音樂素養初探——以李白詩中的樂器演奏與鑑賞爲主〉，《藝術學報》82 期（2008 年 4 月），頁 165-187。

的樂器資料，分析詩文意境，探討其音樂才華、音樂鑑賞力、音樂對
其生活與寫作的影響，以及李白的音樂觀。王娜〈論李白的音樂詩〉〔註
85〕有三篇，梁惠敏、孟修祥〈詩樂合一——李白詩歌藝術論之一〉，〔註
86〕葛景春〈李白詩歌與盛唐音樂〉，〔註 87〕即分別從李白詩歌所欲表
達的審美意識、語言風格，或以詩配樂、詩的意象與意境來論說。白
居易的部分，李昭鴻〈白居易詩與〈霓裳羽衣曲〉之關係試探〉，〔註
88〕丁繼平、張拜儂〈白居易與音樂〉，〔註89〕邵康〈白居易與音樂〉，
〔註90〕魏素萍〈白居易與音樂〉，〔註91〕姜萍〈從白居易的詩中洞察音
樂的美學思想〉，〔註92〕殷克勤〈白居易琵琶詩的藝術魅力〉〔註93〕等，
或以白居易音樂詩歌的名篇、詩歌聲律，或以其音樂理論、音樂美學
思想，或由詩歌中所提及的樂器，作爲文章論述的重點。

　　張宗福、吳天德〈唐代音樂文化與杜甫詩文的音樂內涵〉，〔註94〕

〔註85〕王娜著：〈論李白的音樂詩〉，《青海師範大學民族師範學院學報（哲
　　　　學社會科學版）》13 卷 2 期（2002 年 10 月），頁 18-20、23；《呼蘭
　　　　師專學報》18 卷 3 期（2002 年），頁 47-79；《黔東南民族師範高等
　　　　專科學校學報》20 卷 5 期（2002 年 10 月），頁 46-49。
〔註86〕梁惠敏、孟修祥著：〈詩樂合一——李白詩歌藝術論之一〉，《江漢論
　　　　壇》11 期（2004 年 11 月），頁 112-115。
〔註87〕葛景春著：〈李白詩歌與盛唐音樂〉，《文學遺產》3 期（1995 年），
　　　　頁 43-51。
〔註88〕李昭鴻著：〈白居易詩與〈霓裳羽衣曲〉之關係試探〉，《新生學報》
　　　　2 期（2007 年 7 月），頁 107-128。
〔註89〕丁繼平、張拜儂著：〈白居易與音樂〉，《音樂創作》3 期（2007 年 3
　　　　月），頁 86-89。
〔註90〕邵康著：〈白居易與音樂〉，《天水師範學院學報》25 卷 3 期（2005
　　　　年 6 月），頁 97-99。
〔註91〕魏素萍著：〈白居易與音樂〉，《蘭州大學學報（社會科學版）》27 卷
　　　　2 期（1999 年），頁 153-155。
〔註92〕姜萍著：〈從白居易的詩中洞察音樂的美學思想〉，《作家》4 期（2008
　　　　年），頁 117-118。
〔註93〕殷克勤〈白居易琵琶詩的藝術魅力〉，《交響——西安音樂學院學報》
　　　　1 期（1996 年），頁 60-61。
〔註94〕張宗福、吳天德著：〈唐代音樂文化與杜甫詩文的音樂內涵〉，《西南
　　　　民族大學學報（人文社會科學版）》25 卷 5 期（2004 年 5 月），頁

朱舟〈杜甫與音樂〉〔註95〕有二篇，張志烈〈杜甫詩文中的音樂世界〉，
〔註96〕這幾篇文章曾提及的重點：杜甫置身於唐代繁盛的音樂文化氛圍
中，對於形成他個人獨特的音樂觀念和審美意識，有著深遠的影響；杜
甫精熟典籍，且浸染在繁盛的唐代樂舞中，其詩文不乏描寫笙歌樂舞的
場景，詩作上也呈現許多與音樂題材相關的描寫。羅琴〈李頎音樂詩論
析〉，〔註97〕張鶴立〈李賀音樂詩藝術談〉，〔註98〕李良、羅玲雲〈神奇
的音樂美——淺析李賀音樂詩〉，〔註99〕根據論者的敘述，李頎善用各
種表現手法，描繪音樂的聲音和意境，把聽覺形象轉化為視覺形象，創
造出獨特的音樂詩，其創作亦啓發和影響韓愈、白居易、李賀等人的作
品。關於李賀創作的音樂詩歌，其描寫對象包含樂器、歌聲、歌舞音樂
與燕樂、雅樂等，又提及音樂的產生與語言藝術的特色。

其次，是以「樂器」為論題的研究篇章，劉月珠除有〈唐樂興
盛之歷史考察與分析〉一篇外，其他作品為〈唐代笛樂詩藝術內涵
之研究〉，〈唐代琵琶樂詩藝術內涵之探究〉，〈唐代箏樂詩之聽覺藝
術〉〔註100〕等，皆以「樂器」作為討論的對象，而上述四篇亦為作

229-233。

〔註95〕 朱舟著：〈杜甫與音樂〉，《音樂探索》2 期（1995 年），頁 9-12；《杜
甫研究學刊》2 期（1995 年），頁 59-61。

〔註96〕 張志烈著：〈杜甫詩文中的音樂世界〉，《杜甫研究學刊》4 期（1998
年），頁 1-7，19。

〔註97〕 羅琴著：〈李頎音樂詩論析〉，《涪陵師範學院學報》23 卷 3 期（2007
年 5 月），頁 57-62。

〔註98〕 張鶴立著：〈李賀音樂詩藝術談〉，《淮北煤師院學報（哲學社會科學
版）》2 期（1994 年），頁 97-99。

〔註99〕 李良、羅玲雲著：〈神奇的音樂美——淺析李賀音樂詩〉，《科技信息
（科學教研版）》35 期（2007 年），頁 36-37。

〔註100〕 劉月珠著：〈唐樂興盛之歷史考察與分析〉，《崇右學報》13 卷（2007
年 4 月），頁 137-156；劉月珠著：〈唐代笛樂詩藝術內涵之研究〉，
《博學》4 期（2006 年 6 月），頁 87-110；劉月珠著：〈唐代琵琶樂
詩藝術內涵之探究〉，《崇右學報》12 期（2006 年 3 月），頁 161-178；
劉月珠著：〈唐代箏樂詩之聽覺藝術〉，《中國文化月刊》278 期（2004
年 2 月），頁 31-56。

者博士論文中的章節內容。此外，吳瑞呈《笛樂風格形成之研究》
〔註101〕碩士論文，以及周可奇〈胡琴琵琶與羌笛——唐代邊塞詩中
的樂器〕〔註102〕一篇，也是以樂器作為討論對象的研究論文。

　　至於唐樂譜與聲詩的研究成果，葉棟曾於一九八一年十二月發表
〈敦煌曲譜研究〉，〔註103〕對該譜的樂器定弦、譜字譯音和調式調
性、譜字符號和文字標記進行了分析與考證，試譯〈品弄〉、〈又慢曲
子西江月〉、〈長沙女引〉、〈水鼓子〉等曲；又寫作〈《敦煌曲譜研究》
作者的話〉，〔註104〕〈千年唐樂，重振絲弦〉，〔註105〕〈敦煌壁畫中
的五弦琵琶及其唐樂〉，〔註106〕〈唐代音樂與古譜譯讀〉，〔註107〕〈唐
傳箏曲和唐聲詩曲解譯——兼論唐樂中的節奏節拍〉，〔註108〕〈唐大
曲曲式結構〉，〔註109〕〈敦煌歌辭的音樂初探〉〔註110〕等篇章，上

〔註101〕　吳瑞呈著：《笛樂風格形成之研究》，中國文化大學藝術研究所音樂
　　　　　組碩士論文，1990 年 6 月。

〔註102〕　周可奇著：〈胡琴琵琶與羌笛——唐代邊塞詩中的樂器〉，《樂器》4
　　　　　期（1998 年），頁 32-33。

〔註103〕　葉棟著：〈敦煌曲譜研究〉，《音樂藝術——上海音樂學院學報》1
　　　　　期（1982 年）；轉載於《齊魯樂苑》1 期（1982 年 5 月）；《音樂研
　　　　　究》2 期（1982 年）；《藝術研究薈錄》2 輯（1983 年 6 月）；《古樂
　　　　　索源錄》（1985 年 10 月）。後收入葉棟著：《唐樂古譜譯讀》，頁 3-14。
　　　　　又收入饒宗頤編：《敦煌琵琶譜論文集》（台北：新文豐出版社，1991
　　　　　年），頁 90-110。

〔註104〕　葉棟著：〈《敦煌曲譜研究》作者的話〉，《音樂藝術——上海音樂學院
　　　　　學報》1 期（1983 年），後收錄葉棟著：《唐樂古譜譯讀》，頁 16-17。

〔註105〕　葉棟著：〈千年唐樂，重振絲弦〉，《敦煌琵琶曲譜》1 期（1986 年），
　　　　　後收錄葉棟著：《唐樂古譜譯讀》，頁 18-20。

〔註106〕　葉棟著：〈敦煌壁畫中的五弦琵琶及其唐樂〉，《音樂藝術——上海
　　　　　音樂學院學報》1 期（1984 年），後收錄葉棟著：《唐樂古譜譯讀》，
　　　　　頁 21-34。

〔註107〕　葉棟著：〈唐樂古譜譯讀〉，原為《唐代音樂與古譜譯讀》中的文字
　　　　　部分（西安：陝西省社會科學院出版，1985 年 9 月），後收錄葉棟
　　　　　著：《唐樂古譜譯讀》，頁 35-76。

〔註108〕　葉棟著：〈唐傳箏曲和唐聲詩曲解譯——兼論唐樂中的節奏節拍〉，
　　　　　《音樂藝術——上海音樂學院學報》3 期（1986 年），頁 77-95。

〔註109〕　葉棟著：〈唐大曲曲式結構〉，《中國音樂學》3 期（1989 年），後收
　　　　　錄葉棟著：《唐樂古譜譯讀》，頁 96-107。

述之文皆收錄於作者的《唐樂古譜譯讀》一書中。文後尚有解譯的《敦煌曲譜》、唐傳《五弦琵琶譜》、唐傳十三弦《仁智要錄》箏譜，唐大曲《仁智要錄》箏曲，《仁智要錄‧高麗曲》三十一首，《三五要錄》琵琶譜譯譜九首，《博雅笛譜》橫笛譜譯譜五首，合奏譜四首，以及唐聲詩曲配鋼琴伴奏譜七首之曲譜。

　　陳應時也發表〈解譯敦煌曲譜的第一把鑰匙──「琵琶二十譜字」介紹〉，〔註111〕〈應該如何評論《敦煌曲譜研究》──與毛繼增同志商榷〉，〔註112〕〈評《敦煌曲譜研究》〉，〔註113〕〈論敦煌曲譜的琵琶定弦〉，〔註114〕〈讀《〈論敦煌曲譜的琵琶定弦〉質疑》──兼答林友仁同志〉，〔註115〕〈敦煌曲譜研究尚須繼續努力〉，〔註116〕〈敦煌樂譜新解〉，〔註117〕〈敦煌樂譜新解〉（續），〔註118〕〈敦煌樂譜是工尺譜的前身嗎？〉，〔註119〕〈敦煌樂譜第一卷──琵琶定弦驗

〔註110〕　葉棟著：〈敦煌歌辭的音樂初探〉，發表於 1988 年「敦煌吐魯蕃學術討論會」，後收錄葉棟著：《唐樂古譜譯讀》，頁 108-123。

〔註111〕　陳應時著：〈解譯敦煌曲譜的第一把鑰匙──「琵琶二十譜字」介紹〉，《中國音樂》4 期（1982 年），頁 39-40。

〔註112〕　陳應時著：〈應該如何評論《敦煌曲譜研究》──與毛繼增同志商榷〉，《星海音樂學院學報》4 期（1982 年），頁 41-49。後收入饒宗頤編：《敦煌琵琶譜論文集》，頁 146-160。

〔註113〕　陳應時著：〈評《敦煌曲譜研究》〉，《中國音樂》1 期（1983 年），頁 56-59。後收入饒宗頤編：《敦煌琵琶譜論文集》，頁 161-172。

〔註114〕　陳應時著：〈論敦煌曲譜的琵琶定弦〉，《星海音樂學院學報》2 期（1983 年），頁 25-39。後收入饒宗頤編：《敦煌琵琶譜論文集》，頁 173-201。

〔註115〕　陳應時著：〈讀《〈論敦煌曲譜的琵琶定弦〉質疑》──兼答林友仁同志〉，《星海音樂學院學報》1 期（1984 年），頁 71-75。

〔註116〕　陳應時著：〈敦煌曲譜研究尚須繼續努力〉，《交響──西安音樂學院學報》2 期（1984 年），頁 7-14。後收入饒宗頤編：《敦煌琵琶譜論文集》，頁 203-219。

〔註117〕　陳應時著：〈敦煌樂譜新解〉，《音樂藝術──上海音樂學院學報》1 期（1988 年），頁 10-17。

〔註118〕　陳應時著：〈敦煌樂譜新解〉（續），《音樂藝術──上海音樂學院學報》2 期（1988 年），頁 1-5，11-22。

〔註119〕　陳應時著：〈敦煌樂譜是工尺譜的前身嗎？〉，《天津音樂學院學報》

證〉，〔註 120〕〈敦煌樂譜的研究工作還不能告一段落——評《唐五代
敦煌樂譜新解譯》〉，〔註 121〕〈敦煌樂譜「掣拍」再證〉，〔註 122〕〈敦
煌樂譜〈品弄〉〉，〔註 123〕〈敦煌樂譜〈水鼓子〉〉，〔註 124〕〈敦煌樂
譜〈傾杯樂〉〉，〔註 125〕〈敦煌樂譜〈急胡相問〉〉，〔註 126〕〈敦煌樂
譜「掣拍」補證〉，〔註 127〕〈敦煌樂譜中的「慢曲子」〉，〔註 128〕〈敦
煌樂譜同名曲〈傾杯樂〉的旋律重合〉，〔註 129〕《敦煌樂譜解譯辨證》
〔註 130〕等論述。〈敦煌樂譜論著書錄解題〉〔註 131〕一文，將諸位研
究敦煌樂譜的學者著述內容，作一統整性的概要彙整。另外，由王小
盾、陳應時合著的〈唐傳古樂譜和與之相關的音樂文學問題〉則探討
「唐傳古樂譜的發現和研究」，「唐傳古樂譜的配辭問題」，以及「關

4 期（1988 年），頁 50-51，55。

〔註 120〕　陳應時著：〈敦煌樂譜第一卷——琵琶定弦驗證〉，《交響——西安
　　　　　　音樂學院學報》2 期（1993 年），頁 7-9。

〔註 121〕　陳應時著：〈敦煌樂譜的研究工作還不能告一段落——評《唐五代
　　　　　　敦煌樂譜新解譯》〉，《中國音樂》2 期（1993 年），頁 24-28。

〔註 122〕　陳應時著：〈敦煌樂譜「掣拍」再證〉，《音樂藝術——上海音樂學
　　　　　　院學報》1 期（1996 年），頁 26-33，18。

〔註 123〕　陳應時著：〈敦煌樂譜〈品弄〉〉，《黃鐘——武漢音樂學院學報》3
　　　　　　期（1995 年），頁 10-15，23。

〔註 124〕　陳應時著：〈敦煌樂譜〈水鼓子〉〉，《中國音樂》2 期（1995 年），
　　　　　　頁 15-18。

〔註 125〕　陳應時著：〈敦煌樂譜〈傾杯樂〉〉，《交響——西安音樂學院學報》
　　　　　　3 期（1995 年），頁 10-12。

〔註 126〕　陳應時著：〈敦煌樂譜〈急胡相問〉〉，《星海音樂學報》2 期（1995
　　　　　　年），頁 25-33。

〔註 127〕　陳應時著：〈敦煌樂譜「掣拍」補證〉，《音樂藝術——上海音樂學
　　　　　　院學報》1 期（1996 年），頁 1-6。

〔註 128〕　陳應時著：〈敦煌樂譜中的「慢曲子」〉，《中央音樂學院學報》1 期
　　　　　　（1996 年），頁 85-90。

〔註 129〕　陳應時著：〈敦煌樂譜同名曲〈傾杯樂〉的旋律重合〉，《音樂藝術
　　　　　　——上海音樂學院學報》4 期（2005 年），頁 89-93。

〔註 130〕　陳應時著：《敦煌樂譜解譯辨證》。

〔註 131〕　陳應時著：〈敦煌樂譜論著書錄解題〉（未刊稿）。後收入饒宗頤編
　　　　　　《敦煌琵琶譜論文集》，頁 173-201。

於唐代曲子辭句讀與曲拍的對應」。〔註132〕

　　莊永平則發表〈敦煌樂譜節奏再解〉，〔註133〕〈論敦煌樂譜中的 T 符號〉，〔註134〕〈論敦煌樂譜中的「小譜字」〉，〔註135〕〈敦煌樂譜的詞曲組合〉，〔註136〕〈敦煌樂譜〈水鼓子〉曲校勘與研究〉，〔註137〕〈敦煌樂譜〈伊州〉曲校勘與研究〉。〔註138〕席臻貫有文章〈唐代和聲思維拾沈（上）（中）（下）──敦煌樂譜‧合竹‧易卦〉，〔註139〕〈《佛本行集經‧憂波離品次》琵琶譜符號考──暨論敦煌曲譜的翻譯〉，〔註140〕〈唐五代敦煌樂譜新解譯〉，〔註141〕〈敦煌曲譜第一群定弦之我見〉，〔註142〕〈關於敦煌曲譜研究問題與香港饒宗頤教授的通信〉。〔註143〕應有

〔註132〕 王小盾、陳應時著：〈唐傳古樂譜和與之相關的音樂文學問題〉，《中國社會科學學報》1 期（1999 年），頁 166-176，208。

〔註133〕 莊永平：〈敦煌樂譜節奏再解〉，《星海音樂學院學報》3 期（1989 年），頁 21-27。

〔註134〕 莊永平著：〈論敦煌樂譜中的 T 符號〉，《音樂藝術──上海音樂學院學報》1 期（1992 年），頁 9-15。

〔註135〕 莊永平著：〈論敦煌樂譜中的「小譜字」〉，《星海音樂學院學報》1 期（1992 年），頁 28-31。

〔註136〕 莊永平著：〈敦煌樂譜的詞曲組合〉，《中國音樂學》1 期（1993 年），頁 27-42。

〔註137〕 莊永平著：〈敦煌樂譜〈水鼓子〉曲校勘與研究〉，《交響──西安音樂學院學報》1 期（1998 年），頁 8-11。

〔註138〕 莊永平著：〈敦煌樂譜〈伊州〉曲校勘與研究〉，《交響──西安音樂學院學報》4 期（1998 年），頁 8-10。

〔註139〕 席臻貫著：〈唐代和聲思維拾沈（上）（中）（下）──敦煌樂譜‧合竹‧易卦〉，《交響──西安音樂學院學報》1 期、2 期、3 期（1993 年），頁 19-23，11-13，26-28。

〔註140〕 席臻貫著：〈《佛本行集經‧憂波離品次》琵琶譜符號考──暨論敦煌曲譜的翻譯〉，《音樂研究》3 期（1983 年），頁 55-67，119。後收入饒宗頤編：《敦煌琵琶譜論文集》，頁 249-271。

〔註141〕 席臻貫著：〈唐五代敦煌樂譜新解譯〉，《音樂研究》4 期（1992 年），頁 52-59。

〔註142〕 席臻貫著：〈敦煌曲譜第一群定弦之我見〉，《西北師院學報》增刊《敦煌學研究》（1984 年），後收入饒宗頤編：《敦煌琵琶譜論文集》，頁 272-288。

〔註143〕 席臻貫著：〈關於敦煌曲譜研究問題與香港饒宗頤教授的通信〉，《新

勤則有〈敦煌琵琶譜的節奏與演奏手法密切相關〉，﹝註144﹞〈中日對古
譜涵義和解譯的比較研究〉，﹝註145﹞〈驗證《琵琶曲譜》為唐琵琶譜〉。
﹝註146﹞楊善武有〈敦煌樂譜研究的新突破──《敦煌樂譜解譯辯證》
對同名曲〈傾杯樂〉旋律重合問題的解決〉，﹝註147﹞〈陳應時敦煌樂譜
解譯中的「辯證」理念與方法〉﹝註148﹞二文。

　　何昌林則發表〈三件敦煌曲譜資料的綜合研究〉，﹝註149﹞〈唐代
舞曲〈屈柘枝〉──敦煌曲譜〈長沙女引〉考辨〉；﹝註150﹞林友仁發表
〈《敦煌曲譜研究》給我們的啟示〉，﹝註151﹞〈《論敦煌曲譜的琵琶定弦》
質疑──與陳應時同志商榷〉；﹝註152﹞屠建強發表〈略談敦煌曲譜已成
功破譯的不現實性〉；﹝註153﹞趙玉卿有〈敦煌樂譜的斷代及譜式的考證

疆藝術》6 期（1990 年）。後收入饒宗頤編：《敦煌琵琶譜論文集》，
頁 429-433。

﹝註144﹞　應有勤著：〈敦煌琵琶譜的節奏與演奏手法密切相關〉，《音樂研究》
3 期（2000 年），頁 61-69。

﹝註145﹞　應有勤著：〈中日對古譜涵義和解譯的比較研究〉，《音樂藝術──
上海音樂學院學報》1 期（2002 年），頁 19-23。

﹝註146﹞　應有勤、孫克仁、林友仁、夏飛雲著：〈驗證《琵琶曲譜》為唐琵
琶譜〉，附：《敦煌曲譜研究》作者的話（葉棟），《音樂藝術》1 期
（1983 年），頁 25-41，53。收入饒宗頤編：《敦煌琵琶譜論文集》，
頁 221-248。

﹝註147﹞　楊善武著：〈敦煌樂譜研究的新突破──《敦煌樂譜解譯辯證》對
同名曲〈傾杯樂〉旋律重合問題的解決〉，《音樂研究》1 期（2006
年），頁 123-127。

﹝註148﹞　楊善武著：〈陳應時敦煌樂譜解譯中的「辯證」理念與方法〉，《音
樂研究》3 期（2008 年），頁 51-57。

﹝註149﹞　何昌林著：〈三件敦煌曲譜資料的綜合研究〉，《音樂研究》3 期（1985
年），頁 16-33。後收入饒宗頤編：《敦煌琵琶譜論文集》，頁 111-145。

﹝註150﹞　何昌林著：〈唐代舞曲〈屈柘枝〉──敦煌曲譜〈長沙女引〉考辨〉，
《敦煌學輯刊》1 期（1985 年），頁 74-81。

﹝註151﹞　林友仁著：〈《敦煌曲譜研究》給我們的啟示〉，《人民音樂》11 期（1982
年），頁 45-46。

﹝註152﹞　林友仁著：〈《論敦煌曲譜的琵琶定弦》質疑──與陳應時同志商
榷〉，《星海音樂學院學報》1 期（1984 年），頁 68-70。

﹝註153﹞　屠建強著：〈略談敦煌曲譜已成功破譯的不現實性〉（未刊稿）。後
收入饒宗頤編：《敦煌琵琶譜論文集》，頁 339-427

研究綜述〉，〔註154〕〈關於敦煌樂譜的定弦法研究〉，〔註155〕〈關於敦煌樂譜的節奏研究〉〔註156〕的論述；胡慈舟〈論敦煌樂譜研究中實證方法的運用〉；〔註157〕關也維〈敦煌古譜的猜想〉；〔註158〕趙曉生《〈敦煌唐人曲譜〉節奏另解〉；〔註159〕饒宗頤〈敦煌琵琶譜讀記〉；〔註160〕葛曉音、〔日〕盧倉英美〈關於古樂譜和聲辭配合若干問題的再認識——兼答王小盾、陳應時先生〉，〔註161〕葛曉音、〔日〕盧倉英美〈從古樂譜看樂調和曲辭的關係〉〔註162〕一文，探討「聲辭配合的基本規則」，「齊言曲辭和雜言曲辭的音樂根源」則考察齊言與雜言曲調的變化關係，以及「同調異體的成因」，意即兩層涵意，一為同名曲有齊言和雜言兩種曲辭，二為同名的齊言或雜言各有不同體式。

　　因此，上述關於唐代文學與音樂的研究論文中，除了採以唐詩樂舞、樂器與專家音樂詩、聲詩主題外，其內容不乏從詩歌中的「主題內容」、「表現技巧」、「聽覺與美感的呈現」、「思想內涵與美學」、「審美經驗」、「音響特質」、「描繪手法」與「象徵意涵」、「演奏美學」與「價值」

〔註154〕　趙玉卿著：〈敦煌樂譜的斷代及譜式的考證研究綜述〉，《交響——西安音樂學院學報》3 期（1997 年），頁 23-24。

〔註155〕　趙玉卿著：〈關於敦煌樂譜的定弦法研究〉，《交響——西安音樂學院學報》2 期（2002 年），頁 16-19。

〔註156〕　趙玉卿著：〈關於敦煌樂譜的節奏研究〉，《戲文》3 期（2005 年），頁 31-33。

〔註157〕　胡慈舟：〈論敦煌樂譜研究中實證方法的運用〉，《星海音樂學院學報》1 期（1997 年），頁 15-19。

〔註158〕　關也維著：〈敦煌古譜的猜想〉，《音樂研究》2 期（1989 年），頁 64-81。後收入饒宗頤編：《敦煌琵琶譜論文集》，頁 307-337。

〔註159〕　趙曉生著：〈《敦煌唐人曲譜》節奏另解〉，《音樂藝術》2 期（1987 年），頁 16-20。後收入饒宗頤編：《敦煌琵琶譜論文集》，頁 297-306。

〔註160〕　饒宗頤著：〈敦煌琵琶譜讀記〉，《新亞學報》4 卷 2 期（1960 年）。後收入饒宗頤編：《敦煌琵琶譜論文集》，頁 36-65。

〔註161〕　葛曉音、〔日〕盧倉英美著：〈關於古樂譜和聲辭配合若干問題的再認識——兼答王小盾、陳應時先生〉，《中國社會科學學報》6 期（2000 年），頁 166-178，209。

〔註162〕　葛曉音、〔日〕盧倉英美著：〈從古樂譜看樂調和曲辭的關係〉，《中國社會科學學報》1 期（1999 年），頁 147-148。

等方面做探討。尚且，唐傳古譜的學術研究，固然爲二十世紀八、九十年代的重要研究成果，然而主要仍以詩歌作爲探討的主要對象，或以唐樂古譜的獨立解析研究爲主。前面四段，筆者羅列各家對《敦煌曲譜》所作的論述，之所以各家有多種的不同看法，是因爲《敦煌曲譜》本爲指法譜，學者僅能先定其弦，再作音高的分別，然後根據部分理論、推想與演奏經驗訂定曲調，但是後續的演奏與配詞的研究與論述，卻較少被提出來討論。其次，目前除了王小盾、陳應時〈唐傳古樂譜和與之相關的音樂文學問題〉，葛曉音、〔日〕盧倉英美〈關於古樂譜和聲辭配合若干問題的再認識——兼答小王盾、陳應時先生〉，葛曉音、〔日〕盧倉英美所著的〈從古樂譜看樂調和曲辭的關係〉三篇單篇論文之外，尚無將唐詩、樂府、敦煌歌辭以及結合唐古樂譜之間，討論其彼此關係而完整的重要論述。因此，筆者選擇一家作爲音樂論述的基礎，再將曲調與配詞的關係，於本論文中加以探討與說明。

第五節　論文架構

　　第一章，主要闡述本論文的「文獻探討與研究現況」，「研究範圍與研究方法」，以及根據任半塘與黃坤堯所提出「唐聲詩」的概念，確定「聲詩」義界，進而說明「論文架構與預期貢獻」的部分。

　　第二章，音樂部分以《敦煌曲譜》爲主，其樂譜原有二十五首，如論文最後的附錄一。其中〈慢曲子伊州〉與〈伊州〉二首所填配的歌辭，是採自《全唐詩》與《樂府詩集》的聲詩。本章即以葉棟所譯的〈慢曲子伊州〉與〈伊州〉二首曲譜爲探討對象，且依據葉氏樂譜再製作譜例，加以論說「大曲」與聲詩的關係，《敦煌曲譜》的重要性，對於歌辭曲調的使用情況，樂歌的歷史考察，歌詞的體例等方面，作一探究。

　　第三章，同是以「大曲」歌辭爲探討對象，涵括曲調〈涼州辭〉、〈還京樂〉、〈蘇莫遮〉、〈回波樂〉與〈春鶯囀〉爲主的歌辭。音樂則以《仁智要錄》筝譜集爲主，其樂譜原有三十首，而與上述大曲歌辭

有所聯繫者，爲數五首，即葉棟所譯的第一首〈涼州〉、第十三首〈還城樂〉、第二十四首〈蘇莫者〉、第六首〈回杯樂〉、第三首〈春鶯囀〉（颯踏）與唐大曲箏譜第一首〈春鶯囀〉爲主要依據。本章即根據上述另製作譜例，探討採自《樂府詩集》、《全唐詩》與《敦煌歌辭總編》的各首聲詩，詮釋其詩歌與音樂的運用情形，並且以分析演繹的方式，將詩歌與樂譜樂歌的審美角度，進行探討與推論。

第四章，同是以「大曲」歌辭爲探討對象，包括曲調〈想夫憐〉、〈劍器渾脫〉與〈泛龍舟〉爲主的歌辭，以及三部分的音樂樂譜。依據葉棟的譯譜製作譜例，探討內容包括：其一，《仁智要錄》箏譜集第二十九首〈想夫憐〉，《三五要錄》琵琶譜第六首的〈想夫憐〉；其二，《仁智要錄》箏譜集第二十首〈劍器渾脫〉，《博雅笛譜》第一首〈劍器渾脫〉的樂譜；其三，《仁智要錄》箏譜集第十七首〈泛龍舟〉，另參酌其他譯譜《三五要錄》琵琶譜第八首〈泛龍舟〉、《博雅笛譜》第四首〈泛龍舟〉。本章即以唐聲詩《樂府詩集》、《全唐詩》與《敦煌歌辭總編》中，屬於〈想夫憐〉、〈劍器渾脫〉與〈泛龍舟〉三曲調的「大曲」歌辭，以及前述的樂曲爲主要論述的對象，再針對各種不同樂器演奏的曲譜與歌辭內容進行剖析。第三章與第四章分立的區別在於，第三章所討論的聲詩曲調，皆於《仁智要錄》箏譜中有曲譜；第四章的三曲調，除了《仁智要錄》箏譜有樂譜外，另於《三五要錄》琵琶譜或《博雅笛譜》也有樂曲。因此，二章以曲譜的來源來作區別，以便於說明詩歌與音樂的關係。

第五章，同以「大曲」歌辭爲探討對象，涵括曲調〈何滿子〉與〈簇拍陸州〉爲主的歌辭，音樂則以《五弦琵琶譜》曲調爲主，其樂譜有三十二首，如論文最後的附錄二。與上述大曲歌辭相關者，有第十首〈何滿子〉與第十一首〈六胡州〉二曲。本章即以葉棟所譯的樂曲二首，以及唐聲詩《樂府詩集》、《全唐詩》與《敦煌歌辭總編》中，屬於〈何滿子〉與〈簇拍陸州〉二曲調之「大曲」歌辭爲主要論述對象。

第六章，本章以「法曲」曲調〈聖明樂〉、〈秦王破陣樂〉、〈飲酒

樂〉與〈書卿堂堂〉之歌辭爲探討對象，亦闡述「法曲」與「大曲」之差異。音樂部分則採葉棟所譯的《五弦琵琶譜》的第九首〈聖明樂〉、第十六、十七首〈秦王破陣樂〉（A）（B）、第十八首〈飮酒樂〉與第二十九首〈書卿堂堂〉的樂譜爲依據，另製作譜例討論。整章將前述的樂曲與《樂府詩集》、《全唐詩》中的聲詩歌辭作一相關性的論述。本章與第五章筆者在音樂上皆以《五弦琵琶譜》曲調爲論述對象，但又將其作一「大曲」和「法曲」二者音樂性的區別，分章論述，以凸顯「法曲」與「大曲」在《五弦琵琶譜》中的差異性。

第七章，同以「法曲」歌辭爲探討對象，論述出自《樂府詩集》、《全唐詩》與《敦煌歌辭總編》之曲調〈婆羅門〉與〈王昭君〉歌辭的使用情況，音樂部分則以《仁智要錄》箏譜集的第九首〈婆羅門〉、第十首〈王昭君〉，《五弦琵琶譜》的第七、第八〈王昭君〉（A）（B）樂曲爲依據，另製作譜例探討，又其歌辭多出自《樂府詩集》、《全唐詩》與《敦煌歌辭總編》。本章即考察著名樂歌〈霓裳羽衣曲〉、〈婆羅門〉與〈王昭君〉數首爲主要樂曲，論述其歷史淵源、樂曲結構與歌辭的使用情況。

第八章，在所擬定聲詩的研究範圍內，本章整理不歸屬大曲與法曲之曲調歌辭，採〈昔昔鹽〉和〈三臺〉之曲調的唐舞曲，將原先曲調與作爲舞曲用途的，及其所填配的樂曲，皆作一釐清。本章主要考察《全唐詩》與《樂府詩集》之曲調〈昔昔鹽〉與〈三臺〉歌辭的使用情況，論述其歷史淵源。總結此類詩歌的形式與內容，以及音樂所蘊蓄的樂學內涵，加以申說討論。再從葉棟所譯譜的《五弦琵琶譜》中的著名樂歌第十二、第十三首〈惜惜鹽〉（A）（B），以及出自於《三五要錄》〈庶人三臺〉樂曲第二首、《五弦琵琶譜》第二首〈三臺〉曲，另製作譜例以探討歌辭的使用情況與樂曲結構。本章採二曲調之唐舞曲爲討論內容，有別於第二章至第七章，或以「大曲」或以「法曲」的不同音樂屬性，區隔開來，進而作音樂學理上的說明與探討。

第九章，由「聲詩總數與譯譜論述的情況」、「五種樂譜的結構與

聲詩填配」與「聲詩歌辭在樂曲組織的詮釋」等三方面，總結與比較
上述「大曲」之摘遍歌辭與樂曲，「法曲」之歌辭與樂曲，以及整理
不歸屬於上述「大曲」與「法曲」的歌辭與樂曲——「唐舞曲」，歸
納出「聲詩」在「唐樂譜」中，聲詩的使用情況，以及唐樂曲的樂曲
結構與組織情形。

第二章　從《敦煌曲譜》論唐代大曲之摘遍和樂譜——以〈慢曲子伊州〉、〈伊州〉爲例

第一節　前　言

　　唐代的詩與樂往往是分不開的，唐代的許多詩是爲歌詩傳唱而作。關於唐代「大曲」，它本是融合歌、舞與器樂爲一體，於整體樂曲中連續表演的一種歌舞藝術。歌舞中必有曲辭，但是大曲中的歌辭不能稱作聲詩，單曲的摘遍才稱之爲聲詩。尚且，自隋以來，音樂的發展由七部樂、九部樂到十部樂，實爲漢族音樂、少數民族音樂與外國音樂作一交互融合。再者，《敦煌曲譜》於中國敦煌石室發現，曲譜本有二十五首，可視爲一由各首短曲聯綴組成的唐大曲。

　　歷來《敦煌曲譜》的論述，學者多從節奏、琵琶定弦、詞曲組合、演奏手法、琵琶譜符號考、敦煌樂府新解等音樂古譜學方面著手研究。趙曉生先生、陳應時先生、葉棟先生皆以五線譜譯譜，其中〈慢曲子伊州〉與〈伊州〉二首，且將其搭配聲詩予以演唱。儘管葉氏所填配的歌辭，非《伊州》大曲之摘遍，但是，唐聲詩歌辭與樂曲之間的關係，仍可加以探討。本章擬從「大曲」的結構探討《伊州》的組

織，以葉先生所解譯的〈慢曲子伊州〉與〈伊州〉二首樂曲爲主，論述聲詩與曲譜的關係。

第二節　唐代大曲與〈伊州〉的內涵

一、唐代大曲的結構

　　關於「大曲」，《教坊記箋訂》：「(一) 唐之大曲一部分沿襲南北朝及隋之大曲而來，一部分乃玄宗時各方面之創作。玄宗以後，邊將所進、規模間有擴大者，體製則仍不外盛唐之遺。……(二) 大曲之音樂、極小部分介於雅樂與燕樂之間，大部分則爲燕樂。燕樂中有清商樂之成分較多者，定爲法曲；另有胡樂之成分較多者，又有純粹胡樂者。玄宗之世，法曲與胡樂始終對立。」[註1] 以上即論述唐代大曲與前代的承襲關係，以及與其他音樂的界定範圍，再者，《碧雞漫志》卷三「涼州曲」一條中，亦說明「大曲」所涵蓋的內容：「凡大曲有數，散序、靸、排、徧、顛、正顛、入破、虛催、實催、滾拍、徧歇、殺袞，始成一曲，此謂大徧。」[註2] 宋代沈括《夢溪筆談》：「所謂大遍者，有序、引、歌、　、㗎、哨、催、攧、袞、破、行、中腔、踏歌之類，凡數十解。每解有數疊者，裁截用之，則謂之『摘遍』。今人大曲，皆是裁用，悉非『大遍』也。」[註3] 《教坊記箋訂》中又言述：「(三) 唐大曲之結構，分爲無拍、慢拍、快拍三段。無拍有散序，慢拍有歌與排遍，快拍有破與徹。較之趙宋大曲簡單明瞭。」[註4] 現今音樂學者楊蔭瀏先生將此結構分爲三個部分，且對《碧雞漫志》中所羅列的術語加以詮釋：第一部分包括節奏自由，器樂獨奏、輪奏或合奏。「散板」的散序若干遍，每遍是一個曲調；「靸」是指過渡到慢板

〔註1〕〔唐〕崔令欽著，任半塘箋訂：《教坊記箋訂》，頁146-147。
〔註2〕〔宋〕王灼著：《碧雞漫志》卷三，頁17。
〔註3〕〔宋〕沈括著：《夢溪筆談》卷五（台北：中華書局，1985年），頁29。
〔註4〕〔唐〕崔令欽著，任半塘箋訂：《教坊記箋訂》，頁147。

的樂段。第二部分包括「中序」、「拍序」或「歌頭」，節奏固定，慢板；歌唱爲主，器樂伴奏；舞或不舞不一定，排遍若干遍，慢板；「攧」與「正攧」指節奏過渡到略快。第三部分包括「破」或「舞遍」，指節奏幾次改變，由散板入節奏，逐漸加快，以致極快，舞蹈爲主，器樂伴奏，歌或不歌不一定；「入破」爲散板；「虛催」由散板入節奏，亦稱「破第二」；「實催」指催拍、促拍或簇拍，節奏過渡到更快；「袞遍」爲極快的樂段；「歇拍」是指節奏慢下來；「殺袞」則爲結束。〔註 5〕上述即論述唐大曲音樂演奏的結構與各樂段的演奏方式。

　　此外，《教坊記箋訂》中尚論述「大曲」數條：「（四）唐大曲必合舞，必有曲辭。樂最長有五十遍以上者，辭最長有十二遍者。舞之遍數、約相當於辭。」〔註 6〕此段言述唐大曲爲數支曲段所編組的樂曲，目前所流傳而完整的大曲曲辭極少，《教坊記箋訂》列「大曲名」四十六曲，包括〈踏金蓮〉、〈綠腰〉、〈涼州〉、〈薄媚〉、〈賀聖樂〉、〈伊州〉、〈甘州〉、〈泛龍舟〉、〈採桑〉、〈千秋樂〉、〈霓裳〉、〈後庭花〉、〈伴侶〉、〈雨淋鈴〉、〈柘枝〉、〈胡僧破〉、〈平蕃〉、〈相馳逼〉、〈呂太后〉、〈突厥三臺〉、〈大寶〉、〈一斗鹽〉、〈羊頭神〉、〈大姊〉、〈舞大姊〉、〈急月記〉、〈斷弓弦〉、〈碧宵吟〉、〈穿心蠻〉、〈羅步底〉、〈回波樂〉、〈千春樂〉、〈龜茲樂〉、〈醉渾脫〉、〈映山雞〉、〈昊破〉、〈四會子〉、〈安公子〉、〈舞春風〉、〈迎春風〉、〈看江破〉、〈寒雁子〉、〈又中春〉、〈玩中秋〉、〈迎仙客〉、〈同心結〉，此外曲名補列六個，大曲名補列十三個。有出自六朝樂曲、北朝及隋唐曲、外蕃、宮廷或教坊的新制樂歌等，從調名的俗語特色和表演特色看來，大抵由民間歌曲加工而成，教坊大曲即爲以新俗樂曲爲主要成份。〔註 7〕

　　《教坊記箋訂》：「（五）唐大曲之普通形式，有『第一』、『第二』

〔註 5〕　楊蔭瀏著：《中國古代音樂史稿》上冊（台北：大鴻出版社，1997 年
　　　　　7 月），頁 2-32。
〔註 6〕　〔唐〕崔令欽著，任半塘箋訂：《教坊記箋訂》，頁 148。
〔註 7〕　〔唐〕崔令欽著，任半塘箋訂：《教坊記箋訂》，頁 153-166。

等字樣，分別標於各遍曲辭之前，以定其序。凡具此形式者，必爲大曲。唐人大曲之辭，如在詩中，則向來芟削此『第一』、『第二』……不載。（六）曲辭、從三言至七言皆有，以作五、七言者爲多，作長短句者亦有之。」〔註8〕文內詳記「大曲」的組成形式。至於「伊州歌」曲調，創始於教坊舞曲，玄宗天寶間摘〈伊州〉大曲之遍。所謂「教坊」，《宋史・樂志》有言：「教坊：自唐武德以來，置署在禁門內。開元後，其人寖多。凡祭祀、大朝會則用太常雅樂，歲時宴饗則用教坊諸部樂。前代有宴樂、清樂、散樂，本隸太常，後稍歸教坊。有立、坐二部。」〔註9〕《教坊記箋訂》有載：「西京：右教坊在光宅坊，左教坊在延正坊。右多善歌，左多工舞，蓋相因成習。東京：兩教坊俱在明義坊，而右在南，左在北也。坊南西門外，即苑之東也，其間有頃餘水泊，俗謂之月陂，形似偃月，故以名之。」〔註10〕高祖武德初年（A.D.619），設教坊於禁內，唐玄宗開元二年（A.D.714），除了原有的內教坊置於蓬萊宮側東內苑外，又設四個外教坊和三個梨園，上述一段論述了唐代新設的宮廷音樂機構，內教坊設於宮廷之內，兩個外教坊置於西京長安城的延正坊和光宅坊，前一處多工舞稱左教坊，後一處多善歌稱右教坊，另外兩個教坊置於東京洛陽的明義坊。而教坊的原始之義泛指教習的場所，不限於伎樂，後始專教伎樂，專管雅樂以外的音樂，歌舞、百戲的教習、排練與演出等來自民間的俗樂事務。

二、〈伊州〉歌辭的內容

　　「伊州」，指唐之伊吾郡，今新疆哈密縣，音調爲商調，七言四句二十八字，三平韻。〔註11〕《教坊記》大曲名內載有〈伊州〉，《通

〔註8〕〔唐〕崔令欽著，任半塘箋訂：《教坊記箋訂》，頁148。
〔註9〕〔元〕脫脫著，楊家駱編：《新校本宋史并附編三種》卷一百四十二〈志第九十五・樂十七〉（台北：鼎文書局，1987年），頁3347。
〔註10〕〔唐〕崔令欽著，任半塘箋訂：《教坊記箋訂》，頁14。
〔註11〕任半塘著：《唐聲詩》（下編）（上海：上海古籍出版社，2006年6月），

考》稱〈北庭伊州〉，天寶中蓋嘉運同時進〈北庭〉、〈伊州〉、〈樗蒲〉三曲，《碧雞漫志》列有曲調數首，其中〈伊州〉提及：「〈伊州〉見於世者凡七商曲：大石調、高大石調、雙調、石調、歇拍調、林鍾商、趙調，第不知天寶所製七商中何調耳。」〔註12〕《樂府詩集》卷七十九，近代曲辭載有〈伊州〉一首，共十疊，其組成方式即爲《教坊記箋訂》所陳述的「在詩中，則向來芟削此『第一』、『第二』……不載。」〔註13〕其中第一遍，「秋風明月獨離居」，此曲用於大曲之前，至晚唐時此辭已唱作〈伊州〉大曲之第三遍。〔註14〕此十疊依序可視爲歌第一、二、三、四、五和入破第一、二、三、四、五等十首歌詞。依序分別如下：

歌第一　秋風明月獨離居，蕩子從戎十載餘。征人去日慇懃囑，歸雁來時數附書。

歌第二　彤闈曉闢萬鞍迴，玉輅春遊薄晚開。渭北清光搖草樹，州南嘉景入樓台。

歌第三　聞道黃花戍，頻年不解兵。可憐閨裏月，偏照漢家營。

歌第四　千里東歸客，無心憶舊遊。掛帆游白水，高枕到青州。

歌第五　桂殿江烏對，彤屏海燕重。祇應多釀酒，醉罷樂高鐘。

入破第一　千門今夜曉初晴，萬里天河徹帝京。璨璨繁星駕秋色，稜稜霜氣韻鐘聲。

入破第二　長安二月柳依依，西出流沙路漸微。閼氏山上春光少，相府庭邊驛使稀。

頁 495。
〔註12〕〔宋〕王灼著：《碧雞漫志》卷三，頁 18。
〔註13〕〔宋〕郭茂倩編：《樂府詩集》卷七十九，頁 1119-1121。
〔註14〕任半塘著：《唐聲詩》（下），頁 495-496。

入破第三　三秋大漠冷溪山，八月嚴霜變草顏。卷斾風行宵渡
　　　　　磧，銜枚電掃曉應還。

入破第四　行樂三陽早，芳菲二月春。閨中紅粉態，陌上看花
　　　　　人。

入破第五　君住孤山下，烟深夜徑長。轅門渡綠水，遊苑繞垂
　　　　　楊。〔註15〕

以上歌第一爲王維（A.D.701-761）七絕〈伊州〉，〔註16〕歌第三爲沈
佺期（A.D.？-713）五言〈雜詩〉，〔註17〕歌第四爲韓翃（約 A.D.754
前後在世）五言詩，〔註18〕上述的句式，歌第一、歌第二爲七字句，
歌第三、歌第四、歌第五爲五字句；入破第一、第二、第三亦皆爲七
字句，最末兩首爲五字句。歌第一，歌辭描寫戰士離家十年之久，憑
藉著雁子的書信與家人長年聯絡，以表達對戰士的思念；歌第二，此
首描寫「渭北」的風光，呈現出朝廷的雍容華麗，以及邊塞的獨特景
觀；歌第三，同是描寫征戰邊塞，長年戍守在外的情景；歌第四，描
寫遊客自東方歸來，無心舊地重遊，再來則搭乘遊船悠遊於江水之
中，一路高枕抵達青州的情景；歌第五，描寫享受美好生活的情景；
入破第一，透過外在的景物、靜物與自然景色，呈現出氣勢開闊之局
面；入破第二，從長安二月開始撰寫本詩，開頭即先描寫楊柳與流沙

〔註15〕〔宋〕郭茂倩編：《樂府詩集》卷七十九，頁 1119-1121。

〔註16〕王昆吾、任半塘編著：《隋唐五代燕樂雜言歌辭集》（下），「《王右丞
　　　集》一本作《失題》。《樂府詩集》七九《近代曲辭》列爲《伊州》
　　　大曲歌第一。《萬首唐人絕句》一二題《李龜年所歌》。」（成都：巴
　　　蜀書社，1990 年），頁 1413。

〔註17〕王昆吾、任半塘編著：《隋唐五代燕樂雜言歌辭集》（下），「《樂府詩
　　　集》七九《近代曲辭》，列入《伊州》大曲『歌第三』，無作者名《全
　　　唐詩》九六屬沈佺期，原題《雜詩》，共三首，此乃第三首前四句。」
　　　頁 1372。〔宋〕郭茂倩編：《樂府詩集》註四：「黃花戍《全唐詩》卷
　　　九六沈佺期〈雜詩〉作『黃龍戍』。」頁 1121。

〔註18〕王昆吾、任半塘編著：《隋唐五代燕樂雜言歌辭集》（下），「列爲伊州
　　　大曲『歌第四』。《全唐詩》韓翃集詩中原題〈送張儋水路歸北海〉五
　　　律，此其前半。《全唐詩》五四八作薛逢〈涼州詞〉。」頁 1434-1435。

稀微之景。關氏山所見春光微薄，從朝廷前來的邊驛使節，亦爲罕見；
入破第三，描寫軍隊於邊地出征，在惡劣的氣候中，軍隊行動迅速與
氣勢驚人的面貌，富有濃烈的肅殺之氣；入破第四，敘述二月春天景
色宜人，閨中女子悠遊於春光之中，頗爲愉悅的心情；入破第五，描
寫人物住處附近的環境，由「烟深」、「綠水」與「垂楊」的景致，烘
托出外在的氛圍面貌。又蔡振念〈論唐代樂府詩之律化與入樂〉一文
中，除提及《樂府詩集》與《全唐詩》所收錄的〈伊州歌〉外，尚引
用《全唐詩》卷七百四十五的陳陶〈西川座上聽金五雲唱歌〉：「歌是
伊州唱三遍，唱著右丞征戍辭。」與卷六百六十六的羅虬〈比紅兒詩〉
百首之九十三云：「紅兒漫唱伊州遍，認取輕敲玉韻長。」說明王維
〈伊州歌〉「清風明月」一首，如陳陶詩所說的，本爲征戍之辭，王
維這首是七絕詩，《樂府詩集》十首的〈伊州歌〉，或爲五絕或爲七絕，
皆屬於唐代樂府入樂傳唱的近體詩。〔註 19〕本章筆者即以《敦煌曲譜》
中的〈伊州〉摘遍爲論述對象，就其摘遍部分探討樂曲與歌辭的關係。

第三節 《敦煌曲譜》的結構與配辭

一、《敦煌曲譜》的結構

關於《敦煌曲譜》，本爲敦煌琵琶譜，林謙三於《敦煌琵琶譜の
解読》記載：「（ペリォ三八〇八）中国の敦煌石室から一九〇五年ポ
ール・ペリォ博士によって発見ざれ、フランスに持ち帰られた琵琶
譜二十五曲からなり、五代の長興四年（西紀九三三）以前に書写さ
れたけれど、曲の大部分は唐時代の末期に流行したものと考えられ
る」〔註 20〕此段意謂敦煌琵琶譜（Pelliot 三八〇八）一九〇五年 Paul

〔註 19〕蔡振念著：〈論唐代樂府詩之律化與入樂〉，《文與哲》15 期（2009
年 12 月），頁 88。
〔註 20〕〔日〕林謙三著：〈敦煌琵琶譜の解読〉，《雅樂：古樂譜の解読》（東
京都：音樂之友社，1969 年），頁 202。又陳應時譯，曹永迪校：〈敦
煌琵琶譜的解讀〉，收入饒宗頤編：《敦煌琵琶譜論文集》，頁 66-89。

Pilliot 博士於中國敦煌石室發現而帶回法國的琵琶譜，由二十五曲構成，撰寫於五代長興四年（A.D.933）以前，推定大部分的曲子盛行於唐末（Bibliotheque Nationale 藏）。薛宗明《中國音樂史・樂譜篇》亦提及：「法人伯希和（Paul Pilliot）西元一九〇五年發現於甘肅敦煌石室，伯氏攜回法國後，現藏法國國家圖書館中，編號 3539、3808 號。本譜紙本墨寫，首尾完備者計二十五曲，可明顯分辨出有三種不同之筆跡，表示抄寫人不同或抄寫之時期不同故也。」〔註21〕再者，葉棟先生〈唐代音樂與古譜譯讀〉云：「《敦煌曲譜》的抄寫年代為五代後唐，離晚唐末年僅二十多年，故該譜能以一定的譜式體系記寫樂譜，並據其中的唐代曲名，此類樂譜和樂曲的形成年代，當為更早些的唐朝。五代系指樂譜的抄寫年代，敦煌係指樂譜的發現地點，唐則指樂譜和樂曲的形成年代，故《敦煌曲譜》也可稱為《敦煌唐人曲譜》或《敦煌唐人琵琶譜》、《敦煌唐人大曲琵琶譜》，其中所載樂曲二十五首，當為唐曲而非五代曲。」〔註22〕依據林氏與葉氏的論述，由此可知樂譜應為唐至五代年間的作品。

其出處地點則為甘肅省敦煌縣城東南二十五公里處的鳴沙山東麓斷崖上，分佈著上下五層高低錯落的石窟，這即是著名的敦煌莫高窟。至今保存十六國、北魏、西魏、北周、隋、唐、五代、宋、西夏、元等十個朝代的洞窟四百九十二個，窟內壁畫面積達 45,000 餘平方米，彩塑達 2,400 餘身。〔註23〕林謙三《雅樂：古楽譜の解読・敦煌琵琶譜》：「唐時代に用いられた琵琶はイラソ起源の絃樂器で、三―四世紀代に中国に伝来したと考えられる。正倉院に唐時代のすぐれた遺品五面を藏しているが、いすれも四本の絃と四個の柱（フレット）をもつことはいまの楽琵琶と同じである。」〔註24〕此段便論述

〔註21〕薛宗明著：《中國音樂史・樂譜篇》（台北：台灣商務印書館，1999
年 2 月），頁 165-166。
〔註22〕葉棟著：〈唐代音樂與古譜譯讀〉，《唐樂古譜譯讀》，頁 43。
〔註23〕劉再生著：《中國古代音樂史簡述》，頁 251
〔註24〕〔日〕林謙三著：〈敦煌琵琶譜の解読〉，《雅楽：古楽譜の解読》，

了唐代所使用的琵琶，且推定爲源自於伊朗的絃樂器，在三至四世紀
時傳至中國。正倉院收藏了五面唐代所遺留的琵琶，而五面均爲四條
絃與四個柱（fret），此點與現代的琵琶相同。而且，林謙三所著，郭
沫若所翻譯的《隋唐燕樂調研究》有言：「日本正倉院所藏的奈良朝
時代之琵琶（蓋唐製）五具中，除掉五絃五柱的一具之外，其餘都是
四絃四柱，與近世日本的雅樂琵琶相同。」〔註25〕上述學者所言的「四
絃四柱」，林謙三著，錢稻孫翻譯的《東亞樂器考》又言：「這樣發聲
的四絃四柱制，在承繼伊朗式琵琶的初期阿拉伯 oud 也一樣見到，在
中亞也一樣，在中國也只是完全接受了外來之制。」〔註26〕薛氏於《中
國音樂史・樂譜篇》曾提及，此「四絃四柱」即意指二十個音位，用
二十個弦音記譜，日本雅樂琵琶及《敦煌曲譜》亦隨此。〔註27〕因此，

頁 204。

〔註25〕〔日〕林謙三著，郭沫若譯：〈燕樂調與琵琶之關係〉，《隋唐燕樂調
　　　　研究》（上海：商務印書館，1936 年），頁 111。

〔註26〕〔日〕林謙三著，錢稻孫譯：〈第三章　弦樂器・琵琶的定弦原則及
　　　　其變遷〉，《東亞樂器考》（北京：人民音樂出版社，1996 年 1 月），
　　　　頁 260。

〔註27〕薛宗明著：《中國音樂史・樂譜篇》，頁 166。關於樂譜的部分，國
　　　　內的音樂學者許常惠先生，於 1964-1968 年間所發表的音樂文論，
　　　　也曾提及當時他個人對《敦煌曲譜》的看法，許氏曾於其所著的
　　　　〈敦煌琵琶譜與唐代音樂〉一文，載於《尋找中國音樂的泉源》：
　　　　「今天的日本雅樂與千年前的唐樂之間，是會有相當的懸殊的。
　　　　但是最大的原因，使我們久久不能斷定唐代音樂的最大原因，無
　　　　疑是我們始終沒有能看到唐代古譜：把唐代古譜與今天的唐樂
　　　　作了比較之後，我們纔能真正了解起來。『敦煌琵琶譜』的重要性
　　　　便是在這個地方。它不僅是唐代古樂的真品，而且是在中國發現
　　　　的。……大約三十年前，首先有法國及歐美的學者開始研究它，
　　　　而第一個嘗試把它翻譯成現代樂譜者恐怕要算是日本人林謙三，
　　　　接著有中國人楊蔭瀏，一直到現在關於『敦煌琵琶譜』的研究工
　　　　作還在繼續中。對於唐代音樂是否可以演奏，是否可以聽的這個
　　　　問題，我們的回答是：除了日本雅樂及傳留於中國國樂的所謂唐
　　　　樂（不可靠）之外，在我們能解讀那些古樂譜的程度之內是可能
　　　　的。所以『敦煌琵琶譜』如能更進一步研究進行，那麼就可以更
　　　　深入地，更正確地讓人理解當時的音樂是必然的事情。」由此可

當時的琵琶可視爲是依據波斯的音樂理論所製。由此可見，唐傳琵琶的形制與樂譜，二者的來源與特徵至此清晰可辨。

《敦煌曲譜》二十五首，依序分別一爲〈品弄〉，二爲〈品弄〉，三爲〈傾杯樂〉，四爲〈又慢曲子〉，五爲〈又曲子〉，六爲〈急曲子〉，七爲〈又曲子〉，八爲〈又慢曲子〉，九爲〈急曲子〉，十爲〈又慢曲子〉，十一〈佚名〉，十二〈傾杯樂〉，十三〈又慢曲子西江月〉，十四〈又慢曲子〉，十五〈慢曲子心事子〉，十六〈又慢曲子伊州〉，十七〈又急曲子〉，十八〈水鼓子〉，十九〈急胡相問〉，二十〈長沙女引〉，二十一〈佚名〉，二十二〈撒金沙〉，二十三〈營富〉，二十四〈伊州〉，二十五〈水鼓子〉。此套曲可分爲三組，由三種音階組成，第一組十曲，散板慢起，後慢、快、慢曲子兩次循環交替，相當於唐大曲的散序，中間曲調若干遍，「𩊅」是過渡到慢的段落，其音階雖以六聲音階爲主，但前五曲具有燕樂音階的特點，後五曲則爲清樂音階。第二組十曲，慢速轉略快，前爲慢曲子後爲急曲子，相當於唐大曲的中序部分，歌唱爲主，「攃」與「正攃」爲過渡到快的段落，屬於七聲古音階。第三組五曲，快速，最後兩曲爲前兩組中同名分曲的變體再現，相當於唐大曲的「破」或「舞遍」部分，舞蹈爲主，亦爲七聲古音階。〔註28〕全套樂曲中的拍眼和分曲的結構，大致不脫離大曲本有的特

見，許氏亦認同透過學者專家對古樂譜的譯讀，將有助於國人對唐代音樂的認識。(台北：水牛圖書出版事業公司，1988 年 2 月)，頁 51-52。

〔註28〕葉棟著，饒宗頤編：〈敦煌曲譜研究〉，《敦煌琵琶譜論文集》，頁 104、106。屠建強著，饒宗頤編：〈略談敦煌曲譜已成功破譯的不現實性〉，《敦煌琵琶譜論文集》，文中針對葉棟的「三種音階說」，提出「三種音階說」難根據「譜字的多少與有無」來推定出敦煌曲譜的琵琶定弦，因爲林謙三先生根據敦煌曲譜三群用字種數來推定它們的琵琶定弦時，僅限於用五聲帶變徵、變宮的一種音階形式，和另帶清角、變宮的兩種音階形式。若按葉棟的三種音階形式，則其定弦的可能數，比陳應時據四條弦所用譜字種數推算結果所得的定弦可能，還要多得多。三音階之說成立，就更難以定弦；而定弦不定，就難成三種音階之說。頁 340-341。

點。〔註29〕唐朴林〈《敦煌琵琶曲譜》當議〉一文，亦將《敦煌曲譜》
二十五首樂曲分為三部分，但其分類不同於前述，一為有標題實無標
題的樂曲，如〈品弄〉、〈慢曲子〉、〈急曲子〉等；二是有標題的樂曲，
如〈傾杯樂〉、〈撒金砂〉、〈水鼓子〉等；三（可能）是由歌唱曲演變
而來的樂曲，如〈伊州〉、〈長沙女引〉、〈又慢曲子西江月〉等。唐氏
以為，上述三部分的分類，似宮廷的「宴樂」，因「宴樂」一般包括
各種藝術形式如歌唱、器樂、舞蹈甚至百戲等。因此，他提出第一類
可能是舞蹈伴奏曲，第二類可能是器樂演奏曲，第三類則可能是歌唱

〔註29〕 本文筆者以葉棟之說為主要論述的重點。但也有學者主張「敦煌曲
譜非大曲」，陳應時著，饒宗頤編：〈評《敦煌曲譜研究》〉，《敦煌琵
琶譜論文集》，「《研究》斷定敦煌曲譜為『由一系列不同分曲組成的
唐大曲』，亦只能作為《研究》的一種主觀設想。因為很難想像，一
首琵琶大曲，在演奏中間要停兩次來調弦，同一首大曲中有同名不
同調，旋律又不相同的『分曲』。即使《研究》的『大曲』立論能夠
成立，但僅有一首『大曲』，只有孤證，還不能一下子用來推翻前人
據古代文獻記載所作的結論。」頁 170。席臻貫著，饒宗頤編：〈關
於敦煌曲譜研究問題與香港饒宗頤教授的通信〉，《敦煌琵琶譜論文
集》，即探討「敦煌曲譜絕非大曲」的議題，首先，提出唐曲有「大
曲」、「次曲」、「小曲」之分，以沈括《夢溪筆談》、王灼《碧雞漫志》、
元稹《連昌宮調》、王維《唐宋大曲考》來論述其區別，又從「敦煌
曲譜」二十五首「小曲」中，說明其中的曲名就斷為「大曲」，這實
為偏頗：其二，既是「大曲」，每「遍」之前就應有「序」、「催」、「哀」
等遍名，「遍」即「變」意，這是大曲音樂結構的內部邏輯性，不可
能是曲牌的隨意拼合，況且大曲「變」的結構是來自「古樂」的傳
承性：其三，「大曲」的每遍之前標有「第一」、「第二」等字樣：其
四，從「節奏角度」證實「敦煌曲譜」非大曲，因唐大曲之結構，
按序可分為無拍、慢拍、急拍之三大「板塊」。無拍有散序多遍，慢
拍有歌與排遍等遍，快拍有破與徹等遍。而「敦煌曲譜」之二十五
首，僅以標題顯示出其「急」、「慢」始終交錯盤雜，根本沒有大曲
節奏「板塊」之序：其五，「曲子」與「大曲」為兩個相對的概念，
唐代習稱「小曲」為「曲子」，「曲子」本多自體生成，但由大曲內
的摘遍而來，亦為不少。因此，席氏以為，敦煌曲譜本為當時樂工
所奏「小曲」之分譜，這些「小曲」互相之間並無必然的音樂邏輯
關係。頁 430-439。又席臻貫著，饒宗頤編：〈《佛本行集經‧憂波離
品次》〉，《敦煌琵琶譜論文集》，亦提出「敦煌曲譜肯定不是一部大
曲」之論述，頁 266-269。

伴奏的樂曲。尚且，三類演奏形式，在宮廷和「宴樂」裡，很少是琵琶獨奏而是有多種樂器的合奏，所遺留下來的樂譜。他以爲《敦煌琵琶曲譜》可能就是這些合奏曲的琵琶分譜，而非琵琶獨奏譜。〔註30〕筆者依唐氏之說，認爲〈慢曲子伊州〉與〈伊州〉二曲，應爲由歌唱曲演變而來的樂曲。再者，上述曲目中，依王子初《音樂考古》所言：「〈急曲子〉、〈慢曲子〉、〈又曲子〉、〈品弄〉等標題的具體內容似爲曲式或段落名稱。具有詞牌名稱的共有九首。其中幾首爲異曲同名，曲名雖有重複，但曲譜內容並不相同亦應各視爲一首樂曲。全譜有三種不同筆跡，共錄譜字二千八百個。這些譜字繫漢字減略筆畫，有的爲漢字之部首，或稱之爲『省文』、『半字符號』，包括二十種形態。」〔註31〕至此可見得，琵琶譜符號的概況。

　　葉棟〈唐代音樂與古譜譯讀〉有言：「大曲是具有一定的結構形式的成套樂曲，有以單曲變體組成形式爲主的多段結構，也有以一系列獨立或相對獨立的短曲聯綴組成形式的多段結構。」〔註32〕此《敦煌曲譜》二十五首，即爲以一系列獨立的短曲聯綴組成形式的多段結構。楊旻瑋《唐代音樂文化之研究》言及：「儘管大曲聯合了許多曲段，但整體而言，它是一種有機的結合，並且在一曲之中有速度節奏的變化。首先，它的演出具有順序性，從『散序』到『排遍』到『急遍』再到『入破』；其樂曲大體按慢節奏到快節奏的順序排列，除了在結尾時節，節奏會放

〔註30〕唐朴林著，郭樹群、周小靜主編：〈《敦煌琵琶曲譜》當議〉，《音樂學論文集》（上海：上海音樂學院出版社，2006 年 3 月），頁 118。
〔註31〕王子初著：《音樂考古》「曲譜除用音高符號作爲譜字外，還附加一些輔助性符號，可歸納爲兩大類：①漢字術語符號。多用於譜字中間或結尾處。如：重頭、重頭尾。②點畫符號。多標記在譜字右側，用的最多是『、』和『口』兩個符號。另有似譜字而比譜字字體小，也多標記在譜字右側的符號，有數十種之多，清晰可辨者有：七、十、八、＞、一等。曲譜末尾用一種特殊的譜字及符號的重疊結束全曲。所有這些，可能包括節拍、速度、反覆、表情、調式、力度及演奏手法等含意。曲譜的符號，僅少數與傳世所用有相同之處，更多的尚有待於進一步解釋。」（北京：文物出版社，2006 年 1 月），頁 250-251。
〔註32〕葉棟著：〈唐代音樂與古譜譯讀〉，《唐樂古譜譯讀》，頁 38。

慢（歇拍）外，一般而言，從慢到快是大曲中一種重要的性質。其次，
在風格上有它的統一性。由於一支大曲的多種曲段，常常表現爲一支主
旋律的不同變奏，故常有統一的曲名。」〔註33〕〈唐代音樂與古譜譯讀〉
又提及：「大曲中的聲樂曲歌辭很多是五言或七言絕句，有的與樂曲特
點很有聯繫，有的無甚聯繫，其內容也未必前後連貫。正如唐代歌舞本
身大致分兩類那樣，一爲有故事情節，一爲沒有故事情節。」〔註34〕
由此看來，本篇文中所探討的〈慢曲子伊州〉與〈伊州〉，本身分列爲
第十六首與第二十四首的順序，約略可知其節奏分列的概況。

　　再者，王維眞《漢唐大曲研究》整理「大曲」之定義：「（一）大
曲是器樂、聲樂、舞蹈三者連續表演的一種大型藝術形式。其奏、歌、
舞出現乃有一定順序，在節拍的變化亦有一定規律依循。（二）依奏、
歌、舞的順序，大曲主分爲三大部分，此三大部分又與節拍快慢有關，
其名稱大致是（1）散序（2）中序（排遍及攧、正攧）（3）破（入破
始及其他）……（四）大曲的體例在漢代已經出現，唯彼時僅具雛形，
各樂段名稱亦與唐宋時不同，曲體亦較小；到唐代，由於各方面條件
配合，而發展成熟，並於玄宗開元天寶年間達於巔峰；迄宋代，此一
形式則多以裁截部分，即『摘遍』的方式演出，且偏重舞蹈的表現，
同時又漸與故事情節相結合，對後世說唱音樂及戲曲表演產生重要影
響。因此『大曲』僅爲一總稱……亦即每一朝代均有其大曲。」〔註35〕
關於《敦煌曲譜》二十五首中，有〈慢曲子西江月〉、〈慢曲子伊州〉
與〈伊州〉，其曲調可填配唐聲詩數首，其歌辭亦同葉氏所述的五言或
七言絕句。因此，《敦煌曲譜》中的音樂部分，本有大曲結構的順序性，
但所填配的歌辭內容與樂曲之間，各首中未必前後連貫，也未有完整
一貫的故事情節。儘管葉氏所填配的歌辭，非《伊州》大曲之摘遍，

〔註33〕楊旻瑋著：《唐代音樂文化之研究》（台北：文史哲出版社，1993年
　　　　9月），頁234。
〔註34〕葉棟著：〈唐代音樂與古譜譯讀〉，《唐樂古譜譯讀》，頁38。
〔註35〕王維眞著：《漢唐大曲研究》（台北：學藝出版社，1988年），頁140。

但是，唐聲詩歌辭與樂曲之間的關係，應可從單首歌曲與其所塡配的歌辭，依次加以探討。

二、《敦煌曲譜》的配辭

　　關於聲詩與音樂的塡配，主要有「由樂定詞」與「依詞配樂」二種。元稹《樂府古題序》有言：

> 《詩》訖於周，《離騷》訖於楚。是後，詩之流爲二十四名：賦、頌、銘、贊、文、誄、箴、詩、行、詠、吟、題、怨、嘆、章、篇、操、引、謠、謳、歌、曲、詞、調，皆詩人六義之餘，而作者之旨。由操而下八名，皆起於郊祭、軍賓、吉凶、苦樂之際。在音聲者，因聲以度詞，審調以節唱，句度短長之數，聲韻平上之差，莫不由之準度。而又別其在琴瑟者爲操、引，采民甿者爲謳、謠，備曲度者，總得謂之歌、曲、詞、調，斯皆由樂以定詞，非選詞以配樂也。由詩而下九名，皆屬事而作，雖題號不同，而悉謂之爲詩可也。後之審樂者，往往採取其詞，度爲歌曲，蓋選詞以配樂，非由樂以定詞也。〔註36〕

元稹提出「因聲以度詞」與「選詞以配樂」兩個概念，它們所體現的就是辭與樂的配合方式。所謂「因聲以度詞」是根據既有的樂曲而進行相應的歌辭創作；「選詞以配樂」則是採用既有的歌辭來創作樂曲。本文《敦煌曲譜》第二十四首〈伊州〉，可塡配〈陽關三疊〉一首詩歌，《樂府詩集》卷八十有載：

> 〈渭城〉一曰〈陽關〉，王維之所作也。本送人使安西詩，後遂被於歌。劉禹錫〈與歌者詩〉云：「舊人唯有何戡在，更與慇懃唱渭城。」白居易〈對酒詩〉云：「相逢且莫推辭醉，聽唱陽關第四聲。」陽關第四聲，即「勸君更盡一杯酒，西出陽關無故人」也。〈渭城〉〈陽關〉之名，蓋因辭云。〔註37〕

〔註36〕〔唐〕元稹著，冀勤點校：《元稹集》第二十三卷（北京：中華書局，1982 年），頁 255。

〔註37〕〔宋〕郭茂倩編：《樂府詩集》卷八十，頁 1139。

以上由「本送人使安西詩，後遂被於歌。」一段，可以見得，它是根
據「選詞以配樂」而創作，且樂工根據既有歌辭來新創樂曲。又如王
士禛《唐人萬首絕句選序》：

> 然考之開元、天寶以來，宮掖所傳，梨園弟子所歌，旗亭
> 所唱，邊將所進，率當時名士所爲絕句爾。故王之渙「黃
> 河遠上」，王昌齡「昭陽日影」之句，至今豔稱之。而右丞
> 「渭城朝雨」，流傳尤眾，好事者至譜爲《陽關三疊》。他
> 如劉禹錫、張祜諸篇，尤難指數。由是言之，唐三百年以
> 絕句擅場，即唐三百年之樂府也。〔註38〕

上述雖未明「因聲以度詞」，抑或「選詞以配樂」，但「梨園弟子所
歌，旗亭所唱，邊將所進，率當時名士所爲絕句爾。」一段文字，
恰可得知歌辭與音樂在文人中所傳唱的情況。再者，任半塘於《唐
聲詩》中有言：

> 「選詞」是選現成之名人作品，不加改動；「配樂」是配入
> 現成之聲曲折，亦無改動。彼此但有選配，並無調節。合
> 則用，不合則罷。猶之以足配履，既不能削足，亦不必裁
> 履。〔註39〕

任氏所言的「選詞配樂」，與前述《樂府古題序》的「選詞以配樂」，
所指應爲不同。最後則再論述其選配歌辭與音樂，二者究竟如何取決
的相互關係。

第四節　聲詩與曲譜的句式與樂句

一、〈慢曲子伊州〉歌辭的句式

　　《伊州》原有十疊，葉棟將《敦煌曲譜》第十六首〈慢曲子伊州〉
塡《伊州》歌辭之第一疊，即爲「清風明月苦相思，蕩子從戎十載餘。

〔註38〕〔清〕王士禛著，李永祥校注：《唐人萬首絕句選校注·序》（山東：
　　　　齊魯書社，1995 年 3 月），頁 1。
〔註39〕任半塘著：《唐聲詩》（上編），頁 172。

征人去日慇懃囑，歸雁來時數附書。」﹝註40﹞與《樂府詩集》原詩的部分，「秋風明月獨離居，蕩子從戎十載餘。征人去日慇懃囑，歸雁來時數附書。」﹝註41﹞略有不同。宋代的尤袤《全唐詩話》「王維」其一，提及「祿山之亂，李龜年奔放江潭，曾於湘中採訪使筵上唱：『紅豆生南國，春來發幾枝？願君多採擷，此物最相思。』又：『秋風明月苦相思，蕩子從戎十載餘。征人去日慇懃囑，歸雁來時數附書。』此皆王右丞所製，至今梨園唱焉。」﹝註42﹞此詩的首句，亦作「秋風明月獨離居」，末句「附」一作「寄」。﹝註43﹞關於《全唐詩話》所提及的「梨園」，《教坊記箋訂》有言：「太常寺之大樂署、宮廷之內外教坊、及皇帝男女弟子所屬之宮內梨園，乃盛唐同時並存之三種伎藝機構。……梨園主要業務，乃樂隊之訓練，重在演奏玄宗所特好之法曲，所謂『法部』與『小部音聲』者皆在焉。其男伎中之人才間有善歌者，女伎中之人才間有擅舞者，因個人之邀寵，而偶作特殊之表現則有之，若歌舞與其他表演，則終非梨園一般之主業也。」﹝註44﹞上述論述了「梨園」為唐音樂機構之一，且其為唐代教練歌舞藝人的地方。《全唐詩話》一段所提到的「梨園」泛指歌伎，並非指其歌曲為梨園之「法曲」。

二、〈慢曲子伊州〉曲譜的樂句

此樂曲從結構來看，可分為前後兩段，如譜例一〈慢曲子伊州〉：

﹝註45﹞

﹝註40﹞ 葉棟著：〈慢曲子伊州〉，《唐樂古譜譯讀》，頁180。

﹝註41﹞ 〔宋〕郭茂倩編：《樂府詩集》卷七十九，頁1119。

﹝註42﹞ 〔宋〕尤袤著：《全唐詩話》，收錄於〔清〕何文煥著：《歷代詩話》（北京：中華書局，2009年5月），頁78-79。

﹝註43﹞ 任半塘、王昆吾編著：《隋唐五代燕樂雜言歌辭集》（下），頁1413。

﹝註44﹞ 〔唐〕崔令欽著，任半塘箋訂：《教坊記箋訂》，頁16。

﹝註45﹞ 葉棟著：〈慢曲子伊州〉，《唐樂古譜譯讀》，頁180。

譜例一 《敦煌曲譜·慢曲子伊州》

　　第一段自「清風明月苦相思」至「歸雁來時數附書」結束，中間以「清
風書」相隔，第二段再從「清風明月苦相思」起，至「歸雁來時數附
書」爲止。第一段開頭最初爲 3/4 拍，樂曲進行到第三句「日慇勤囑」
之歌辭時，轉爲 4/4 拍。樂曲持續繼續進行至第四句「數附書」時，
再轉爲 3/4 拍。銜接第二段的「清風書」，以及第二段開頭的「清」，
皆爲3/4 拍，第一句除了「清」字之外，「風明月苦相思」的「風明月
苦」則爲4/4 拍。首句後面的「相思」，與第二句的「蕩子從戎十載餘」，
以及第三句的「征人去」則轉爲 3/4 拍，再來的「日慇勤囑」與第四
句的「歸雁來時數附書」的「歸雁來時」則又回到 4/4 拍的節拍。最
後的「數附書」則是 2/4 拍。關於前述所言的節拍，它本來是表示樂

曲在一定的時值單位內，強音與弱音有規律的組合關係。葉氏譯此樂
譜，即採用現今通用的節拍（meter）概念，呈現樂曲的內容。〔註46〕

三、〈伊州〉歌辭的句式

　　王維七絕〈渭城曲〉，一作〈送元二使安西〉，因為詩中有「渭城」
（今陝西省咸陽市東北）與「陽關」（今甘肅省敦煌西南），同是我國
古代出塞必經之地，因在玉門之南，所以又名〈渭城曲〉、〈陽關曲〉，
而安西即唐代安西都護府的治所（今新疆庫車縣境內）。本首主要描寫
送別友人，這一離情別緒的抒發，在唐代及唐以後的各朝代中，均受
其影響。這首詩歌後來脫離它所描寫的特定人物與特定環境，成為一
般人之間抒發離情別緒的共同心聲，且又成為描寫別離情景與環境的
代名詞。由於當時演唱常將其中某些詩句再三疊唱，因而又稱《陽關
三疊》。現存的明清《陽關三疊》琴譜中，可分為兩類：一類是「多疊」
的，此譜最初為明代弘治四年（A.D.1491）《浙音釋字琴譜》所刊印，
名《大陽關》；一類是「三疊」的《陽關三疊》，稱《陽關三疊》者則
以《發明琴譜》（A.D.1530）為最早。從這兩類《陽關三疊》的曲調與
歌辭關係來看，兩類《陽關三疊》均有獨特的藝術特色。所以，《陽關》
不一定要拘泥於「三疊」。實際上，「三疊」與「多疊」始終貫穿在《陽
關三疊》一曲的發展之中。從唐代至明清，「疊」這種樂曲演奏或演唱
形式，不僅在唐代有，在宋代以後依然應用廣泛。〔註47〕

　　目前所見《陽關三疊》曲，是以琴曲的形式保存下來。其曲調是
後代出現的，可能為唐人所作，後人所配。宋代蘇軾《東坡題跋》卷

〔註46〕關也維著：《唐代音樂史》「古琴曲中的《胡笳十八拍》之『拍』，是
　　　　指樂曲的段落而言，全曲共有十八段。白居易在其《霓裳羽衣歌》
　　　　自注中有『散序六遍無拍』，『中序始有拍』。其中，『無拍』系指散
　　　　板；『有拍』則指按節拍演奏。唐代燕樂是以拍板、羯鼓與太鼓（即
　　　　大鼓）的敲擊情況表示節拍。拍板在演奏中佔有重要地位，通常一
　　　　小節內擊奏拍板一下，位在小節之中間或在小節之末。」頁139。
〔註47〕趙春婷著：〈唐時《陽關》疊法探微〉，《中央音樂學院學報》（季刊）
　　　　2期（2002年），頁88。

二〈記陽關第四聲〉有言：

> 舊傳《陽關三疊》，然今歌者，每句再疊而已，通一首言之，
> 又是四疊，皆非是。或每語三唱，以應三疊之說，則叢然
> 無復節奏。〔註48〕

由此可見，宋代以後的多疊形式，是在前代的基礎下發展而成。再者，
《東坡題跋》卷二〈記陽關第四聲〉與《東坡志林》卷七，分列如下：

> 余在密州，有文勛長官，以事至密，自云得古本《陽關》，
> 其聲婉轉淒斷，不類向之所聞，每句皆再唱，而第一句不
> 疊乃唐本三疊蓋如此。及在黃州，偶讀樂天〈對酒〉詩云：
> 「相逢且莫推辭醉，新唱陽關第四聲。」最後，另有註釋
> 說明：「第四聲：『勸君更盡一杯酒。』以此驗之，若第一
> 句疊，則此句爲第五聲矣，今爲第四聲，則第一不疊審矣。」
> 〔註49〕

> 舊傳《陽關三疊》；然今世歌者，每句再疊而已。若通一首
> 言之，又是四疊，皆非是。或每句三唱，已應三疊之說，
> 則叢然無復節奏。余在密州，有丈勛長官因事至密，自云
> 得古本《陽關》，其聲宛轉淒斷不類，乃知唐本三疊蓋如此。
> 及在黃州，偶得樂天〈對酒〉云：「相逢且莫推辭醉，聽唱
> 《陽關》第四聲。」注云：第四聲，「勸君更盡一杯酒。」
> 以此驗之，若一句再疊，則此句爲第五疊；今爲第四聲，
> 則一句不疊審矣。〔註50〕

上面二段所提及的重點有三，第一，舊傳的《陽關》，本爲三疊，且
第一句不疊；第二，白樂天的詩歌中，闡述了唐時已有新唱的《陽關》
第四聲；第三，作者宋時的《陽關》，歌辭爲每句再疊而已，採以四
疊的方式傳唱，或是每句三唱三疊；第四，作者於密州時所聽聞的古
本《陽關》，其聲辭「婉轉淒斷」，且與他以前所聽聞的不大相同。另

〔註48〕　〔宋〕蘇軾著：《東坡題跋》卷二〈記陽關第四聲〉（北京：中華書
　　　　局，1985 年），頁 27。
〔註49〕　〔宋〕蘇軾著：《東坡題跋》卷二〈記陽關第四聲〉，頁 27。
〔註50〕　〔宋〕蘇軾著：《東坡志林》卷七（北京：中華書局，1985 年），頁 32。

外，東坡《仇池筆記・陽關三疊》﹝註51﹞文字則與《東坡題跋》卷二
〈記陽關第四聲〉文字略同。根據上述《東坡題跋・記陽關第四聲》、
《東坡志林》與《仇池筆記・陽關三疊》之說，趙春婷於〈唐時《陽
關》疊法探微〉一文整理她個人的見解，以及金建民、范三畏與徐仁
甫對《陽關》疊法的說明，如下：

> 從《東坡題跋》記載來看，蘇軾有兩次明確提及「三疊」（「或
> 每句三唱，以應三疊之說，則叢然無復節奏」；「唐本三疊
> 蓋如此」）。……金建民雖然根據蘇軾《東坡志林》推出了
> 「七聲三疊」的「古本」《陽關》，但卻不贊同這種形式的
> 《陽關》。他同范三畏在各自的文章中表示蘇軾所謂的古本
> 《陽關》非唐所有。理由如下：第一，金、范兩位學者從
> 《白居易集》和《樂府詩集》中發現，注明的第四聲乃「勸
> 君更盡一杯酒，西出陽關無故人」兩句，並以此認定蘇軾
> 《東坡志林》中所引的白詩自注是「偶憑記憶，未查原文」
> 得來的。第二，金建民認爲，蘇軾「一句不疊，二句疊，
> 以應第四聲」，那麼「一句疊，二句不疊，亦可應第四聲」。
> 並且，金氏還引了徐仁甫的話以支持其觀點。依據以上兩
> 點，金、范二人推斷出另一種唐時《陽關》「三疊」的形式：
> 前兩句爲一聲，連續唱三遍，第四聲正當「勸君更盡一杯
> 酒，西出陽關無故人」。疊法如下：渭城朝雨浥輕塵，客舍
> 青青柳色新。（第一聲，一疊）渭城朝雨浥輕塵，客舍青青
> 柳色新。（第二聲，二疊）渭城朝雨浥輕塵，客舍青青柳色
> 新。（第三聲，三疊）勸君更盡一杯酒，西出陽關無故人。
> （第四聲）金、范兩位學者所推斷的這一《陽關》，筆者（趙
> 氏）認爲非唐代所有。理由如下：第一，即使認定《白居
> 易集》、《樂府詩集》中的白詩自注是準確的，也不能僅憑
> 這一點就推斷上面所列的《陽關》爲唐時所有。因爲，以
> 「勸君更盡一杯酒，西出陽關無故人」爲第四聲的三疊疊

﹝註51﹞ 〔宋〕蘇軾著：《仇池筆記・陽關三疊》（北京：中華書局，1985 年），
頁 1。

法，在排列上還可以有許多種，譬如：渭城朝雨浥輕塵，
客舍青青柳色新。客舍青青柳色新。勸君更盡一杯酒，西
出陽關無故人。（第四聲）第二，金、范兩位學者以前兩句
爲一聲無依據。他們所說的「前兩句爲一聲」是根據徐仁
輔「漢魏六朝樂府中，前兩句若疊，無不重第一句」而來
的。但實際上，徐仁輔之說本身就有偏頗，因爲《陽關》
一曲的原辭是一首齊言的近體七言絕句，而徐氏所講的漢
魏六朝樂府屬古體詩，它們是不同的「古詩」形式。……
此外，從金、范兩位學者所推斷的《陽關》來看，其疊法
是，「一、二兩句爲一聲」，「一聲即一疊」，唱三聲，即三
疊。這種對「疊」的理解也與蘇軾不同（蘇軾指樂句的重
覆爲疊）。〔註52〕

以上即爲趙氏爲諸位學者所整理的論點說明，以及他個人所持的論點
與理由。又李冶《敬齋古今黈》有言：

王摩詰〈送元安西詩〉云：「渭城朝雨……。」其後送別者，
多以此詩附腔，作小秦王唱之，亦名〈古陽關〉，予在廣寧
時，學唱此曲於一老樂工某乙云：「渭城朝雨……。」當時
予以爲樂天詩，有聽唱陽關第四聲，必指西出陽關無故人
一句耳。又誤以所和剌里離賴等聲，便謂之疊，舊稱《陽
關三疊》。今此曲前後三和，是疊與和一也。後讀天集詩中
自注云：「第四聲，謂勸君更盡一杯酒」又《東坡志林》亦
辨此云：「以樂天自注驗之，則一句不疊爲審，然則勸君更
盡一杯酒，前兩句中，果有一句不疊，此句及落句皆疊。
又疊者，不只和聲，乃重其全句而歌之，予始悟曩日某乙
所教者，未得其正也。因博訪諸譜，或有取《古今詞話》
中所載，疊爲十數句者，或又有疊作八句而歌之者，予謂
《詞話》所載，其辭龐鄙重複，既不足采，而疊作八句，
雖若近似，而句句皆疊，非三疊本體。且有違于白注，蘇
志亦不足徵，乃與知音者再譜之，爲定其第一聲云：『渭城

<hr />

〔註52〕趙春婷著：〈唐時《陽關》疊法探微〉，《中央音樂學院學報》（季刊）
2 期（2002 年），頁 83-85。

朝雨浥輕塵，依某乙中和而不疊。』第二聲云：『客舍青青
柳色新，直舉不和。』第三聲云：『客舍青青柳色新，依某
乙中和之。』第四聲云：『勸君更盡一杯酒，直舉不和。』
第五聲云：『勸君更盡一杯酒，依某乙中和之。』第六聲云：
『西出陽關無故人。』及第七聲云：『西出陽關無故人』，
皆依某乙中和之止爲七句，然後聲諧意圓，所謂三疊者，
與樂天之注合矣。」〔註53〕

依據許之衡著《中國音樂小史》所提及的《東坡志林》與《敬齋古今
黈》，可以看出許氏對上述李氏與《東坡志林》的見解：「王維〈渭城〉
曲，爲唐代有名樂曲，至宋元猶存。觀此兩段，亦略可知其唱法：（一）
首句不疊，以下三句俱疊，東坡李冶說全同。（二）當時樂人，常有
以每句再疊唱者。（三）其聲宛轉淒斷，則以每句第四字第七字之下，
皆有和聲之故。『和聲』，當即今之腔，腔多故宛轉淒斷也。」〔註54〕

　　再者，以下劉永濟與陳秉義皆言及《陽關三疊》不同時期的唱法
演變：

> 徐本立《詞律拾遺》所載的無名氏《古陽關》一調，及北
> 曲大石調中所有的《陽關三疊》一曲，就很複雜。顯然是
> 後世曲家從唐人唱《陽關三疊》的方法加以擴充的。蓋藝
> 術發展的規律，都是由簡而繁的。〔註55〕

> 到宋元時，《陽關三疊》除王維的原詩外，就已經有了蘇軾
> 所提到的三種唱法，劉永濟回憶宋《三續百川學海叢書》
> 提到的二種唱法，徐本立提到的一種唱法，元代《陽春白
> 雪集》中提到的一種唱法，元代學者李冶曾向一位老樂工
> 學唱帶和聲的《陽關三疊》等，至少已經有了八種唱法，
> 如果把王維的原詩也算上，到宋元時至少應該有九種唱

〔註53〕〔元〕李冶著：《敬齋古今黈》（台北：中華書局，1985 年），頁 89-90。

〔註54〕許之衡著：《中國音樂小史》（台北：台灣商務印書館，1996 年 5 月），
　　　　頁 156。

〔註55〕劉永濟著：《宋代歌舞劇曲錄要》（北京：中華書局，2007 年 10 月），
　　　　頁 8。

法，這個數字若根據劉永濟先生回憶的宋代《三續百川學
海叢書》中有一套《陽關三疊》的書，肯定是一個十分保
守的數字。不僅如此，在演唱《陽關三疊》的過程中還加
上了『和聲』等音樂因素，應該說是一種創造。〔註56〕

根據前述所言，唐宋時期的《陽關三疊》已有多種曲調，不同傳譜，
但其歌詞皆採王維的原詩作。復次，就字數而言，陳秉義於〈關於〈渭
城曲〉在唐宋元時期產生和流傳的情況及其研究〉一文中提及歌曲字
數的長短，其衍文字數雖不同，但可看出宋元期間的三疊，已經出現
在王維原詩基礎上加進衍文的《陽關三疊》，有的三疊是在某句上重
複較多，有的已在原詩基礎上把詞擴展到很長的「長調」來填寫依依
惜別之歌，纏綿悱惻，比起原詩更加扣人心弦，這可能是目前所能見
到最早的幾首對王維原詩加進衍文的《陽關三疊》。〔註57〕

〔註56〕陳秉義著：〈關於《渭城曲》在唐宋元時期產生和流傳的情況及其研
究〉，《樂府新聲》3 期（2002 年），頁9。

〔註57〕陳秉義著：〈關於〈渭城曲〉在唐宋元時期產生和流傳的情況及其研
究〉提及對王維原詩加進衍文的《陽關三疊》：「若根據明顧從敬在
其《類編草堂詩餘》中對詞的分類方法，無論是宋無名氏，還是《詞
律拾遺》、《全元散曲》中的《陽關三疊》都應該是很長的『長調』
歌曲了。《詞律拾遺》中的《陽關三疊》爲 103 字，元《陽春白雪集》
爲 102 字，《全元散曲》中的《陽關三疊》爲 101 字，用這種很長的
『長調』來填寫依依惜別之歌，纏綿悱惻，比起原詩更加扣人心弦，
這可能是我們目前所能見到最早的幾首對王維原詩加進衍文的《陽
關三疊》，從中也能看出中國古代音樂在長期流傳發展的過程中所產
生『流變』的情況。」頁9。又如劉永濟著：《宋代歌舞劇曲錄要》
「我幼年在家藏三續百川學海叢書中，見一書名陽關三疊。其書所
載疊法很多。我還記得兩種，皆是連原句三疊。……今錄於後：第
一種疊法：渭城朝雨，渭城朝雨浥輕塵，浥輕塵。客舍青青，客舍
青青柳色新，柳色新。勸君更盡，勸君更盡一杯酒，一杯酒。西出
陽關，西出陽關無故人，無故人。第二種疊法：渭城，渭城朝雨，
渭城朝雨浥輕塵。客舍，客舍青青，客舍青青柳色新。勸君，勸君
更盡，勸君更盡一杯酒。西出，西出陽關，西出陽關無故人。從上
錄兩種疊法看來，合於每句三疊之說甚明，而且唱來頗有婉轉纏綿
的情趣。……此種疊法，且合於七言詩句組成的規律。因七言詩本
是用二字、三字、四字、五字等組成的，所以照其組成部分分截之，
再將它重疊之，便成了長短句。」便說明了疊法的變化處，頁6-7。

四、〈伊州〉曲譜的樂句

　　現在最流行的一種見於《琴學入門》（1864）一書，因歌唱時必須反覆三次，每次略作變化，故稱「三疊」。〔註 58〕其辭爲「渭城朝雨浥輕塵，客舍青青柳色新。勸君更進一杯酒，西出陽關無故人。」但入樂後常有更改，這是唐代就有的情形，白樂天〈對酒詩〉中有「相逢且莫推辭醉，聽唱陽關第四聲」〔註 59〕此二句，其注云：「第四聲，勸君更進一杯酒」，按原詞此句屬第三，可見前面必有增句。而《琴學入門》譜「渭城朝雨浥輕塵」一句之前加了一句「清和節當春」，則「勸君更進一杯酒」正好是第四聲，與樂天所說無異，可見此曲與唐代唱法或不甚遠。〔註 60〕葉氏《唐樂古譜譯讀》〈伊州〉曲之辭，如譜例二〈伊州〉：〔註 61〕

譜例二 《敦煌曲譜·伊州》

〔註 58〕夏野著：《中國古代音樂史簡編》（上海：上海音樂出版社，2002 年
　　　　5 月），頁 87-88。
〔註 59〕〔清〕彭定求等編：《全唐詩》（增訂本），頁 9。
〔註 60〕夏野著：《中國古代音樂史簡編》，頁 88-89。金文達著：《中國古代
　　　　音樂史》，頁 182。
〔註 61〕葉棟著：〈唐代音樂與古譜譯讀〉，《唐樂古譜譯讀》，頁 181。

開頭「渭城朝雨浥輕塵，客舍青青柳色新。」爲第一疊第一聲，再來
「渭城朝雨浥輕塵，客舍青青柳色新。」又爲二疊是第二聲。爾後又
有第三疊第三聲「渭城朝雨浥輕塵，客舍青青柳色新。」第一疊第一
聲結束至第二疊第二聲「渭城朝」爲止，皆爲 3/4 拍；第二疊第二聲
「雨浥輕塵，客舍青青」則爲 4/4 拍；再來的「柳色新。渭」轉爲 3/4
拍；最後「城朝雨浥」則爲 4/4 拍；「輕塵，客舍青青柳色新。勸君更」
是 3/4 拍；「盡一杯酒，西出陽關」則爲 4/4 拍；最後的「無故人」是
3/4 拍。今筆者從〈慢曲子伊州〉與〈伊州〉二曲來看，二首樂曲常有
3/4 拍與 4/4 拍節拍轉換的情形，3/4 拍的節拍強拍落在第一拍，依次
第排序爲「強、弱、弱」，4/4 拍節拍的順序則爲「強、弱、次強、弱」，
二首樂曲皆由於上述節拍的穿插使用與樂句的呈現，加上本身詩歌意
境上都是抒情詩，因此，詩歌與音樂節拍、樂句的相互配合下，唱來
可視爲較爲散板而自由的樂曲，未必完全拘泥於節拍本身的限制。

第五節　曲譜與聲詩的樂調與音律

一、〈慢曲子伊州〉與〈伊州〉的旋律

　　吳湘洲《唐代歌詩與詩歌——論歌詩傳唱在唐詩創作中的地位與
作用》提及：「詩的音步、音強、平仄、韻腳都可以從屬於樂的音密、
音長、音強、音高、音色等方面來分解，詩聲與樂聲之間存在著一定
的決定關係。」〔註 62〕此段即說明詩歌的組成要素與音樂的組成成
分，二者之間，實有密切的關聯性。首先，先探討《敦煌曲譜》的旋

〔註62〕吳湘洲著：《唐代歌詩與詩歌——論歌詩傳唱在唐詩創作中的地位和
　　　　作用》（北京：北京大學出版社，2000 年 5 月），頁 9。

律，依據葉棟所言：「《敦煌曲譜》中的旋律，非五聲音階而主要是七聲音階的關係，還有變音變化。開始十曲，以六聲音階為主，中間十曲和最後五曲，均為七聲音階。」〔註63〕因此，本文所說明的譜例第十六首〈又慢曲子伊州〉與第二十四首〈伊州〉，皆為商調式七聲音階。葉氏又言：「《敦煌曲譜》中的主旋律鮮明，音域在十一度內，具有一般聲樂曲可唱的特點。各個分曲並具有清晰、方整的歌曲（舞曲）結構。相當於今之『序曲』、『序奏』，但兩曲相聯形成有再現的單三段體（第二分曲末尾實際再現了第一分曲），結構也較完整、嚴謹。特別是其中三分之一分曲為辭曲中『換頭』的雙疊形式，音樂上相當於今之有再現的單二段體，同唐代歌辭關係密切。」〔註64〕如《敦煌曲譜》第十六首〈慢曲子伊州〉，〈伊州〉歌第一詩歌的配置，樂曲結構可分為兩大段，二段之間以「數附書」作為過片；第二十四首〈伊州〉，亦有再現的二段，可以搭配辭演唱。〈慢曲子伊州〉樂曲的音域是集中在「d^1」到「f^2」之間，〈伊州〉的音域亦集中在「d^1」到「f^2」之間，二者音域皆恰橫跨十度。

二、〈慢曲子伊州〉與〈伊州〉的音值

其次，〈伊州〉樂曲中的音值，句中每一拍所對應的字詞，皆恰為一音一字，各拍中則略有節奏變化的不同。唯開頭的「渭城」之「渭」字，音值不足一拍，二詞則以切分拍起首。尚且，二疊第二聲的「色新」二字則各分列二拍，四疊第四聲的「人」字則以二拍半的時值結尾，其音域則集中在「d^1」到「f^2」之間。以「伊州」為名的兩首樂曲，旋律風格相近，第二十四首〈伊州〉較第十六首〈慢曲子伊州〉整體更為輕快。關也維《唐代音樂史》：「伊州古稱『伊吾』，即今新疆哈密、伊吾一帶，其土著居民本屬突厥部落，北與沙陀部相鄰。早

〔註63〕 葉棟著：〈唐古譜譯讀〉，《唐代音樂與古譜譯讀》（西安：陝西省社會科學院出版，1985年9月），頁47。
〔註64〕 葉棟著：〈唐古譜譯讀〉，《唐代音樂與古譜譯讀》，頁47。

在兩漢時期，伊州就有不少漢族移民屯墾其地。由於民族間的交往，當地土著部族深受中原漢族文化影響，其居民多學漢語、習漢字。〈伊州〉（第二十四曲）既具有北方游牧民族的音調特徵，又受有中原地區漢族音樂的影響。」〔註65〕儘管關氏所採之譜例與葉氏之譯譜，並非相同，但以此來說明葉氏所譯的〈慢曲子伊州〉與〈伊州〉二首旋律，其地域背景與音調，仍可見得「伊州」地方的民族特色。

三、〈慢曲子伊州〉與〈伊州〉的節奏

〈慢曲子伊州〉一首，如譜例一〈慢曲子伊州〉，前後兩段的「清風明月苦相思」，「相思」的節奏一致，「清風明月」四字大致或作八分音符、十六分音符與四分音符爲變化，「清風」二字爲切分拍「♪♩」，前後兩段的第二句「蕩子從戎十載餘」則以四分音符、八分音符與十六分音符爲變化，前段的「十」字，尚加一個裝飾音。再來前後兩段的第三句「征人去日殷勤囑」，除了旋律一致外，這邊節奏亦前後一致。詩的最末句「歸雁來時」則前後旋律與節奏一致，唯後一段的「歸」字，尚加一延長記號，後段的「數附書」則節奏上較前段簡單，且「書」字亦有延長記號。再者，全曲節奏除了「♩♩」、「♩」與「♩♪♪」三類之外，曲子中出現「♪♩♪」的切分拍三次，「♪♩.」一次，以及樂曲開頭的「♪♩」，因爲重音的改變，使得曲子變得更爲活潑，是較爲特殊之處。儘管節奏變化不多，但全曲唱來頗能將思念邊塞遊子的期待之情，發揮得淋漓盡致。

關於〈伊州〉樂曲中，所採《陽關三疊》：「渭城朝雨浥輕塵，客舍青青柳色新。勸君更盡一杯酒，西出陽關無故人。」一詞，它本是首七言絕句詩，結構爲前四後三，其中「渭城朝雨」與「客舍青青」每句的前四個字爲二組名詞所組成，而「勸君更盡」與「西出陽關」的「勸」、「盡」與「出」字則爲動詞，後面的「浥輕塵」與「無故人」

────────────────────

〔註65〕關也維著：《唐代音樂史》，頁152。

是「一＋二」的組織，「柳色新」與「一杯酒」則爲「二＋一」的組織。此首樂曲的旋律，一疊第一聲即以切分音節奏開始，再來持續四小節「♩ ♪♫♫♩」的節奏；二疊第二聲則出現附點八分音符與十六分音符「♪. ♬」的節奏，以及「♫ ♬」半拍與兩個十六分音符的節奏，較一疊第一聲爲複雜；三疊第三聲節奏與四疊第四聲節奏則同時出現「♪. ♬」、「♫ ♫」與「♩」。整首樂曲看來，本詩一字一音皆稍帶自由的節奏，使得旋律至此更爲緊湊與密合。兩首樂曲相較之下，〈慢曲子伊州〉各小節的節奏部分，較〈伊州〉樂曲的節奏，變化稍多。尙且，〈伊州〉曲各疊之中，除了第一疊以外，二、三、四疊分別穿插著 3/4 拍與 4/4 拍的節拍。劉堯民《詞與音樂》提及：「疊句和聲卻是疊起本腔本詞的幾句來做和聲，這又是一種和聲的花樣。其用意也不外乎是嫌本曲單調，意有未盡，所以再重複歌它一遍，才淋漓盡致。」〔註66〕由此可見，這裡所提的疊句和聲是把四句的絕句詩，反覆唱誦，此處《陽關三疊》詩句的疊法，亦有此用意。

四、〈慢曲子伊州〉與〈伊州〉的用韻

　　復次，探討用韻的方式。《伊州》歌辭之第一疊，即爲「清風明月苦相思，蕩子從戎十載餘。征人去日慇懃囑，歸雁來時數附書。」〔註67〕與《樂府詩集》原詩的部分，「秋風明月獨離居，蕩子從戎十載餘。征人去日慇懃囑，歸雁來時數附書。」〔註68〕略有不同。不論是譜例一所塡配的詩歌，抑或《樂府詩集》原詩的部分，用韻爲上平聲「魚」韻，押「餘」〔jo〕和「書」〔çjo〕二字（以董同龢所擬的中古音爲基準）。〔註69〕樂曲中第五小節首次出現韻腳「餘」字，「餘」

〔註66〕劉堯民著：《詞與音樂》（昆明：人民出版社，1985 年 5 月），頁 62。
〔註67〕葉棟著：〈慢曲子伊州〉，《唐樂古譜譯讀》，頁 180。
〔註68〕〔宋〕郭茂倩編：《樂府詩集》卷七十九，頁 1119。
〔註69〕余照春婷編輯，盧元駿輯校：《增廣詩韻集成》，出自《詩詞曲韻總檢》（台北：正中書局，1999 年 10 月），頁 17。

字所對應的二音「c^2」、「f^1」的最後一音「f^1」，恰停留在此樂曲的主
音上；第十小節韻腳出現的「書」字則對應著「f^1」、「g^1」與「e^1」，
尤以「f^1」主音的音値最長；第十、十一小節「淸風書」的「書」字，
又是「f^1」、「g^1」的旋律，且以「f^1」的音値最長；最後，第二十小節
「數附書」的「書」字，便以兩小節的長度，演奏「f^1」、「c^2」與「f^2」
的旋律，最後停留在「f^2」音上，作爲全首樂曲的結束。前述除了第
十五小節的「餘」字，非樂曲的主音外，其餘歌詞的韻腳與旋律的對
應，皆與樂曲的主音相關。

　　至於「渭城朝雨浥輕塵，客舍靑靑柳色新。勸君更盡一杯酒，西
出陽關無故人。」一詩，用韻爲上平聲「眞」韻，押「塵」〔dhjen〕、
「新」〔sjen〕與「人」〔njen〕三字（以董同龢所擬的中古音爲基準）。
〔註70〕此樂曲的韻腳與旋律的關係，可分爲兩個部分，第一部分，一
疊第一聲第三小節的「塵」字，二疊第二聲第十小節的「新」字，三
疊第三聲第十四小節的「新」字，以及最末的第十八小節「人」字，
上述的歌詞即使音値較長，其所對應的歌詞，有些經過音，但最後皆
停留在樂調「商調」「七聲音階」的主音上；第二部分，一疊第一聲
第五小節的「新」字，二疊第二聲第七小節的「塵」字，三疊第三聲
第十二小節的「塵」字，亦爲韻腳，其所對應的歌詞，也有經過音，
後來就停在「商調」「七聲音階」的羽音上。

　　吳湘洲提出：「詩的音韻直接影響到演唱，詩人們在詩的創作時，
爲了入樂，必須在聲律上做些準備。中國古代詩詞的格律，在很大程
度上就是爲了便於歌唱而設置的。如，律詩，既講平仄，又講韻腳，
句式的長短和多少都有規定，無疑爲歌唱提供了很大的方便。」〔註71〕
沈思岩曾於《聲樂講座》提出：

〔註70〕余照春婷編輯，盧元駿輯校：《增廣詩韻集成》，出自《詩詞曲韻總
　　　　檢》，頁 29-30。
〔註71〕吳湘洲著：《唐代歌詩與詩歌——論歌詩傳唱在唐詩創作中的地位和
　　　　作用》，頁 10。

歌曲上的表情音色，實際上都是靠母音（韻母）表現出來的。

每個母音的發音，在聲音的效果上都有各自的特性。從感情表現的角度來分析母音的特性，大致上可以分為「明母音」和「暗母音」兩類。例如〔i〕、〔ai〕、〔ei〕等母音發音比較明朗，屬於明母音。〔u〕、〔o〕等母音發音比較沈悶，屬於暗母音。如果我們再進一步的細分，那麼〔i〕音的發音有「尖銳」感；〔ai〕的發音有「脆亮」感；〔o〕音比較沈悶；〔u〕音則還要暗悶一些。〔註72〕

關於上述的理論，從〈伊州〉曲來分析，即《陽關三疊》全首詩歌為「渭城朝雨浥輕塵，客舍青青柳色新。渭城朝雨浥輕塵，客舍青青柳色新。渭城朝雨浥輕塵，客舍青青柳色新。勸君更盡一杯酒，西出陽關無故人。」此詩的各字詞，以董同龢所擬的中古音為基準，讀音分別為「渭」〔ɣjuəi〕、「杯」〔puai〕、「出」〔tɕhjuei〕等字，皆為明母音的發音；「朝」〔ȶjæu〕、「雨」〔ɣjuo〕、「柳」〔lju〕、「酒」〔tsju〕、「無」〔mjuo〕、「故」〔kuo〕，屬於〔u〕或〔o〕的韻母，是暗母音；尚且，〔u〕的韻母又比〔o〕的韻母，更為沈悶些；又「渭」〔ɣjuəi〕、「杯」〔puai〕、「出」〔tɕhjuei〕為「開口細音」，發音頗有尖銳感。至於〈慢曲子伊州〉的詩歌歌詞為「清風明月苦相思，蕩子從戎十載餘。征人去日殷勤囑，歸雁來時數附書。」其各字的母音，分別為「思」〔sji〕、「子」〔tsji〕、「歸」〔kjuəi〕、「時」〔ʑji〕、「載」〔tsai〕與「來」〔lai〕等字，皆屬為「明母音」，而後面二字的發音聲響是較為「清脆」的；「苦」〔khuo〕、「餘」〔jo〕、「去」〔khjo〕、「附」〔bhjuo〕與「書」〔çjo〕等字，其母音則為「暗母音」的發音。因此，上述無論是明母音，或是暗母音，開口的細音〔i〕，以及閉口的〔u〕音，皆穿插於絕句與樂曲之中。因此，前述的發音可視為聲情表現的要素之一，尤其各字的韻母本來就決定著聲音的響度，「明母音」與「暗母音」參差錯落的排列方式，實恰為詩歌音韻的主要呈現。

〔註72〕沈思岩著：《聲樂講座》（北京：人民音樂出版社，1983 年），頁 115。

五、〈慢曲子伊州〉與〈伊州〉的聲調

　　最後，再談詩歌聲調的部分，陳應時提及：「歌詞的音韻包括語音和語調兩個方面。語音涉及歌詞的押韻，對演唱的風格有直接影響，而對樂曲旋律並無直接的關係。語調即唱詞的聲調，在古代詩詞中常用於處理平仄聲的主要依據。」〔註73〕此段論述了歌詞音韻的語音與語調二部分，其一，提及語音與歌辭的押韻有關，如〈慢曲子伊州〉的詩歌歌詞押上平聲「魚」韻，韻腳有「餘」〔jo〕和「書」〔ɕjo〕二字；〈伊州〉七絕詩首句押韻，押上平聲「真」韻，韻腳為「塵」、「新」與「人」等三字，而這些韻腳與主音的討論，已於前節提出說明。至於二首歌詞押韻與演唱風格的關係，先從〈慢曲子伊州〉來看，韻腳有「餘」與「書」二字，分別出現在第五、第十、第十一、第十五與第二十小節，二字所對應的旋律與節奏雖非完全一致，但這倒是樂句停頓的地方，且與其歌辭意境所欲傳達的內容相配合下，演唱來聲腔寬宏，頗有邊塞征人思念不絕，期待歸鄉的豪闊之情。〈伊州〉的詩歌所押的韻則是上平聲「真」韻，押「塵」〔dhjen〕、「新」〔sjen〕與「人」〔njen〕三字，這三字分別出現在樂曲的第三、第五、第十、第十四與第十八小節，其所對應的旋律與節奏亦非完全一致，且各樂句停頓的地方，聲腔唱來清亮，與其歌辭意境的相配合下，有著離別、不捨與嘹亮之感。

　　其二，從語調方面來探討詩歌的平仄聲，〈慢曲子伊州〉所填配的詩歌「清風明月苦相思，蕩子從戎十載餘。征人去日殷勤囑，歸雁來時數附書。」〔註74〕其平仄為「平去平入去去去，去上平入上平。平平上入平平入，平去平平入去平。」詩歌中連續出現二至四個「平平」與「去去」的字音，最令人矚目，在樂曲中有第二、第三，第四，第五、第六，第七、第八，第十三、第十四，第十五、第十六，第十七，第十八小節。就前述連續的平仄聲來看，兩音之間的音程出現大

〔註73〕陳應時著：《敦煌樂譜解譯辯證》，頁 161-162。
〔註74〕葉棟著：〈慢曲子伊州〉，《唐樂古譜譯讀》，頁 180。

二度、小三度、大三度、完全四度、大六度與小七度；連續的平聲與
仄聲，其旋律線則採弧形與曲線的方式呈現；連續的平聲與仄聲，其
節奏與音長的關係，是富有變化的，未有明顯的規律性。〈伊州〉的
部分，其所填配的詩歌「渭城朝雨浥輕塵，客舍青青柳色新。勸君更
盡一杯酒，西出陽關無故人。」〔註75〕平仄爲「去平平去入平平，入
上平平上入平。去平上去去平上，平去平平平去平。」詩歌中連續出
現多次的「平平」與「去去」，樂曲中與其相應的小節爲第一、第二，
第三，第四，第六，第七，第八，第十一，第十二，第十三，第十六，
第十七、第十八小節，以上除了第一、二小節的「城朝」二字、旋律
爲「b¹」「b¹」、節拍是兩個四分音符之外，其餘前述的小節，就旋律
上與節奏上多有變化，使得相同聲調的二歌詞，以不同的旋律與節奏
來加以詮釋。另外，再將聲調與樂曲中的旋律、節奏與音長作一相應
後，〈伊州〉的聲調與樂曲結構要素的關係，較〈慢曲子伊州〉無明
顯的變化。

　　《伊州》大曲歌第一至歌第五依序排列則爲平起、平起、仄起、
仄起、仄起式，入破第一則爲平起、平起、平起、仄起、仄起式；〈慢
曲子伊州〉所用歌辭，其詩歌「清風明月苦相思」一首，便是平起式；
《陽關三疊》亦爲平起式的作品。因此，由上述看來，能把握歌曲的
情感和意境，本是歌曲傳唱的基本要素，尚且，歌辭其中的用韻方式、
韻腳與平仄聲的掌握，實在具有明確的語義性和情感性的內容，可謂
爲構成作品的情感基調。

第六節　小　結

　　總結上述各節可知，本文主要從四個部分來論述《敦煌曲譜》的
結構，唐代大曲的組織與特色，並且對〈慢曲子伊州〉與〈伊州〉二
首曲譜所填配的歌辭，探討音樂與詩歌的相互關聯：

〔註75〕葉棟著：〈唐代音樂與古譜譯讀〉，《唐樂古譜譯讀》，頁181。

　　首先，由唐大曲音樂演奏的結構與各樂段的演奏方式，加以說明《敦煌曲譜》二十五首中的〈慢曲子伊州〉與〈伊州〉二曲，其曲調可填配唐聲詩數首，歌辭則爲七言絕句。又《敦煌曲譜》中的音樂部分，本有大曲結構的順序性，但各首所填配的歌辭內容與樂曲間，未必前後連貫，也未有完整一貫的故事情節。因此，由唐大曲的組織來探討《敦煌曲譜》的結構，〈慢曲子伊州〉與〈伊州〉二首的樂曲，至此皆可視爲整首《敦煌曲譜》之摘遍，而其所填配的聲詩與歌辭，又各有其聲情與樂調的表現。

　　再者，由聲詩與曲譜的分析，可以見得，聲詩《陽關三疊》的「疊」字，是把四句的絕句詩，反覆唱誦。尚且，樂曲在音樂節拍的變換下，演唱來可謂爲散板而自由；音值上，每一拍所對應的字詞，皆恰爲一音一字，各拍中則略有節奏變化的不同。二首樂曲，儘管節奏變化不多，但歌辭其中的用韻方式、韻腳與平仄聲的掌握，實能將詩歌的原意內容，加以發揮。聲詩與樂曲之間本存在著一定的相互關係。

第三章 從《仁智要錄》箏譜論唐代大曲之摘遍和樂譜──以〈涼州辭〉、〈還京樂〉、〈蘇莫遮〉、〈回波樂〉、〈春鶯囀〉爲例

第一節　前　言

　　唐人的《敦煌曲譜》，幾經近代多位學者的解譯後，其中樂曲可填配唐詩中的同名歌辭作爲演唱之用。日本所傳的唐傳十三弦箏譜《仁智要錄》，亦可填配唐詩傳唱。葉棟曾將此箏譜，填配同名唐代聲詩三十首。其箏譜的各調定弦，包括沙陀調、樂調、大食調、水調、雙調、般涉調與平調數種。本章擬以曲調〈涼州辭〉、〈還京樂〉、〈蘇莫遮〉、〈回波樂〉、〈春鶯囀〉爲主的「大曲」歌辭爲探討對象；音樂則探討《仁智要錄》箏譜集的樂曲，此樂譜原有三十首，與上述大曲歌辭有所關聯者有六首。本章就從葉棟所譯的第一首〈涼州〉、第十三首〈還城樂〉（即前述曲調的〈還京樂〉）、第二十四首〈蘇莫者〉（即前述曲調的〈蘇莫遮〉）、第六首〈回杯樂〉（曲調稱之爲〈回波樂〉）、第三首〈春鶯囀〉「颯踏」與唐大曲箏譜第一首〈春鶯囀〉等樂曲，討論《樂府詩集》、《全唐詩》與《敦煌歌辭總編》中的相關聲

詩，詮釋其詩歌與音樂的運用情形，並且以分析演繹的方式，就詩歌與樂譜樂歌的審美角度加以探究。

第二節　五首大曲摘遍的來源

　　關於〈涼州辭〉、〈還京樂〉、〈蘇莫遮〉、〈回波樂〉、〈春鶯囀〉的來源，筆者以下依序作一釐清。

一、〈涼州辭〉曲調的來源

　　首先，〈涼州辭〉的部分，《新唐書》有言：「開元二十四年，升胡部於堂上。而天寶樂曲，皆以邊地名，若涼州、伊州、甘州之類。後又詔道調、法曲與胡部新聲合作。」〔註1〕任半塘於《唐聲詩》中曾對「涼州辭」有所說明，他提到「涼州」位於今日的甘肅省境內，屬為邊地，此辭調又稱作「涼州」、「梁州」、「新梁州」、「西涼州」、「涼州曲」、「梁州歌」、「倚樓曲」等。它原為唐代教坊的軟舞曲，玄宗開元、天寶年間，時人將其作為大曲之摘遍。〔註2〕而且，《樂府詩集》卷七十九〈涼州〉之下引有《樂苑》：「〈涼州〉，宮調曲。開元中，西涼府都督郭知運進。」〔註3〕任氏《唐聲詩》經考證亦提及：「〈涼州〉大曲為開元六年郭知運所進西涼州人之作。」〔註4〕又徐嘉瑞於〈唐代外國音樂輸入中國的導管（西涼）〉一文中提及：「除了〈霓裳〉是西涼節度楊敬述所進的而外，還有〈涼州〉大曲是西涼府都督郭知運進的；〈伊州〉大曲是西涼節度蓋嘉運進的；都是在明皇時代，此外甘州、胡渭州、熙州、陸州都

〔註1〕　〔宋〕歐陽修、宋祁著，楊家駱主編：《新校本新唐書附索引》卷二十二〈志第十二·禮樂十二〉，頁476-477。

〔註2〕　任半塘著：《唐聲詩》（下編），頁153。

〔註3〕　〔宋〕郭茂倩著：《樂府詩集》卷七十九，頁1117。但該段文字不見於今本《樂苑》，〔明〕梅鼎祚所編的《樂苑》出自於《景印文淵閣四庫全書》冊1395（台北：台灣商務印書館，1983年）。

〔註4〕　任半塘著：《唐聲詩》（下編），頁487。

是同時輸入。」〔註5〕蔡振念於〈論唐代樂府詩之律化與入樂〉一
文提及，因〈涼州〉曲來自西涼地區，故其歌詞所詠皆邊塞事，且
都是以近體絕句入樂。〔註6〕因此，由這裡即可明白〈涼州辭〉本
由西涼府都督郭知運自西涼地區輸入，後流傳於開元年間。

　　其次，〈涼州辭〉歷來流傳的情況，任半塘《唐聲詩》有言：「東
漢五言歌謠內已有〈涼州歌〉；呂光時〈涼州謠〉亦爲五言四句——
皆謠諺耳，或尚非歌曲。晉〈涼州謠〉作七言三句；齊梁間佛教梵曾
用〈西涼州〉；北齊溫子昇曾作〈涼州樂〉辭。」〔註7〕至此則整理了
自東漢、晉、齊梁與北齊〈涼州辭〉的使用情況。到了唐代以後，任
半塘《唐聲詩》提及：「調爲七言四句二十八字，傳辭則以七絕爲主，
首句平起，少數爲拗格。」〔註8〕因此，大致可以見得，唐代此曲調
的傳辭概略。

　　至於〈涼州辭〉配樂的情形，《新唐書・禮樂志》則提及：「大曆
元年（A.D.766），又有廣平太一樂。涼州曲，本西涼所獻也，其聲本
宮調，有大遍、小遍。貞元初，樂工康崑崙寓其聲於琵琶，奏於玉宸
殿，因號玉宸宮調，合諸樂，則用黃鍾宮。」〔註9〕又《碧雞漫志》：
「今《涼州》見於世者，凡七宮曲曰黃鐘宮、道調宮、無射宮、中呂
宮、南呂宮、仙呂宮、高宮，不知西涼所獻何宮也。然七曲中，知其
三是唐曲，黃鐘、道調、高宮者是也。」〔註10〕任半塘《唐聲詩》提
及：「則至唐，先有大曲，屬黃鐘宮，所謂『古涼州』、『舊涼州』是；
後摘遍爲雜曲，天寶間（A.D.742-755）翻入道調宮，已是法曲，所

〔註5〕　徐嘉瑞撰：〈唐代外國音樂輸入中國的導管（西涼）〉，《近古文學概
　　　　論・概論》（台北：鼎文出版社，1974年），頁72-73。
〔註6〕　蔡振念著：〈論唐代樂府詩之律化與入樂〉，《文與哲》15期（2009
　　　　年12月），頁90。
〔註7〕　任半塘著：《唐聲詩》（下編），頁487-488。
〔註8〕　任半塘著：《唐聲詩》（下編），頁486-487。
〔註9〕　〔宋〕歐陽修、宋祁著，楊家駱主編：《新校本新唐書附索引》卷二
　　　　十二〈志第十二・禮樂十二〉，頁477-478。
〔註10〕　〔宋〕王灼著：《碧雞漫志》卷三，頁15。

謂『新涼州』是。德宗貞元間（A.D.785）再翻入高調宮。」〔註 11〕
陳暘《樂書・樂圖論》有言：「其器有編鐘、編磬、琵琶、五弦、竪
箜篌、臥箜篌、箏、筑、笙、簫、竽、大小觱篥、豎笛、橫吹、腰鼓、
齊鼓、檐鼓、銅鈸、貝為一部，工二十七人。」〔註12〕由此可見，「涼
州曲」最先以「大曲」的形式，採「黃鐘宮」演奏；後再逐漸遞變為
「法曲」的「道調宮」；到了德宗時，再演變為「高調宮」演奏；樂
器種類則包含吹管、絲竹與擊樂等各部，樂工二十七人。

二、〈還京樂〉曲調的來源

　　第二，〈還京樂〉的部分。《教坊記箋訂》有言：「日本曲於乞食
調有〈還城調〉，一名〈還京樂〉，但舞者執蛇，故又名〈見蛇樂〉。
主題不同，主名亦不同，與本曲應無涉。高麗所傳唐曲中，有〈還宮
樂〉。」〔註13〕「『還京樂』三字，因初、盛、中、晚唐各有〈還京樂〉，⋯⋯
其曲調、辭體不詳；但是必配合舞蹈，是大樂、大曲，非曲子可知。」
〔註 14〕上述二段文字，大致可明白〈還京樂〉為一配合舞蹈的樂曲，
以及作為大曲樂曲之用。

三、〈蘇莫遮〉曲調的來源

　　第三，〈蘇莫遮〉的部分。慧琳《一切經音義》：「『蘇莫遮冒』西
戎胡語也。正云「颯磨遮」。此戲本出西龜茲國，至今猶有此曲。此
國渾脫、大面、撥頭之類也。或作獸面，或像鬼神，假作種種面目形
狀。或以泥水霑灑行人，或作絹索搭鈎捉人為戲。每年七月初公行此
戲，七日乃停，土俗相傳云，常以此法攘厭驅趁羅剎惡鬼啗人民之災

〔註11〕任半塘著：《唐聲詩》（下編），頁 487-488。
〔註12〕〔宋〕陳暘著：《樂書・樂圖論》卷一百八十五〈胡部・歌・涼州〉，
　　　　載於《景印文淵閣四庫全書》冊 211（台北：台灣商務印書館，1983
　　　　年），頁 5。
〔註13〕〔唐〕崔令欽著，任半塘箋訂：《教坊記箋訂》，頁 69。
〔註14〕任半塘編著：《敦煌歌辭總編》卷三，頁 1031。

也。」〔註15〕唐人段成式《酉陽雜俎》:「龜茲國，元日鬥牛馬駝，為
戲七日，觀勝負，以占一年羊馬減耗繁息也。婆羅遮，並服狗頭猴面，
男女無晝夜歌舞。八月十五日，行像及透索為繫。」〔註16〕又任氏《教
坊記箋訂》說道:「原為七言四句聲詩，合〈渾脫舞〉，作『乞寒』之
戲。記載始於北周大象元年。」〔註17〕《唐會要》載天寶十三年七月
十日（A.D.754），太樂署供奉曲名及改諸樂名，其中「沙陀調」之〈蘇
幕遮〉改名〈萬宇清〉，「金風調」者改名〈感皇恩〉，「水調」者不改。
〔註18〕《教坊記箋訂》亦提及，樂曲上，〈蘇幕遮〉與〈感皇恩〉應
為名同調異，二者皆長短句體，且句法截然不同。〔註19〕因此，至此
可見「蘇莫遮」是《蘇幕遮》唐玄宗時教坊曲名，來自西域。「幕」，
一作「莫」或「摩」。它盛行於龜茲、康國等西域各地的街頭歌舞戲，
表演者聲勢浩大，不分男女，扮作獸面，或扮鬼神，假作不同面目形
狀，演出時有人捧著盛水皮囊，有人手持鈎索，或相互潑水，有人則
手持著鼓、小鼓、琵琶、五弦、箜篌、笛等樂器演奏著，形體裸露，
邊行走邊歌舞。每年定期舉行，為期七天。演出的目的在於驅災避邪，
趕走魔鬼惡剎。

四、〈回波樂〉曲調的來源

　　〈回波樂〉一曲調，《羯鼓錄》所載的〈回波樂〉:「作〈回婆
樂〉，屬太簇商。」〔註20〕《教坊記箋訂》提及，「回波」乃曲水流
觴之意，列為軟舞曲。至唐時，已入為「大曲」。中宗時，群臣歌

〔註15〕〔唐〕慧琳著，徐時儀校注:《一切經音義》卷四十一（上海:上海
　　　　古籍出版社，2008 年），頁 1211。
〔註16〕〔唐〕段成式著:《酉陽雜俎》前集卷四（台北:漢京文化事業有限
　　　　公司，1983 年 10 月），頁 46。
〔註17〕〔唐〕崔令欽著，任半塘箋訂:《教坊記箋訂》，頁 109。
〔註18〕〔宋〕王溥著:《唐會要》卷三十三〈諸樂〉（上海:上海古籍出版
　　　　社，2006 年），頁 718-721。
〔註19〕〔唐〕崔令欽著，任半塘箋訂:《教坊記箋訂》，頁 109。
〔註20〕〔宋〕南卓著:《羯鼓錄》（北京:中華書局，1974 年），頁 24。

此，作六言四句，且舞，摘取大曲之一遍。〔註21〕張鷟《朝野僉載》卷三，言及：「安樂公主……造定昆池四十九里，直抵南山擬昆明池。……又爲九曲流杯池，作石蓮花臺，泉於臺中流出，窮天下之壯麗。」〔註22〕這是言述中宗時，安樂公主欲造池子，她設置的「九曲流杯池」，後來成爲盛行的〈回波樂〉、〈上行杯〉、〈下水船〉等諸調。韋處厚與張籍等人也有〈流杯渠〉詩。胡震亨《唐音癸籤》卷十三則列有「回波詞」，即此處的〈回波樂〉，〈回波詞〉爲「商調曲，蓋出於曲水引流泛觴。後爲舞曲。中宗朝內宴，群臣多撰此詞獻佞及自要榮位，最盛行。然考《朝野僉載》楊廷玉一詞，則天時已先有之矣。」〔註23〕《唐音癸籤》卷十四，列〈回波樂〉爲「頓舞曲」。〔註24〕前述的《教坊記箋訂》與《唐音癸籤》卷十三、卷十四的三段文字，意謂著〈回波樂〉至唐時，已爲「大曲」，後作軟舞曲，其名因「曲水流觴」而來；武則天時，朝內設宴已有〈回波樂〉的撰詞。任半塘的《唐聲詩》又有言，〈回波樂〉早在北魏時已有，到了唐代後，收入教坊的軟舞曲，「回波」爲曲水流觴之意，其名又作〈回波辭〉（「回」一作「迴」）、〈下兵辭〉、〈回波舞〉，音調屬爲商調，歌辭以六言四句爲主。〔註25〕王昆吾《隋唐五代燕樂雜言歌辭研究》說道：「原流行軍中，故名〈下兵詞〉。北魏時已有「連手踏地」之舞（《北史》四十八）。中宗朝君臣聚筵，崔日用、沈佺期等均曾舞〈回波樂〉著辭。」〔註26〕依前述所言，〈回波樂〉曲調最早出現於北魏，到了唐代後，入大曲，後作軟舞曲，其名源自於「曲水流觴」之意。

〔註21〕〔唐〕崔令欽著，任半塘箋訂：《教坊記箋訂》，頁 161-162。

〔註22〕〔唐〕張鷟著：《朝野僉載》（北京：中華書局，1985 年），頁 38。

〔註23〕〔明〕胡震亨著：《唐音癸籤》卷十三，頁 134。

〔註24〕〔明〕胡震亨著：《唐音癸籤》卷十四，頁 156。

〔註25〕任半塘著：《唐聲詩》（下編），頁 289。

〔註26〕王昆吾著：《隋唐五代燕樂雜言歌辭研究》，頁 160。

五、〈春鶯囀〉曲調的來源

　　〈春鶯囀〉曲調的部分，《羯鼓錄》記載〈春鶯囀〉：「作〈黃鶯
囀〉，屬太簇商。」〔註27〕《唐會要》：「作〈春鶯囀吹〉，屬黃鐘商。」
〔註28〕任半塘的《唐聲詩》則未獨立論述此曲調的創始、名解、調略、
律要、辭、歌與雜考等相關資料。僅略述「宋曲破中有大石調之〈轉
春鶯〉，應出唐曲。傳入日本，一名〈天長寶壽樂〉、一名〈梅花春鶯
囀〉，屬壹越調。」〔註29〕金文達〈從日本雅樂術語概念想到的——
兼談〈春鶯囀〉的表演程式〉一文，曾引用押田良久《雅樂的鑑賞》
以爲，此曲是「唐樂，壹越調，大曲，新樂。又名〈天長寶壽樂〉、〈和
風長壽樂〉、〈天長最壽樂〉，別名〈梅苑春鶯囀〉、〈天壽樂〉等。爲
唐樂四大曲之一。有舞，舞工六人。」〔註30〕上述二文獻方見得〈春
鶯囀〉的別名，以及列屬於「大曲」的記載。

第三節　聲詩與曲名的聯繫

一、〈涼州辭〉與「涼州」的關係

　　本節則探討聲詩與各曲名的關係。首先，先論〈涼州辭〉與「涼
州」的關係。《舊唐書・地理志》提及：「河西節度使，斷隔羌胡，統
赤水、大斗、建康、寧寇、玉門、墨離、豆盧、新泉等八軍，張掖、
交城、白亭三守捉。」〔註31〕此段論述「河西節度使」隔斷突厥與吐
蕃的聯絡，其下掌有「八軍」，根據書中所註解的各軍實際情況可見，
每軍管轄有其固定的區域範圍，管兵數千人至數萬人，有馬數千疋；「三

〔註27〕〔宋〕南卓著：《羯鼓錄》，頁 24。
〔註28〕〔宋〕王溥著：《唐會要》卷三十三〈諸樂〉，頁 720。
〔註29〕任半塘著：《唐聲詩》（上編），頁 499。
〔註30〕金文達著：〈從日本雅樂術語觀念想到的——兼談〈春鶯囀〉的表演
　　　　程式〉，《音樂研究》4 期（1990 年），頁 55。
〔註31〕〔後晉〕劉昫著，楊家駱主編：《新校本舊唐書附索引》卷三十八〈志
　　　　第十八・地理一〉，頁 1386。

守捉」亦管轄涼州各地區，數里至數百里不等的範圍，管兵數百至千人之多。又《舊唐書‧地理志》曾提及「涼州節度使」，治理涼州，掌管西、洮、鄯、臨、河等州，〔註32〕而「涼州」即為今日的甘肅省武威。〔註33〕《隋書‧地理志》有載：「武威郡。統縣四，戶一萬一千七百五。」〔註34〕此地原舊置「涼州」，後周則設置為總管府，大業初年時此府已廢。因此，根據《舊唐書》與《隋書》的記載，大致可了解「涼州」一地於唐代邊疆戍守的情況與用兵的情形。關於「涼州」此地的詩歌，王維擔任節度判官時，曾在涼州地區作有聲詩二首，如下：

> 涼州城外少行人，百尺峰頭望虜塵。健兒擊鼓吹羌笛，共賽城東越騎神。(王維〈涼州賽神〉)〔註35〕

> 野老才三戶，邊村少四鄰。婆婆依里社，簫鼓賽田神。灑酒澆當狗，焚香拜木人。女巫紛屢舞，羅襪自生塵。(王維〈涼州郊外遊望〉)〔註36〕

第一首的〈涼州賽神〉，開頭即點明邊疆的「涼州」少有行人來往，戍守邊地的壯士們既擊鼓又吹奏羌笛樂器，以表現騎兵的壯志精神。第二首〈涼州郊外遊望〉，言及邊村的生活環境，祭拜田神、灑酒、焚香的習俗，還有女巫的伴舞，呈現出邊疆郊外的景致。另外，尚有唐人以描繪「涼州」為主軸的聲詩，分列如下：

> 關山萬里遠征人，一望關山淚滿巾。

> 青海戍頭空有月，黃沙磧裡本無春。(柳中庸〈涼州曲〉之一)

> 高檻連天望武威，窮陰拂地戍金微。

> 九城弦管聲遙發，一夜關山雪滿飛。(柳中庸〈涼州曲〉之二)

〔註32〕〔後晉〕劉昫著，楊家駱主編：《新校本舊唐書附索引》卷三十八〈志第十八‧地理一〉，頁1392。

〔註33〕譚其驤著：《中國歷史地圖集》第五冊（隋、唐、五代十國時期）（北京：中國地圖出版社，1996年6月），頁61-62。

〔註34〕〔唐〕魏徵著，楊家駱主編：《新校本隋書》卷二十九〈志第二十四‧地理上〉，頁815。

〔註35〕〔清〕彭定求等編：《全唐詩》（增訂本）卷一百二十八，頁1308。

〔註36〕〔清〕彭定求等編：《全唐詩》（增訂本）卷一百二十六，頁1278。

〔註37〕

有善伊涼曲，離別在天涯。虛堂正相思，所妙發鄰家。

聲音雖類聞，形影終以遐。因之增遠懷，惆悵菖蒲花。

（歐陽詹〈聞鄰舍唱涼州有所思〉）〔註38〕

邊城暮雨雁飛低，蘆笋初生漸欲齊。

無數鈴聲遙過磧，應馱白練到安西。（張籍〈涼州詞〉之一）

古鎮城門白磧開，胡兵往往傍沙堆。

巡邊使客行應早，每待平安火到來。（張籍〈涼州詞〉之二）

鳳林關裏水東流，白草黃榆六十秋。

邊將皆承主恩澤，無人解道取涼州。

（張籍〈涼州詞〉之三）〔註39〕

昨夜蕃兵報國讎，沙州都護破涼州。

黃河九曲今歸漢，塞外縱橫戰血流。（薛逢〈涼州詞〉）〔註40〕

國使翩翩隨旆旌，隴西岐路足荒城。

氈裘牧馬胡雛小，日暮蕃歌三兩聲。（耿湋〈涼州詞〉）〔註41〕

樓上金風聲漸緊，月中銀字韻初調。

促張弦柱吹高管，一曲涼州入沕寥。

（白居易〈秋夜聽高調涼州〉）〔註42〕

天子念西疆，咨君去不遑。垂銀棘庭印，持斧柏臺綱。

雪下天山白，泉枯塞草黃。佇聞河隴外，還繼海沂康。

（苑咸〈送大理正攝御史判涼州別駕〉）〔註43〕

胡地三月半，梨花今始開。因從老僧飯，更上夫人臺。

清唱雲不去，彈弦風颯來。應須一倒載，還似山公回。

〔註37〕　〔清〕彭定求等編：《全唐詩》（增訂本）卷二百五十七，頁2869-2870。

〔註38〕　〔清〕彭定求等編：《全唐詩》（增訂本）卷三百四十九，頁3916。

〔註39〕　〔清〕彭定求等編：《全唐詩》（增訂本）卷三百八十六，頁4370。

〔註40〕　〔清〕彭定求等編：《全唐詩》（增訂本）卷五百四十八，頁6387。

〔註41〕　〔清〕彭定求等編：《全唐詩》（增訂本）卷二百六十九，頁2994。

〔註42〕　〔清〕彭定求等編：《全唐詩》（增訂本）卷四百五十四，頁5165。

〔註43〕　〔清〕彭定求等編：《全唐詩》（增訂本）卷一百二十九，頁1671。

（岑參〈登涼州尹臺寺〉）〔註44〕

柳中庸（A.D.？-775）二首詩歌描寫「涼州」所在地的大漠風光，其中「關山」、「武威」、「青海」、「黃沙」與「九城」的描繪，更凸顯征人長年戍守在外的無奈之情。歐陽詹（A.D.756-800）此首爲五言律詩，因鄰舍唱「涼州曲」之聲，而引起他對涼州地域的感懷之情。張籍（A.D.約767-830）〈涼州詞〉三首，第一首開頭呈現出自然環境的景致，後面的「鈴聲」則點出士兵們經過的聲響與操練的情況；第二首描寫胡兵臥藏與士兵巡邊戍守的情形；第三首論述「涼州」處地歷來皆由朝廷派遣將領戍守邊疆，無人能自取此地。薛逢（A.D.806-878）〈〈涼州詞〉則寫出儘管黃河九曲之地，仍屬爲大唐之國，而外蕃爲了報國仇入侵涼州，此時的涼州早已淪爲兩國血戰肉搏之地。耿湋（生卒不詳）的〈涼州詞〉論述了行經大漠時，所見聞的景色。白居易的〈秋夜聽高調涼州〉則以「聲漸緊」提出「涼州」一地戰爭緊張局勢的情況。苑咸（約A.D.742前後在世）〈〈送大理正攝御史判涼州別駕〉爲一首送行官員的詩歌，詩中頸聯與尾聯亦提及「天山」、「泉枯塞草黃」、「河隴」等當地的山水風光。岑參（A.D.約 715-770）〈〈登涼州尹臺寺〉則描寫涼州三月半的景致與記事。關於《樂府詩集》近代曲辭亦載有〈涼州〉數首，如下：

歌第一　　漢家宮裏柳如絲，上苑桃花連碧池。聖壽已傳千歲酒，天文更賞百僚詩。

歌第二　　朔風吹葉雁門秋，萬里烟塵昏戍樓。征馬長思青海北，胡笳夜聽隴山頭。

歌第三　　開篋淚霑襦，見君前日書。夜臺空寂寞，猶見紫雲車。

排遍第一　三秋陌上早霜飛，羽獵平田淺草齊。錦背蒼鷹初出按，五花驄馬餵來肥。

〔註44〕〔清〕彭定求等編：《全唐詩》（增訂本）卷二百，頁 2088。

排遍第二　　鴛鴦殿裡笙歌起，翡翠樓前出舞人。喚上紫微三五
　　　　　　夕，聖明方壽一千春。〔註45〕

「歌第一」、「歌第二」原爲郭知運的辭，「歌第三」則爲高適的
歌辭。〔註46〕歌第一與排遍第二，同是描寫宮內優渥的生活情況。今
人袁綉柏、曾智安所著的《近代曲辭研究》即以歌第一與排遍第二爲
例，說明大曲歌辭頌美、仰慕君王或朝廷威嚴的情況，是大曲中普遍
的現象，且其多採用描述朝廷燕樂場面的華麗富貴、威嚴氣象或直接
稱頌、仰慕君主的形式。〔註47〕歌第二則論述塞外大漠之中，視覺與
聽覺上的景致；歌第三提及女子見伊人功成名就後，獨自留守家鄉，
空徒淚霑憶的心情寫照。排遍第一，開頭即點明季節，再來則說明鄉
間中自然與人文的景致。《樂府詩集》於〈涼州〉之下，載有《樂府
雜錄》曰：「本在正宮調大遍小遍。至貞元初，康崑崙翻入琵琶玉宸
宮調，初進曲在玉宸殿，故有此名。合諸樂即黃鐘宮調也。」〔註48〕
關於此，前節已於《新唐書·禮樂志》與任氏的《唐聲詩》提及其配
樂的情況。此外，尚有聲詩如下：

〔註45〕〔宋〕郭茂倩著：《樂府詩集》卷七十九，頁 1117-1118。
〔註46〕王昆吾、任半塘編著：《隋唐五代燕樂雜言歌辭集》（下）提及詩歌
　　　　的來源處，「〈涼州〉大曲的『歌第一』、『歌第二』爲郭知運辭。『歌
　　　　第三』爲高適辭，乃截用〈哭單父梁九少府〉前四句。」又王氏與
　　　　任氏於「開篋淚霑襦」一詩中，說明此曲《高常侍集》原題〈哭單
　　　　父梁九少府〉，五言二十四句，此截用首四句。」頁 1700、1422。袁
　　　　綉柏、曾智安著：《近代曲辭研究》曾以爲「排遍第一」爲王建所作
　　　　（取自明代鎦績：《霏雪錄》卷下，文淵閣《四庫全書》本之說）討
　　　　論此處詩歌的作者，「〈涼州〉爲郭知運於開元二年秋至開元七年之
　　　　間獻給朝廷。但《樂府詩集》所收錄的曲辭中，〈涼州〉『排遍』的
　　　　第一首爲王建所作，第三首則是截取高適〈哭單父梁九少府〉詩的
　　　　前四句而成。王建爲貞元、元和間人物，又如何能爲郭知運所獻之
　　　　曲作辭？即以高適之辭而言，高適此詩大約作於其第二次隱居宋中
　　　　時期，時在開元二十五年（737）左右，去郭知運之死已逾十五年，
　　　　此辭又如何能爲郭知運所採用？」（北京：北京大學出版社，2009
　　　　年），頁 106。
〔註47〕袁綉柏、曾智安著：《近代曲辭研究》，頁 166。
〔註48〕〔唐〕段安節著：《樂府雜錄》（北京：中華書局，1985 年），頁 14-15。

千里東歸客，無心憶舊遊。挂帆遊□水，高枕到青州。

君住孤山下，煙深夜徑長。轅門渡綠水，游苑繞垂楊。

樹發花如錦，鶯啼柳若絲。更遊懽宴地，愁見別離時。

（薛逢〈涼州詞〉三首）〔註49〕

樹發花如錦，鶯啼柳若絲。更游歡宴地，悲見別離時。

（韓琮〈涼州詞〉）〔註50〕

誰唱關西曲，寂寞夜景深。一聲長在耳，萬恨重經心。

調古清風起，曲終涼月沉。卻應筵上客，未必是知音。

（王貞白〈歌〉（一作涼州行））〔註51〕

天子念西疆，咨君去不遑。垂銀棘庭印，持斧柏臺綱。

雪下天山白，泉枯塞草黃。佇聞河隴外，還繼海沂康。

（苑咸〈送大理正攝御史判涼州別駕〉）〔註52〕

上述不論是薛逢〈涼州詞〉、韓琮（生卒不詳）〈涼州詞〉、王貞白
（A.D.875-？）〈歌〉或苑咸〈送大理正攝御史判涼州別駕〉，皆以「涼
州」人文或自然為發抒背景的聲詩。

二、〈還京樂〉與「還京樂」的關係

〈還京樂〉的部分，《教坊記箋訂》於曲名與大曲中，列有此詞。
〔註53〕《新唐書‧禮樂志》言及：「是時，民間以帝自潞州還京師，
舉兵夜半誅韋皇后，製〈夜半樂〉、〈還京樂〉二曲。」〔註54〕明代胡
震亨《唐音癸籤》：「唐曲〈夜半樂〉曲、〈還京樂〉曲」條提及，「玄
宗初自潞州還京師，舉兵夜半，誅韋后，製此二曲。」〔註55〕此段即
記載韋后在睿宗景雲元年六月被誅殺，二曲產生於後。唐人段安節《樂

〔註49〕 〔清〕彭定求等編：《全唐詩》（增訂本）卷五百四十八，頁6391。

〔註50〕 〔清〕彭定求等編：《全唐詩》（增訂本）卷五百六十五，頁6608。

〔註51〕 〔清〕彭定求等編：《全唐詩》（增訂本）卷七百○一，頁8137。

〔註52〕 〔清〕彭定求等編：《全唐詩》（增訂本）卷一百二十九，頁1671。

〔註53〕 〔唐〕崔令欽著，任半塘箋訂：《教坊記箋訂》，頁69、169。

〔註54〕 〔宋〕歐陽修、宋祁著，楊家駱主編：《新校本新唐書附索引》卷二
十二〈志第十二‧禮樂十二〉，頁476。

〔註55〕 〔明〕胡震亨著：《唐音癸籤》卷十三，頁134。

府雜錄》提出:「〈夜半樂〉者,明皇自潞州(今山西長治縣)入平內,難正夜半斬長樂門關,領兵入宮觭逆人。後人撰此曲。」「〈還京樂〉者,明皇自西蜀反,樂人張野狐所製。」〔註56〕此二段是說明〈夜半樂〉與〈還京樂〉作品形成的時間。竇常(A.D.749-825)有〈還京樂〉詩,如下:

> 百戰初休十萬師,國人西望翠華時。
> 家家盡唱升平曲,帝幸梨園親製詞。〔註57〕

此詩點出〈還京樂〉曲產生於「百戰初休」的戰後,明皇由蜀地回到京師,命令張野狐撰曲,且亦親自至梨園製作曲詞,教梨園弟子歌唱。又日本《古事類苑》亦有〈還京樂〉詩:

> 稽首無上諸善逝,妙法不乘無二曲。開樂悟入佛知見。
> 三乘三望法善上,供養香花及音聲。以此微妙殊勝舟,
> 乘大牛車出三界。不入化城到寶前,願共眾生速成佛。〔註58〕

此首聲詩經流傳至日本後的〈還京樂〉,已與前述曲調〈還京樂〉的原意,有所不同。整首七言九句,內容主要陳述禮佛與開悟見佛的虔敬心情。

三、〈蘇摩遮〉與「蘇莫遮」的關係

　　關於〈蘇摩遮〉的部分,以〈蘇摩遮〉(即前文的〈蘇莫遮〉)之曲調爲題,張說(A.D.667-730)有詩五首,其〈蘇摩遮〉題名之下,標有「潑寒胡戲所歌,其和聲云億歲樂。」一段序言,用以說明詩歌之用。如下:

> 摩遮本出海西胡,琉璃寶服紫髯胡。聞道皇恩遍宇宙,
> 來時歌舞助歡娛。
> 繡裝帕額寶花冠,夷歌騎舞借人看。自能激水成陰氣,
> 不慮今年寒不寒。

〔註56〕〔唐〕段安節著:《樂府雜錄》,頁36-37。
〔註57〕〔清〕彭定求等編:《全唐詩》(增訂本)卷二百七十一,頁3026。
〔註58〕王昆吾、任半塘編著:《隋唐五代燕樂雜言歌辭集》(下),頁1706。

臘月凝陰積帝臺，豪歌擊鼓送寒來。油囊取得天河水，
將添上壽萬年杯。
寒氣宜人最可憐，故將寒水散庭前。惟願聖君無限壽，
長取新年續舊年。
昭成皇后帝家親，榮樂諸人不比倫。往日霜前花委地，
今年雪後樹逢春。〔註 59〕

此詩依據序言的說明可知，詩歌是作爲街頭歌舞戲和聲之用。內容是
描述「摩遮」來自於胡夷的舞蹈，舞蹈衣著的裝扮頗讓人驚豔，此舞
表演的時節是在臘月的前後，尤其在寒氣降臨之時，此舞蹈的娛興，
進而感念皇恩的降臨。《新唐書‧宋務光傳》：「時又有清源尉呂元泰，
亦上書言時政曰：……『比見坊邑相率爲渾脫隊，駿馬胡服，名曰『蘇
莫遮』。旗鼓相當，軍陣勢也；騰逐喧譟，戰爭象也；錦繡夸競，害
女工也；督斂貧弱，傷政體也；胡服相歡，非雅樂也；渾脫爲號，非
美名也。安可以禮義之朝，法胡虜之俗？』」〔註 60〕此段文字中亦論
述「蘇莫遮」的歌舞隊伍。《教坊記箋訂》另有言：「〈感皇恩〉與此
曲應屬名同調異，二者皆長短句體，而句法截然不同。聲詩之〈蘇摩
遮〉則與〈感皇恩〉較接近。敦煌曲內詠五臺山，用此調爲大曲，一
套六遍。日本所傳之體制大殊，難云一曲。」〔註 61〕筆者前文所論述
的「聲詩之〈蘇摩遮〉」所指的是張說的五首齊言〈蘇摩遮〉，但敦煌
曲辭的〈蘇摩遮〉（即前文的〈蘇莫遮〉）〔註 62〕卻是長短句，實有違

〔註 59〕〔清〕彭定求等編：《全唐詩》（增訂本）卷二十八，頁 415。
〔註 60〕〔宋〕歐陽修、宋祁著，楊家駱主編：《新校本新唐書附索引》卷一
　　　　百一十八〈列傳第四十三〉，頁 4276-4277。
〔註 61〕〔唐〕崔令欽著，任半塘箋訂：《教坊記箋訂》，頁 109。
〔註 62〕敦煌曲〈蘇摩遮〉爲大曲六遍，分列如下：第一，「大聖堂，非凡地。
　　　　左右盤龍，唯有臺相倚。嶺岫嵯峨朝霧已，花木芬芳，菩薩多靈異。
　　　　　面慈悲，心歡喜。西國神僧，遠遠來瞻禮，瑞彩時時嚴下起。福祚
　　　　當今，萬古千秋歲。」第二，「上東臺，過北斗。望見扶桑，海畔龍神
　　　　鬭。雨電相和驚林藪。霧捲雲收，現化千般有。吉祥鳴，師子吼，聞
　　　　者狐疑。便往羅延走，繞繞文殊三兩口。大聖慈悲，方便潛身救。」
　　　　第三，「上北臺，登險道。石逕峻增，緩步行多少。遍地莓苔異軟草，

聲詩的必備條件第三，「聲詩僅限五、六、七言的近體詩，唐代的四、五、七言古詩、古樂府、新題樂府及雜言詩等，不屬之。」因此，不列爲本章的討論範疇。

四、〈回波樂〉與「回波爾時」的關係

〈回波樂〉的部分，先從《樂府詩集》卷八十「近代曲辭」所收錄的〈回波樂〉詩來看，〈回波樂〉詩的題下，註有：「〈回波樂〉，商調曲。唐中宗時造，蓋出於曲水引流泛觴也。《本事詩》曰：『中宗之世，嘗因內宴，群臣皆歌〈回波樂〉，撰辭起舞。時沈佺期以罪流嶺表，恩還舊官，而未復朱紱。佺期乃歌〈回波樂〉辭以見意，中宗即以緋魚賜之，自是多求遷擢。』《唐書》曰：『景龍中，中宗宴侍臣，酒酣，令各爲〈回波樂〉，眾皆爲陷侫之辭，及自要榮位。次至諫議大夫李景伯，乃歌此辭。後亦爲舞曲。』」〔註63〕此段註釋，再次解題說明了〈回波樂〉的淵源與用途。而《樂府詩集》卷八十的〈回波樂〉詩，《全唐詩》卷二十七與卷一百○一，皆同時收錄下列詩句：

> 回波爾時酒卮，微臣職在箴規。
>
> 侍宴既過三爵，喧譁竊恐非儀。（李景伯〈回波樂〉）〔註64〕

定水潛流，一日三回到。駱駝崖，風裊裊。來往巡遊，須是身心好。羅漢巖頭觀漆瀑。不得久停，唯有龍神澡。」第四，「上中臺，盤道遠。萬仞迢迢，髣髴回天半。寶石巉巖光燦爛，異草名花，似錦堪遊翫。玉華池，金沙泮，冰窟千年，到者身心顫。禮拜虔誠重發願，五色祥雲，一日三回現。」第五，「上西臺。眞聖境。阿耨池邊，好是金橋影。兩道圓光明似境，一朵香山，崒屼堪吟詠。師子蹤，深印定。八德池邊，甘露常清淨。菩薩行時龍眾請，居士談揚，唯有天人聽。」第六，「上南臺，林嶺別。淨境孤高，巖下觀星月，遠眺遐方思情悅。或聽神鐘，或愧捻香蒝。蜀錦花，銀絲結，供養諸天。茝茞無人折，往日塵勞今消滅，福壽延年，爲見眞菩薩。」上述六首敦煌歌辭，出自於任半塘著：《敦煌曲校錄》，頁181-182。項楚著：《敦煌歌辭總編匡補》卷七，曾對第一首「福祚當今，萬古千秋歲。」與第二首「雨雹相和驚林藪。霧卷雲收，化現千般有。」加以校釋與說明，頁236-237。

〔註63〕〔宋〕郭茂倩編：《樂府詩集》卷八十，頁1134。

〔註64〕〔宋〕郭茂倩編：《樂府詩集》卷八十，頁1134；〔清〕彭定求等編：《全唐詩》（增訂本）卷二十七、卷一百○一，頁 390、1076。王昆

《全唐詩》卷二十七與卷一百○一，記載此首為李景伯（生卒不詳）之作，且於〈回波樂〉題下註有：「商調曲，蓋出於曲水引流泛觴。中宗宴侍臣，令各為〈回波樂〉，眾皆為詔佞之辭，及自要榮位。次至諫議大夫李景伯，乃歌此辭，後亦為舞曲。」〔註65〕王昆吾、任半塘編著《隋唐五代燕樂雜言歌辭集》於詩歌後，註有一段文字：唐劉餗《隋唐嘉話》（下）：「景龍中，中宗遊興慶池，侍宴者遞起歌舞，並唱〈下兵詞〉，方便以求官爵。給事中李景伯亦起唱曰：『迴波爾持酒巵，兵兒志在箴規，侍宴既過三爵，喧嘩竊恐非儀。』」〔註66〕總之，詩歌的內容主要闡釋臣子們宴飲時的歌辭。再者，任半塘的《唐聲詩》又提及：「首句內『回波爾時』四句為定格。」〔註67〕王昆吾先生《隋唐五代燕樂雜言歌辭研究》也提到：「辭為六言四句，首句以『回波爾時』為定格。」〔註68〕這樣的定格現象，出現在沈佺期、李景伯、楊廷玉（生卒不詳）、中宗朝優人（生卒不詳）等詩人的作品中，前述四位詩人則各有〈迴波樂〉一首，詩歌如下：

> 回波爾時佺期，流向嶺外生歸。
>
> 身名已蒙齒錄，袍笏未復牙緋。（沈佺期〈回波詞〉）〔註69〕
>
> 回波爾時廷玉，打獠取錢未足。
>
> 阿姑婆見作天子。傍人不得唱根觸。（楊廷玉〈回波詞〉）〔註70〕
>
> 回波爾時栲栳，怕婦也是大好。
>
> 外邊只有裴談，內裏無過李老。（中宗朝優人〈回波詞〉）〔註71〕

吾、任半塘編著：《隋唐五代燕樂雜言歌辭集》（下），頁 1372-1373。

〔註65〕〔清〕彭定求等編：《全唐詩》（增訂本）卷二十七，頁 390。

〔註66〕王昆吾、任半塘編著：《隋唐五代燕樂雜言歌辭集》（下），頁 1373。

〔註67〕任半塘著：《唐聲詩》（下編），頁 289。

〔註68〕王昆吾著：《隋唐五代燕樂雜言歌辭研究》，頁 160。

〔註69〕〔清〕彭定求等編：《全唐詩》（增訂本）卷九十七，頁 1049。王昆吾、任半塘編著：《隋唐五代燕樂雜言歌辭集》（下），頁 1372。

〔註70〕〔清〕彭定求等編：《全唐詩》（增訂本）卷八百九十六，頁 9912。王昆吾、任半塘編著：《隋唐五代燕樂雜言歌辭集》（下），頁 1373。

〔註71〕〔清〕彭定求等編：《全唐詩》（增訂本）卷八百九十六，頁 9912。王昆吾、任半塘編著：《隋唐五代燕樂雜言歌辭集》（下），頁 1373。

沈佺期的〈回波詞〉，王昆吾、任半塘編著《隋唐五代燕樂雜言歌辭集》
中曾引《本事詩》卷九，云：「沈佺期以罪謫，遇恩，復官佚。朱紱未
復，嘗內宴，群臣皆歌〈迴波樂〉，撰詞起舞，因是多求遷擢。佺期詞
曰：……。中宗即以緋魚賜之。」〔註72〕此段引文言述了詩歌創作的背
景，詩歌的後三句也言道，沈氏言述了個人身名蒙受齒錄，因此向中宗
自請遷擢的情況。其次，楊廷玉的〈回波詞〉中，王昆吾、任半塘的《隋
唐五代燕樂雜言歌辭集》曾引《朝野僉載》卷二，云：「蘇州嘉興令楊
廷玉，則天之表姪也。貪狠無厭，著詞曰：……。差攝御使康嘗推奏斷
死。……有敕：『楊廷玉改盡老母殘年。』」〔註73〕由引文的補述可知，
詩歌所欲呈現的內容，主要論述了楊廷玉平日的貪狠，仗勢欺人，旁人
不敢接觸的情景。至於中宗朝優人〈回波詞〉一首，王昆吾、任半塘編
著《隋唐五代燕樂雜言歌辭集》中引用《本事詩》卷七，云：「中宗朝，
御史大夫裴談，崇奉釋氏。妻悍妒，談畏之如嚴君。……時韋庶人頗襲
武氏之風軌，中宗漸畏之。內宴唱〈迴波詞〉，有優人詞曰：……。韋
后意色自得，以束帛賜之。」〔註74〕《本事詩》提出御史大夫裴談，其
妻個性悍妒，有如嚴君一般；中宗畏懼韋后，因韋后襲有武后之風範。
此詩作的開頭先論述「栲栳」，「栲栳」原意指竹製或柳條製的盛物器，
在此藉指為中宗朝優人這個人物，他平時怕妻，可比作「裴談」之怕婦，
又可比作「李老」中宗畏懼韋后的情況。

　　此外，敦煌歌辭中，出自於蘇聯藏敦煌寫本，原題王梵志（A.D.
約590-660）所作的〈回波樂〉（斷惑）七首，編號〔○五四八〕、〔○
五四九〕、〔○五五○〕、〔○五五○・一〕、〔○五五○・二〕、〔○五五○・
三〕與〔○五五○・四〕，其詩歌分列如下：

　　　回波爾時六賊，不如持心斷惑。縱使誦經千卷，

〔註72〕王昆吾、任半塘編著：《隋唐五代燕樂雜言歌辭集》（下），頁1372。
〔註73〕王昆吾、任半塘編著：《隋唐五代燕樂雜言歌辭集》（下），頁1373。
〔註74〕王昆吾、任半塘編著：《隋唐五代燕樂雜言歌辭集》（下），頁
　　　　1373-1374。

眼裏見經不識。不解佛法大意，徒勞排文數黑。
頭陀蘭若精進，希望後世功德。持心即是大患，
聖道何由可剋。若悟生死如夢，一切求心皆息。〔○五四八〕

法性大海如如，風吹波浪溝渠。我今不生不滅，
於中不覺愚夫。憎惡若爲是惡，無如流浪三塗。
迷人失路但坐，不見六道清盧。〔○五四九〕

心本無雙無隻，深難到感　洪。無來無去不住，
獨如法性虛空。復能出生諸法，不遲不疾從容。
幸顯諸人思忖，自然法性通同。〔○五五○〕

但令但貪但呼，波若法水不枯。醉時安眠大道，
誰能向我停居。八苦變成甘露，解脫更欲何須。
萬法歸依一祖，安然獨坐四衢。〔○五五○・一〕

凡夫有喜有感，少樂終日懷愁。一朝不報明冥，
常作千歲遮頭。財□□緣不足，盡夜棲櫚規求。
如水流向東海，不知何時可休。〔○五五○・二〕

不語諦觀如來，逍遙獨脫塵埃。合眼任心樹下，
跏趺端坐花臺。不懼前後二際，豈看水火三災。
只遣榮樂靜坐，莫戀妻子錢財。稱體適衣三事，
葬身錫杖一枚。常持智慧刀劍，逢君眼目即開。
〔○五五○・三〕

法性本來常存，茫茫無有邊畔。安身取捨之中，
被他二境迴換。斂念定想坐禪，攝意安心覺觀。
木人挾開修道，何時可到彼岸。忽悟諸法體空，
欲似熱病得汗。無智人前莫説，打破君頭萬段。
〔○五五○・四〕（以上爲王梵志〈回波樂〉七首）〔註75〕

任半塘編著《敦煌歌辭總編》有言，此七辭爲一組，原題名作「王梵志〈迴波樂〉。」〔註76〕任氏又言及，「王氏生平兼反佛道二家，而自

〔註75〕任半塘編著：《敦煌歌辭總編》卷三，頁 1038-1039。
〔註76〕任半塘編著：《敦煌歌辭總編》卷三，頁 1039。

稱『法性大海如如』，茲故明明白白標王梵志爲『法家』。——如此，
佛家、道家、法家，乃成鼎足而三之勢。七首皆六言，惟其中四首各
作十二句，三首作八句，無定格。」〔註77〕項楚的《敦煌歌辭總編匡
補》則提到：「原題名『王梵志迴波樂』，僅是指的〔○五四八〕首，
並不包括後面的六首。而且即使是〔○五四八〕首，亦並非是眞正供
歌唱用的〈迴波樂〉歌辭。」〔註78〕王梵志爲唐初的僧人，任氏所言
的「王氏生平兼反佛道二家，而自稱『法性大海如如』，茲故明明白
白標王梵志爲『法家』。」一段中的「法家」，與先秦時候的「法家」
應無關聯，也與漢代以後的「黃老」無關。再者，任氏提及「惟其中
四首各作十二句，三首作八句」一段有誤，應改作「三首各作十二句，
四首作八句」才是。〈回波樂〉七首的第一首，應純粹爲佛家的作品。
儘管清代編的《全唐詩》未收其詩，但是自敦煌藏經洞發現他的手抄
本以來，便陸續受到後人的重視。這首詩的開頭與李景伯的詩作同以
「回波爾時」爲開端，整首主要勸勉人應悟得生死如夢與斷惑。

　　〈回波樂〉的第二首〔○五四九〕，項氏《敦煌歌辭總編匡補》
以爲，「『法性大海如如』之『法性』，乃是佛教所謂的本體、眞理，
即『眞如』之異名，與『法家』毫無關係。」〔註79〕再者，項氏《敦
煌歌辭總編匡補》又言，「王梵志作品論及『法性』和『法界』，正說
明作者是佛教信徒，實際上這一組作品也完全是闡發禪宗的思想，怎
能說王氏生平『反佛』呢？至於因此而論定王梵志是『法家』，更是
離題十萬八千里。」〔註80〕因此，項氏是反對王梵志是「法家」的說
法，認爲此作品應是闡發佛教禪宗思想的作品，內容提及「法性」、「不
生不滅」、「六道」等辭，皆爲佛教術語。《敦煌歌辭總編》又對〈回
波樂〉的第二首各辭加以解譯，他言道，「如如」意指理智證得之眞

〔註77〕任半塘編著：《敦煌歌辭總編》卷三，頁 1039。
〔註78〕項楚編著：《敦煌歌辭總編匡補》卷三，頁 138。
〔註79〕項楚編著：《敦煌歌辭總編匡補》卷三，頁 138。
〔註80〕項楚編著：《敦煌歌辭總編匡補》卷三，頁 138。

如也;「三塗」乃三途,指火途、血途、刀途,因佛教臆造有地獄,其中對罪人死後,有此三種懲罰之道路;「六道」乃佛家騙人之說,謂人死後,須經過六種道途中之一:地獄道、餓鬼道、畜生道、阿修羅道、人間道、天上道。〔註81〕因此,楚氏本身並不認同佛教的教義,他既認爲「三塗」爲臆造,也以爲「六道」是佛家虛妄之說,但他仍對詩歌的內涵,加以說解。歸納前述所言,第二首詩歌內容主要闡釋佛教的本體與眞理,應由人的理智證得眞如,尚且,主張人應爲善莫惡,否則將流於三途之中,一旦陷於迷途,便未能見得六道的虛靜。

〈回波樂〉的第三首〔○五五○〕,項楚《敦煌歌辭總編匡補》以爲,詩句中的「感」作「底」,「　」作「淵」字。「淵洪」是形容水勢深廣貌,「深難到底淵洪」是以大海比喻「心」之深不可測。〔註82〕又《敦煌歌辭總編》:「『從容』原作『容容』,不辭,擬改,與『不遲不疾』之義乃貫。」〔註83〕項楚《敦煌歌辭總編匡補》則將詩歌中的「容容」當作「融融」。〔註84〕整首出現了「不住」、「法性」、「虛空」與「諸法」等詞,大致是闡釋萬法唯心,萬法皆心所變現,萬法不住的說法。〈回波樂〉的第四首〔○五五○·一〕,《敦煌歌辭總編》言及:「『八苦』乃佛家說,指生、老、病、死、愛別離、怨憎會、求不得及五盛陰。」〔註85〕此詩既提出了佛家的八苦之說,也言及萬法歸一與無復障礙的內容。至於〈回波樂〉的第五首〔○五五○·二〕,詩中有二字空出,整首是說明凡人皆有喜有憂,若不排除憂愁,恐將成爲長年的苦惱。假若只是一味地希求,終究不知何時才能休止。〈回波樂〉的第六首〔○五五○·三〕,《敦煌歌辭總編》曾對詩中的開頭二句,加以註解:「諦觀與如來,乃二位佛祖。如來佛人所習知。」〔註86〕但是,項楚《敦煌歌

〔註81〕任半塘編著:《敦煌歌辭總編》卷三,頁1040。
〔註82〕項楚編著:《敦煌歌辭總編匡補》卷三,頁139。
〔註83〕任半塘編著:《敦煌歌辭總編》卷三,頁1040。
〔註84〕項楚編著:《敦煌歌辭總編匡補》卷三,頁139。
〔註85〕任半塘編著:《敦煌歌辭總編》卷三,頁1040。
〔註86〕任半塘編著:《敦煌歌辭總編》卷三,頁1040。

辭總編匡補》則以爲：「此首的『諦觀』並非人名，而是佛教修持的一
種方式，『諦觀如來』，謂在冥思中專心繫念，觀見佛的形象。」〔註87〕
而且，詩中的最末四句，項楚《敦煌歌辭總編匡補》再提出註解：「今
檢視原卷影本，『實衣』作『寶衣』，指袈裟。『葬身』作『等身』，謂與
身高相等。」〔註88〕因此，這首是從對佛形象、端坐花臺與靜坐的觀想
中來論述，進而超脫世俗，達到逍遙獨脫、不懼與豁然開朗的境界。〈回
波樂〉的第七首〔○五五○‧四〕，項楚《敦煌歌辭總編匡補》則針對
詩歌的第五至第七句提到：「第一句『之想』原卷影本作『定想』，與『欻
念』義同，皆是坐禪的要領。第三句『挾開』不可解，原卷照片作『機
開』，即『機關』。『木人機關』即是『機關木人』，指安有機械裝置的木
偶。」〔註89〕整首看來，主要表達「法性」常存，一心坐禪便可安心悟
得「諸法體空」，此大智慧僅有修道人能有所體悟，切莫誤信虛空法相。
依據前述所言，王梵志的作品七首之中，有三篇是六言十二句，四篇是
六言八句，大致以佛教爲主題的詩歌內容，且多採佛學的術語於其中。
雖然前述的史料向未明確地記載，此詩歌內容是否曾作爲入樂演唱的
「聲詩」來用。依據「聲詩」的條例來看：「聲詩限五、六、七言的近
體詩，唐代的四、五、七言古詩、古樂府、新題樂府及雜言詩等，不屬
之。」〔註90〕因此，這裡六言十二句的詩歌應不屬於「聲詩」，只有六
言八句的四篇詩歌才可稱之爲「聲詩」。梁海燕的《舞曲歌辭研究》提
及：「唐代入樂演唱的〈回波樂〉曲辭，六言四句體應爲常態。這與酒
宴上『遞起歌舞』、『撰詞起舞』的即興創作行爲有關，屬倚聲填詞的曲
辭創作方式。」〔註91〕梁氏在此，便提出了〈回波樂〉曲辭，是一倚聲

〔註87〕項楚編著：《敦煌歌辭總編匡補》卷三，頁140。
〔註88〕項楚編著：《敦煌歌辭總編匡補》卷三，頁140。
〔註89〕項楚編著：《敦煌歌辭總編匡補》卷三，頁140-141。
〔註90〕任半塘著：《唐聲詩》（上編），頁93。黃坤堯著：〈唐聲詩歌詞考〉，
　　　　《中國文化研究所學報》，頁111-143。
〔註91〕梁海燕著：《舞曲歌辭研究》（北京：北京大學出版社，2009年8月），
　　　　頁231。

填詞的創作。

五、〈春鶯囀〉與「大小春鶯囀」的關係

胡震亨《唐音癸籤》卷十三,言道:「帝曉音律,晨坐聞鶯聲,命樂工白明達寫為此曲。」〔註92〕《唐音癸籤》卷十四又列〈春鶯囀〉為「頓舞曲」。〔註93〕《樂府詩集》卷八十「近代曲辭」、《全唐詩》卷二十七與卷五百一十一同錄有張祜(A.D.782-852?)的〈春鶯囀〉詩,如下:

> 興慶池南柳未開,太眞先把一枝梅。
>
> 內人已唱〈春鶯囀〉,花下僛僛軟舞來。
>
> (張祜〈春鶯囀〉)〔註94〕

《樂府詩集》卷八十於題下,引有《樂苑》曰:「〈大春鶯囀〉,唐虞世南及蔡亮作。又有〈小春鶯囀〉,並商調曲也。」〔註95〕任半塘《唐聲詩》以為,虞世南與蔡亮非音樂家,所「作」是歌辭,非曲調,無疑。但二家的集子內,卻未見有歌辭,或已見而失調名,無法辨認。〔註96〕又《樂府詩集》卷八十題下,再引《教坊記》:「高宗曉音律,聞風葉鳥聲,皆蹈以應節。嘗晨坐,聞鶯聲,命樂工白明達寫之為〈春鶯囀〉,後亦為舞曲。」二說不同,未知孰是。〔註97〕《全唐詩》卷二十七的題下,也註有「〈大春鶯囀〉,又有〈小春鶯囀〉,並商調曲。」〔註98〕關也維《唐代音樂史》則說道:「〈春鶯囀〉為唐代著名的樂舞。作者白明達,龜茲人。原是隋太樂署伶工,唐時仍為內廷供奉。龜茲樂的盛行與白明達等音樂家有著密切關係。唐高宗李治善解音律。一

〔註92〕〔明〕胡震亨著:《唐音癸籤》卷十三,頁134。

〔註93〕〔明〕胡震亨著:《唐音癸籤》卷十四,頁156。

〔註94〕〔宋〕郭茂倩編:《樂府詩集》卷八十,頁1137。〔清〕彭定求等編:《全唐詩》(增訂本)卷二十七、卷五百一十一,頁392、5877。

〔註95〕〔宋〕郭茂倩編:《樂府詩集》卷八十,頁1137。

〔註96〕任半塘著:《唐聲詩》(上編),頁499。

〔註97〕〔宋〕郭茂倩編:《樂府詩集》卷八十,頁1137。

〔註98〕〔清〕彭定求等編:《全唐詩》(增訂本)卷二十七,頁392。

日晨起，高宗聽見黃鶯婉轉啼叫，和著微風，構成悅耳的旋律。於是
命白明達作曲，名爲〈春鶯囀〉。教坊編爲樂舞，成爲宮中重要的演
出節目。」〔註99〕筆者認爲〈春鶯囀〉的題意，應如同《教坊記》所
言一般，高宗晨起，聽見黃鶯啼叫，於是命白明達作曲，教坊爲其編
舞，後即成爲宮中的演出節目。至於，〈大春鶯囀〉與〈小春鶯囀〉，
應爲當時「大曲」與「小曲」之別。張祜〈春鶯囀〉是描寫池畔柳枝
尚未花開，「太眞」本指楊玉環，在此借指爲美女向前採摘梅花，尚
且，宮中技藝精湛的「內人」，呈現出〈春鶯囀〉柔曼和婉的歌聲與
舞姿來。任半塘《唐聲詩》以爲，張祜〈春鶯囀〉是題詠，非直接樂
曲之歌辭，不能將其訂爲聲詩之作。〔註100〕

第四節　樂曲與聲詩的塡配

一、《仁智要錄》的作者與內容

　　關於樂曲的作者與內容的部分，林謙三於《雅楽：古楽譜の解読》
〈天平、平安時代の音楽〉提及：「平安末の公卿の音楽大家として第
一にあげられる人物は，藤原師長である。管絃、歌謡、声明そのい
ずれにも精通し，妙音院として後世にまで尊敬されている。その編
述の楽譜のうち今日まで完全な姿として伝わるものに琵琶譜の《三
五要録》と箏譜の《仁智要録》がある。ともに十二巻本で，鎌倉時
代の古写本も存している。」〔註101〕此段意指日本平安（A.D.794-1192）
末期的公卿音樂宗師藤原師長（A.D.1138-1192），平日精通管絃、歌謠、
梵歌，受到後代世人的尊敬。他所編述的樂譜中，保留原貌而流傳至
今的樂譜，包括琵琶譜《三五要錄》與箏譜《仁智要錄》。兩者均爲十

〔註99〕關也維著：《唐代音樂史》，頁68。
〔註100〕任半塘著：《唐聲詩》（下編），頁289。
〔註101〕〔日〕林謙三著：〈天平、平安時代の音楽〉，《雅楽：古楽譜の解
　　　　読》，頁74-75。

二卷本，甚至保留了鎌倉時代的古抄本。公卿藤原師長將樂譜完成於
西元 1171 年，他是一位精通管弦、歌謠和聲律的音樂家，尤其擅長於
箏演奏，是妙音院流箏派的開創人。《仁智要錄》有十二卷，五百五十
多頁，載有十三種調的二百多首箏曲，其中第四卷至第十卷是唐樂的
樂譜。傳入日本的這些唐樂中，包含唐代大曲的摘遍，也有通俗小曲，
這些材料對研究唐代音樂皆有很高的價值，亦顯示出日本平安朝末期
仁明天皇（九世紀中葉）之前的唐樂特徵。〔註 102〕《仁智要錄》採用
的譜字是中國數字，十三弦譜字由低到高分別是：一、二、三、四、
五、六、七、八、九、十、斗、爲、巾。譜字的右方或下方標有若干
種節奏符號。〔註 103〕

　　英國的 L・Picken 及其領導的研究組、葉棟與關也維皆曾爲《仁
智要錄》進行解譯。〔註 104〕葉棟譯有三十首，按「拍眼說」的解
譯，各調亦同史籍記載相符，可填入同名隋唐詩演奏、演唱，曲名
包括〈涼州〉、〈玉樹後庭花〉、〈春鶯囀〉（颯踏）、〈酒胡子〉（越調）、
〈酒胡子〉（沙陀調）、〈回杯樂〉、〈賀殿〉、〈菩薩〉（道行）、〈婆羅
門〉、〈王昭君〉、〈打球樂〉、〈庶人三臺〉、〈還城樂〉、〈長命女兒〉、
〈千金女兒〉、〈感恩多〉、〈泛龍舟〉、〈平蠻樂〉、〈柳花園〉、〈劍器
渾脫〉、〈白柱〉、〈輪台〉、〈千秋樂〉、〈蘇莫者〉、〈采桑老〉、〈回忽〉、
〈扶南〉、〈春楊柳〉、〈想夫憐〉、〈甘州〉。其中〈玉樹後庭花〉、〈春

〔註102〕　葉棟著：〈《仁智要錄・高麗曲》〉，《唐樂古譜譯讀》，頁 130。關也維
　　　　　著：《唐代音樂史》，頁 160、164。吳國偉著，趙維平主編：〈《仁智
　　　　　要錄》與《三五要錄》的唐樂調子問題再考〉，《第五屆中日音樂比較
　　　　　國際學術研討會論文集》（上海：上海音樂學院出版社，2005 年 7 月），
　　　　　頁 33。

〔註103〕　張前著：《中日音樂交流史》（北京：人民音樂出版社，1999 年 10
　　　　　月），頁 164。

〔註104〕　關也維著：《唐代音樂史》，提及「英國的 L・Picken 及其領導的研究
　　　　　組」是指：「L・Picken 先生致力於中國音樂、土耳其音樂及日本音樂
　　　　　的研究。在英國劍橋大學，他與 R.F.Wolpert（中文名吳任帆）等人組
　　　　　成的研究小組，從事中國傳入日本的唐樂研究」，頁 160。

鶯囀〉、〈酒胡子〉、〈回杯樂〉、〈王昭君〉、〈打球樂〉、〈庶人三臺〉、
〈泛龍舟〉、〈白柱〉、〈輪台〉、〈千秋樂〉、〈蘇莫者〉、〈采桑老〉、〈劍
器渾脫〉、〈想夫憐〉、〈扶南〉、〈春楊柳〉、〈甘州〉等十八首，傳於
日本藤原師長撰成的《三五要錄》琵琶譜中，經解譯，均能與同箏
譜相合。〔註 105〕尚且，在《仁智要錄》箏譜中，爲了避免各類圈
圈點點的誤用、誤抄、誤奏，故譜集中同一樂曲常先後記有兩曲，
前一曲通常記譜法和拍眼點，後一曲（標明同曲）不注拍眼點而改
注鼓點。有時後一「同曲」又爲前一曲變節奏加花的變體，「百」
字部位也就有變。也有一曲只記鼓點、不記拍眼點的，但根據箏曲
奏法和其他規律，也是不難解釋的。〔註 106〕

二、「涼州」曲與〈涼州辭〉的塡配

　　首先，先談「涼州辭」，唐代詩人王之渙（A.D.688-742）有聲詩
〈涼州詞〉二首，孟浩然（A.D.689-740）有聲詩〈涼州詞〉二首，
王翰（A.D.687-726）有〈涼州詞〉二首，如下：

　　黃河遠上白雲間，一片孤城萬仞山。

　　羌笛何須怨楊柳，春光不度玉門關。（王之渙〈涼州詞〉之一）

　　單于北望拂雲堆，殺馬登壇祭幾迴。

　　漢家天子今神武，不肯和親歸去來。（王之渙〈涼州詞〉之二）

　　〔註107〕

　　渾成紫檀金屑文，作得琵琶聲入雲。

　　胡地迢迢三萬里，那堪馬上送明君。（孟浩然〈涼州詞〉之一）

　　異方之樂令人悲，羌笛胡笳不用吹。

　　坐看今夜關山月，思殺邊城游俠兒。（孟浩然〈涼州詞〉之二）

〔註 105〕　葉棟著：〈唐傳箏曲和唐聲詩曲解譯——兼論唐樂中的節奏節拍〉，
　　　　　　《唐樂古譜譯讀》，頁 80-81。
〔註 106〕　葉棟著：〈唐傳箏曲和唐聲詩曲解譯——兼論唐樂中的節奏節拍〉，
　　　　　　《唐樂古譜譯讀》，頁 84。
〔註 107〕　〔清〕彭定求等編：《全唐詩》（增訂本）卷二百五十三，頁 2842。

〔註108〕

葡萄美酒夜光杯，欲飲琵琶馬上催。

醉臥沙場君莫笑，古來征戰幾人回。（王翰〈涼州詞〉之一）

秦中花鳥已應闌，塞外風沙猶自寒。

夜聽胡笳折楊柳，教人意氣憶長安。（王翰〈涼州詞〉之二）

〔註109〕

上述的聲詩，《新唐書‧禮樂志》有言：「開元二十四年，升胡部於堂上。而天寶樂曲，皆以邊地名，若涼州、伊州、甘州之類。後又詔道調、法曲與胡部新聲合作。明年，安祿山反，涼州、伊州、甘州皆陷吐蕃。」〔註110〕而且，《教坊記箋訂》提及：「〈涼州〉即〈梁州令〉，是混大曲入雜曲，與崔氏劃分大曲名目以另列之宗旨恰相反。〈涼州〉用西涼樂，乃以清樂為主，而參合胡樂之聲。……日本所傳唐曲，有〈最涼州〉。一名〈西涼州〉，或〈西涼〉。又因唐初〈功成慶善樂〉用西涼伎，故亦名〈慶善樂〉，此中土之所未聞也。」〔註111〕葉氏的譯譜則採王之渙〈涼州詞〉之一「黃河遠上白雲間」，孟浩然〈涼州辭〉之一「渾成紫檀金屑文」，以及王翰〈涼州詞〉之一「葡萄美酒夜光杯」等詩歌作填配。如譜例三：〔註112〕

〔註108〕〔清〕彭定求等編：《全唐詩》（增訂本）卷一百六十，頁1671。

〔註109〕〔清〕彭定求等編：《全唐詩》（增訂本）卷一百五十六，頁1609。

〔註110〕〔宋〕歐陽修、宋祁著，楊家駱主編：《新校本新唐書附索引》卷二十二〈志第十二‧禮樂十二〉，頁476-477。

〔註111〕〔唐〕崔令欽著、任半塘箋訂：《教坊記箋訂》，頁153-154。

〔註112〕葉棟著：《唐樂古譜譯讀》，頁298-299。

譜例三 《仁智要錄・涼州》

五線譜表的第一行爲古箏彈奏，第二行爲人聲演唱，屬爲沙陀調曲，
十三弦分別爲「$d^1d^1abd^1e^{1\#}f^1a^1b^1d^2e^{2\#}f^2a^2$」，主音爲 D 宮（大簇宮），

每句弱起，每句四小節，末句四小節，末句標明反覆。﹝註113﹞樂曲一開始，是個不完整的小節，每句的開頭二字「黃河」、「一片」、「羌笛」與「春風」，皆以相連且鄰近的弱拍兩音作起首，後面的各個字句方以旋律呈現詩歌意境之美，且每句的第三、第四、第五、第六與第七字，音值皆較句首的第一、第二字爲長，旋律與節奏的變化也多，因而字音與樂曲的搭配上，唱來轉折頗多。「黃河遠上」與「一片孤城」的二歌詞，採用「樂段重覆」的手法，二樂段節奏相同，旋律相近，僅有中間少部分的音高略有不同，「白雲間」則與「萬仞山」有著較大的變化，一爲上行音階的旋律，一爲「f¹」與「b¹」作來回二音的變化；「怨楊柳」與「玉門關」二句節奏，亦爲「樂段重覆」的表現，旋律相近，中間少部分的音高略有不同。此處的配辭，葉氏使用「春風」一詞，《全唐詩》卷二百五十三所記載的是「春光」一詞。因此，這首「涼州歌」的樂曲上，可視爲前後兩段的旋律所組成，古箏的音樂隨著聲詩的旋律作單音與和聲的變化。此首樂曲，葉氏尚填配孟浩然與王翰〈涼州詞〉二首，三首唐詩皆爲平起的七絕詩，除了第三句外，第一、二、四句皆押平聲韻。

三、「還城樂」曲與〈還京樂〉的填配

第二，〈還城樂〉的曲調與填配的聲詩，有竇常的七絕詩歌與譜例四，﹝註114﹞如下：

百戰初休十萬師，國人西望翠華時。
家家盡唱升平曲，帝幸梨園親製詞。﹝註115﹞

﹝註113﹞ 葉棟著：〈唐傳箏曲和唐聲詩曲解譯──兼論唐樂中的節奏節拍〉，
《唐樂古譜譯讀》，頁85。
﹝註114﹞ 葉棟著：《唐樂古譜譯讀》，頁315。
﹝註115﹞ 〔清〕彭定求等編：《全唐詩》（增訂本）卷二百七十一，頁3026。

譜例四　《仁智要錄・還城樂》

此曲爲唐代教坊曲，開元前所作。五線譜表的第一行同爲古箏彈奏，第
二行則是人聲演唱，人聲演唱的旋律，古箏隨之以單音與和聲來配合旋

律演奏。全首樂曲的結構分為前後兩段，前段歌辭為「百戰初休十萬師，百戰初休十萬師。國人西望翠華時，家家盡唱升平曲。帝幸梨園親製詞。」後段則為「百戰初休十萬師，國人西望翠華時。家家盡唱升平曲。帝幸梨園親製詞。百戰初休十萬師。」前後段以音樂的第十一小節作為區隔，前後兩段的「西望翠華時，家家盡唱升平曲」則旋律一致，且節奏一致，可謂為「樂段重覆」，但是前段「百戰初休十萬師」歌辭演唱兩次的部分，樂曲旋律未必重複；後段「百戰初休十萬師」重複兩次歌辭，一在後段的開頭，一在後段與樂曲第二次演奏之間的「換頭」出現。整個樂曲進行過一次後，最後再接「換頭」，反覆全曲。前後兩段的音域集中在「e^1」和「f^2」。因為聲詩的內容為亂平還京的凱歌，樂曲的旋律多採以四分音符、八分音符與十六分音符的快節奏來呈現，整首聽來是一歡樂愉悅的曲調。至於妖魅敦煌歌辭〔註116〕為二十字的雜音短調，因違背聲詩的原則，尚不列於本章的討論範疇。

四、「蘇摩遮」曲與〈蘇莫遮〉的填配

最後，〈蘇摩遮〉樂曲，葉氏所填配的歌辭則有敦煌歌辭一首〈聰明兒〉，其詩歌與譜例五，〔註117〕如下：

> 聰明兒，稟天性。莫把潘安，才貌相比並。弓馬學來陣上騁，似虎入丘山，勇猛應難比。　善能歌，打難令，正是聰明。處處接通嫺，久後策官應決定。馬上盤槍，輔佐當今帝。〔註118〕

〔註116〕　任半塘編著：《敦煌歌辭總編》卷三，「知道終驅猛勇，世間專。能翻海，解移山，捉鬼不曾閒。」「見我手中寶劍，刃新磨。斫妖魅，去邪魔。□鬼了血洴波。」「□□□□者鬼，意如何。□□□，□□□。爭敢接來過。」「小鬼咨言大鬼，□□歌。審須聽，□□□，□□□□□。」頁1032-1033。

〔註117〕　葉棟著：《唐樂古譜譯讀》，頁335-337。

〔註118〕　任半塘編著：《敦煌歌辭總編》卷三，頁644-645；任半塘、王昆吾編著：《隋唐五代燕樂雜言歌辭集》（上），頁57。

譜例五　《仁智要錄・蘇莫者》

此首敦煌歌辭依照聲詩的標準看來，應不吻合筆者所歸納的「聲詩」
原則，但因葉氏將此曲譜填配聲詩，至此便探討上列敦煌歌辭與樂
曲的關係。「聰明兒」一首敦煌歌辭本非齊言，包括三、四、五、
六、七言，上片歌辭至「勇猛應難比」結束，下片的「善能歌，打
難令」則作為第二段歌辭的「換頭」，再承接到第三小節。歌辭的

旋律多以四分音符、八分音符、十六分音符與附點四分音符爲主，
各音之間多呈現大二度、小三度、完全四度、完全五度的音程，其
中尤以完全四度與完全五度的部分，在此樂曲中最受人矚目，其旋
律線變化明顯，似爲仿擬「行走歌舞」一般的節奏。古箏的伴奏則
比旋律更爲複雜。詩歌的部分，描寫著胡兒在馬上學習馳騁的一
面，勇猛爲國，是表現一輔佐當今皇帝的歌舞。

五、「回杯樂」曲與〈回波樂〉的填配

〈回波樂〉的部分，《羯鼓錄》作〈回婆樂〉，屬太簇商。〔註 119〕
《教坊記箋訂》提及：「日本曲名〈回杯樂〉，入壹越調。」〔註 120〕
又言：「清蒙古笳吹樂章中，尚有〈迴波詞〉之辭與譜；辭爲六言四
句，由滿文譯作四言四句。」〔註 121〕葉棟〈唐傳箏曲和唐聲詩曲解
譯〉一文，言道：「箏曲〈回波樂〉，收入卷四『壹越調曲』。」〔註 122〕
下列就從葉氏《仁智要錄》的〈回杯樂〉（即前述曲調〈回波樂〉）樂
譜與所填配的歌辭來探討，如譜例六：〔註 123〕

　　回波爾時酒卮，微臣職在箴規。

　　侍宴既過三爵，諠譁竊恐非儀。（李景伯〈回波樂〉）〔註 124〕

　　回波爾時六賊，不如持心斷惑。縱使誦經千卷，

　　眼裏見經不識。不解佛法大意，徒勞排文數黑。

　　頭陀蘭若精進，希望後世功德。持心即是大患，

　　聖道何由可剋。若悟生死如夢，一切求心皆息。

　　〔○五四八〕（王梵志〈回波樂〉七首之一）〔註 125〕

〔註 119〕　〔宋〕南卓著：《羯鼓錄》，頁 23-24。

〔註 120〕　〔唐〕崔令欽著，任半塘箋訂：《教坊記箋訂》，頁 161。

〔註 121〕　〔唐〕崔令欽著，任半塘箋訂：《教坊記箋訂》，頁 162。

〔註 122〕　葉棟著：〈唐傳箏曲和唐聲詩曲解譯〉，《唐樂古譜譯讀》，頁 86。

〔註 123〕　葉棟著：《唐樂古譜譯讀》，頁 306。

〔註 124〕　〔宋〕郭茂倩編：《樂府詩集》卷八十，頁 1134；〔清〕彭定求等編：
　　　　　　《全唐詩》（增訂本）卷二十七、卷一百○一，頁 390、1076。王昆
　　　　　　吾、任半塘編著：《隋唐五代燕樂雜言歌辭集》（下），頁 1372-1373。

〔註 125〕　任半塘編著：《敦煌歌辭總編》卷三，頁 1038-1039。

譜例六　《仁智要錄‧回波樂》

葉棟〈唐傳箏曲和唐聲詩曲解譯〉一文，提及：「李景伯辭四句，塡入
箏曲曲調爲 4/4 拍，兩小節爲一樂句的『abcb』四句（2＋2＋2＋2），
各句落音爲上下呼應的一上一下關係。該曲按古音階譯唱，主音爲商；
按新音階譯唱，主音爲徵。」〔註 126〕依據樂譜所示，譜表的第一行爲
十三弦箏的演奏，第二行爲人聲的演唱，而人聲的演唱則隨著十三弦箏
的旋律有所起伏，器樂與人聲的二個聲部旋律大略一致，全首以 4/4 拍
呈現。人聲旋律的音樂上，以抒情的旋律線演唱，樂曲中的音節，若遇
切分拍時則歌辭音節便略有停頓，聽來就特別明顯。唯十三弦箏於每小
節各節拍的強拍上，多先以單音呈現，後面才以八度和弦伴奏，即
「　　　」或「　　」的旋律與節奏。器樂的演奏，僅有遇到切分

〔註126〕 葉棟著：〈唐傳箏曲和唐聲詩曲解譯〉，《唐樂古譜譯讀》，頁 86-87。

拍時，先以八度和弦於正拍演奏，後才在複拍子上，採單音的旋律，即「♩♪♩♪」或「♩♪♩」的旋律與節奏。六言四句的歌辭，每句的開頭皆由後半拍起始，每個歌辭所搭配的樂句，是以兩小節爲一個單位。其中，全曲歌辭的第四、第五與第六字，旋律唱來最爲曲折。全首必須反覆一次，也就是同樣的旋律唱奏二次。假若以王梵志〈回波樂〉的七首之一來填辭，全首樂曲則須反覆二次，才可將全數的歌辭，演唱結束。但從聲詩的條例來檢視王詩，王詩應不適於在樂曲中填配演唱。

六、「春鶯囀」曲與〈春鶯囀〉的填配

〈春鶯囀〉一曲，是首大曲，屬於越調曲（日本稱壹越調）。〔註127〕《仁智要錄》箏譜集中有〈春鶯囀〉「颯踏」一曲。任半塘《唐聲詩》也提及：「《龍笛譜》、《篳篥》、《鳳笙譜》內均有此調『颯踏』與『入破』之譜，譜字與敦煌樂譜同一類型。」〔註128〕關於《仁智要錄》箏譜集中的〈春鶯囀〉「颯踏」一曲，其所填配的歌辭與葉氏所譯的譜曲，如下面歌辭與譜例七：〔註129〕

興慶池南柳未開，太眞先把一枝梅。
內人已唱〈春鶯囀〉，花下傞傞軟舞來。

（張祜〈春鶯囀〉）〔註130〕

譜例七　《仁智要錄·春鶯囀》

〔註127〕 葉棟著：〈唐傳箏曲和唐聲詩曲解譯〉，《唐樂古譜譯讀》，頁83。
〔註128〕 任半塘著：《唐聲詩》（下編），頁499。
〔註129〕 葉棟著：《唐樂古譜譯讀》，頁302-304。
〔註130〕 〔宋〕郭茂倩編：《樂府詩集》卷八十，頁1137。〔清〕彭定求等編：《全唐詩》（增訂本）卷二十七、卷五百一十一，頁392、5877。

上面曲譜的第一行爲十三弦箏的演奏，第二行爲人聲的演唱，演唱的
旋律隨著十三弦箏的旋律有所起伏，且器樂與人聲的二個聲部旋律大
略一致，全首以 4/4 拍呈現。樂曲應屬於〈春鶯囀〉大曲的「颯踏」

部分。此首歌辭所搭配的樂句,多由後半拍起始,每二小節爲一個單位。尚且,十三弦箏於每小節各節拍的強拍上,多先以單音呈現,後面才以八度和弦伴奏,即「 」或「 」的旋律與節奏;僅有遇到切分拍時,先以八度和弦於正拍演奏,後才在複拍子上,採單音的旋律,即「 」或「 」或「 」或「 」的旋律與節奏。因此,可看出〈春鶯囀〉大曲的「颯踏」樂章,十三弦箏演奏的方式,無論在節奏上,或與歌辭的塡配關係上,可說是與《仁智要錄‧回波樂》一曲的情況相同。

再者,葉棟所譯的《仁智要錄》樂譜與他的〈唐傳箏曲和唐聲詩曲解譯〉一文,可看出:「在《仁智要錄》箏譜中,爲了避免各類圈圈點點的誤用、誤抄、誤奏,故譜集中同一樂曲常先後記有兩曲,前一曲通常記譜法和拍眼點,後一曲(標明同曲)不注拍眼點而改注鼓點。」〔註131〕又「大致爲了避免誤用、錯奏,指法中與板眼、打擊樂的各種『點』,全寫明在同一曲譜中是少見的。」〔註132〕關於此,筆者於文中不特別討論樂曲中的擊樂與拍點眼的演奏法。但是,唐大曲〈春鶯囀〉中的第二、三部分「颯踏」與「入破」,這兩首分曲的原件將各種點合寫於同一曲譜中,便是上面寫在同一曲譜中的「少見」之例,因爲,其他今譯的各首樂譜中的譜字及其鼓點,都是前後兩曲的合成譜。〔註133〕所以,《仁智要錄》箏譜的體例,多半是「前一曲爲記譜和拍眼點,後一曲(標明同曲)不注拍眼點而改注鼓點。」唐大曲〈春鶯囀〉中,將記譜、拍眼點與鼓點寫成一曲,是較爲少見的。

「颯踏」或「入破」的樂譜,前面筆者已列舉葉氏所譯的〈春鶯囀〉「颯踏」部分的譜例,如譜例七。另外,葉氏所譯的《仁智要錄》

〔註131〕 葉棟著:〈唐傳箏曲和唐聲詩曲解譯〉,《唐樂古譜譯讀》,頁84。
〔註132〕 葉棟著:〈唐傳箏曲和唐聲詩曲解譯〉,《唐樂古譜譯讀》,頁84。
〔註133〕 葉棟著:〈唐傳箏曲和唐聲詩曲解譯〉,《唐樂古譜譯讀》,頁84。

箏譜中，亦包含唐大曲〈春鶯囀〉，涵括「颯踏」與「入破」的完整
曲譜。從整首完整的大曲來看，便可清楚地見到「颯踏」與「入破」
在整首樂曲中所呈現的位置，究竟如何。以下即為葉氏所譯的唐大曲
〈春鶯囀〉，如譜例八：

譜例八　唐大曲《仁智要錄‧春鶯囀》

　　關於此大曲，葉棟的〈唐傳箏曲和唐聲詩曲解譯〉一文，以及金文達
〈從日本雅樂術語概念想到的——兼談〈春鶯囀〉的表演程式〉一文
中，曾引用《標準音樂辭典》（補遺）之說，分別論述，如下：

　　大曲〈春鶯囀〉開始第一部分小標題爲〈游聲〉接「序」
和「半帖」。〈游聲〉從無板無眼的散聲起，「序」中雖有「百」
位，但無眼，「半帖」（後段）逐漸有板眼。今譯，大曲第
一部分「散序」的主題旋律爲「甲乙甲丙甲」關係，循環
體。第二部分「中序」、「拍序」或「歌頭」的小標題爲〈颯
踏〉，十六小節（「百」十六，「拍子十六」），八個樂句，前
四樂句即配張祜的四句七絕（前段），後四樂句「半帖」（後
段）仍重覆配四句七絕，末尾有「換頭」一樂句又配第一
句辭，後接「反付」（反覆）記號。第三部分「破」或「舞
遍」的小標題爲〈入破〉，後接〈鳥聲〉和〈急聲〉（反覆

　　再現〈入破〉前段）而結束整個樂曲。〔註134〕

　　唐樂，是由游聲、序、颯踏、入破、鳥聲、急等六部分構
　　成的大曲。……古時由十人表演，如今，一般只用四人。
　　不戴面具，只著平常的裝束，頭戴爲此曲特製得玳瑁冠。
　　它是一首華麗的舞樂，也是很久以來多半是在冊立太子的
　　儀式上表演的表示喜慶的樂舞。此外，過去朝鮮李家王朝
　　的舞樂裡也有一首同名的樂曲，那是唐高宗時所作，宋代
　　傳入朝鮮，成爲宮庭中宴禮用的「法舞」的。〔註135〕

上述文字是葉氏經譯譜後，再以文字論述樂曲的整首結構組織；至於
辭典中所解釋的「大曲」，這是爲日本雅樂〈春鶯囀〉的樂曲結構與表
演形式所作的說明。金氏則以爲，中國的〈春鶯囀〉早已失傳，日本
的〈春鶯囀〉則是中國原作已經失傳的情況下才說成是由中國傳進去
並保存下來的。因爲沒有原作可以對照，因此無法證明日本現在的〈春
鶯囀〉與中國原作的關係。〔註136〕再者，金氏再引押田良久《雅樂的
鑑賞》所言：「此曲的序，原爲二帖，現爲一帖；鳥聲，原爲四帖，現
今則只有一帖流傳」，〔註137〕又「游聲（序吹）、序（序吹、拍子十六）、
颯踏（早八拍子、拍子十六）、入破（早六拍子、拍子十六）、鳥聲（序
吹、拍子十六）、急聲（早六拍子、拍子十六）。」〔註138〕筆者將依據
葉氏所譯〈春鶯囀〉大曲的樂曲結構形式，分爲五個部分（不包括前
述的「急聲」），再依照〈春鶯囀〉大曲的章節順序，列舉說明之。

　　第一部分「游聲」，第二部分是「序」，前二部分皆爲器樂的演奏，
節拍上都屬於散板；第三部分是「颯踏」，開始有人聲的加入，歌辭

〔註134〕　葉棟著：〈唐傳箏曲和唐聲詩曲解譯〉，《唐樂古譜譯讀》，頁 84。
〔註135〕　金文達著：〈從日本雅樂術語觀念想到的──兼談〈春鶯囀〉的表
　　　　　演程式〉，《音樂研究》，頁 55。
〔註136〕　金文達著：〈從日本雅樂術語觀念想到的──兼談〈春鶯囀〉的表
　　　　　演程式〉，《音樂研究》，頁 55。
〔註137〕　金文達著：〈從日本雅樂術語觀念想到的──兼談〈春鶯囀〉的表
　　　　　演程式〉，《音樂研究》，頁 56。
〔註138〕　金文達著：〈從日本雅樂術語觀念想到的──兼談〈春鶯囀〉的表
　　　　　演程式〉，《音樂研究》，頁 56。

演唱一遍後，再反覆一次，總共演唱二次，節拍上爲 4/4 拍；第四部
分是「入破」，亦有人聲的演唱，節拍上則轉爲 3/4 拍，因此較前面
的「颯踏」一段，更爲緊湊，且演唱的歌辭皆是張祜的〈春鶯囀〉：「興
慶池南柳未開，太眞先把一枝梅。內人已唱〈春鶯囀〉，花下傞傞軟
舞來。」〔註139〕依照樂曲進行的順序，在「入破」演唱到最末句歌
辭的「來」字時，即銜接到樂曲的第五部分「鳥聲」，直到完成「鳥
聲」一段的旋律後，再反覆回到第四部分「入破」，將歌辭再演唱一
次，最後全首樂曲就結束在「fine.」此小節上；第五部分是「鳥聲」，
「鳥聲」是散板的節奏，可分爲三個樂句，且這三組樂句又分別反覆
一次。上述這樣的結構，與唐代大曲的結構形式——第一部分包括節
奏自由，器樂獨奏、輪奏或合奏，「散板」的散序若干遍，每遍是一
個曲調；「靸」是指過渡到慢板的樂段；第二部分包括「中序」、「拍
序」或「歌頭」，節奏固定，慢板；歌唱爲主，器樂伴奏；舞或不舞
不一定，排遍若干遍，慢板；「攧」與「正攧」指節奏過渡到略快；
第三部分包括「破」或「舞遍」，指節奏幾次改變，由散板入節奏，
逐漸加快，以致極快，舞蹈爲主，器樂伴奏，歌或不歌不一定；「入
破」爲散板；「虛催」由散板入節奏，亦稱「破第二」；「實催」指催
拍、促拍或簇拍，節奏過渡到更快；「袞遍」爲極快的樂段；「歇拍」
是指節奏慢下來；「殺袞」則爲結束，〔註140〕頗爲不同。

第五節　小　結

　　總結上述各節可知，本章主要從「五首大曲摘遍的來源」、「聲詩
與曲名的聯繫」與「聲詩與樂曲的塡配」等三方面來探討。其重點如下：
　　首先，從〈涼州辭〉、〈還京樂〉、〈蘇莫遮〉、〈回波樂〉與〈春鶯
囀〉的曲調來源，可以見得，各曲調的傳辭概況，曲調輸入的人物與來

〔註139〕　〔宋〕郭茂倩編：《樂府詩集》卷八十，頁 1137。〔清〕彭定求等
　　　　　編：《全唐詩》（增訂本）卷二十七、卷五百一十一，頁 392、5877。
〔註140〕　楊蔭瀏著：《中國古代音樂史稿》上冊，頁 2-32。

源地，以及配樂的情形，或因自然地理的特徵，或因人文環境的遞變，無不影響著各曲調的內容與性質。其次，曲調與聲詩的關係，由於各曲調本有它的淵源與內涵，因此與其同名的聲詩，經一併歸納後，亦與曲調原本的內容，相為吻合。唯〈回波樂〉「回波爾時」的關係，是因詩歌的開頭呈現「定格」的現象，因而由此命名，其意源自於「曲水流觴」之意。唯〈回波樂〉「回波爾時」的關係，是因詩歌的開頭呈現「定格」的現象，因而由此命名，其意源自於「曲水流觴」之意。

〈涼州辭〉各首聲詩，多為描寫唐時邊疆戍守與用兵的情形，或詩人以「涼州」的人文與自然為發抒背景的創作；〈還京樂〉的「百戰初休」一詩，是描寫戰後明皇由蜀地回到京師，命令張野狐撰曲的內容，但此曲調的作品傳到日本之後，其內容則有所不同；〈蘇莫遮〉則描述「摩遮」是來自胡夷的舞蹈，舞蹈衣著的裝扮；〈回波樂〉至唐時，已為「大曲」，後為軟舞曲，其名因「曲水流觴」而來；武則天時，朝內設宴已有〈回波樂〉的撰詞；沈佺期、李景伯、楊廷玉、中宗朝優人等詩人的〈回波樂〉詩中，有一特殊的現象，就是首句皆「回波爾時」四句為定格。至於出自於蘇聯藏敦煌寫本的敦煌歌辭中，原題為王梵志所作的〈回波樂〉（斷惑）七首，有三篇是六言十二句，四篇是六言八句，大致以佛教為主題的詩歌內容，且多採佛學的術語於其中。今有學者以為，〈回波樂〉曲辭，是一倚聲填詞的創作。

〈春鶯囀〉為唐樂四大曲之一，傳入日本後，又名〈天長寶壽樂〉、〈梅花春鶯囀〉、〈天長寶壽樂〉、〈和風長壽樂〉、〈天長最壽樂〉、〈天壽樂〉。〈春鶯囀〉的題意，為高宗晨起，聽見黃鶯啼叫，於是命白明達作曲，教坊為其編舞，後即成為宮中的演出節目。至於〈大春鶯囀〉與〈小春鶯囀〉，應為當時「大曲」與「小曲」之別。張祜〈春鶯囀〉是一七言四句的傳辭，但是任半塘《唐聲詩》以為，張祜〈春鶯囀〉是題詠，非直接樂曲之歌辭，不能將其訂為聲詩之作。

最後，從樂譜與聲詩的搭配上看來，可以得知，從各宮調、聲詩演唱的旋律，樂曲節奏行進中的快慢，曲式的結構、主調、音域與音

型來探討樂曲的特色，可見得這些樂曲是如何詮釋詩歌內容的意境。
因此，《仁智要錄》箏譜論唐代大曲之摘遍和樂譜，實可演繹與歸納
出〈涼州辭〉、〈還京樂〉、〈蘇莫遮〉、〈回波樂〉與〈春鶯囀〉等聲詩
與樂曲的各項來源、特徵與填配情形。

第四章 從《仁智要錄》、《三五要錄》與《博雅笛譜》論唐代大曲之摘遍和樂曲——以〈想夫憐〉、〈劍器渾脫〉、〈泛龍舟〉為例

第一節　前　言

　　《仁智要錄》除有〈涼州辭〉、〈還城樂〉（歌辭作〈還京樂〉）、〈蘇摩遮〉（歌辭作〈蘇莫遮〉）、〈回杯樂〉（所對應的歌辭為〈回波樂〉）、〈春鶯囀〉（颯踏）與唐大曲〈春鶯囀〉等六首，屬於大曲之摘遍和樂譜外，尚有〈想夫憐〉（所對應的曲調歌辭為〈相府蓮〉、〈簇拍相府蓮〉）、〈劍器渾脫〉與〈泛龍舟〉等樂曲，於前章論文還未討論。《三五要錄》
［註1］琵琶譜也載有〈想夫憐〉一曲與〈泛龍舟〉一曲，《博雅笛譜》

［註1］　趙維平著：〈第四章　樂譜的接納及其演變〉，《中國古代音樂文化東流日本的研究》「唐傳日本的《三五要錄》為一系列的琵琶譜，是江戶時代建九三年（A.D.1192）的寫本，由日本的藤原師長（A.D.1138-1192）所譜曲，上野日本音樂資料室所藏，全數一共十二卷十二冊。」（上海：上海音樂學院出版社，2004年5月），頁306。吳國偉著，趙維平主編：〈《仁智要錄》與《三五要錄》的唐樂調子問題再考〉，《第五屆中日音樂比較國際學術研討會論文集》，提及「《三五要錄》的第五卷至第十一卷都是唐樂的樂譜。」，頁33。

〔註2〕另有〈劍器渾脫〉與〈泛龍舟〉的各一曲器樂譜。關於《三五要錄》琵琶譜，葉氏曾譯有樂曲〈打球樂〉、〈庶人三臺〉、〈回忽〉、〈扶南〉、〈春楊柳〉、〈想夫憐〉、〈甘州〉、〈泛龍舟〉、〈酒胡子〉等九首，琵琶譜的定弦包括黃鐘調、雙調與水調三種。《博雅笛譜》，葉氏則譯譜〈劍器渾脫〉（渾脫部分）、〈白柱〉、〈采桑老〉、〈泛龍舟〉與〈酒胡子〉。本章擬從唐聲詩《全唐詩》、《樂府詩集》與《敦煌歌辭總編》中，屬於〈相府蓮〉、〈簇拍相府蓮〉、〈劍器渾脫〉與〈泛龍舟〉等曲調的「大曲」歌辭摘遍，論述唐聲詩歌辭的內涵。樂曲的部分，採用《仁智要錄》箏譜集第二十九首〈想夫憐〉（歌辭爲〈相府蓮〉、〈簇拍相府蓮〉）、第二十首〈劍器渾脫〉與第十七首〈泛龍舟〉；《三五要錄》琵琶譜第六首的〈想夫憐〉、第八首〈泛龍舟〉；《博雅笛譜》第一首〈劍器渾脫〉、第四首〈泛龍舟〉爲主。探討不同樂器搭配人聲演奏的曲譜與歌辭的結構組織，以及詮釋詩歌與音樂二者間的關聯性。

第二節　三種大曲摘遍的來源

一、〈想夫憐〉曲調的來源

　　〈想夫憐〉一曲調，《教坊記箋訂》有言：「一名〈相府蓮〉，乃五言四句、及七言八句、兩體聲詩。……另有〈簇拍相府蓮〉，乃五言八句聲詩。」〔註3〕其題意爲「寧王憲奪餅師之妻，王維用此調以諷，辭雖婉而怨則深。權貴凌辱平民，賴有詩人，代爲聲吐，事堪不朽！」〔註4〕此段是論述寧王憲奪他人之妻，王維藉此調以諷諭之。

〔註2〕〔日〕林謙三著：〈敦煌琵琶譜の解読〉，《雅楽：古楽譜の解読》「十世紀代のわが著名な音樂家、源博雅の編集した笛譜の一部で，唐樂と仿唐樂を合わせて約五十曲をおさめている。」此段譯爲博雅笛譜（又名長秋傾竹譜），十世紀時爲我國著名音樂家——源博雅所編輯之笛譜的一部分，包含唐樂與仿唐樂在內，共收納五十首曲。頁203。
〔註3〕〔唐〕崔令欽著，任半塘箋訂：《教坊記箋訂》，頁80-81。
〔註4〕〔唐〕崔令欽著，任半塘箋訂：《教坊記箋訂》，頁81。

任半塘的《唐聲詩》則提到，此為唐教坊曲，玄宗開元間人所作。詠調名的本意，與「相府蓮」曲名三字諧聲，又名〈相府蓮〉與〈醜爾〉，傳辭有五言四句與七言八句。〔註5〕再者，任氏的《敦煌曲初探》又言：「此調唐以五言四句歌之，猶是征婦之思。」〔註6〕且「唐傳入日本者，名〈想夫戀〉。」〔註7〕《教坊記箋訂》中也曾言及，《大日本史》卷三四八、平調曲內，列〈相夫憐〉，謂「相」或作「想」，「憐」或作「戀」。〔註8〕王昆吾《隋唐五代燕樂雜言歌辭研究》提到，〈想夫憐〉產於六朝，入唐而為大曲。〔註9〕因此，由前述之說，概略可得知〈想夫憐〉曲調的由來。

　　《樂府詩集》卷八十「近代曲辭」，〈相府蓮〉詩題下，列有《古解題》曰：「〈相府蓮〉者，王儉為南齊相，一時所辟皆才名之士。時人以入儉府為蓮花池，謂如紅蓮映綠水，今號蓮幕者自儉始。其後語訛為『想夫憐』，亦名之〈醜爾〉。又有〈簇拍相府蓮〉。」〔註10〕《全唐詩》卷二十七也有〈相府蓮〉一首，題下註有「王儉為相。所辟皆才名之士。時號蓮幕。其後語訛為〈想夫憐〉。羽調曲。又有〈簇拍相府蓮〉。」〔註11〕胡震亨《唐音癸籤》卷十三，〈想夫憐〉一條則提到，《國史補》云：「司空于頔以樂曲有〈想夫憐〉，其名不雅，將改之，客曰：『南朝相府曾有瑞蓮，後人語訛耳。』」《樂府解題》遂用其說。胡氏以為：「此亦客之曲逢頔指，妄為之說耳。假果名相府蓮，豈不尤為不雅乎？」〔註12〕筆者由《樂府詩集》、《全唐詩》與《唐音癸籤》三處的論述來看，〈相府蓮〉一名的由來，源自於王儉的故事，

〔註5〕　任半塘著：《唐聲詩》（下編），頁75、570。
〔註6〕　任半塘著：《敦煌曲初探》，頁415-416。
〔註7〕　任半塘著：《敦煌曲初探》，頁416。
〔註8〕　〔唐〕崔令欽著，任半塘箋訂：《教坊記箋訂》，頁81。
〔註9〕　王昆吾著：《隋唐五代燕樂雜言歌辭研究》，頁150。
〔註10〕　〔宋〕郭茂倩編：《樂府詩集》卷八十，頁1130。
〔註11〕　〔清〕彭定求等編：《全唐詩》（增訂本）卷二十七，頁388。
〔註12〕　〔明〕胡震亨著：《唐音癸籤》卷十三，頁138。

後來因用語有所訛誤，故改名爲〈想夫憐〉。

至於《全唐詩》卷四百五十八，白居易〈聽歌六絕句〉之四〈想夫憐〉，於題下論述：「王維右丞辭云：『秦川一半夕陽開』，此句尤佳。」〔註13〕又《樂府詩集》〈相府蓮〉於題下，也引有白居易〈聽歌六絕句〉之四〈想夫憐〉一詩，又載有王維〈右丞詞〉云：「秦川一半夕陽開」。〔註14〕此詩句出自於王維〈和太常韋主簿五郎溫湯寓目之作〉：「漢主離宮皆露臺，秦川一半夕陽開。青山盡是朱旗繞，碧澗翻從玉殿來。新豐樹裡行人度，小苑城邊獵騎回。聞道甘泉能獻賦，懸知獨有子雲才。」〔註15〕主要描寫驪山晚照之景，以寄託揚雄於漢代宮中所寫作〈甘泉賦〉之才。此外，另有〈簇拍相府蓮〉的部分，任半塘的《唐聲詩》有言，這是玄宗開元以前人所作，「簇拍」猶言「促拍」，「相府蓮」與「想夫憐」諧聲，傳辭有五言八句。〔註16〕

二、〈劍器渾脫〉曲調的來源

〈劍器渾脫〉的部分。宋代陳暘《樂書・樂圖論》提及：「唐自天后末年〈劍器〉入〈渾脫〉，……〈劍器〉宮調，〈渾脫〉角調。」〔註17〕此舞創始於唐武則天或武周以前，最早是由中國西北地區的甘肅所傳入，故稱之爲〈西河劍器舞〉。而且，又因爲表演時，常與〈渾脫舞〉相結合，所以還可稱爲〈劍器渾脫〉。關於〈劍器〉的內容，唐代崔令欽著、任半塘箋訂的《教坊記箋訂》亦言道：「傳辭甚罕，僅敦煌曲與姚合詩內各三首，皆大曲。……舞容有二種：甲、女伎，雄裝，獨舞，持發光體，合激烈之金鼓聲，舞姿瀏灕頓挫，以妍妙稱。乙、軍伎，隊舞，持舞器，旗幟，火炬，象戰陣殺敵，鼓角與吼聲相

〔註13〕〔清〕彭定求等編：《全唐詩》（增訂本）卷四百五十八，頁 5239。

〔註14〕〔宋〕郭茂倩編：《樂府詩集》卷八十，頁 1130。

〔註15〕〔清〕彭定求等編：《全唐詩》（增訂本）卷一百二十八，頁 1296。

〔註16〕任半塘著：《唐聲詩》（下編），頁 228。

〔註17〕〔宋〕陳暘著：《樂書・樂圖論》卷一百八十四〈俗部・舞・玉兔渾脫〉，頁 5。

應。……後人謂〈劍器〉乃空手舞，或舞雙劍，皆未合。西北民間舞
綵帛，仍傳謂〈劍器舞〉之遺意。」〔註18〕此段便論述了舞蹈的形式
特徵。

　　關於〈劍器〉的淵源，曾有學者考察之，有五種說法，其一「舞
劍說」，以爲舞劍器即舞劍，公孫大娘劍器舞爲女子持雙劍而舞，有
學習裴旻之處；其二「舞刀說」，唐代盛行佩刀之風，刀制有四種，
包括儀刀（皇宮禁衛軍使用）、障刀（一般官吏配戴）、橫刀（又叫佩
刀，爲軍中常規武器）和陌刀（軍中常規武器）；其三「空手而舞說」，
男女多時尙胡服，蹬胡靴，一種女子穿著軍裝的舞蹈，有著雄健剛勁
的姿勢；其四「舞流星說」，用彩帶兩扎上發光的物體，或絲網結成
的彩球，彩球上有長飄帶，耍弄起來有如彩環在空中盤旋；其五「綢
子、彩帶說」，以爲唐代的劍器舞非舞劍而是舞彩帶。〔註19〕且《教
坊記箋訂》又言：「日本亦有〈劍器脫〉，盤涉調。……高麗〈進饌儀
軌〉載〈劍器舞〉，內容完全爲舞雙劍，無歌；與我宋制合，卻非唐
制。」〔註20〕因此，〈劍器渾脫〉一調，不僅流傳於中國境內，亦曾

〔註18〕〔唐〕崔令欽著，任半塘箋訂：《教坊記箋訂》，頁105。

〔註19〕出自於張正民、楊秀梅、沈時明、張萍著：〈劍器源流考〉，《體育科
　　　　技文獻通報》4卷7期（2007年），頁10-11。楊海義著：〈公孫大娘
　　　　劍器舞四種學說評述〉，亦提及「公孫大娘劍器舞」的淵源，該文中
　　　　曾提出四種學說。一爲公孫大娘劍器舞是「空手而舞進行評述」，是
　　　　「手持兩端有結的彩綢而舞進行評述」，是「舞劍進行評述」，是「對
　　　　公孫大娘劍器舞是舞刀、舞流星錘進行評述」，依據文獻史料對其初
　　　　步考證。《體育科技文獻通報》15卷7期（2007年），頁26-28。孫
　　　　麗萍著：〈從公孫大娘劍器舞的來源與影響看藝術間的互通〉，說明
　　　　公孫大娘劍器舞在舞蹈上的特徵有三，一爲女子獨舞爲主，這由杜
　　　　甫序文〈觀公孫大娘弟子舞劍器行〉序文可知；二爲穿有特殊的「盛
　　　　裝」，可能即是藝術改造加工的盛裝；三爲唐代舞蹈有健舞與軟舞的
　　　　區別，劍器舞屬於健舞類，健舞是指那些動作矯健、節奏強烈的豪
　　　　邁舞蹈。《三門峽職業技術學院學報》6卷1期（2007年），頁84。

〔註20〕〔唐〕崔令欽著，任半塘箋訂：《教坊記箋訂》，頁105。根據張正民、
　　　　楊秀梅、沈時明、張萍著：〈劍器源流考〉所言，當時的舞蹈分爲健舞
　　　　和軟舞兩大類，劍器舞屬於健舞之類。劍器舞由民間武術逐漸發展而
　　　　成，一般爲女子戎裝獨舞，也有軍士集體群舞。原爲男性舞蹈，經過長

經遠傳至日本與高麗地區。

三、〈泛龍舟〉曲調的來源

　　〈泛龍舟〉的部分,《隋書・音樂志》龜茲樂列有〈汎龍舟〉(即爲〈泛龍舟〉,以下論文以〈泛龍舟〉一詞來說明)一調: [註21] 「煬帝……大製豔篇,辭極淫綺。……令樂正白明達造新聲,……創萬歲樂……〈汎龍舟〉、〈還舊宮〉、〈長樂花〉及十二時等曲。」 [註22] 《舊唐書・音樂志》言及:「清樂者,南朝舊樂也……〈泛龍舟〉等三十二曲。」 [註23] 《新唐書・音樂志》:「〈泛龍舟〉,隋煬帝作也。」 [註24] 《舊唐書・音樂志》提及:「〈泛龍舟〉,隋煬帝江都宮作。」 [註25] 由

期流傳,逐漸演變成爲一種緩慢、典雅的女性舞蹈。經過百年的發展,劍器舞由舞蹈性很強的女子獨舞,變成實戰氣息很濃,規模宏大的男子群舞;由舞者執劍而舞變爲舞者除執劍等武器外,還有旗幟、火炬等,借以烘托氣氛,伴奏音樂有軍樂的鼓角聲。在宋代的劍器舞裡講帶器仗,不講帶劍,其種類較多,一般爲四人舞。還有一種由流浪藝人流傳下來的少年劍器舞,其風格似武術,具有戰鬥性。而劍舞或劍器舞又稱刀舞,李氏王朝末期(公元十七世紀至十九世紀)流行的刀舞,實際上就是劍器舞。《體育科技文獻通報》4 卷 7 期(2007 年),頁 11。

[註21] 任半塘著:《敦煌曲初探》提及龜茲樂「而《隋書・音樂志》龜茲樂內,有〈鬪百草〉、〈泛龍舟〉二調,鄭樵《通志》遵之,遂列爲龜茲曲,其誤甚著。近人夏敬觀《詞調溯源》更因其調產生於鄭譯得龜茲樂之後,遂亦斷爲龜茲樂。不知龜茲樂於鄭譯時,方初初傳入中國,一時何至即有莫大力量,足以禁止中國原有之一切音樂,皆限令尅日肅清,不許存在,更不許其自作新聲?乃謂當時所有新聲,必皆以龜茲樂爲限,不容更有例外,可乎?類此不中事情之假想,雖在盛唐之世,胡樂之盛已達於極點,亦未能必其實現,何況早在隋季乎?此曲日本入水調,其爲清商曲,乃益明顯。好在彼邦歌譜尚存,究屬清商樂系,抑龜茲樂系,應不難辨明。」頁 48。

[註22] 〔唐〕魏徵著,楊家駱主編:《新校本隋書》卷十五〈志第十・音樂下〉,頁 378-379。

[註23] 〔後晉〕劉昫著,楊家駱主編:《新校本舊唐書附索引》卷二十九〈志第九・音樂二〉,頁 1062-1063。

[註24] 〔宋〕歐陽修、宋祁著,楊家駱主編:《新校本新唐書附索引》卷二十二〈志第十二・禮樂十二〉,頁 474。

[註25] 〔後晉〕劉昫著,楊家駱主編:《新校本舊唐書附索引》卷二十九〈志

此可見，《隋書・音樂志》龜茲樂內雖列〈泛龍舟〉，唐代史書則一致將此曲列在由隋入唐之清曲三十二調中，這其實不是《隋書・音樂志》記載有誤，而為同名異曲的情況。〔註26〕又任半塘於《敦煌曲初探》曾提及：「煬帝遊江而後，民間於端陽競渡之際，始泛龍舟，乃中國風俗，本於中國故事，非乞寒潑水等之胡俗可比。」〔註27〕便言述了〈泛龍舟〉曲調的背景。

　　因此，〈泛龍舟〉為隋煬帝時人所作。關於此樂調的使用情況，宋代王溥《唐會要》提及：「太常梨園別教院，教法曲樂章等，〈王昭君〉一章，〈思歸樂〉一章，〈傾杯樂〉一章，〈破陣樂〉一章，〈聖明樂〉一章，〈五更轉樂〉一章，〈玉樹後庭花樂〉一章，〈泛龍舟樂〉一章，〈萬歲長生樂〉一章，〈飲酒樂〉一章，〈鬥百草樂〉一章，〈雲韶樂〉一章，十二章。」〔註28〕任半塘於《敦煌曲初探》尚提及：「此調在唐，亦列太常梨園別教院所教法曲樂章之中，屬林鐘商，宜為沿用隋之清商樂。故自杜佑《通典》起，如新舊《唐書》、《唐會要》等，無不將〈泛龍舟〉列於由隋入唐之清曲三十二調中。」〔註29〕根據上述所言，太常梨園別教院所教授的樂章，亦包含〈泛龍舟〉樂的部分，樂調屬於林鐘商，為隋入唐的清商樂。

第三節　聲詩與曲名的聯繫

一、〈想夫憐〉的題意與聲詩

　　關於〈相府蓮〉、〈簇拍相府蓮〉與白居易〈聽歌六絕句〉之四〈想夫憐〉，分列如下：

　　　夜聞鄰婦泣，切切有餘哀。

　　　第九・音樂二〉，頁 1067。
〔註26〕任半塘著：《敦煌曲初探》，頁 46。
〔註27〕任半塘著：《敦煌曲初探》，頁 48。
〔註28〕〔宋〕王溥著：《唐會要》卷三十三〈諸樂〉，頁 717。
〔註29〕任半塘著：《敦煌曲初探》，頁 47-48。

即問緣何事，征人戰未迴。（佚名〈相府蓮〉）〔註30〕

莫以今時寵，寧無舊日恩。看花滿眼淚，不共楚王言。

閨燭無人影，羅屏有夢魂。近來音耗絕，終日望應門。

（佚名〈簇拍相府蓮〉）〔註31〕

上述的〈相府蓮〉是首五言絕句，主要論述聽聞到婦人因征戰的家人尚未歸家，於是在夜裡難過地哭泣著的情況。〈簇拍相府蓮〉一首，任半塘《唐聲詩》言說，此曲之辭是五絕〈相府蓮〉增一倍，而為簇拍。〔註32〕〈簇拍相府蓮〉的註釋則提及，此詩當作兩首：前一首即王維〈息夫人〉詩，「寧無」作「能忘」；後一首見前〈水調歌頭〉第六徹。倘合為一首，則「今時寵」與「近來音耗絕」矛盾。〔註33〕筆者查得《全唐詩》卷一百二十八，王維〈息夫人〉：「莫以今時寵，難忘舊日恩。看花滿眼淚，不共楚王言。」〔註34〕恰與佚名〈簇拍相府蓮〉的前四個詩句相同，尚且，王維〈息夫人〉詩題的題下註有「題下一有怨字，一作〈息媯怨〉」，因而此詩又名為〈息夫人怨〉或〈息媯怨〉。〔註35〕計有功的《唐詩紀事》卷十六，亦收錄賣餅夫婦的軼事。〔註36〕此段筆者依《本事（詩）》與《唐詩紀事》所言，此詩是王維因見賣餅夫婦的故事而創作的，詩中呈現賣餅妻子受王恩寵，但仍不忘昔日的賣餅丈夫，甚至雙淚垂頰，後來寧王便順女子之意，讓

〔註30〕〔宋〕郭茂倩編：《樂府詩集》卷八十，頁 1130。王昆吾、任半塘編著：《隋唐五代燕樂雜言歌辭集》（下），頁 1704。

〔註31〕〔宋〕郭茂倩編：《樂府詩集》卷八十，頁 1130。

〔註32〕任半塘著：《唐聲詩》（下編），頁 228-229。

〔註33〕〔宋〕郭茂倩編：《樂府詩集》卷八十，頁 1131。

〔註34〕〔清〕彭定求等編：《全唐詩》（增訂本）卷一百二十八，頁 1209。王昆吾、任半塘編著：《隋唐五代燕樂雜言歌辭集》（下），頁 1373。

〔註35〕〔清〕彭定求等編：《全唐詩》（增訂本）卷一百二十八，又註有《本事（詩）》一段話：「寧王宅左，有賣餅者，妻纖白明媚，王一見屬意，厚遺其夫。取之，寵惜逾等。歲餘，因問曰：『汝復憶餅師否？』使見之，其妻注視，雙淚垂頰，若不勝情。王座客十餘人，皆當時文士，無不悽異。王命賦詩，維詩先成，座客無敢繼者。王乃歸餅師，以終其志。」頁 1299。

〔註36〕〔宋〕計有功著：《唐詩紀事》卷十六，頁 236-237。

她回到賣餅丈夫的身邊。關於此，任半塘的《唐聲詩》，曾提及此辭與本事之間，有種種矛盾：「據王維集，既題〈息嬀怨〉，頗符〈想夫憐〉之曲名本意，而集中並不云是〈想夫憐〉歌辭，一也。據《本事詩》，王維之詩乃因事而發，有賣餅者夫婦一段離合故事在，更符〈想夫憐〉之曲名本意，但《本事詩》只云是詩，亦不云是歌辭，二也。……詩因事而發，但何時始聯繫音樂，入〈想夫憐〉曲調？又何時開始用簇拍以歌之？——惜均不可考。」〔註37〕任氏所言，恰提及了王維的此詩，題與〈想夫憐〉相同，但終究只是詩，王維詩集與《本事詩》中，或其他古籍，皆未言述是否為歌辭，或載明何時與音樂有所聯繫。

再者，佚名〈簇拍相府蓮〉的最後四句，為《全唐詩》卷二十七〈水調歌第一〉的入破第六徹：「閨燭無人影，羅屏有夢魂。近來音耗絕，終日望應門。」〔註38〕內容主要闡述女子獨處閨中並無其他人影，她所想念的人，近來音訊全無，她成天僅能盼著歸來的伊人有所應門，故而這佚名〈簇拍相府蓮〉最後四句的語意，和前四句的語意，皆為思夫之作，可謂呈現出〈想夫憐〉的題意來，但就「今時寵」與「近來音耗絕」二句來看，卻出現時間上的矛盾，因前面說「今時寵」，後面卻又說「近來」。又如，下面一首詩作：

　　　玉管朱弦莫急催，容聽歌送十分杯。
　　　長愛夫憐第二句，請君重唱夕陽開。
　　　（白居易〈聽歌六絕句〉之四，〈想夫憐〉）〔註39〕

關於白居易〈聽歌六絕句〉之四〈想夫憐〉的內容為意指樂器勿演奏過於急促，盼歌者能持續地歌頌著，最末句的「夕陽開」，出自於《全唐詩》卷一百二十八王維〈和太常韋主簿五郎溫湯寓目之作〉中的「秦川一半夕陽開」〔註40〕一句，〈想夫憐〉詩中的婦女既期待著夫婿的憐愛，也希望夫君能一如往常一般。

〔註37〕任半塘著：《唐聲詩》（下編），頁229。
〔註38〕〔清〕彭定求等編：《全唐詩》（增訂本）卷二十七，頁378。
〔註39〕〔清〕彭定求等編：《全唐詩》（增訂本）卷四百五十八，頁5239。
〔註40〕〔清〕彭定求等編：《全唐詩》（增訂本）卷一百二十八，頁1296。

二、〈劍器渾脫〉的題意與聲詩

關於曲調為〈劍器辭〉的詩歌，如下：

皇帝持刀強，一一上秦王。鬪賊勇勇勇，擬欲向前湯。

應手三五個，萬人誰敢當。從家緣業重，終日事三郎。

丈夫氣力全，一個擬當千。猛氣衝心出，視死亦如眠。

彎弓不離手，恆日在陣前。譬如鶻打雁，左右悉皆穿。

排備白旗舞，先自有由來。合如花焰秀，散若電光開。

喊聲天地裂，騰踏山岳摧。劍器呈多少，渾脫向前來。〔註41〕

任半塘《敦煌歌辭總編》提及上面三首敦煌歌辭：「從大體看：三辭
同作五言八句，各自叶平，無所參差，曲調顯然完整，未遭破壞。內
容在表現兵將忠勇一點亦總算統一。首章強調刀劍，次章突出弓矢，
末章專門描寫〈劍器〉舞容，各有重點，結構緊湊。——因此種種，
可以肯定全套文字是『撰辭』，非『集辭』無疑。」〔註42〕又任半塘
《敦煌歌辭總編》言及：「三辭所表人物有五，此首佔其四：皇帝、
秦王、賊、三郎；次首內另有『丈夫』，其實際已先見於首辭，其人
即鬪賊勇，殺賊多者，亦即全辭之立言者與歌唱者，亦即矢忠於秦王
或三郎之兵將也。」〔註43〕程石泉〈某些敦煌曲的寫作年代〉一文以
為，詩作中的「皇帝」與「三郎」應為同一人，理由是：「翻檢帝譜，
可知諸帝中除玄宗外無有稱『三郎』者，據新舊唐書，玄宗有六兄弟，
五人於玄宗在位時均任要職，大哥隋王夭折，另兩位哥哥分別是申王
成器、宋王成義，三位弟弟則各為岐王範、薛王業、邠王守禮。……
宋代吳曾也列舉了五個玄宗被稱為三郎的例證……此外，尚有許多官
方及私人文牘提及三郎即玄宗，『三郎』一辭雖是廣泛的稱呼，但在
唐代則專指玄宗！且『三郎』和『皇帝』既在同首詞中提及，當是意
指同一人。」〔註44〕三首詩歌中的「持刀強」、「鬪賊勇勇勇」、「氣力

〔註41〕任半塘編著：《敦煌歌辭總編》卷七，頁 1692-1693。

〔註42〕任半塘編著：《敦煌歌辭總編》卷七，頁 1694。

〔註43〕任半塘編著：《敦煌歌辭總編》卷七，頁 1695。

〔註44〕程石泉著，蔡振念譯：〈某些敦煌曲的寫作年代〉，《大陸雜誌》66 期（1979

全」、「猛氣衝心出，視死亦如眠」與「喊聲天地裂，騰踏山岳摧」，皆無不將兵將勇猛、氣勢壯闊與殺賊不落人後的果敢之情，加以言述說明。

杜甫有詩〈觀公孫大娘弟子舞劍器行〉一首，亦爲一〈劍器〉舞的詩作，其詩前有序，[註45]說明了杜甫幼時見聞李十二娘舞〈劍器〉的概況，大曆年間，於夔府別駕元持家中觀看臨穎李十二娘跳劍器舞，此舞姿矯健多變且頗爲壯觀，向前請教她向誰學習此舞藝，李十二娘回應說她是公孫大娘的學生。玄宗開元三年，由於杜甫年幼，曾在郾城欣賞公孫大娘跳〈劍器〉和〈渾脫〉舞，流暢飄逸，超群出眾，爲時第一。唐玄宗初年，從宮內的宜春、梨園弟子到宮外供奉的舞女中，精熟舞技者僅有公孫大娘一人。當年她服飾華麗，容貌優美，如今已是白首老翁，眼前她的弟子李十二娘，也已不再年輕了。因此，既然知道她舞技的淵源，看來她們師徒的舞技一脈相承，撫今追昔，心中無限感慨，於是寫了〈劍器行〉這首詩。

關於〈劍器行〉詩的內容爲：

昔有佳人公孫氏，一舞劍氣動四方。
觀者如山色沮喪，天地爲之久低昂。
㸌如羿射九日落，矯如群帝驂龍翔。
來如雷霆收震怒，罷如江海凝清光。
絳唇珠袖兩寂寞，況有弟子傳芬芳。
臨穎美人在白帝，妙舞此曲神颺颺。

年），頁260。其中所提及的《新唐書》、《舊唐書》，分別是指《舊唐書》卷九十五〈列傳〉四十五，《新唐書》卷七十二〈列傳〉第六。

〔註45〕〔清〕彭定求等編：《全唐詩》（增訂本）卷二百二十二，「大曆二年（A.D.767）十月十九日，夔府別駕元持宅，見臨穎李十二娘舞劍器。壯其蔚跂，問其所師，曰：『余公孫大娘弟子也。』開元三載（A.D.715），余尚童稚，記於郾城（今河南郾城縣）觀公孫氏舞劍器渾脫，瀏漓頓挫，獨出冠時。自高頭宜春梨園二伎坊內人泊外供奉，曉是舞者，聖文神武皇帝初，公孫一人而已。玉貌錦衣，況余白首，今茲弟子，亦匪盛顏。既辨其由來，知波瀾莫二。撫事慷慨，聊爲〈劍器行〉。」頁2361。

　　　　與余問答既有以，感時撫事增惋傷。

　　　　先帝侍女八千人，公孫劍器初第一。

　　　　五十年間似反掌，風塵傾動昏王室。……〔註46〕

前述杜甫回憶五十年前描寫公孫大娘跳起劍舞來，氣勢動魄，起伏震盪。劍光璀燦奪目，舞姿矯健敏捷，起舞時劍勢如雷霆萬鈞，收舞時則有如江海凝聚的波光一般。到了晚年，李十二娘承傳此技，於白帝城表演，精妙無比，神采飛揚。關於劍舞的來由，憶昔撫今，更增添無限惋惜與哀傷。當年，玄宗皇上的侍女約有八千人，劍器舞姿數第一的，只有公孫大娘。宋代李昉《太平御覽》引言：「晏時有公孫大娘者，善劍舞，能爲鄰里曲，及裴將軍士謂之春秋設大張伎樂，雖小大優劣不同，而極其華侈，遐方僻郡，歡縱亦然。」〔註47〕此段即說明了「公孫大娘」爲何方人物。又陳暘《樂書・樂圖論》卷一百八十四：「〈劍器〉之舞，衣五色繡羅襦，折上巾交，腳絳繡靴，仗劍執械。唐開元中，有公孫大娘善舞〈劍器〉，能爲鄰里感激。」〔註48〕則論述〈劍器〉的舞蹈、衣著與配件。清代錢謙益注杜詩《杜詩錢注》提及《明皇雜錄》：「天寶中，上命宮女數百人爲梨園弟子，皆居宜春北苑。上素曉音律，時有馬仙期、李龜年、賀懷智，皆洞曉因度。安祿山從范陽入觀，亦獻白玉簫管數百事，皆陳於梨園，自是音響遂不類人間。諸公子虢國已下，競爲貴妃弟子，每授曲之終，皆廣有進奉。時有公孫大娘者善舞劍，能爲鄰里曲，及裴將軍〈滿堂勢〉、〈西河劍器〉、〈渾脫〉遺，妍妙皆冠絕於時也。」〔註49〕一段文字，說明了〈劍器〉在當年的影響力。清代楊倫注杜詩《杜詩鏡詮》中，提及劉後村評此詩：「此篇與〈琵琶行〉，一如壯士軒昂赴敵場，一如兒女恩怨相爾汝。杜有建安黃初氣，白未脫長慶體。」又載

〔註46〕　〔清〕彭定求等編：《全唐詩》（增訂本）卷二百二十二，頁 2361。

〔註47〕　〔宋〕李昉：《太平御覽》卷五百六十九〈樂部七・優倡〉（台北：台灣商務印書館，1983 年）頁 898-313。

〔註48〕　〔宋〕陳暘著：《樂書・樂圖論》卷一百八十四，〈俗部・舞・玉兔渾脫〉，頁 4。

〔註49〕　〔唐〕杜甫著，〔清〕錢謙益箋著，錢曾編：《杜甫錢注》卷七（台北：世界書局，1991 年 9 月）頁 143-144。

王嗣奭之評:「此詩詠李氏思及公孫,詠公孫念及先帝,全是爲開元天寶五十年來治亂興衰而發,不然一舞女耳,何足搖其筆端哉?」〔註50〕這兩段評論則是從作者的寫作動機與風格來評斷。因此,根據前述各項的論述,可見得作者不只是記載當年他的見聞,還將〈劍器〉的淵源、主要人物與寫作背景,作一相關的詮釋。復次,聞一多《唐詩雜論》亦評此詩作,提及杜甫作此詩:「四歲時看的東西,過了五十多年,還能留下那樣活躍的印象,公孫大娘的藝術之神妙,可以想見,然而小看客的感受力,也就非凡了。」〔註51〕任氏《敦煌曲初探》提及,杜甫詩序述及公孫大娘當年舞〈劍器〉入神,陳暘《樂書》謂則天末年即有〈劍器入渾脫〉之犯聲,足見此曲創始,都在武周或其以前。犯聲者,離開原宮調,改入他宮調之聲也,必美聽。〔註52〕前述詩作是描述了〈劍器〉舞的概況,其特徵有三:一爲女子獨舞;二爲動作矯健、節奏強列的豪邁舞蹈;三爲穿著特殊的軍裝。

三、〈泛龍舟〉的題意與聲詩

　　〈泛龍舟〉的部分,任半塘《敦煌歌辭總編》有言:「敦煌寫本曲辭之流傳今日者有千餘首,皆唐五代作;其中可指爲隋作者,碩果僅存,惟此一首而已。」〔註53〕任氏《敦煌曲初探》亦列其爲隋曲。〔註54〕關於史籍記載之出處,於前節已有論述,以下即爲出自《敦煌歌辭總編》的〈泛龍舟〉詩作:

〔註50〕〔唐〕杜甫著,〔清〕楊倫箋注:《杜詩鏡詮》卷十八(台北:華正出版社,1990 年),頁 884。

〔註51〕聞一多著:〈杜甫〉,《唐詩雜論》(武漢:武漢大學出版社,2008 年 11 月),頁 119。

〔註52〕任半塘著:《敦煌曲初探》,頁 44-45。

〔註53〕任半塘編著:《敦煌歌辭總編》卷二,頁 379-380。又任氏書中曾提及:「一九六八年法國戴密微編譯〈敦煌曲〉,曾於書之封面標誌曰:『八世紀至十世紀曲辭。』……既產生於隋,顯出戴編限時之外,吾人對於敦煌曲之時代觀念,宜有所改進。」頁 379-380。由此可見,任氏與法國戴密微編譯所主張的時間,並不相同。

〔註54〕任半塘著:《敦煌曲初探》,頁 46。

春風細雨霑衣濕，何時恍惚憶揚州。

南至柳城新造口，北對蘭陵孤驛樓。

回望東西二湖水，復見長江萬里流。

白鷺雙飛出谿塾，無數江鷗水上遊。

泛龍舟，遊江樂。〔註55〕

〈泛龍舟〉屬大曲，是七言八句帶和聲的聲詩，《教坊記箋訂》「曲名」
與「大曲名」內，亦列有〈泛龍舟〉。任氏提及，六朝以來，歌辭之
後或中間見和聲辭者為常態，此詩也是如此。而一般詩歌選本多出自
文人之手，大抵主文而不主聲，對作品原有和聲辭者往往刪略，不予
保存。〔註56〕此詩日本亦有傳辭，體製相同。〔註57〕又如《樂府詩集》
「清商曲辭」之「吳聲歌曲」內，尚載隋煬帝之〈泛龍舟〉辭：

舳艫千里泛歸舟，言旋舊鎮下揚州。

借問揚州在何處，淮南江北海西頭。

六彎聊停禦百丈，暫罷開山歌棹謳。

詎似江東掌間地，獨自稱言鑒裏遊。〔註58〕

《教坊記箋訂》於「曲名」與「大曲名」內，均列此詞。〔註59〕任半塘
《敦煌曲初探》提及，既為大曲，可能不只一遍。因此，敦煌此辭，或
有佚文；所列一首，實大曲歌辭。〔註60〕上述詩歌字數上，亦為七言八
句；文字內容則與敦煌辭相近；其平仄，亦二者大半相同。由此可見，
自隋入唐，此調沒有太大變化。況且，敦煌歌辭八句之後，尚綴「泛龍
舟，遊江樂」六字和聲，隋煬帝的〈泛龍舟〉辭則沒有。根據《敦煌曲

〔註55〕 任半塘編著：《敦煌歌辭總編》卷二，頁 379。任半塘校著：《敦煌曲
校錄》第一，載有「春風細雨霑衣濕，何時脫忽憶揚州。南至柳城
新造里，北對蘭陵孤驛樓。迴望東西二湖水，復見長江萬里流。白
鶴雙飛出谿塾，無數江鷗水上遊。泛龍舟，遊江樂。」一詩，頁 85。由
此可見，二書所載略有不同。

〔註56〕 任半塘編著：《敦煌歌辭總編》卷七，頁 382-383。

〔註57〕 任半塘著：《敦煌曲初探》，頁 46。

〔註58〕 〔宋〕郭茂倩著：《樂府詩集》卷四十九，頁 682。

〔註59〕 〔唐〕崔令欽著，任半塘箋訂：《教坊記箋訂》，頁 71、155。

〔註60〕 任半塘著：《敦煌曲初探》，頁 46。

初探》所言，亦提及這和聲是隋代歌辭所沒有的。即使隋代歌辭原有，但《樂府詩集》〈泛龍舟〉所記載的，早已被刪除。〔註61〕

第四節　樂曲與聲詩的塡配

一、《仁智要錄・想夫憐》與〈相府蓮〉的塡配

　　先談〈想夫憐〉樂曲的曲調，《樂府詩集》中有〈相府蓮〉詩，〈相府蓮〉題下引有《樂苑》曰：「〈想夫憐〉，羽調曲也。」〔註62〕任半塘以爲：「《教坊記》曲名列〈想夫憐〉，不曰『簇拍』，茲用《唐語林》原名不改。《唐語林》既引此八句爲〈相府蓮〉歌曲，又肯定其爲『簇拍』，必有所據。」〔註63〕任氏又提出，〈想夫憐〉所搭配的聲詩有五言四句和七言八句兩種，二者皆屬於羽調曲。〔註64〕〈簇拍想夫憐〉則爲五言八句，亦爲羽調曲。〔註65〕王昆吾《隋唐五代燕樂雜言歌辭研究》中，曾言及：「〈相府蓮〉出南齊，唐無名氏有辭，五言四句體；白居易時代〈想夫憐〉用王維辭，七言八句體；〈簇拍相府蓮〉則五言八句。可見有多種摘遍曲。」〔註66〕由此可見，屬於〈相府蓮〉或〈想夫憐〉，以及〈簇拍相府蓮〉曲調的聲詩，有五言四句、七言八句與五言八句等三種句式。王昆吾《隋唐五代燕樂雜言歌辭研究》中，再提出：「按日本說法，『大曲』僅指〈皇帝破陣樂〉、〈春鶯囀〉、〈團亂旋〉等數種大舞，其餘大曲均屬『準大曲』或『中曲』；『新曲』、『古樂』之分，則以隋爲界。是則〈想夫憐〉產於六朝，入唐而爲大曲。」〔註67〕一段文字，此處的「〈想夫憐〉產於六朝，入唐而爲大曲。」便恰與前段的「可見有

〔註61〕任半塘著：《敦煌曲初探》，頁47。
〔註62〕〔宋〕郭茂倩編：《樂府詩集》卷八十，頁1130。
〔註63〕任半塘著：《唐聲詩》（下編），頁228-229。
〔註64〕任半塘著：《唐聲詩》（下編），頁75、570。
〔註65〕任半塘著：《唐聲詩》（下編），頁228。
〔註66〕王昆吾著：《隋唐五代燕樂雜言歌辭研究》，頁150。
〔註67〕王昆吾著：《隋唐五代燕樂雜言歌辭研究》，頁150。

多種摘遍曲。」呼應，至此確切地點明了，〈想夫憐〉入唐後爲「大曲」，
無論是白居易〈想夫憐〉的詩歌，或是其他人所作的〈想夫憐〉歌辭，
皆屬於「大曲」中的「摘遍」。關於葉棟所譯《仁智要錄》的〈想夫憐〉
一曲，及其所塡配的歌辭，如譜例九：〔註68〕

　　夜聞鄰婦泣，切切有餘哀。

　　即問緣何事，征人戰未迴。（佚名〈相府蓮〉）〔註69〕

譜例九　　《仁智要錄・想夫憐》

〔註68〕葉棟著：《唐樂古譜譯讀》，頁343-344。

〔註69〕〔宋〕郭茂倩編：《樂府詩集》卷八十，頁1130。王昆吾、任半塘編
　　　　著：《隋唐五代燕樂雜言歌辭集》（下），頁1704。

葉棟的〈唐傳箏曲和唐聲詩曲解譯〉一文中，提及：「《仁智要錄》中的唐傳箏曲，今按『拍眼說』解譯，各調亦同史籍記載相符，並可填入同名隋唐詩演奏、演唱的。」〔註70〕又言及：「箏曲〈想夫憐〉，收入卷六『平調曲』。弦位為『begabd^{1}e$^{1\#}$f^{1}a^{1}b$^{1\#}$c^{2}e$^{2\#}$f^2』，主音 E 羽（平調、林鐘羽）。」〔註71〕王昆吾《隋唐五代燕樂雜言歌辭研究》也言道：「《大日本史》卷三百四十八『平調』有〈想夫憐〉，平調即太簇羽。」〔註72〕譜例九的樂譜為一「平調」，樂譜的第一行是十三弦箏的曲調，第二行為人聲的曲調，原則上，二部的旋律與節奏大略一致，十三弦箏的伴奏則在主要旋律的基礎上，再略加些其他八度和弦或單音的變奏，引導旋律向前演奏，可謂為「支音複聲」。二聲部樂曲的第一與第十一小節都是不完全小節，4/4 拍的節拍，全曲算來應有十小節的長度。樂曲所填配的歌辭，依序為「夜聞鄰婦泣，夜聞鄰婦泣，切切有餘哀。即問緣何事，征人戰未迴。」即在五言絕句的基礎下，首句演唱兩次後，再將後面的三詩句，繼續往下面唱。每一詩句所搭配的樂曲，原則上以兩個小節作一樂句。整首樂曲必須反覆一次，因此，五言絕句演唱完一次後，再重頭演唱相同的旋律與歌辭「夜聞鄰婦泣，夜聞鄰婦泣，切切有餘哀。即問緣何事，征人戰未迴。」一次，直到樂曲結尾，音樂方才結束。葉棟先生於〈唐傳箏曲和唐聲詩曲解譯〉一文，也提到：「本曲在日抄本中一作〈想夫戀〉，有『拍子十』，十小節、五樂句（2＋2＋2＋2＋2）。」〔註73〕

　　關於填配歌辭的部分，此歌辭的內容本就闡述婦人因征戰的家人尚未歸家，夜裡哀傷與哭泣的情況，因此，歌辭所欲表達的情感，應為哀婉而無奈的心聲。葉氏的〈唐傳箏曲和唐聲詩曲解譯〉則提到，「第二樂句為第一句辭『夜聞鄰婦泣』的反覆，哀怨聲進一步在更高音區出

〔註70〕葉棟著：〈唐傳箏曲和唐聲詩曲解譯〉，《唐樂古譜譯讀》，頁 80。
〔註71〕葉棟著：〈唐傳箏曲和唐聲詩曲解譯〉，《唐樂古譜譯讀》，頁 91。
〔註72〕王昆吾著：《隋唐五代燕樂雜言歌辭研究》，頁 150。
〔註73〕葉棟著：〈唐傳箏曲和唐聲詩曲解譯〉，《唐樂古譜譯讀》，頁 92。

現。這首樂曲，反覆演唱，斷腸聲動人心弦。」〔註74〕歌辭與樂曲的搭配上，這五個句子中的「首字」，除了第二句的「夜聞鄰婦泣」的「夜」字是第二拍的「強拍」外，其餘四句的「首字」，恰好都是小節中的「弱拍」與「短拍」。再者，五詩句中的第二、三、四、五字，各字音以兩拍音長為主，少則一又四分之三的音長，多則二拍半的音長。每個詩句中的第四字或第五字，如：第一句「夜聞鄰婦泣」的「婦」字，第二句「切切有餘哀」的「餘」，第三句「即問緣何事」的「問」字與「緣」字，第四句「征人戰未迴」的「未」字，多出現切分的附點拍「♩ ♪」節奏來，以加強歌辭敘事的情節。因此，在這樣的組織結構下，旋律與歌辭的呈現上，為一行板速度、敘事描摹聲音且情感哀婉的樂章。

二、《三五要錄・想夫憐》器樂的特色

另外，葉氏尚譯有《三五要錄》琵琶譜〈想夫憐〉一曲，為琵琶黃鐘調。但此曲未填配任何歌辭，其樂譜如譜例十：〔註75〕

譜例十　《三五要錄・想夫憐》

〔註74〕葉棟著：〈唐傳箏曲和唐聲詩曲解譯〉，《唐樂古譜譯讀》，頁92。
〔註75〕葉棟著：《唐樂古譜譯讀》，頁439。

王昆吾《隋唐五代燕樂雜言歌辭研究》曾提到：「《三五要錄》稱『中曲、新樂，一說古樂。』」〔註76〕樂曲的開頭為一不完全小節，全首樂曲與《仁智要錄》相同，皆為 4/4 拍的節拍，且有十個小節的長度。此首樂曲有一特色，當樂曲中的旋律為「」節奏時，旋律上多處採「g^2」「#f^2」「g^2」，或「d^2」「#c^2」「d^2」的樂節重覆來演奏，整首樂曲必須反覆一次，方才結束。音域上，雖橫跨「f^1」至「d^3」的十三度音程，但是旋律還是多集中在小二度、小三度音程，少數跨越完全八度與超過八度至十三度。《三五要錄》琵琶譜旋律的演奏，頗與《仁智要錄》箏譜的旋律大為不同。

三、《仁智要錄・劍器渾脫》與〈劍器渾脫〉的填配

　　再談〈劍器渾脫〉之樂曲與配辭，此曲調有敦煌曲辭聲詩三首，聲詩與譜例十一，〔註77〕如下：

　　　　皇帝持刀強，一一上秦王。鬪賊勇勇勇，擬欲向前湯。
　　　　應手三五個，萬人誰敢當。從家緣業重，終日事三郎。

　　　　丈夫氣力全，一個擬當千。猛氣衝心出，視死亦如眠。
　　　　彎弓不離手，恆日在陣前。譬如鶻打雁，左右悉皆穿。

　　　　排備白旗舞，先自有由來。合如花焰秀，散若電光開。
　　　　喊聲天地裂，騰踏山岳摧。劍器呈多少，渾脫向前來。

　　〔註78〕

譜例十一　　《仁智要錄・劍器渾脫》

〔註76〕王昆吾著：《隋唐五代燕樂雜言歌辭研究》，頁 150。
〔註77〕葉棟著：《唐樂古譜譯讀》，頁 329-330。
〔註78〕任半塘編著：《敦煌歌辭總編》卷七，頁 1692-1693。

勇，擬欲向前湯。應手三五個，萬人誰敢當。從

家緣業重，終日事三　郎丈夫　來

上述樂曲配有敦煌曲辭三段歌辭，屬爲般涉調，陳暘《樂書》:「劍器
入渾脫，始爲犯聲之始。劍器宮調，渾脫爲角調。」〔註79〕葉氏所譯
譜的《仁智要錄》〈劍器渾脫〉一曲，樂調亦與前述相符。其〈敦煌
歌辭的音樂初探〉提及:「現從解譯的唐傳器樂曲〈劍器渾脫〉來看，
音調明朗，節奏敏捷剛健，氣氛熱烈而富有變化的特點，與史料所述
的舞蹈場面，雄健而美妙的情況比較符合。」〔註80〕任氏《敦煌歌辭
總編》提及:「自一九五〇年王集下卷首載三辭以來，廿五年於此，
海內外讀者、錄者，大不乏人；而讀者對此，多不關切，錄者但畫葫
蘆，問題終於原封未動。及一九六四年，陳氏〈試探〉認眞解釋三辭，
乃益感矛盾突出，深知於長期竚待善本發現之中，不應完全無爲。至
少可循『懷疑』、『探索』、『假說』之三步，向前推進，以逐漸接近問
題之解決。茲已另得兩種假說，並陳氏之說而三，於開拓意境，闡發
主題，均有裨焉。」〔註81〕此樂曲開頭即以四個切分拍爲首，發揮歌
辭意境的氣勢，其二四拍分明的節拍且將歌辭中所欲呈現的堅毅特
質，表現得鏗鏘有力。全曲爲兩段體十五小節三十拍，填入四十二字，
其中十六字各爲一拍，二十字各爲半拍，長短穿插，變化有致。歌辭
的主要旋律則有古箏以單音或和聲的方式伴奏，旋律反覆三次，且分

〔註79〕〔宋〕陳暘:《樂書》卷一百八十四〈玉兔渾脫‧俗部‧舞〉，頁5。
〔註80〕葉棟著:〈敦煌歌辭的音樂初探〉，《唐樂古譜譯讀》，頁115。
〔註81〕任半塘編著:《敦煌歌辭總編》卷七，頁1693-1694。

次演唱敦煌曲辭三次，最後方作結束。

四、《博雅笛譜・劍器渾脫》器樂的特色

　　另外，《博雅笛譜》亦有〈劍器渾脫〉（渾脫部分）一曲，如譜例
十二：〔註82〕

譜例十二　《博雅笛譜・劍器渾脫》

　　關於《博雅笛譜》，又名《長秋卿竹譜》，是日本平安朝（相當於北宋
太祖乾德三年，965）由源博雅編纂而成的笛譜。書中所載的大部分唐
樂譜，與《五弦琵琶譜》、《三五要錄》相同，且保持原貌未變。〔註83〕
葉氏雖未將曲調填配聲詩，但從此橫笛譜的部分，較《仁智要錄》〈劍
器渾脫〉箏譜不同之處在於，《仁智要錄》中以弱起的切分拍凸顯氣勢
威武的一面，而《博雅笛譜》的〈劍器渾脫〉則以兩個十六分音符與
一個八分音符作為前三小節的節奏。全首的橫笛旋律，皆以十六分音
符與八分音符為主。尚且，橫笛的音域範圍在「b^1」至「g^2」之間，較
箏譜「d」至「g^2」的音域為集中。

五、《仁智要錄・泛龍舟》與〈泛龍舟〉的填配

　　〈泛龍舟〉的樂曲，葉氏填配有歌辭二首，其詩歌與譜例十三，

〔註82〕葉棟著：《唐樂古譜譯讀》，頁444。
〔註83〕關也維著：《唐代音樂史》，頁170。

〔註84〕如下：

春風細雨露衣濕，何時恍惚憶揚州。

南至柳城新造口，北對蘭陵孤驛樓。

回望東西二湖水，復見長江萬里流。

白鷺雙飛出谿壑，無數江鷗水上遊。

泛龍舟，遊江樂。〔註85〕

舳艫千里泛歸舟，言旋舊鎮下揚州。

借問揚州在何處，淮南江北海西頭。

六鬖聊停禦百丈，暫罷開山歌棹謳。

詎似江東掌間地，獨自稱言鑒裏遊。（隋煬帝〈泛龍舟〉）〔註86〕

譜例十三　《仁智要錄・泛龍舟》

<hr />

〔註84〕葉棟著：《唐樂古譜譯讀》，頁 322。任半塘編著：《敦煌歌辭總編》
　　　　卷三，頁 1033，提及妖魅敦煌歌辭為二十字的雜音短調，句法為
　　　　「六三三三五」，五句、三平韻，屬早期的聲制（指全諧平韻）。
　　　　任氏的《敦煌歌辭總編》，此項大樂大曲的觀念、格調的觀念及「依
　　　　調著詞」（即趙宋後所謂「倚聲填詞」）的觀念，凡著錄敦煌曲者
　　　　不容不備。

〔註85〕任半塘編著：《敦煌歌辭總編》卷二，頁 379。

〔註86〕〔宋〕郭茂倩著：《樂府詩集》卷四十九，頁 682。

　　樂曲屬為水調，主音南呂商，十三弦弦位為「e#fab#c¹e¹#f¹a¹b¹#c²e²#f²」。從敦煌歌辭聲詩與樂譜的搭配來看，首句旋律採以上行的音階演奏，到了「沾」字之後，方以下行音階承接到「何時」一句。首句十三弦箏的演奏，是以八度和弦音為聲詩旋律伴奏。伴奏與主唱旋律二者的關係，可謂為「支聲複音」，這首十三弦箏的伴奏，較他首譜例的伴奏，變化猶多。此首樂曲的節奏並不複雜，全曲穿插使用八分音符與十六分音符彈奏。聲詩旋律進行到最後時，樂曲再回到開頭第二句的旋律之處，反覆演唱歌辭。而且，樂曲旋律之間多出現大二度與小三度的音程，小七度與完全五度則間或使用於前述二個音程之間。樂曲每兩小節即填配一句聲詩，合為一樂句，曲調的前段四句，旋律著重重複；後段五句的旋律則較有變化，但末尾的兩句則旋律相似。此首詩歌所欲表達的意境，主要呈現出春天細雨之際，柳城（今河南西華縣西）與蘭陵（今山東嶧縣）之地附近的景致，以及湖水上白鷺與江鷗於水上悠遊的樂趣。隋煬帝〈泛龍舟〉亦可填入此曲演唱，整首明

確點出泛龍舟的地點與泛舟之聲勢及閒適之情。

六、《博雅笛譜・泛龍舟》器樂的特色

《博雅笛譜》還有〈泛龍舟〉一首，如譜例十四：〔註87〕

譜例十四　《博雅笛譜・泛龍舟》

此樂譜爲水調，主音林鐘商，第二、三小節，第四、五小節與第六、
七小節，旋律相似，節奏相同。再來的第三、四行，各小節或每兩小
節多呈現上行音階又緊接著下行音階的旋律。最後四小節，節奏上，
除了八分音符、十六分音符外，又包括了三十二分音符、附點四分音
符與八分音符的節奏於其中。音樂上，可採較緩的速度吹奏，旋律中
略加些顫音裝飾以作變化，聽來悠遠空靈。

七、《三五要錄・泛龍舟》器樂的特色

另外，《三五要錄》琵琶譜亦有〈泛龍舟〉一首，如譜例十五：

〔註88〕

〔註87〕葉棟著：《唐樂古譜譯讀》，頁447。
〔註88〕葉棟著：《唐樂古譜譯讀》，頁441-442。

譜例十五　　《三五要錄・泛龍舟》

此琵琶譜較橫笛譜的節奏，更為複雜些，整首樂曲主要有「♩♫♬」、

「♩.♫♬」與「♩♬.♩」三種音型，音域橫跨「a」至「d²」

十一度，較橫笛譜的音域「e¹」至「e²」八度為寬。《博雅笛譜・泛龍

舟》與《三五要錄・泛龍舟》皆僅為器樂譜，葉氏未填配聲詩。

第五節　小　結

　　總結上述各節可知，本章主要從「三種大曲摘遍的來源」、「聲詩與樂曲的聯繫」、「樂曲與聲詩的填配」等三方面來探討。其重點如下：

　　首先，先從〈想夫憐〉、〈劍器渾脫〉與〈泛龍舟〉三曲調來看。第一，〈相府蓮〉的題名源自於王儉的故事，後來因用語有所訛誤，故改名爲〈想夫憐〉。〈相府蓮〉之題意則源自於寧王憲奪他人之妻，王維藉此調以諷諭之，傳辭有五言四句、五言八句與七言四句。白居易〈聽歌六絕句〉之四〈想夫憐〉則是七言四句。另外〈簇拍相府蓮〉的部分，「簇拍」猶言「促拍」，「相府蓮」與「想夫憐」諧聲，傳辭有五言八句，詩可當作兩首：前一首即王維〈息夫人〉詩，後一首是〈水調歌頭〉第六徹。第二，〈劍器渾脫〉創始於唐武則天或武周以前，因表演時常與〈渾脫舞〉相結合，所以稱之爲〈劍器渾脫〉。其詩歌特色爲女子獨舞，動作矯健、節奏強烈的豪邁舞蹈，且爲穿著特殊的軍裝。第三，〈泛龍舟〉爲隋煬帝時人所作，樂調屬於林鐘商，爲隋入唐的清商樂，《敦煌歌辭總編》是七言八句帶和聲的聲詩，到了《樂府詩集》字數上也是七言八句，文字內容與敦煌辭相近，平仄上二者相同，但和聲的部分已被刪除。

　　再者，從《仁智要錄》、《三五要錄》與《博雅笛譜》中的曲譜來看〈想夫憐〉、〈劍器渾脫〉與〈泛龍舟〉歌辭的填配。第一，《仁智要錄》與《三五要錄》中，分別皆有〈想夫憐〉的樂曲，而《仁智要錄‧想夫憐》一曲爲一行板速度、敘事與描摹聲音且情感哀婉的樂章，器樂的演奏上，多爲切分的附點拍，但是，《三五要錄‧想夫憐》中琵琶譜的旋律，則與《仁智要錄‧想夫憐》箏譜的旋律大爲不同，後者未填配歌辭，且旋律較箏譜的人聲複雜，多有六十四分音符、三十二分音符與十六分音符的呈現。第二，《仁智要錄》與《博雅笛譜》中，尚有〈劍器渾脫〉曲，《仁智要錄‧劍器渾脫》一曲的開頭即以四個切分拍爲首，發揮曲調意境的氣勢，其二四拍分明的節拍且將歌辭中所欲呈現的堅毅特質，表現得鏗鏘有力。《博雅笛譜‧劍器渾脫》

橫笛旋律是以十六分音符與八分音符爲主，與《仁智要錄・劍器渾脫》
比較之下，音域也較箏譜集中。第三，〈劍器渾脫〉曲，於《仁智要
錄》、《三五要錄》與《博雅笛譜》中，皆有樂譜。其中《仁智要錄》
的〈劍器渾脫〉曲，全曲每兩小節即塡配一句聲詩，合爲一樂句，且
樂句中音階的上下行與詩歌所欲呈現的意境，頗有關係。至於《三五
要錄・想夫憐》與《博雅笛譜・劍器渾脫》雖僅爲器樂譜，未塡配聲
詩，但就《三五要錄・想夫憐》樂曲的表現上較《博雅笛譜・劍器渾
脫》，更爲輕盈活潑，尤其那切分拍的節奏，最受人注目；《博雅笛譜・
劍器渾脫》器樂曲的表現上，屬爲閒適而空靈之樂。

第五章　從《五弦琵琶譜》論唐代大曲之摘遍和樂譜──以〈何滿子〉與〈簇拍陸州〉爲例

第一節　前　言

　　唐人《敦煌曲譜》琵琶譜與《仁智要錄》的箏譜,皆可填配唐詩的同名歌辭作爲演唱之用。其中,以「大曲」歌辭爲主者,包括《敦煌曲譜》的〈慢曲子伊州〉、〈伊州〉,以及《仁智要錄》的〈涼州辭〉、〈還城樂〉、〈蘇莫遮〉、〈回波樂〉、〈春鶯囀〉、〈想夫憐〉、〈劍器渾脫〉、〈泛龍舟〉。至於唐傳《五弦琵琶譜》,葉棟曾譯琵琶譜三十二首,其各調的定弦,包含了壹越調、大食調、平調、黃鐘調、盤涉調、黃鐘角等六調,其中可填配同名唐聲詩者有十二首。「大曲」的部分,有第十首〈何滿子〉與第十一首〈六胡州〉(即〈簇拍陸州〉)二曲,此二首可填配唐詩的同名歌辭。本章就從葉氏所譯的樂曲二首,以及唐聲詩《樂府詩集》、《全唐詩》與《敦煌歌辭總編》中,屬於〈何滿子〉與〈簇拍陸州〉二曲調之「大曲」歌辭爲主要的論述內容。

第二節　兩首大曲摘遍的沿革

一、〈何滿子〉曲調的沿革

　　〈何滿子〉來自於唐代教坊舞曲，玄宗開元年間何滿子所作，何姓是九姓胡之一，何滿子是西域何國人。何國，即古之小王附墨城，唐時亦名屈霜迦。〔註1〕《宋高僧傳》卷十八〈唐泗州普光王寺僧伽傳〉：「詳其何國，在碎葉國東北，是碎葉附庸國。」〔註2〕在今日的烏茲別克撒馬爾罕的西北方。此調名源自於人名，後世將此名稱之爲〈斷腸詞〉。〔註3〕《樂府詩集》卷八十〈何滿子〉之下引有唐白居易曰：「何滿子，開元中滄州歌者，臨刑進此曲以贖死，竟不得免。」並引《杜陽雜編》：「文宗時，宮人沈阿翹爲帝舞〈何滿子〉，調辭風態，率皆宛暢。」其詩歌爲「世傳滿子是人名，臨就刑時曲始成。一曲四調歌八疊，從頭便是斷腸聲。」〔註4〕《全唐詩》白居易《聽歌六絕句‧何滿子》一首，題目下註有「開元中，滄洲有歌者何滿子，臨刑，進此曲以贖死，上竟不免。」一段話，其詩歌與《樂府詩集》卷八十〈何滿子〉相同。〔註5〕《全唐詩》元稹（A.D.779-831）〈何滿子〉：

> 何滿能歌能宛轉，天寶年中世稱罕。
> 嬰刑繫在囹圄間，水調哀音歌憤懣。
> 梨園弟子奏玄宗，一唱承恩羈網緩。
> 便將何滿爲曲名，御譜親題樂府纂。
> 魚家入內本領絕，葉氏有年聲氣短。

〔註1〕　劉陽著：〈唐詩中所見外來樂舞及其流傳──兼論唐人詩中的「何滿子」〉，《中國比較文學》1期（1996年），頁76。

〔註2〕　〔宋〕贊寧著，范祥雍點校：《宋高僧傳》（下）卷十八〈唐泗州普光王寺僧伽傳〉（北京：中華書局，1993年），頁448。

〔註3〕　任半塘著：《唐聲詩》（下編），頁61。

〔註4〕　〔宋〕郭茂倩著：《樂府詩集》卷八十，頁1133。但此段文字不見於今本《杜陽雜編》，〔唐〕蘇鶚著：《杜陽雜編》（北京：中華書局，1985年）。

〔註5〕　〔清〕彭定求等編：《全唐詩》（增訂本）卷四百五十八，頁5239。

自外徒煩記得詞，點拍才成已夸誕。〔註6〕

此段詩歌描寫著何滿子臨刑時，所唱水調樂曲，以求玄宗開恩赦免，樂曲的內容無不充滿著哀怨而悲傷的情感。玄宗因其技藝優秀而予以緩刑，就以何滿子的名字稱這首曲子。此曲收於內廷樂府後，連善歌的葉氏也自嘆不如，以後流傳藝壇，能夠記詞點拍者，更為罕見。張祜〈宮詞〉之二，也曾提及「何滿子」的境遇：「故國三千里，深宮二十年。一聲〈何滿子〉，雙淚落君前。」〔註7〕這是借用〈何滿子〉的典故來訴說內心的悲痛與哀傷。

任半塘編著《敦煌歌辭總編》提及：「此曲創於玄宗開元，此後德宗貞元間，文宗大和間，武宗會昌間，均有記載。善此曲之歌舞或琵琶者，先後見何滿子、胡二姊、駱供奉、僧些些、沈阿翹、孟才人、唐有態、魚家、葉氏諸人，可見其盛。至宋眞宗時，蕭定基猶能於殿上歌之。」〔註8〕因此，這段考證就說明了玄宗開元之後，〈何滿子〉的流傳情況，而且，除了何滿子之外，還有一些善於歌舞與琵琶者，以此傳唱。

唐人段安節《樂府雜錄》，又提及唐時刺史之事：「靈武刺史李靈曜置酒，坐客姓駱，唱〈何滿子〉，皆稱妙絕。白秀才者曰：『家有聲妓，歌此曲音調不同。』召至令歌，發聲清越，殆非常音。駱遽問曰：『莫是宮中胡二子否？』妓熟視曰：『君豈梨園駱供奉邪？』相對泣下。皆明皇時人也。」〔註9〕至此可見得，唐時〈何滿子〉宮中樂曲與民間所流傳之音調，有所不同。唐人崔令欽所著、任半塘所箋訂的《教坊記箋訂》對前述的文字有言：「調有五言四句，六言六句，及七言四句，三種聲詩。」〔註10〕

此曲調到了宋代之後，宋人王灼《碧雞漫志》曾為白居易所言，加以說明：「樂天所謂一曲四詞，庶幾是也。歌八疊，疑有和聲……。

〔註6〕　〔清〕彭定求等編：《全唐詩》（增訂本）卷四百五十八，頁4643-4644。
〔註7〕　〔清〕彭定求等編：《全唐詩》（增訂本）卷五百一十一，頁5872。
〔註8〕　任半塘編著：《敦煌歌辭總編》卷七，頁1692。
〔註9〕　〔唐〕段安節著：《樂府雜錄》，頁19。
〔註10〕　〔唐〕崔令欽著，任半塘箋訂：《教坊記箋訂》，頁137。

今詞屬雙調,兩段各六句,內五句各六字,一句七字。五代時尹鶚、李珣亦同此。其他諸公所作,往往只一段,而六句各六字,皆無復有五字者。字句既異,即知非舊曲。」〔註11〕前面引述「今詞屬雙調」至「一句七言」的一段文字,論述了各句字數與全首句數的情況,這是指宋代時候的體製。《教坊記箋訂》則另對白居易詩之說,提出不同的看法:「白居易詩謂此調『一曲四詞歌八疊』。所謂『四詞』,可能即指大曲辭之四首而言。王灼《碧雞漫志》四謂指五言四句,亦揣測而已。」〔註12〕任氏《敦煌曲初探》則提及,此以四句為四詞,太勉強,以八疊為和聲,亦嫌含混。任氏以為,「一曲」是指一套大曲,「四詞」是指辭四遍,「八疊」指每遍複唱一次,唱成八遍,因此,這個「疊」字,既非和聲,亦非疊句。〔註13〕又任氏於《唐聲詩》中言及,此音調以水調為主,有五言四句二平韻的詩歌,或有疊句,七言四句的體式可入大曲。〔註14〕

歸納此曲調在唐時為五言四句、六言六句、七言四句,其中七言四句可入大曲,音調以水調呈現。發展到五代時,又出現六言五句、七言一句的體式,宋代則承繼前代,音調為雙調,且另發展僅為一段的六言六句。關於歌辭與樂曲實際填配的順序,筆者本章的第四節,有所探討。

二、〈簇拍陸州〉曲調的沿革

〈簇拍陸州〉創始於玄宗天寶(A.D.742-755)年間,「簇拍」是指快拍,「陸州」是今陝西橫山縣,別名為〈六州〉、〈六胡州〉。岑參一首歌詞云:「西去輪臺萬餘里,故鄉音耗日應疏。隴山鸚鵡能言語,為報閨人數寄書。」〔註15〕從歌詞中「輪臺」、「隴山」等語可知「陸州」在

〔註11〕〔宋〕王灼著:《碧雞漫志》卷四,頁52。
〔註12〕〔唐〕崔令欽著,任半塘箋訂:《教坊記箋訂》,頁138。
〔註13〕任半塘著:《敦煌曲初探》,頁46。
〔註14〕任半塘著:《唐聲詩》(下編),頁61。
〔註15〕任半塘著:《唐聲詩》(下編),頁499。

西北之地，任半塘說是陝西橫山，不知所據爲何。至於《舊唐書・地理志》云：「隋寧越郡之玉山縣。武德五年（A.D.622），置玉山，領安海、海平二縣。貞觀二年（A.D.628），廢玉山州。上元二年（A.D.761），復置，改爲陸州，以州界山爲名。天寶元年（A.D.742），改爲玉山郡。乾元元年（A.D.758），復爲陸州。」〔註16〕又唐杜佑《通典・州郡十四》云：「陸州，秦象郡地。漢以來屬交趾郡，梁分置黃州及寧海郡。隋平陳，郡廢，改黃州爲玉州。煬帝初州廢，併其地入寧越郡。大唐復置玉州，上元二年（A.D.761）改爲陸州，或爲玉山郡……」〔註17〕二書所云「陸州」位於唐時西南的邊界，在現在欽州西南方向，瀕臨北部灣，雷州半島之西，〔註18〕並非〈簇拍陸州〉所從之陸州。

　　再者，別名「六胡州」的部分，任氏以爲，〈簇拍陸州〉又別名爲〈六州〉、〈六胡州〉。〔註19〕《唐音癸籤》提及：「唐邊地無陸州。嶺南雖有其州，名與此不合。惟寧朔境所置降胡州，魯、麗、含、塞、依、契，時稱爲六胡州，陸字或六之誤也。宋人警曲，用六州大遍，疑即此。俟博識者審之。」〔註20〕《舊唐書・地理志》有一「靈州大都督府」條的說明：「永徽元年（A.D.650），廢皋蘭等三州。調露元年（A.D.769），又置魯、麗、塞、含、依、契等六州，總爲六胡州。開元初廢，復置東皋蘭、燕然、燕山、雞田、雞鹿、燭龍等六州，並寄靈州界，屬靈州都督府。」〔註21〕《宋史・樂志》所載十八調四十

〔註16〕〔後晉〕劉昫著，楊家駱主編：《新校本舊唐書附索引》卷二十九〈志第二十一・地理四〉，頁 1758。

〔註17〕〔唐〕杜佑著：《通典》卷一百八十四〈州郡十四〉（北京：中華書局，1988 年），頁 4951。

〔註18〕譚其驤著：《中國歷史地圖集》第五冊（隋、唐、五代十國時期），頁 38-39。

〔註19〕任半塘著：《唐聲詩》（下編），頁 499。

〔註20〕〔明〕胡震亨著：《唐音癸籤》卷十三，頁 137。

〔註21〕〔後晉〕劉昫著，楊家駱主編：《新校本舊唐書附索引》卷二十九〈志第十八・地理一〉，頁 1415。

大曲中，也沒有〈陸州〉的名稱。〔註22〕《唐音癸籤》也以為唐無「陸州」之名，而應作「六胡州」才是。《教坊記》、《樂府詩集》所載的唐代大曲，亦無〈六州〉與〈六胡州〉一曲的記載。王顏玲〈論唐代大曲《陸州》、《涼州》〉提及：「『六州』就是指西北邊陲的甘、涼、石、氐、渭、伊六州，但此六州都各有大曲存在，怎可能再合而造曲？且上古音節中，『陸』與『六』本就同音，故〈六州〉應該就是大曲〈陸州〉之誤。六胡州雖被簡稱為六州，但此六州非大曲之六州，而是另有其地，不可與陸州混為一談。」〔註23〕王顏玲主張〈陸州〉不是〈六州〉與〈六胡州〉，〈陸州〉樂曲的起源，今天已無法明確考知。尚且，北宋時的〈陸州〉大曲，已有殘缺，不能作為大曲，此時的〈陸州〉大曲，已剩下歌頭的部分。〔註24〕筆者整理上述所言，「陸州」位於唐時西南的邊界，在現今欽州西南方，瀕北部灣，雷州半島之西。而〈簇拍陸州〉別名為〈六州〉、〈六胡州〉的說法，應有誤，據各史籍的記載，〈陸州〉與〈六州〉、〈六胡州〉其實是不相同的。

第三節　聲詩與曲名的聯繫

一、〈何滿子〉與「何滿子」的關係

再來探討二曲調聲詩與曲名的形式與內容。首先，先看〈何滿子〉的部分，《樂府詩集》中，收錄有薛逢〈何滿子〉詩，如下：

> 繫馬宮槐老，持杯店菊黃。
>
> 故交今不見，流恨滿川光。（薛逢〈何滿子〉）〔註25〕

上述薛逢的這首詩，描述故舊許久不見，心中滿是憾恨之情。《全唐

〔註22〕〔元〕脫脫著，楊家駱主編：《新校本宋史并附編三種》卷一百四十二〈志第九十五・樂十七〉，頁3349。

〔註23〕王顏玲著：〈論唐代大曲《陸州》、《涼州》〉，《樂府學》4期（2009年），頁279。

〔註24〕王顏玲著：〈論唐代大曲《陸州》、《涼州》〉，《樂府學》，頁290。

〔註25〕〔宋〕郭茂倩著：《樂府詩集》卷八十，頁1133。

詩》的部分，亦收有數位詩人同題競作〈何滿子〉詩作：

　　正是破瓜年幾，含情慣得人饒。

　　桃李精神鸚鵡舌，可堪虛度良宵。

　　卻愛藍羅裙子，羨他長束纖腰。（和凝〈何滿子〉之一）

　　寫得魚牋無限，其如花鎖春暉。

　　目斷巫山雲雨，空教殘夢依依。

　　卻愛熏香小鴨，羨他長在屏幃。（和凝〈何滿子〉之二）〔註26〕

　　紅粉樓前月照，碧紗窗外鶯啼。

　　夢斷遼陽音信，那堪獨守空閨。

　　恨對百花時節，王孫綠草萋萋。

　　（毛文錫〈何滿子〉，「何」一作「河」）〔註27〕

　　冠劍不隨君去，江河還共恩深。

　　歌袖半遮眉黛慘，泪珠旋滴衣襟。

　　惆悵雲愁雨怨，斷魂何處相尋。（孫光憲〈何滿子〉）〔註28〕

上述和凝（A.D.898-955）與毛文錫（A.D.約913前後在世）的詩作，
皆為六言六句的近體詩，但孫光憲（A.D.約900-968）的作品雖是六
言為主，其中因穿插七言一句，實有違聲詩之條例第三：「聲詩限五、
六、七言的近體詩，唐代的四、五、七言古詩、古樂府、新題樂府
及雜言詩等，不屬之。」〔註29〕因此，這裡孫氏的作品，不屬為聲
詩。和凝的〈何滿子〉之一，描寫芳齡十六歲的女子，討人喜愛，

〔註26〕〔清〕彭定求等編：《全唐詩》（增訂本）卷八百九十三，頁
　　　　10158-10159。

〔註27〕〔清〕彭定求等編：《全唐詩》（增訂本）卷八百九十三，頁10153。

〔註28〕〔清〕彭定求等編：《全唐詩》（增訂本）卷八百九十七，頁10205。
　　　　王昆吾、任半塘編著：《隋唐五代燕樂雜言歌辭集》（上），曾為此詩
　　　　加註說明：「第一，詠沈翹翹歌〈何滿子〉以殉文宗。第二，『江河』，
　　　　《傭稿》原作『江湖』，從《花間》。雪豔亭本於第三句去『慘』字，
　　　　成六言八句聲詩體。惟『慘』字在句尾，無從作襯，原作七字句之
　　　　格難改，仍屬雜言。」頁671。

〔註29〕任半塘著：《唐聲詩》（上編），頁93。黃坤堯著：〈唐聲詩歌詞考〉，
　　　　《中國文化研究所學報》，頁111-143。

且穿著衣裙婀娜多姿，體態輕盈，但因中間「桃李精神鸚鵡舌」一句為七言，因此，這裡的第一首亦不屬為聲詩。再來，和凝的〈何滿子〉之二，描寫女子撰寫書信，且以「花鎖春暉」、「殘夢依依」說明寄情於此。〔註30〕王昆吾《隋唐五代燕樂雜言歌辭研究》以為，和凝一為「六六七六六六」雜言體，一為「六六六六六六」齊言體。一人所作，應合同一曲式。但雜言體中七言句為「桃李精神鸚鵡舌」，並無從指明何為襯字。〔註31〕而且，又提及隋唐五代曲子本有音樂的伸縮性，故能容納增字減字；齊雜言曲子，有共同的本質；唐五代文人並未嚴判齊、雜，依調填辭，可齊則齊，可雜則雜，要以聲樂為根據。〔註32〕筆者以為，和凝〈何滿子〉之一的第三句，因為加入「襯字」而成為七言句，其實可將「襯字」另當別論，此首仍可視為是首聲詩歌辭。另外，尹鶚（A.D.約 896 前後在世）任蜀參卿，以及毛熙震（A.D.約 947 前後在世）曾任蜀秘書監，亦各有〈何滿子〉，分列如下：

> 雲雨常陪勝會，笙歌慣逐閒遊。錦里風光應占，玉鞭金勒驊騮。戴月潛穿深曲，和香醉脫輕裘。○方喜正同鴛帳，又言將往皇州。每憶良宵公子伴，夢魂長挂紅樓。欲表傷離情味，丁香結在心頭。（尹鶚〈何滿子〉）〔註33〕

〔註30〕〔清〕彭定求等編：《全唐詩》（增訂本）卷八百九十三，頁10153。

〔註31〕王昆吾著：《隋唐五代燕樂雜言歌辭研究》，頁 110。

〔註32〕王昆吾著：《隋唐五代燕樂雜言歌辭研究》，頁 111。

〔註33〕〔清〕彭定求等編：《全唐詩》（增訂本）卷八百九十五，頁10177。王昆吾、任半塘編著：《隋唐五代燕樂雜言歌辭集》（上）曾為此詩加註說明：「第一，〈何滿子〉本齊言，此乃代作，所以媚公子齊人，遂用『公子』二字，遂成雜言。王灼《碧雞漫志》謂『何滿子……今詞屬雙調，兩段各六句，內五句各六字，一句七字。五代時，尹鶚、李珣亦同此。』按珣集此調佚。右詞上片『錦里』句依灼意亦佚一字，於是原辭前後皆以雜言成雙疊。第二，《全五代詩》四六，此首以『樂府』為題，未知何本。」頁 572-573。王昆吾著：《隋唐五代燕樂雜言歌辭研究》則針對王灼《碧雞漫志》所言：「『舊曲』是指唐代〈何滿子〉之五言四句體；其餘六字、七字體，則為新體。可見〈何滿子〉中有兩種異體關係：五言四句體之於六言、七言體，

寂寞芳菲暗度，歲華如箭堪驚。緬想舊歡多少事，轉添春
思難平。曲檻絲垂金柳，小窗絃斷銀箏。○深院空聞燕語，
滿園閒落花輕。一片相思休不得，忍教長日愁生。誰見夕
陽孤夢，覺來無限傷情。(毛熙震〈何滿子〉之一)

無語殘妝澹薄，含羞斜袂輕盈。幾度香閨眠過曉，綺窗疏
日微明。雲母帳中偷惜，水精枕上初驚。○笑靨嫩疑花拆，
愁眉翠斂山橫。相望只教添悵恨，整鬟時見纖瓊。獨倚朱扉
閒立，誰知別有深情。(毛熙震〈何滿子〉之二)〔註34〕

尹鶚〈何滿子〉上片首先描寫夫妻笙歌同遊，欣賞美麗風光的愉悅之情，
下片則提及丈夫不在身邊，魂牽夢縈的離情傷感。毛熙震〈何滿子〉二
首，皆為詞作，且非齊言，所以二首非聲詩。第一首上闋描寫女子獨處，
年華已日漸逝去，緬懷當年舊事，春思難平的心情；下闋則以「深院空
聞」、「滿園閒落」、「相思休不得」與「長日愁生」來說明，女子相思與
苦悶的「無限傷情」。第二首上闋則提及女子晨間休眠未醒，且以院落
四周的氛圍加以裝點女子的香閨；下闋則以女子梳妝面容的部分，加以
描繪，呈現出惆悵、孤獨且別有深情的一面。因此，上述詩作即使同題，
但內容則不盡相同。而歌辭也因「同題競作」的情況下，或言故舊不見；
或言女子芳齡，討人喜愛；或言女子撰寫書信；或言女子年華已逝；或
言女子閨閣內的意態；或言夫妻笙歌同遊與離情的傷感，較〈何滿子〉
曲調原先的本意，作更為廣泛的擴充，使得名為〈何滿子〉的歌辭，內
容大致呈現曲調婉轉而意境纏綿多思的一面。敦煌曲辭的部分，也有大
曲〈何滿子〉「長城俠客」四首，如下：

第一　半夜秋風凜凜高，長城俠客逞雄豪。

手執鋼刀利如雪，腰間恆掛可吹毛。

為同調名不同曲式的關係；六言齊言體之於六言七言雜言體，則是
同曲式的異體關係。」頁110。

〔註34〕〔清〕彭定求等編：《全唐詩》(增訂本)卷八百九十五，頁10180。
王昆吾、任半塘編著：《隋唐五代燕樂雜言歌辭集》(上)，為後面的
詩作加註說明，頁655。

第二　秋水澄澄深復深，喻如賤妾歲寒心。

江頭寂寞無音信，薄暮惟聞黃鳥吟。

第三　城傍獵騎各翩翩，側坐金鞍當馬鞭。

胡言漢語真難會，聽取胡歌甚可憐。

第四　金河一去路千千，欲到天邊更有天。

馬上不知時曆變，回來未半早經年。〔註35〕

任半塘《敦煌曲初探》提到：「敦煌曲有此調四首，聯列，而未標『第一』、『第二』，……形式大備。然四首內容，不外邊城行旅，躍馬橫刀，意境一致，並非漫無聯貫之四辭也。」〔註36〕任半塘《敦煌歌辭總編》尚有言：「此套原無『第一』、『第二』等第號，因同為大曲，據前後辭情況補列。」〔註37〕任氏《敦煌歌辭總編》引用陳中凡〈試探當時歌舞戲的形成〉一文，提及敦煌曲辭四首的說明：「用此四辭為唐歌舞戲之唱辭，因設出故事、人物與情節，並逐辭有所解釋。對右辭曰：『這是長城俠客登場的自白，當用『散序』念出，雖尚屬『無拍不舞』，其『手執鋼刀』，腰掛『吹毛』寶劍的藝術形象，凜凜如生，英氣逼人。』」〔註38〕任氏以為，通劇僅唱四辭，且每首都是切要的。俠客、閨人、生、旦各角色並重，不單獨派男主角唱散序的部分，其佩劍橫刀的裝扮，本應搭配舞蹈，這是大曲整套的樂舞體制，而非用於戲劇之中。〔註39〕此段引文與任氏的說明是呈現出四辭的表現形式。其次，陳氏一文還陳述妻子在家等待的情形，前二辭內容的概要：「這篇是『長城俠客』家中妻室的自白。她獨居『江頭』，寂寞深閨，得不到征人的『音信』。薄暮聽到『塞鳥悲吟』，只有指著『澄澄』的『秋水』，永矢『歲寒心』

〔註35〕任半塘編著：《敦煌歌辭總編》卷七，頁1684。任半塘著：《敦煌曲初探》為四首詩校勘加註說明，頁188-189。

〔註36〕任半塘著：《敦煌曲初探》，頁45。

〔註37〕任半塘編著：《敦煌歌辭總編》卷七，頁1684。

〔註38〕任半塘編著：《敦煌歌辭總編》卷七，頁1686。

〔註39〕任半塘編著：《敦煌歌辭總編》卷七，頁1686。

的堅貞而已。」〔註 40〕四首詩中,「第一」開頭的「半夜秋風凜凜高」,即為後面的「長城俠客」塑造出蕭瑟淒淒的氛圍,再來則敘述俠客「手執鋼刀」,配在腰際間的模樣。「第二」辭乍看下,似乎可與前辭有關聯或無關聯,若將它視為「第一」辭的連續,可將「賤妾」視作俠客的妻子,因為她獨居江頭,在家等待,但卻寂寞毫無音訊,僅有澄澄的「秋水」伴著「薄暮」的「黃鳥」在其四周圍繞著。又「第三」辭陳氏一文言及:「俠士到長城邊境,看那裡『獵騎翩翩』,各操『胡言漢語』,都難領會;唯有一『胡歌』,尚堪憐惜。他獨行無伴,只得側身坐在『金鞍』上,調弄馬鞭,借以自慰。」〔註 41〕任氏以為,詩歌中的俠客與獵士的關係模糊不清,漢音與胡音各有語言的特色。若將「俠客」視為馬上戰鬥的騎士,在「翩翩」群中,就未嘗孤獨。胡漢之間雖語言有隔,但音聲情調則無隔。〔註 42〕此段提及「城傍獵騎」馳騁翩翩的樣子,又言及「胡言」與「胡歌」則說明了此獵騎所處的地點為胡人所在之地,而詩中的「俠士」,獨自一人,只有「側坐金鞍當馬鞭」,從旁觀察這些景象。對於「第四」辭的內容,陳氏一文提及:「他曾到突厥邊境的金河,不知幾千萬里。那料『天邊』之外,更有無窮無盡的天。馬上不知道經歷了多少時日。幸而奉調回鄉,路程未走到一半,時間已隔一年。」〔註 43〕陳氏對四辭文字悉用「舊編」,只有此首的「時曆」是指曆象,因時而變,非普通所謂的「經歷」。〔註 44〕筆者若將其視為前三首詩歌的延續,這首詩可讀作俠士行走了千萬里路來到金河之處,但卻未料到天涯無窮盡之廣大,在馬上已不知經歷了多久的歲月。當回鄉之時,路程未盡,但時間卻已隔了一年。

　　最後,陳氏一文概括總述這四首辭:「這是一套殘曲,把塞上征

〔註40〕任半塘編著:《敦煌歌辭總編》卷七,頁 1688。
〔註41〕任半塘編著:《敦煌歌辭總編》卷七,頁 1688。
〔註42〕任半塘編著:《敦煌歌辭總編》卷七,頁 1688。
〔註43〕任半塘編著:《敦煌歌辭總編》卷七,頁 1689。
〔註44〕任半塘編著:《敦煌歌辭總編》卷七,頁 1689。

人和閨中思婦分場描述，最後應有團聚的場面，惜殘缺不全，無從推論。但看它用對照的場次，雙線進行，然後會合到一起。……其中女主人公以『歲寒』的松柏自喻，男主人公嘆經年歷月歸途，纔此到一半。兩人的性格並可從環境中認識清楚，其創造典型的手法，也是可取的。」〔註45〕任氏則以為，「原辭是從統一之主題出發，而寫成之一套大曲辭或歌舞戲辭，並意識全辭較長，殘存四首，尚有闕佚，所演故事中之男女主角從分離到團聚，情節甚多。實則陳氏失察，四辭之地點有三：兩辭在長城，餘一在江頭，一在金河。唐詩中一般所謂『江頭』，多指長安之曲江頭。金河則在今之內蒙古歸綏附近，長城已到其南。四辭如果通聯，則俠客即使遠在長城東段，欲回長安，逕轉身南行便是，何為先北踰長城，遙趨金河，然後始轉身向南，重入長城？末辭云『去路千千』，『天邊有天』，『路程一半』，便經『一年』，實不似客從長城來之旅程也。故四辭無從聯貫，終是集舊辭，並非撰新辭。集者為此，臨時應付歌唱而已，本無意於騎脈絡貫通，呵成一片也。」〔註46〕任氏此段是為說明這四首歌辭並無聯繫的理由，以及各首關鍵詞的意義。此外，任半塘《敦煌歌辭總編》提及：「隋唐兩代開邊，對於當時國際交通，和中外文化交流，雖起了巨大的積極作用，但從人民立場來看，當日春閨夢裡和疆場馬上，死別生離，實極盡人生的慘事！」〔註47〕按當時俠客並非好人，其遠赴長城者，大都殺人亡命、棄家逃刑之輩。開邊之功，俠客無份。俠客不比「征人」，久戍不代，亦不比「征夫」，久佚不歸，始有「奉調回鄉」之待遇耳。——陳氏所謂戲劇人物與情節，為辭中地理與人情所破，都難建立。〔註48〕西域樂工〈何滿子〉帶來外國歌曲，此曲經他流傳而定名，後又成為五曲名，曲調哀惋動人，反映強烈的悲憤情緒。所以，何滿子

〔註45〕任半塘編著：《敦煌歌辭總編》卷七，頁 1689。
〔註46〕任半塘編著：《敦煌歌辭總編》卷七，頁 1689-1690。
〔註47〕任半塘編著：《敦煌歌辭總編》卷七，頁 1690。
〔註48〕任半塘編著：《敦煌歌辭總編》卷七，頁 1690。

是人名、歌名、舞名，又成了悲憤的代名詞，後來詩詞中涉及何滿子的詩大都寫悲憤的情感。

二、〈簇拍陸州〉與「簇拍陸州」的關係

再來關於〈簇拍陸州〉的部分，《全唐詩》卷二十七與《樂府詩集》卷七十九，皆收錄〈陸州歌〉數首與〈簇拍陸州〉，如下：

第一　分野中峰變，陰晴眾壑殊。欲投人處宿，隔浦問樵夫。

第二　共得煙霞徑，東歸山水遊。蕭蕭望林夜，寂寂坐中秋。

第三　香氣傳空滿，妝花映薄紅。歌聲天仗外，舞態御樓中。

排遍第一　樹發花如錦，鶯啼柳若絲。

　　　　　更逢歡宴地，愁見別離時。

排遍第二　明月照秋葉，西風響夜砧。

　　　　　強言徒自亂，往事不堪尋。

排遍第三　坐對銀釭曉，停留玉箸痕。

　　　　　君門常不見，無處謝前恩。

排遍第四　曙月當窗滿，征人出塞遙。

　　　　　畫樓終日閉，清管爲誰調。（〈陸州歌〉）〔註49〕

西去輪臺萬里餘，故鄉音耗日應疏。

隴山鸚鵡能言語，爲報閨人數寄書。（岑參〈簇拍陸州〉）〔註50〕

《唐音癸籤》卷十三：「〈陸州〉，曲有大遍、小遍。又有〈簇拍陸州〉。」

〔註49〕〔清〕彭定求等編：《全唐詩》（增訂本）卷二十七，頁382-383。〔宋〕郭茂倩著：《樂府詩集》卷七十九，頁1121-1122。王昆吾、任半塘編著：《隋唐五代燕樂雜言歌辭集》（下）曾爲數首詩歌作註，「歌第一」爲王維辭，乃截用〈終南山〉詩之後半。「歌第三」亦爲王維辭，原題〈扶南曲〉，又見《樂府詩集》九○。「排遍第一」爲薛逢辭，一屬韓琮作。「排遍第三」見盛唐失名內，一屬蓋嘉運所進「樂府詞」。「排遍第四」則將「遊」一說當作「遙」，「清」一作「絲」。頁1702-1703。

〔註50〕〔清〕彭定求等編：《全唐詩》（增訂本）卷二十七，頁383。〔宋〕郭茂倩著：《樂府詩集》卷七十九，頁1122。

〔註 51〕〈陸州歌〉「歌第一」截用王維〈終南山〉詩的頷聯和尾聯；
〔註 52〕「歌第二」描寫個人遊歷山水，悠閒自得的心境；「歌第三」
詩作則描寫女子歌舞前的裝扮，以及歌聲與舞姿的表現，此首出自王
維〈扶南曲〉歌詞五首之三，《通典》卷一百四十六：「武德初，未暇
改作，每讌享，因隋舊制，奏九部樂……四曰扶南。」〔註 53〕《樂府
詩集》卷九十〈新樂府辭〉中亦有記載。〔註 54〕「排遍第一」詩作先
以自然中的動植物來鋪陳，再提起與友相見於歡宴之地，以及恰逢離
別時的不捨之情。《全唐詩》卷五百四十八薛逢〈涼州詞〉三首之三，
亦有此詞，但收錄於薛逢詩作的第三句是「更遊歡宴地」而非「更逢
歡宴地」，〔註 55〕《全唐詩》卷五百六十五韓琮詩作的後兩句「更遊
歡宴地，悲見別離時」而非「更逢歡宴地，愁見別離時」；〔註 56〕「排
遍第二」則先以視覺與聽覺上的氛圍來陳述，後二句則再以詩人「強
言徒自亂」的心境，說明「往事不堪尋」的無奈；「排遍第三」則
提出宮中的靜物，再說明遲遲未能晉見君主以表達個人情感的詩
作。〔註 57〕袁綉柏、曾智安所著的《近代曲辭研究》提及，「排遍」
第三首中的「君門常不見，無處謝前恩」二句，表現對象具有鮮明的
針對性，〈陸州〉也應該是由該地官員進獻給朝廷的樂曲，只是其進

〔註 51〕〔明〕胡震亨著：《唐音癸籤》卷十三，頁 137。

〔註 52〕〔清〕彭定求等編：《全唐詩》（增訂本）卷一百二十六，頁 1277。

〔註 53〕〔唐〕杜佑著：《通典》卷一百四十六〈樂六・清樂〉，頁 3720。

〔註 54〕〔清〕彭定求等編：《全唐詩》（增訂本）卷一百二十五，頁 1236。〔宋〕
郭茂倩著：《樂府詩集》卷八十，頁 1272。王昆吾、任半塘編著：《隋
唐五代燕樂雜言歌辭集》（下）〈陸州〉之一，註釋有所說明，頁 1702。

〔註 55〕〔清〕彭定求等編：《全唐詩》（增訂本）卷五百四十八，頁 6391。

〔註 56〕〔清〕彭定求等編：《全唐詩》（增訂本）卷五百六十五，頁 6608。
王昆吾、任半塘編著：《隋唐五代燕樂雜言歌辭集》（下）〈陸州〉之
一，註釋有所說明，頁 1702。

〔註 57〕王昆吾、任半塘編著：《隋唐五代燕樂雜言歌辭集》（下）〈陸州〉之
二，註釋提及：「『排遍第三』見盛唐失名內，一屬蓋嘉運所進『樂
府詞』。」頁 1702。

獻人、進獻時間不可確知；〔註58〕「排遍第四」則描寫詩中人物在滿月之日，遙想著遠在塞外戍守的征人，儘管身處在雕樓畫棟之中，吹奏音樂卻無人聽聞〔註59〕。岑參〈簇拍陸州〉一首是七言絕句的體式，內容描寫遠離他鄉，西至輪臺之地，與故鄉的聯絡日漸生疏，但見到隴山的鸚鵡善於言語，因此便以此作爲家人傳遞書信的媒介。

第四節　樂曲與聲詩的塡配

一、《五弦琵琶譜》的歷史與內容

　　林謙三於《雅楽：古楽譜の解読》〈天平、平安時代の音楽〉提及：「近衛家の伝世の音楽資料中の逸品で天下の孤本ともいうべき『五絃譜』（通称五絃琴譜ともいう）は，平安朝中期の写しの長尺の卷子本で現在重要文化財となっている。表題に五絃琴譜とあるのは，內容を知らない後の人の書き加えであって，目次のはじめに『五絃』とあるように五絃，一名五絃琵琶の楽譜である。譜字、內容も五絃のものとしての的確性をもっている。目次に脱落のあることや，曲のならべ方が同一調にまとめられていないことなどに，楽譜の編集の不手ぎわが見られるが。」〔註60〕此段指出，近衛家傳世音樂資料中的逸品，亦可稱爲天下孤本的〈五絃譜〉（亦通稱爲五絃琴譜），它是平安朝（A.D.794-1185）中期的抄本長尺卷子本，現在已經成爲重要的文化財產。標題上的五絃琴譜，是不知內容爲何的後人添寫上去，就如目錄一開始的「五絃」般，它是五絃，一名五絃琵琶樂譜。在譜字、內容上，的確都是五絃。從目錄的脫落、曲目排列方式未彙整爲同一調等來看，樂譜的編輯有不完備之處。葉棟則以爲「五

〔註58〕袁繡柏、曾智安著：《近代曲辭研究》，頁106。
〔註59〕王昆吾、任半塘編著：《隋唐五代燕樂雜言歌辭集》（下）〈陸州〉之二，頁1702。
〔註60〕〔日〕林謙三著：〈天平、平安時代の音楽〉，《雅楽：古楽譜の解読》，頁67。

弦琴」即「五弦琵琶」，唐傳「五弦譜」抄本上寫明的「五弦琴譜」
即爲「五弦琵琶譜」。葉氏也對林謙三在其《全譯五弦譜》與〈國寶
五弦譜的解讀端緒〉中，將「五弦譜」俗稱爲「五弦『琴』譜」，理
由是後人誤加的，因此沿用至今，提出一些看法。葉氏以爲，林氏所
提出的「五弦譜」本是「琵琶譜」，這樣的說明無誤，但是林氏談到
「五弦琴」的「琴」字是後人誤加的，葉氏便以爲這是林氏的誤解。
〔註 61〕因爲，關於「五弦琴」，此「琴」字的使用，早在中國的史籍
與詩歌中，本有所論述。如下：

> 《南部新書》：「韓晉公（韓滉）在朝，奉使入蜀，至駱谷，
> 山椒巨樹，聳茂可愛，烏鳥之聲皆異。下馬以探弓射其顛杪，
> 柯墜於下，響震山谷，有金石之韻。使還，戒縣尹募樵夫伐
> 之，取其幹載以歸，召良工斲之，亦不知其名，堅緻如紫石，
> 復金色線交結其間。匠曰：『爲**胡琴**槽，他木不可並。遂爲
> **二琴**，名大者曰大忽雷，小者曰小忽雷。』」〔註 62〕

> 《樂府雜錄》：「文宗朝，有內人鄭中丞善**胡琴**，內庫二**琵
> 琶**號大小忽雷，鄭賞彈小忽雷。」〔註 63〕

> 《唐語林》卷八：「按《周書》云：武帝彈琵琶，後梁宣帝
> 起舞，謂周武帝曰：『陛下彈**五弦琴**，臣敢不同百善舞？』
> 則周武帝所彈，乃是今之五弦，可知前代凡此類，總號**琵
> 琶**爾。」〔註 64〕

根據上列資料，可以見得，琴、胡琴之名，在唐代也稱琵琶，五弦琴
即五弦琵琶。尚且，「琴」字作爲「五弦琵琶」，實非後人誤書，上引
諸書已可證明。

關於五弦琵琶的歷史記載，如下：

〔註 61〕 葉棟著：〈敦煌壁畫中的五弦琵琶及其唐樂〉，《唐樂古譜譯讀》，頁
22-23。

〔註 62〕 〔宋〕錢易著：《南部新書》壬卷（北京：中華書局，1985 年），
頁 99。

〔註 63〕 〔唐〕段安節著：《樂府雜錄》，頁 26。

〔註 64〕 〔宋〕王讜著：《唐語林》卷八（北京：中華書局，1985 年），頁 219。

《通典》：「自宣武（後魏世宗）以後，始愛胡聲，洎於遷
都。屈茨（即龜茲）琵琶、五絃、箜篌、胡直、胡鼓、銅
鈸、打沙鑼、胡舞、鏗鏘鏜鎝，洪心駭耳。撫箏新靡絕麗，
歌響全似吟哭，聽之者無不悽愴。」〔註65〕

《舊唐書・音樂志》：「五絃琵琶，稍小，蓋北國所出。」
〔註66〕

《新唐書・禮樂志》：「五弦，如琵琶而小，北國所出。舊
以木撥彈，樂工裴神符初以手彈，太宗悅甚，後人習爲搊
琵琶。」〔註67〕

由此可見，琵琶在史書的記載，所呈現的是形體小，以木撥彈。薛宗明
《中國音樂史・樂器篇》則以爲五弦琵琶略小於曲項琵琶，呈現梨形的
形狀。〔註68〕關於五弦琵琶的論述，林謙三著《正倉院樂器の研究》曾
提及琵琶的形制：「五絃琵琶は単に五絃ともいい，四絃琵琶より形体
が細長く頭部は鹿頸が延長したように所謂，直頸の相をもち，絃も一
絃多い楽器である。このような琵琶は古イソドの壁画彫刻によく見る
ところで，その源がイソド方面にあることを示している。奏法にして
も四絃琵琶は撥を用いたのに対し五絃は本來手弾を旨としたのであ
る。ところが中央アジフでは一変し撥を用いるようになり，中国がこ
れを受けている。」〔註69〕譯爲五弦琵琶是一種樂器，也可以單稱爲五
弦，它的形體比四弦琵琶來得細長，頭部就像是鹿頸延長般，也就是具
有所謂的直頸樣貌，而弦也比四弦多一弦。在古印度壁畫雕刻裡，經常

〔註65〕〔唐〕杜佑著：《通典》卷一百四十二〈樂二・歷代沿革下〉，頁
3614-3615。
〔註66〕〔後晉〕劉昫著，楊家駱主編：《新校本舊唐書附索引》卷二十九〈志
第九・音樂二〉，頁1076。
〔註67〕〔宋〕歐陽修、宋祁著，楊家駱主編：《新校本新唐書附索引》卷二
十一〈志第十一・禮樂十一〉，頁471。
〔註68〕薛宗明著：《中國音樂史・樂器篇》（下）（台北：台灣商務印書館，
1990年），頁733。
〔註69〕〔日〕林謙三著：《正倉院樂器の研究》（東京：風間書房出版社，
1994年），頁54-55。

可見此種琵琶,顯示其起源於印度。在演奏方法上,四弦琵琶是用撥彈的方式,五弦原本是手彈,然而中亞地區後來則改變爲撥彈,中國也承繼此種方式。又林謙三著《東亞樂器考》〈五弦和搊琵琶的異同〉一文中提及「五弦的起源」,亦從五弦琵琶與四弦琵琶的起源,比較其異同處。〔註70〕韓淑德、張之年所著的《中國琵琶史稿》則根據林氏的考證,整理如下:「五絃琵琶在印度原爲直項、手彈。傳到我國時,可能經龜茲地方,在《龜茲樂》中,與曲項四絃琵琶一起演奏,又產生了變異。所以後來在中原地區有的五絃琵琶用撥彈,有的用手彈,在形制上也有曲項、直項的區別。……與五絃琵琶往往一起演奏,其原因可能是由於曲項四柱琵琶與五絃琵琶演奏效果不同所致。曲項四絃琵琶共鳴箱大,用撥彈音渾厚,豪放,適宜於對舞蹈熱烈氣氛的烘托;五絃琵琶音箱小,指彈,發音亮、脆,明快,清新,與曲項四絃琵琶所構成音色對比,濃淡相濟,可能正是繪成唐樂色彩暄妍的因素之一吧!」〔註71〕劉月珠《唐人音樂詩研究——以箜篌、琵琶、笛笳爲主·琵琶樂詩之藝術內涵》再整理:「曲項琵琶是四絃,五絃琵琶是五絃。應可作如此說明,琵琶最初形制應有兩種,中原區域發展起來的琵琶叫做『直項琵琶』,由西域傳入的琵琶則謂『曲項琵琶』,唐代的曲項又可分爲『四弦琵琶』和『五弦琵琶』,可見,琵琶形制,各時期都有明顯的演變。除形制有明顯演變,琵琶曲調也深受影響。」〔註72〕以上二書即爲曲項、直項琵琶與四弦、五弦琵琶的說明。再者,林謙三《隋唐燕樂調研究》提及:「日本正倉院所藏的奈良朝時代之琵琶(蓋唐製)五具中,除掉五絃五柱的一具之外,其餘都是四絃四柱,與近世日本的雅樂琵琶相同。」〔註73〕又論述琵琶的形制變化:「唐代的龜茲琵琶比普通的琵琶稍稍細長,且

〔註70〕〔日〕林謙三著,錢稻孫譯:《東亞樂器考》,頁233-234。
〔註71〕韓淑德、張之年著,劉東升、吳剑譯:《中國琵琶史稿》(台北:丹青圖書有限公司,1987年),頁106。
〔註72〕劉月珠著:〈琵琶樂詩之藝術內涵〉,《唐人音樂詩研究——以箜篌、琵琶、笛笳爲主·琵琶樂詩之藝術內涵》,頁90。
〔註73〕〔日〕林謙三著,郭沫若譯:《隋唐燕樂調研究》,頁111。

具有六柱。六朝隋唐代的龜茲故趾中所發現的壁畫裡面，有四軫、五軫、六軫的，因而是四絃、五絃、六絃的琵琶，怕是以四絃乃至五絃為經常的絃數罷。壁畫中，柱是沒有明白地畫出的，實際上大抵是四柱，而日本所傳及舊時亞剌伯的絃音分劃大抵就是準據著這四柱所規定出的。」〔註74〕

　　復次，討論其樂譜的時代，林謙三於《雅樂：古楽譜の解読》又提及：「その曲目の內容は後世の断絕曲をかなう多くふくみ，ことに〈夜半樂〉の末に〈丑年潤十一月廿九日（寶龜四年西紀七七三）石大娘〉の記のあることや，譜の表現が共通して唐譜式であることなどから。寶龜四年に近い年代に唐から伝来した譜，そのほか同類のものを雜然と集めて書写したか，そのまだ写しが本譜であろうかと考えられる。したがって內容的価値においては，本譜は天平から平安朝初期に用いた五絃の譜そのものと見なしてさしつかえないのである。」〔註75〕此段意指該曲目的內容包含了相當多的後世斷絕曲，尤其是〈夜半樂〉的末尾裡，有「丑年潤十一月廿九日（寶龜四年西紀七七三）石大娘」記，以及譜的表現均共通為唐譜式，由此看來，應可推斷在寶龜四年時，從唐朝傳至近代的譜，和其他同類雜亂彙集書寫而成，或是直接抄寫為本譜。因此，在內容的價值上，可將本譜視為從天平（A.D.724-748）到平安朝（A.D.794-1185）初期使用的五弦之譜。《五弦譜》和《敦煌曲譜》都是琵琶譜，但二者仍有所不同，一為五弦，一為四弦；一為有大曲有小曲等散曲雜抄成卷內在不聯貫，一為有一系列小曲分三組成套整卷聯貫；一為內有多至一千六百三十餘譜字一大曲，或少至五十餘譜字一小曲，一為最多僅一首二百餘譜字和其他均為一百譜字上下，或少至四十餘譜字的小曲。《五弦譜》和《敦煌曲譜》中的樂曲，都是唐樂，前者雖為傳抄本，抄本

〔註74〕〔日〕林謙三著，郭沫若譯：《隋唐燕樂調研究》，頁113-114。
〔註75〕〔日〕林謙三著：〈天平、平安時代の音樂〉，《雅樂：古楽譜の解読》，頁67-68。

可能較後者為晚，但其中見載於史籍的樂調名卻較早，唐式清楚、樂風古樸、情調多變，不少樂曲顯著地雜以龜茲樂音，而中原聲與胡聲渾然一體，不可分割，當為盛唐之音。〔註76〕

《雅樂：古楽譜の解讀》中〈天平、平安時代の音楽〉一文提到：「その內容について述べると，調と名づけるもの六種と，曲と名づけるもの二十二種を集めており，それらは壱越調、大食調、平調、黃鐘調、盤涉調、黃鐘角の六調にわだっていれ。」〔註77〕概述其內容，可知蒐羅了六種命名為調者，以及二十二種命名為曲者，其中包含了壹越調、大食調、平調、黃鐘調、盤涉調、黃鐘角等六調。其實，這裡所稱的調，指的是琵琶的撥合、調子、手的類別。此外，所謂的曲，指的是樂曲，其內容可視為音樂史的重要資料。葉棟先生《唐樂古譜譯讀》曾譯有唐傳《五弦琵琶譜》三十二首，包括〈平調子〉、〈三臺〉、〈上元樂〉、〈平調火風〉、〈移都師〉、〈大食調〉二首、〈王昭君〉（A）（B）、〈聖明樂〉、〈何滿子〉、〈六胡州〉、〈惜惜鹽〉（A）（B）、〈武媚娘〉、〈秦王破陣樂〉（A）（B）、〈飲酒樂〉、〈如意娘〉、〈般涉調〉、〈崇明樂〉（A）（B）、〈天長久〉、〈黃鐘調〉、〈弊棄兒〉、〈薛問提〉、〈夜半樂〉、〈九明樂〉、〈書卿堂堂〉、〈樂調〉、〈蘇羅密〉、〈胡詠詞〉，其中填配同名唐聲詩十二首。本章即以〈何滿子〉與〈六胡州〉為例，探討聲詩與樂曲的關係。

二、「何滿子」曲與〈何滿子〉的填配

首先，從〈何滿子〉來看。任半塘編著《敦煌歌辭總編》提及：「論樂──此曲乃開元中歌者何滿子所創，屬水調。原為大曲，亦為雜曲，唱時有疊句。天寶末梨園駱供奉於此調之琵琶技獨精。今日本所傳唐五弦琵琶譜中，猶有此調之譜。元人因不習唐人詩樂，

〔註76〕葉棟著：〈敦煌壁畫中的五弦琵琶及其唐樂〉，《唐樂古譜譯讀》，頁33。
〔註77〕〔日〕林謙三著：〈天平、平安時代の音楽〉，《雅樂：古樂譜の解読》，頁68。

但見其辭爲五言四句，遂以爲不足有聲，去史實太遠。」〔註78〕葉
棟所配的敦煌曲辭，白居易七絕〈何滿子〉及其所翻譯的譜例十六，
〔註79〕如下：

第一　半夜秋風凜凜高，長城俠客逞雄豪。

　　　手執鋼刀利如雪，腰間恆掛可吹毛。

第二　秋水澄澄深復深，喻如賤妾歲寒心。

　　　江頭寂寞無音信，薄暮惟聞黃鳥吟。

第三　城傍獵騎各翩翩，側坐金鞍當馬鞭。

　　　胡言漢語眞難會，聽取胡歌甚可憐。

第四　金河一去路千千，欲到天邊更有天。

　　　馬上不知時曆變，回來未半早經年。（敦煌曲辭〈何滿子〉）

〔註80〕

世傳滿子是人名，臨就刑時曲始成。一曲四詞歌八疊，從
頭便是斷腸聲。〔註81〕（白居易〈何滿子〉）

譜例十六　《五弦琵琶譜·何滿子》

〔註78〕任半塘編著：《敦煌歌辭總編》卷七，頁1691。

〔註79〕葉棟著：《唐樂古譜譯讀》，頁235-237。〔日〕林謙三著：〈全訳五絃
　　　譜〉，《雅樂：古樂譜の解読》，頁179。

〔註80〕任半塘編著：《敦煌歌辭總編》卷七，頁1684。葉棟著：《唐樂古譜
　　　譯讀》，頁235-237。

〔註81〕〔清〕彭定求等編：《全唐詩》（增訂本）卷二十七，頁383。〔宋〕
　　　郭茂倩著：《樂府詩集》卷七十九，頁1122。

譜例十六的樂譜第一行為琵琶彈奏，第二行是人聲演唱，節奏上以「♩♪♪」和「♪♪♪♪」和「♪♪」為主，每七言為一樂句，即「四＋三」為一句，由二小節所組成，樂譜則採 4/4、3/4 相為穿插。反覆第四次的最後一小節則以二分音符作延長結束。根據元稹七言〈何滿子〉第二十五句「犯羽含商移調態」的說明，可解譯為古音階（e）、新音階商（e），由全曲最後的結音看來，可作為大食調太簇商解。就樂曲來看，第二小節至第五小節是「嚴格重覆」與「變化重覆」的結合，第二小節與第四小節是「嚴格重覆」相同的旋律與節奏，第三小節與第五小節則是「變化重覆」相近的旋律與節奏；第六小節至第九小節以及第十四小節至第十七小節亦為「嚴格重覆」與「變化重覆」的關係，第七小節至第九小節，以及第十五小節至第十七小節的對應，可稱之為「嚴格重覆」，第六小節與第十四小節則為「變化重覆」。全首樂曲為「支音複聲」的呈現。

　　葉氏曾於〈敦煌壁畫中的五弦琵琶及其唐樂〉一文中提及，敦煌曲辭〈何滿子〉歌辭與樂曲的搭配方式：「開始第一遍樂曲前段配第一首詞（相當於歌一疊），後段為重複第一首詞（相當於第二疊）；接著是

標明的『三回重彈』，即樂曲第一回反覆爲第二遍樂曲，前段配第二首詞（相當於歌三疊），後段爲重複第二首詞（相當於歌四疊）；之後即樂曲第二回反覆爲第三遍樂曲，前段配第三首詞（相當於歌五疊），後段重複第三首詞（相當於歌六疊）；最後即樂曲第三回反覆爲第四遍樂曲，前段配第四首詞（相當於歌七疊），後段爲重複第四首詞（相當於歌八疊）。四首聯列反覆，正好是『八疊』，音樂形式與之相符，句法也較清晰。」〔註82〕前述四首歌辭的呈現上，既有氣蓋山河的豪邁之情，也有描述家中妻子無奈等待的心境；音樂方面則傳達出獵騎積極擅戰的氣魄，因而採以旋律較爲多變且節奏明快的方式來詮釋這首樂曲。

　　再者，白居易七絕〈何滿子〉亦可塡配其中，葉氏曾於〈敦煌壁畫中的五弦琵琶及其唐樂〉一文中提及，此歌辭與樂曲的搭配方式：「白詩是『四詞』四句，同樣第一遍樂曲前後段爲一、二疊，再加『三四重彈』（三次反覆），正好是『八疊』，音樂形式與之相符。如此多的反覆，恐也同歌舞的表現有關。這也是唐詩中一種整首詩反覆的唱法。」〔註83〕又提及「整首詩『換頭』疊唱，在曲式上相當於有再現的兩段體。」〔註84〕任半塘編著《敦煌歌辭總編》對此歌辭討論：「論歌——惟歌中疊句究竟如何疊法，傳說不明，臆測難準。姑認爲四首辭，每首復唱一次，共唱八遍。……唐武宗之孟才人曾歌此曲，其情甚哀，因張祜詩而盛傳於後，並有爲此調擬名曰『斷腸詞』者。元稹因唐有態技，作『〈何滿子〉歌』，於此調之聲容，兼有描寫。」〔註85〕

三、「簇拍陸州」曲與〈簇拍陸州〉的塡配

　　其次，再從〈簇拍陸州〉一曲調來看，葉氏所譯《五弦琵琶譜》中的樂譜，是以〈六胡州〉爲題名，其所配樂譜，如譜例十七，〔註86〕

〔註82〕葉棟著：〈敦煌壁畫中的五弦琵琶及其唐樂〉，《唐樂古譜譯讀》，頁30。
〔註83〕葉棟著：〈敦煌壁畫中的五弦琵琶及其唐樂〉，《唐樂古譜譯讀》，頁30。
〔註84〕葉棟著：〈唐代音樂與古譜譯讀〉，《唐樂古譜譯讀》，頁30。
〔註85〕任半塘編著：《敦煌歌辭總編》卷七，頁1691。
〔註86〕葉棟著：《唐樂古譜譯讀》，頁238-239。〔日〕林謙三著：〈全訳五絃

歌辭亦如下：

　　西去輪臺萬里餘，故鄉音耗日應疏。

　　隴山鸚鵡能言語，爲報閨人數寄書。（岑參〈簇拍陸州〉）〔註87〕

<h3 style="text-align:center">譜例十七　　《五弦琵琶譜·六胡州》</h3>

葉氏以爲，〈六胡州〉原爲大曲，這首可塡辭歌唱的琵琶曲調，可能
是大曲中的一遍。〔註88〕此曲爲商調，列入大食調。〔註89〕此〈六胡

　　　　譜〉，《雅樂：古樂譜の解讀》，頁 179。

〔註87〕〔清〕彭定求等編：《全唐詩》（增訂本）卷二十七，頁 383。〔宋〕
　　　　郭茂倩著：《樂府詩集》卷七十九，頁 1122。

〔註88〕葉棟著：〈唐代音樂與古譜譯讀〉，《唐樂古譜譯讀》，頁 69。

〔註89〕關於「大食調」，《五弦琵琶譜》中列有〈大食調〉二曲，依據葉棟著：
　　　　〈唐代音樂與古譜譯讀〉，《唐樂古譜譯讀》所言「〈大食調〉，這是一
　　　　首爲了明確定弦、調式、調高和音階進行關係而創作的琵琶小品，即
　　　　古譜中所稱的『調子品』，也相當於現在民間器樂短曲〈小開門〉一類
　　　　的練習性樂曲。這一首用古音階進行的關係，其中相當於今之自然大
　　　　調音階的四級音升高半音，與史籍記載相同，屬商調曲。如按清樂音
　　　　階進行的關係，即相當於今之自然大調音階譯，則爲徵調曲。屬於〈大

州〉曲塡配聲詩〈簇拍陸州〉，任氏以爲，大曲之快拍在「入破」與
「徹」，不至於歌頭。〔註90〕樂曲第一行爲琵琶彈奏，第二行是人聲
演唱，以 2/4 拍起始，每小節兩拍，前爲強拍，後爲弱拍。音型主要
有三種「♪♫」、「♪.♪」與「♪♫」。琵琶旋律的部分，音域跨
及「e¹」至「b²」，有十二度之多；人聲演唱的旋律，音域則跨及「d¹」
至「f²」十度，較器樂演奏的音域爲窄。人聲與琵琶的節奏與旋律上，
大致相同，唯有些小節，當人聲演唱的旋律爲中央的音域時，琵琶採
以高八度的方式演奏。如：第二小節第二拍的人聲「輪」字「b¹」，
琵琶則爲「b²」；第三小節第二拍的人聲「萬」字「b¹」，琵琶則爲「b²」；
第四小節第一拍的後半拍人聲「里」字「f¹」，琵琶則爲「f²」；第五
小節第一拍的後半，人聲以兩個十六分音符「b¹」延續「故」字，琵
琶則將第二個十六分音符高八度演奏；第五小節第二拍人聲「鄉」字，
採「a¹」「f¹」兩音，琵琶則以兩個十六分音符「a¹」「a²」八度演奏，
後半拍才與人聲「f¹」繼續下面的旋律；第六小節的第一拍前半拍，
人聲與琵琶同音，二者演奏的不同處，在於後半拍的部分，人聲爲兩
個十六分音符的「a¹」，琵琶則爲橫跨八度的兩個十六分音符「a¹」
「a²」；第六小節的第二拍，人聲爲兩個八分音符「b¹」「a¹」，琵琶則
與其節奏相同，音域上是高八度的「b²」「a²」旋律；第七小節的第一
拍，人聲與琵琶在於「日」字上，節奏與旋律一致，唯第二拍當人聲
的旋律爲「b¹」「f¹」時，琵琶則爲「b²」「f²」高八度演奏；第八小節
的「疏」字，琵琶與人聲相較下，亦採以與人聲同音與高八度的方式
演奏，後半拍「隴」字，二聲部爲完全一度與完全八度的方式表現；
第九小節的「山」字，音域上二者分別爲「f¹」「f²」與「a¹」「a²」，

食調〉（第一種）這類樂曲，有〈王昭君〉、〈聖明樂〉、〈何滿子〉、〈六
胡州〉、〈昔昔鹽〉、〈武媚娘〉六首；另有第二種〈大食調〉，與之類同，
屬於這類樂曲，有〈秦王破陣樂〉、〈飲酒樂〉、〈如意娘〉三首。」頁
67-68。因此，〈六胡州〉即屬〈大食調〉（第一種）這類的樂曲。
〔註90〕任半塘著：《唐聲詩》（下編），頁 500。

後面的「鸎」字，二部節奏不同，但是，就旋律來說，琵琶演奏「g^1」「g^2」與「b^2」，人聲演唱「g^1」「b^1」二音，亦是相差一個八度；第十小節的「鵡」與「能」二字，二聲部的演奏，與前一小節相同，有相同的情形；第十一小節的「言」與「語」二字，二聲部恰平行相差一個八度的旋律。最後，第十二小節與第十小節二部旋律行進的方式相同；第十三與十四小節，節奏相同，二部為完全一度或完全八度的演奏。整首樂曲亦為「支音複聲」。至此旋律至第十五小節後，再回到開頭的第二小節，反覆三次，即為「三疊」，因此就相同的旋律，全數演奏四次方才結束，最後在二分音符的「書」字作結。整首樂曲就旋律之間的音程來看，為大小二度、大小三度、完全四度、完全五度與完全八度的方式行進。樂曲風格上，由於為 2/4 拍，每小節以前強後弱的方式演奏，且接續不斷，再加以搭配歌辭所欲發揮的意境看來，「簇拍」本是快拍，因此讓人感覺樂曲的行進頗為緊湊。全首樂曲的各個樂句大致以七言歌辭為單位，每句歌辭的開頭先以上行的旋律起始，樂曲發展到七言歌辭的第四與第五字時，音高最高，爾後旋律才下行至樂句結束，因此，每一樂句的旋律線形成一次又一次的起伏，至此歌辭即傳達出因征戰而與親人遙隔千萬里的征人，為了與自己的家人有所聯繫，無不寄上多封的信件，以表示己身的情況與寄予對故鄉的懷念之情。

第五節　小　結

　　由上述可知，本章主要從「二首大曲摘遍的沿革」、「聲詩與曲名的聯繫」與「樂曲與聲詩的填配」等三方面來探討。其重點如下：

　　從〈何滿子〉詩來看，此段詩歌描寫何滿子臨刑時，所唱水調樂曲，以求玄宗開恩赦免，內容無不充滿著哀怨而悲傷的情感。至於〈何滿子〉詩數首，有些不屬於聲詩，但敦煌歌辭的部分，「第一」至「第四」首經陳氏與任氏的解讀，即可視為前後連貫的四首歌辭。此曲調

在唐時爲五言四句、六言六句、七言四句，其中七言四句可入大曲，
音調以水調呈現。當發展到五代時，又出現六言五句、七言一句的體
式，宋代則承繼前代，音調爲雙調，且另發展僅爲一段的六言六句。

　　〈簇拍陸州〉的部分，其曲調創始於玄宗天寶年間
（A.D.742-755），「簇拍」是指快拍，「陸州」的別名爲〈六州〉、〈六
胡州〉，也有學者不主張〈陸州〉就是〈六州〉與〈六胡州〉。《全唐
詩》與《樂府詩集》有第一至第三，排遍有第一至第四，〈簇拍陸州〉
有一首。〈何滿子〉樂曲與歌辭的部分，四首辭，每七言爲一樂句，
即「四＋三」爲一句，每首復唱一次，共唱八遍。〈六胡州〉樂曲與歌
辭，讓人感覺樂曲的行進頗爲緊湊。整首樂曲反覆三次，即爲「三疊」，
因此就相同的旋律，必須演唱四次。至此尚可推判聲詩與樂譜合樂的
情況。

第六章　從《五弦琵琶譜》論唐代法曲和樂譜——以〈聖明樂〉、〈秦王破陣樂〉、〈飲酒樂〉與〈書卿堂堂〉為例

第一節　前　言

　　唐代「法曲」原為隋時的舊樂，接近漢族的清樂系統，樂器採以直項的秦琵琶演奏，樂調以商調為主。其清而近雅的風格，特別受唐玄宗的喜愛，玄宗時曾有三百位「皇帝梨園弟子」研習法曲。唐傳有《五弦琵琶譜》，葉棟曾譯琵琶譜三十二首，大曲部分，有第十首〈何滿子〉與第十一首〈六胡州〉（即〈簇拍陸州〉）二曲，二首可填配唐詩的同名歌辭；法曲部分，有第九首〈聖明樂〉，第十六首、第十七首〈秦王破陣樂〉（A）（B），第十八首〈飲酒樂〉與第二十九首〈書卿堂堂〉，聲詩即以曲調〈聖明樂〉、〈秦王破陣樂〉、〈飲酒樂〉與〈書卿堂堂〉之歌辭為探討對象，闡述「法曲」的淵源、特色與流傳，聲詩與曲名的聯繫，以及聲詩與樂曲的填配。

第二節　法曲的淵源與特色

一、「法曲」的淵源與流傳

關於「法曲」的淵源與流傳，《新唐書・禮樂志》與陳暘《樂書・樂圖論》，皆記載了始末，如下所述：

> 隋有法曲，其音清而近雅。其器有鐃、鈸、鍾、磬、幢簫、琵琶，琵琶圓體修頸而小，號曰「秦漢子」，蓋絃鼗之遺製，出於胡中，傳爲秦、漢所作。其聲金、石、絲、竹以次作，隋煬帝厭其聲澹，曲終復加解音。玄宗既知音律，又酷愛法曲，選坐部伎子弟三百教於梨園，聲有誤者，帝必覺而正之，號「皇帝梨園弟子」。宮女數百，亦爲梨園弟子，居宜春北院。梨園法部，更置小部音聲三十餘人。帝幸驪山，楊貴妃生日，命小部張樂長生殿，因奏新曲，未有名，會南方進荔枝，因名曰〈荔枝香〉。〔註1〕

> 法曲興自於唐，其聲始出清商部，比正律差四，鄭衛之間，有鐃、鈸、鍾、磬之音，太宗〈破陣樂〉、高宗〈一戎大定樂〉、武后〈長生樂〉、明皇〈赤白桃李花〉，皆法曲尤妙者。其餘如〈霓裳羽衣〉、〈望瀛〉、〈獻仙音〉、〈聽龍吟〉、〈碧天雁〉、〈獻天花〉之類，不可勝紀。白居易曰：「法曲雖已失雅音，蓋諸夏之聲也，故歷朝行焉。明皇雅好度曲，然未嘗使蕃漢雜奏。天寶中，始詔道調法曲與胡部新聲合作，君子非之。明年，果有祿山之禍，豈不誠有以召之邪？」聖朝法曲樂器有琵琶、五弦、箏、箜篌、笙、笛、觱篥、方響、拍板，其曲所存不過道調〈望瀛〉、〈小記食〉、〈獻仙音〉而已。其餘皆不復見矣。〔註2〕

上一段文字，提及隋時的「法曲」，樂器有鐃、鈸、鍾、磬、幢簫、琵琶等數種，聲音有金、石、絲、竹等各類。玄宗酷愛法曲，親自教

〔註1〕　〔宋〕歐陽修、宋祁著，楊家駱主編：《新校本新唐書附索引》卷二十二〈志第十二・禮樂十二〉，頁476。

〔註2〕　〔宋〕陳暘著：《樂書・樂圖論》卷一百八十八〈樂圖論・俗部・雜樂・法曲部〉，頁848。

於梨園，稱之「皇帝梨園弟子」。《唐會要》亦提及「皇帝梨園弟子」：

> 開元二年，上以天下無事，聽政之暇，於梨園自教〈法曲〉，
> 必盡其妙，謂之「皇帝梨園弟子」。〔註3〕

這恰說明開元二年所設立的法曲機構——梨園，〔註4〕當時宮中演奏
法曲者有近千人之多，由坐部伎選出的梨園子弟則有三百人，而且，
宮女中選出的數百人也稱作「梨園弟子」。另外梨園法部又設有小部
音聲三十餘人，便以此演出眾多的曲目。陳暘《樂書》提及：

> 隋大業中，備作六代之樂，華夷交錯，其器千百。煬帝分
> 爲九部，以漢樂坐部爲首，外以陳國樂舞〈玉樹後庭花〉
> 也。西涼與清樂，並龜茲五天竺國之樂，並合佛曲，〈法曲〉
> 也。〈安國〉、〈百濟〉、〈南蠻〉、〈東夷〉之樂，並合野音之
> 曲，〈胡旋〉之舞也。《樂苑》又以〈清樂〉、〈西梁〉、〈龜
> 茲〉、〈天竺〉、〈康國〉、〈疏勒〉、〈安國〉、〈高麗〉、〈禮畢〉
> 爲九部。〔註5〕

可知「法曲」分屬爲「清樂」，且《樂苑》又將「清樂」與其他八種
外國之樂並列，合爲九部。宋代鄭樵的《通志》又有言：

> 法曲本隋樂，其音清而近雅，煬帝厭其聲淡。明皇愛之，

〔註3〕〔宋〕王溥著：《唐會要》卷三十四〈雜樂〉，頁734。

〔註4〕楊蔭瀏著：《中國古代音樂史稿》上冊「梨園的專業，是專習《法曲》。
《法曲》有歌、有舞、有需要高級技術的器樂演奏；這些，應該是
梨園藝人所特別專長的。唐玄宗能作曲；他做了新曲，常交梨園演
奏。所以，梨園藝人又要擔任演奏新作品的任務——大多數唐玄宗
的新作品是屬於《法曲》一類的。從專業的範圍說來，梨園比教坊
要狹的多；但從《法曲》專業的訓練說來，可能它是比較精深的。
唐代的梨園組織約有三個：其中主要的是宮廷中間的一個梨園。除
此之外，西京有一個『太常梨園別教院』，是屬於長安的太常寺的；
還有一個『梨園新院』，則是在洛陽，是屬於洛陽的太常寺的。宮廷
中的梨園，包括男藝人三百人，女藝人幾百人。男藝人是從《坐部
伎》子弟中選出來的，其教練地點，是在長安西北禁苑裡面的『梨
園』，女藝人是從宮女中間選出來的，其教練地點，是在宜春北苑。」，
頁 2-47。

〔註5〕〔宋〕陳暘著：《樂書·樂圖論》卷一百五十九〈樂圖論·胡部·歌·
南蠻·九部樂〉，頁739。

選坐伎三百教於梨園，宮女數百，亦爲梨園弟子。〔註6〕

說明「法曲」始於隋代，其樂清淡近雅的風格，接近清樂，煬帝以爲其聲過於清淡，但唐明皇卻喜愛它，曾選坐部伎三百人於梨園演奏「法曲」。再者，「法曲」雖脫胎於「清樂」，但卻不同於「清樂」，杜佑《通典》與陳暘《樂書》分別提及：

> 銅鈸亦謂之銅盤，出西戎及南蠻。其圓數寸，隱起如浮漚，貫之以韋。相擊以和樂也。南蠻國大者圓數尺，或謂齊穆王素所造也。〔註7〕

> 銅鈸本南齊穆士素所造，其圓數寸，大者出於扶南、高昌、疏勒之國。其圓數尺，隱起如浮漚，以韋貫之，相繫以和樂。唐之燕樂法曲有銅鈸相和之樂，今浮屠氏法曲用之。蓋出於夷音也，然有正與和其大小清濁之辨歟？〔註8〕

因爲演奏法曲的樂器，除了陳暘《樂書·樂圖論》所提及的樂器外，其中的鐃、鈸樂器就不是中原的傳統樂器。又《新唐書·禮樂志》提及：

> 文宗好雅樂，詔太常卿馮定採開元雅樂製〈雲韶〉法曲及〈霓裳羽衣〉舞曲。〈雲韶〉樂有玉磬四虡，琴、瑟、筑、簫、籬、篪、跋膝、笙、竽皆一，登歌四人，分立堂上下，童子五人，繡衣執金蓮花以導，舞者三百人，階下設錦筵，遇內宴乃奏。〔註9〕

以此更清楚說明了〈雲韶〉「法曲」所用之樂器與編制。最後，林謙三《隋唐燕樂調研究》提及：「法曲起於唐，謂之『法部』。其曲之妙者其〈破陣樂〉、〈一戎大定樂〉、〈長成樂〉、〈赤白桃李花〉，餘曲有〈堂堂〉、〈望瀛〉、〈霓裳羽衣〉、〈獻仙音〉、〈獻天花〉之類，總名法

〔註6〕 〔宋〕鄭樵著：《通志》卷四十九〈樂略〉第一（台北：新興書局，1959年7月），頁志635。

〔註7〕 〔唐〕杜佑著：《通典》卷一百四十四〈樂四·金一〉，頁3673-3674。

〔註8〕 〔宋〕陳暘著：《樂書·樂圖論》卷一百二十五〈樂圖論·胡部·八音金屬·序·法曲部〉，頁542。

〔註9〕 〔宋〕歐陽修、宋祁著，楊家駱主編：《新校本新唐書附索引》卷二十二〈志第十二·禮樂十二〉，頁478。

曲。」〔註10〕至此可見得，法曲的淵源。

二、「法曲」的曲目與內容

關於「法曲」的曲名，上面引文陳暘《樂書・樂圖論》列有太宗
〈破陣樂〉、高宗〈一戎大定樂〉、武后〈長生樂〉、明皇〈赤白桃李花〉，
其餘〈霓裳羽衣〉、〈望瀛〉、〈獻仙音〉、〈聽龍吟〉、〈碧天雁〉、〈獻天
花〉之類，皆屬之。《唐會要》載太常別教院所教之法曲十二章，包含：

　　〈王昭君樂〉、〈思歸樂〉、〈傾杯樂〉、〈破陣樂〉、〈聖明樂〉、
　　〈五更轉樂〉、〈玉樹後庭花樂〉、〈泛龍舟樂〉、〈萬歲長生
　　樂〉、〈飲酒樂〉、〈鬬百草樂〉、〈雲韶樂〉。〔註11〕

丘瓊蓀《法曲》「二十五法曲考略」列有以下內容：

　　〈王昭君〉、〈思歸樂〉、〈傾杯樂〉、〈破陣樂〉、〈聖明樂〉、
　　〈五更轉〉、〈玉樹後庭花〉、〈泛龍舟〉、〈萬歲長生樂〉、〈飲
　　酒樂〉、〈鬬百草〉、〈雲韶樂〉、〈大定樂〉、〈赤白桃李花〉、
　　〈堂堂〉、〈望瀛〉、〈霓裳羽衣〉、〈獻仙音〉、〈獻天花〉、〈火
　　鳳〉、〈春鶯囀〉、〈荔枝香〉、〈雨淋鈴〉、〈聽龍吟〉、〈碧天
　　雁〉。〔註12〕

又據《樂府詩集》所載，「法曲」之名涵括〈破陣樂〉、〈玉樹後庭花〉、
〈堂堂〉、〈霓裳羽衣〉等。〔註13〕而且，陳暘《樂書・樂圖論》的引
文中，又提及「法曲」到了唐代漸漸受到重視，它的聲音出自於清商
部，且涵括鐃、鈸、鐘、磬之音。根據白居易〈法曲美列聖正華聲也〉
所言：「法曲法合夷歌，夷聲邪亂華聲和。以亂干和天寶末，明年
胡塵犯宮闕」，〔註14〕「法曲」意爲中原地區的音樂，歷代唱奏。唐
明皇愛好作曲，但未曾由外族來演奏。到了天寶年間，曾將道調法曲
與胡樂合奏，但這並非常態。次年，果眞有安祿山之禍的發生。胡震

〔註10〕〔日〕林謙三著，郭沫若著：《隋唐燕樂調研究》，頁 64。
〔註11〕〔宋〕王溥著：《唐會要》卷三十三〈諸樂〉，頁 717。
〔註12〕丘瓊蓀著：《法曲》（台北：鼎文書局，1974 年），頁 19-20。
〔註13〕〔宋〕郭茂倩著：《樂府詩集》，頁 301、608、681、816、1116、1127。
〔註14〕〔清〕彭定求等編：《全唐詩》（增訂本）卷四百二十六，頁 4702。

亨《唐音癸籤》曾提及：

> 唐至玄宗，始以法曲與胡部合奏夷音、夷舞，進之堂上，
> 而雅樂之工，以坐立伎部不堪者充之，過爲簡賤至此，宜
> 乎正聲淪亡，古樂之不可復矣。〔註15〕

胡氏則道出「法曲」與「胡部」的「夷音」、「夷舞」合樂，「雅樂」
正聲淪亡的現象。以上敘述可見，「法曲」的曲目，及其演奏的時間、
地域與所用的樂器。

三、「法曲」的特色與用途

白居易有〈法曲美列聖正華聲也〉詩，描寫「法曲」的特色，如
下：

> 法曲法曲歌〈大定〉，積德重熙有餘慶。永徽之人舞而詠，
> 法曲法曲舞〈霓裳〉。政和世理音洋洋，開元之人樂且康。
> 法曲法曲歌〈堂堂〉，〈堂堂〉之慶垂無疆。中宗肅宗復鴻
> 業，唐祚中興萬萬葉。法曲法曲合夷歌，夷聲邪亂華聲和。
> 以亂干和天寶末，明年胡塵犯宮闕。乃知法曲本華風，苟
> 能審音與政通。一從胡曲相參錯，不辨興衰與哀樂。願求
> 牙曠正華音，不令夷夏相交侵。〔註16〕

詩題的「法曲」下註有「一本此下有歌字」，意謂〈法曲〉可爲〈法
曲歌〉。筆者從引文詩歌的首句看來，即點明「法曲」之歌有〈大定〉、
〈霓裳〉、〈堂堂〉等，法曲之聲奏於盛世之時，唐高宗永徽
（A.D.650-655）時人，以此舞蹈與歌詠。唐玄宗開元（A.D.713-741）
之人則在安和且康樂的環境下，政和世通。中宗（A.D.683、705-710）、
肅宗（A.D.756-762）之時，亦興鴻業。但是，「法曲」一旦與蠻夷合
樂之後，卻有失正聲之大正中和，正如天寶十三年（A.D.756），以道
調「法曲」與胡部新聲合樂，於次年則招來安祿山的兵反。因此，「法

〔註15〕〔明〕胡震亨著：《唐音癸籤》卷十三，頁 168-169。
〔註16〕〔宋〕郭茂倩著：《樂府詩集》卷九十七，頁 1362。〔清〕彭定求等
　　　　編：《全唐詩》（增訂本）卷四百二十六，頁 4702。

曲」可視爲唐之正聲，能夠辨察民情、教化社會與通和政事。但若與
胡樂相摻雜，「法曲」便無法通達政治的興衰與辨別亡國之哀樂，僅
求導正華夏之樂，不讓「法曲」受蠻夷之樂的影響。

　　安史亂後，不論是政治或是經濟，都遭到嚴重的打擊。「法曲」
本爲宮廷之樂曲，但隨著政治上的變故，音樂也受到影響。元稹〈法
曲〉一詩，如下：

　　吾聞黃帝鼓清角，弭伏熊羆舞玄鶴。舜持干羽苗革心，堯用
　　〈咸池〉鳳巢閣。〈大夏〉〈濩武〉皆象功，功多已訝玄功薄。
　　漢祖過沛亦有歌，〈秦王破陣〉非無作。作之宗廟見艱難，
　　作之軍旅傳糟粕。明皇度曲多新態，宛轉侵淫易沈著。赤白
　　桃李取花名，〈霓裳羽衣〉號天落。雅弄雖云已變亂，夷音
　　未得相參錯。自從胡騎起煙塵，毛毳腥膻滿咸洛。女爲胡婦
　　學胡妝，伎進胡音務胡樂。火鳳聲沈多咽絕，〈春鶯囀〉罷
　　長蕭索。胡音胡騎與胡妝，五十年來競紛泊。〔註17〕

詩歌先談到皇帝、舜、堯至漢高祖之樂後，再來則提及唐明皇新度曲，
但到了安史之後，演奏「法曲」的機構已遭解散，梨園弟子大量落於
民間，宮廷不再有輕靈淡雅的音樂。此時唐人的心中，「法曲」不再
是樂曲的形式，它早已化爲歌舞昇平的代表。關於「法曲」的流傳，
白居易有詩〈江南遇天寶樂叟〉提及「法曲」，如下：

　　白頭病叟泣且言，祿山未亂入梨園。能彈琵琶和法曲，多
　　在華清隨至尊。是時天下太平久，年年十月坐朝元。千官
　　起居環佩合，萬國會同車馬奔。金鈿照耀石甕寺，蘭麝薰
　　煮溫湯源。貴妃宛轉侍君側，體弱不勝珠翠繁。冬雪飄搖
　　錦袍暖，春風蕩漾〈霓裳〉翻。歡娛未足燕寇至，弓勁馬
　　肥胡語喧。幽土人遷避夷狄，鼎湖龍去哭軒轅。從此漂淪
　　到南土，萬人死盡一身存。秋風江上浪無限，暮雨舟中酒
　　一樽。涸魚久失風波勢，枯草曾沾雨露恩。我自秦來君莫
　　問，驪山渭水如荒村。新豐樹老籠明月，長生殿暗鎖黃昏。

〔註17〕〔清〕彭定求等編：《全唐詩》（增訂本）卷四百一十九，元稹〈和
　　　李校書新題樂府十二首：法曲〉，頁4628。

　　紅葉紛紛蓋欹瓦，綠苔重重封壞垣。唯有中官作宮使，每
　　年寒食一開門。〔註18〕

詩中描述梨園弟子於戰亂後，流落江南之景，在悲慘的逃難中，常要
用到宮中學習的音樂，或爲求生的賣藝，或遇知音而抒情，或因煩悶
而自遣。總在不知不覺之中，把「法曲」的諸多技藝帶到民間，進而
促進了「法曲」在民間的傳播。

　　總結，「法曲」的特點，今人音樂學者楊蔭瀏《中國古代音樂史
稿》、丘瓊蓀《燕樂探微》、徐嘉瑞《近古文學概論》與夏野的《中國
古代音樂史簡編》，各有提出一些見解，依前列作者與書籍順序的排
列敘述如下：

　　法曲的主要特點，是在它的曲調和所用樂器方面，接近漢
　　族的清樂系統，比較幽雅一點。〔註19〕

　　法曲雖用琵琶，然此琵琶非曲項之胡琵琶（龜茲琵琶），乃
　　直項之秦琵琶也。秦琵琶即秦漢子即漢魏六朝所謂之琵
　　琶。〔註20〕

　　〈法曲〉既是隋朝的舊樂，又是中國樂，當時在隋代的中國
　　樂，只有〈清樂〉，「即南方音樂」，足見〈法曲〉即是〈清樂〉。
　　所以〈法曲〉中有「堂堂」，〈清樂〉中也有「堂堂」，即是確
　　證。到天寶十三年才把道調法曲，和胡部新聲合奏。這因爲
　　當時外國音樂的勢力很大，成了一種自然趨勢。〔註21〕

　　「法曲」本來是道教所用的一種音樂，是南北朝以來經由
　　道教所提倡和發展起來的。玄宗崇尚道教，因而將「法曲」
　　納入宮廷音樂中，並得到了更集中的發展，成爲當時最重
　　要的一種俗樂。玄宗所設梨園中的「小部音聲」主要就是

〔註18〕〔清〕彭定求等編：《全唐詩》（增訂本）卷四百三十五，白居易十
　　　　二〈江南遇天寶樂叟〉，頁4821-4822。
〔註19〕楊蔭瀏著：《中國古代音樂史稿》上冊，頁2-32。
〔註20〕丘瓊蓀著，任中杰、王延齡校：《燕樂探微》，載於《燕樂三書》（哈
　　　　爾濱：黑龍江人民出版社，1986年），頁332。
〔註21〕徐嘉瑞著：《近古文學概論》，頁67。

　　　　演奏這一類音樂。〔註22〕

其次，楊旻瑋《唐代音樂文化之研究》則整理出「法曲」的特色，丘
瓊蓀《燕樂探微》又說明「法曲」的淵源、樂調與流傳，二人敘述的
內容陳述如下：

　　　第一，它不同於祭祀音樂或儀式音樂，而是一種較流行且
　　　經過藝術化處理的俗樂。第二，它不同於過去的俗樂——
　　　清商樂，而是胡漢交融下的新俗樂，並且擁有一批演奏法
　　　曲的高級樂工。〔註23〕

　　　「法曲」二字，源於梁武之法樂。唐以前的法曲，除清商
　　　外，又會有佛曲的成分。唐初，從佛曲中又生出了道曲，
　　　於是，唐代的法曲又多了道曲的成分。此外，又直接吸收
　　　了若干外族樂的精華，這是必然的。它所用的樂器中有鐃、
　　　鈸，這是外族樂器，又有鐘、磬，有幢簫，這是中國古樂
　　　器，可見它的淵源所自。〔註24〕

　　　法曲的樂調，以商調為主，有極少數用角調和羽調，然無
　　　宮調，總之，不出琵琶調的四旦七均。其樂器幾純粹是中
　　　國舊器，且用編鐘編磬。其音清而近雅，不若外族之喧闐。
　　　然而可以和胡部新聲合作，因為二者的樂調是相通的。其
　　　在十樂部中則入燕樂伎，並不獨立一部。開元以後於梨園
　　　特設法部，這法部便是專門按習法曲的樂部。〔註25〕

因此，筆者無論從史籍或從今人所整理的論述看來，可以得知，「法
曲」可視為唐的正聲，風格清而近雅，樂調以商調為主，用途上，還
能夠辨察民情、教化社會與通和政事，它的聲音出自於清商部，涵括
鐃、鈸、鐘、磬等器樂，以直項的秦琵琶演奏。

　　至於「大曲」與「法曲」之不同處，《教坊記箋訂》提及：

　　　大曲之音樂、極小部分介於雅樂與燕樂之間，大部分則為

〔註22〕夏野著：《中國古代音樂史簡編》，頁98。
〔註23〕楊旻瑋著：《唐代音樂文化之研究》，頁243。
〔註24〕丘瓊蓀著，任中杰、王延齡校：《燕樂探微》，頁311。
〔註25〕丘瓊蓀著，任中杰、王延齡校：《燕樂探微》，頁350。

燕樂。燕樂中有清商樂之成分較多者，定爲法曲；另有胡樂之成分較多者，又有純粹胡樂者。玄宗之世，法曲與胡樂始終對立。〔註26〕

以上說明「大曲」屬於「燕樂」，小部分介於「雅樂」與「燕樂」之間；「法曲」亦爲「燕樂」，且是「燕樂」中屬於「清商樂」的部分。於玄宗時，「法曲」與「胡樂」是一對立且不同的音樂。再者，丘瓊蓀《法曲》尚提出「法曲」之「大小遍」的不同：

凡遍數多而可稱「大遍」者爲大曲，否則爲小曲或爲次曲。法曲有「大遍」，亦有「小遍」，故法曲中有一部分爲大曲，然而不盡是大曲。法曲之有異於其它樂曲者，主要在音樂，聲音雅淡，比之喧闐的龜茲樂迥不相同。大曲的含義很簡單，惟在遍數上分別，與音樂無關。故大曲中有法曲，有非法曲；而法曲中有大曲、有非大曲。大曲中之法曲以音樂立異，法曲中之大曲以遍數區分。〔註27〕

也就是說大曲和法曲是交集的。到了宋代的「大曲」與「法曲」，陳文和、鄭杰二人爲任半塘所研究的「唐藝學」中，整理任氏所言述的宋代「大曲」與「法曲」的差異，他以爲：

大曲音譜，與法曲比較，雖然已覺不古，而與當時所謂新聲、慢曲、三臺、序子等等比較，則畢竟仍覺古雅……大曲樂器，雖以倍六頭管爲主，而弦索亦復相輔而用，猶之隨時法曲，幢簫之外，尚用琵琶，所謂「金、石、絲、竹以次作」一層，法曲、大曲二者必然相同……〔註28〕

由此可見，就樂曲、樂種與樂器的使用上，有其相同與不同之處。以上即爲「大曲」與「法曲」的用途、樂曲與樂器的使用上的異同說明。

〔註26〕〔唐〕崔令欽著，任半塘箋訂：《教坊記箋訂》，頁146-147。
〔註27〕丘瓊蓀著，任中杰、王延齡校：《燕樂探微》，頁350-351。丘瓊蓀著：《法曲》，頁61-62。
〔註28〕任半塘著，陳文和、鄭杰編：〈南宋詞之音譜拍眼考〉，《從二北到半塘——文史學家任中敏》，頁235。

第三節　四首法曲的沿革

一、〈聖明樂〉曲調的沿革

〈聖明樂〉又名〈聖明朝〉或〈獻壽詞〉，是玄宗時的法曲，由樂工馬順兒根據隋曲而造樂，所屬曲調的內容，主要爲歌誦封建君主的聖明。〔註29〕《唐會要》亦提及，此爲太常梨園，別教院所教授的法曲樂章。十二首中，列有〈聖明樂〉一曲。〔註30〕《隋書‧音樂志》言道：

> 六年，高昌獻〈聖明樂〉曲，帝令知音者，於館所聽之，歸而肄習。及客方獻，先於前奏之，胡夷皆驚焉。其歌曲有〈善善摩尼〉，解曲有〈婆伽兒〉，舞曲有〈小天〉，又有〈疎勒鹽〉。其樂器有豎箜篌、琵琶、五弦、笙、笛、簫、篳篥、毛員鼓、都曇鼓、答臘鼓、腰鼓、羯鼓、雞婁鼓、銅拔、貝等十五種，爲一部，工二十人。〔註31〕

筆者依前述引文所見，此曲調的用意本爲歌頌君主之聖明，其樂器包括豎箜篌、琵琶、五弦等十五種，一部則由二十人演奏。

二、〈秦王破陣樂〉曲調的沿革

其次，〈秦王破陣樂〉的部分。《唐會要》與《新唐書‧禮樂志》曾提及，依序如下：

> 貞觀元年正月三日，宴群臣，奏〈秦王破陣樂〉之曲。太宗謂侍臣曰：「朕昔在藩邸，屢有征伐，世間遂有此歌。豈意今日登於雅樂，然其發揚蹈厲，雖異文容，功業由之，致有今日，所以被於樂章，示不忘本也。尚書右僕射封德彝進曰：『陛下以聖武戡難，立極安民，功成化定，陳樂象德，實弘濟之盛烈，爲將來之壯觀。文容習儀，豈得爲比？』太宗曰：『朕雖武功定天下，終當以文德綏海內。文武之道，

〔註29〕任半塘著：《唐聲詩》（下編），頁56。
〔註30〕〔宋〕王溥著：《唐會要》卷三十三〈諸樂〉，頁717。
〔註31〕〔唐〕魏徵著，楊家駱主編：《新校本隋書》卷十五〈志第十‧音樂下〉，頁379。

各隨其時。公謂文容不如蹈厲，斯為過矣。』七年正月七日，上製〈破陣樂舞圖〉，左圓右方，先偏後伍，魚麗鵝鸛，箕張翼舒，交錯屈伸，首尾回互，以象戰陣之形。」〔註32〕

七德舞者，本名〈秦王破陣樂〉。太宗為秦王，破劉武周，軍中相與作〈秦王破陣樂〉。及即位，宴會必奏之，謂侍臣曰：「雖發揚蹈厲，異乎文容，然功業由之，被於樂章，示不忘本也。」右僕射封德彝曰：「陛下以聖武戡難，陳樂象德，文容豈足道也！」帝矍然曰：「朕雖以武功興，終以文德綏海內，謂文容不如蹈厲，斯過矣。」乃製舞圖，左圓右方，先偏後伍，交錯屈伸，以象魚麗、鵝鸛。命呂才以圖教樂工百二十八人，被銀甲執戟而舞，凡三變，每變為四陣，象擊刺往來，歌者和曰：「秦王破陣樂」。〔註33〕

上述《唐會要》與《新唐書‧禮樂志》二書引文，即說明〈秦王破陣樂〉之曲，內容為陳述臨陣破敵的威武，主要闡釋發揚蹈厲，功業丕顯的局勢。至於「舞蹈」的部分，全曲結構有三部分，每部分有四次陣勢的變化，共十二個戰陣隊形，呈現出左圓右方的型態，前有戰車（偏），後有步隊（伍），「魚麗」為如櫛比鱗次的平面陣勢，「鵝」是首尾垂直的直行隊伍，「鸛」是曲折盤旋的曲線行列，各種陣勢「交錯屈伸，首尾回互。」在「三變」、「四陣」的冗長變換中，舞者移動舞位，配合著音樂的節奏，表演出「來往疾徐擊刺」的舞姿，其戰刺動作與進退節奏便在樂曲的節奏配合下進行。

依據李石根〈唐代大曲第一部──秦王破陣樂〉與孫繼南、周柱銓所主編的《中國音樂通史簡編》所言，〈秦王破陣樂〉最初僅是一結構簡單，較為粗獷，具有民間色彩的小型歌舞或歌曲，但卻表現了士卒們親身經歷的事實，以此讚揚李世民的戰略思想及武功。但是，最初只有在軍營內才被普遍傳唱，且直到貞觀（A.D.627-649）之後，

〔註32〕〔宋〕王溥著：《唐會要》卷三十三〈破陣樂〉，頁714-715。

〔註33〕〔宋〕歐陽修、宋祁著，楊家駱主編：《新校本新唐書附索引》卷二十一〈志第十一‧禮樂十一〉，頁467-468。

經加工整理，才被拿到宮廷宴會上演奏、歌唱。貞觀七年（A.D.634）後，又經過重大改編，重新填詞、製舞、配曲，成爲一部結構龐大且完整而壯觀的曲舞。武則天時期（A.D.684-705），日本遣唐執節使栗田眞人將〈秦王破陣樂〉帶回日本。〔註34〕

再者，言及製作歌辭的部分。《舊唐書・音樂志》與《新唐書・音樂志》分別提及：

> 〈破陣樂〉，太宗所造也。……及即位，使呂才協音律，李百藥、虞世南、褚亮、魏徵等製歌辭。百二十人披甲持戟，甲以銀飾之。發揚蹈厲，聲韻慷慨，享宴奏之，天子避位，坐宴者皆興。〔註35〕

> 魏徵與員外散騎常侍褚亮、員外散騎常侍虞世南、太子右庶子李百藥更製歌辭，名曰〈七德舞〉。舞初成，觀者皆扼腕踊躍，諸將上壽，臣稱萬歲，蠻夷在庭者請相率以舞。〔註36〕

上述二段引文便說明了太宗所造之樂，曾命呂才協音律，再由李百藥、虞世南、褚亮、魏徵等製歌辭，稱其爲〈七德舞〉。且舞蹈由一百二十人所組成，分別披甲持戟，用銀來裝飾它。所製樂曲爲發揚蹈厲，氣勢宏偉，聲韻慷慨，宴饗餘興。歌者還以「秦王破陣樂」五字爲「和聲」，伴隨著「擊刺」的動作，反覆應和。《教坊記箋訂》則稱〈秦王破陣樂〉爲唐代的第一樂曲，猶如近世國家的國歌，傳於國外，曾遠至吐蕃、日本、印度等地方。此外，日本另有〈皇帝破陣樂〉、〈秦王破陣樂〉，因其舞入〈太平樂〉，所以又有〈武德太平樂〉、〈安樂太平樂〉之別稱，又另有〈散手破陣樂〉。〔註37〕

〔註34〕 李石根著：〈唐代大曲第一部——秦王破陣樂〉，《交響——西安音樂學院學報（季刊）》1997 年 1 期，頁 4。孫繼南、周柱銓主編：《中國音樂通史簡編》，頁 82。

〔註35〕 〔後晉〕劉昫著，楊家駱主編：《新校本舊唐書附索引》卷二十九〈志第九・音樂二〉，頁 1059-1060。

〔註36〕 〔宋〕歐陽修、宋祁著，楊家駱主編：《新校本新唐書附索引》卷二十一〈志第十一・禮樂十一〉，頁 468。

〔註37〕 〔唐〕崔令欽著，任半塘箋訂：《教坊記箋訂》，頁 68-69。

　　李石根於〈唐代大曲第一部——秦王破陣樂〉文中提及：「在日本一些音樂史著述中，公認確系唐傳的，只有〈秦王破陣樂〉一部，而〈皇帝破陣樂〉等，則說法不一。……傳至日本的〈秦王破陣樂〉，從其音調、樂器、舞蹈諸方面，與唐代原傳已有極大變化，完全日本化了，這也是一種必然。」〔註38〕就《教坊記箋訂》中的記載爲太宗創始，高宗、玄宗與文宗曾三次改訂。其辭有五言四句、六言八句、及七言四句三種詩體。〔註39〕沈冬《唐代樂舞新論》則以爲，也許可以推論此一〈破陣樂〉當與玄宗時坐部伎〈小破陣樂〉有關。〔註40〕王昆吾《隋唐五代燕樂雜言歌辭研究》提到，此曲調載有「六六六六五」雙迭體和「六五七七五，六六七七五」體。〈破陣樂〉初起於民間，後世流傳者，應有一部分直接承繼民歌之曲。〔註41〕關於樂的部分，沈氏以爲，史籍所撰不多，此曲原是傳唱軍旅的徒歌，旋律可能偏於豪放樸質，貞觀元年（A.D.627）有了器樂的伴奏，理論上，樂曲也須增爲三個樂章，即所謂「三成」，可以見得，編曲者必然借重的作曲手法就是樂段的反覆。〔註42〕因此，如此的整編，沈氏稱〈破

〔註38〕 李石根著：〈唐代大曲第一部——秦王破陣樂〉，《交響——西安音樂學院學報（季刊）》，頁 5。

〔註39〕 〔唐〕崔令欽著，任半塘箋訂：《教坊記箋訂》，頁 68-69。

〔註40〕 沈冬著：《唐代樂舞新論》提及「列名十七的〈破陣樂〉，前後二曲分別爲〈夜半樂〉、〈還京〉，三曲相連，……也許可以推論此一〈破陣樂〉當與玄宗時坐部伎〈小破陣樂〉有關。北宋柳永倚聲塡詞，以『露花倒影，煙蕪醮碧……』寫汴京風物，所倚詞調〈破陣樂〉，可能就是此一教坊曲。至於〈破陣子〉，即是後來李煜所倚詞調『四十年來家國，三千里地山河……』此二曲都是由歌兒舞女啓朱唇，發皓齒，手揮歌扇，拍按香檀，在酒筵歌席之間輕歌漫唱，脫離了燕樂的儀式性，成爲純粹的音樂賞美、怡情悅耳之用，與原來〈破陣樂〉必有極大差異。另外，值得注意的是，《教坊記》大曲四十六，〈破陣樂〉並不在其列，這不代表太宗的燕樂大曲〈破陣樂〉已經不傳，那首『先偏後伍，魚麗鵝鸛』的燕樂大曲雖然不是盛唐教坊的表演曲目，而是由太常寺立部伎所負責的。」（北京：北京大學出版社，2005 年 1 月），頁 62-63。

〔註41〕 王昆吾著：《隋唐五代燕樂雜言歌辭研究》，頁 145。

〔註42〕 沈冬著：《唐代樂舞新論》，頁 71-72。

陣樂〉為歌、舞、樂合一的大曲。〔註43〕〈秦王破陣樂〉又名〈神功破陣樂〉、〈破齊陣〉、〈小破陣樂〉。此本創始於唐代舞曲，為貞觀初年所作，太宗曾親自製作舞圖。內容是撰寫臨陣破敵的威武，傳辭為五絕詩；其次，傳辭六言律詩的〈秦王破陣樂〉，創始於玄宗開元年間；又傳辭七言絕句的〈秦王破陣樂〉，亦為唐代的教坊舞曲，曾為開天間人所作。〔註44〕沈氏《唐代樂舞新論》提及其流傳演變的各階段說明時，又提出〈秦王破陣樂〉的其他不同名稱，尚有〈神功破陣樂〉、〈皇帝破陣樂〉、〈七德舞〉、〈破陣樂舞〉等。〔註45〕王昆吾《隋唐五代燕樂雜言歌辭研究》提到，〈秦王破陣樂〉傳入日本後，有〈天策上將樂〉、〈齊正破陣樂〉、〈大定破陣樂〉、〈皇帝破陣樂〉、〈散手破陣樂〉與〈秦王破陣樂〉等諸名。〔註46〕

三、〈飲酒樂〉、〈堂堂〉曲調的沿革

　　〈飲酒樂〉為玄宗開元、天寶年間（A.D.712-755）的法曲，詠調名的本意，傳辭如五言古詩。〔註47〕《唐會要》提到〈飲酒樂〉是太常梨園，別教院，教法曲樂章。十二首中，列有〈飲酒樂〉一曲。〔註48〕

　　最後，關於〈堂堂〉的部分，《舊唐書・音樂志》提及〈堂堂〉屬為「清樂」，如下記載：

> 清樂者，南朝舊樂也。永嘉之亂，五都淪覆，遺聲舊制，
> 散落江左。宋、梁之間，南朝文物，號為最盛；人謠國俗，
> 亦世有新聲。後魏孝文、宣武，用師淮、漢，收其所獲南
> 音，謂之清商樂。隋平陳，因置清商署，總謂之清樂，遭
> 梁、陳亡亂，所存蓋鮮。隋室以來，日益淪缺。武太后之

〔註43〕沈冬著：《唐代樂舞新論》，頁71。
〔註44〕任半塘著：《唐聲詩》（下編），頁1、263、454。
〔註45〕沈冬著：《唐代樂舞新論》，頁53。
〔註46〕王昆吾著：《隋唐五代燕樂雜言歌辭研究》，頁145。
〔註47〕任半塘著：《唐聲詩》（下編），頁263。
〔註48〕〔宋〕王溥著：《唐會要》卷三十三〈諸樂〉，頁717。

時，猶有六十三曲，今其辭存者，惟有〈白雪〉、〈公莫舞〉、〈巴渝〉、〈明君〉、〈鳳將雛〉、〈明之君〉、〈鐸舞〉、〈白鳩〉、〈白紵〉、〈子夜〉、〈吳聲四時歌〉、〈前溪〉、〈阿子及歡聞〉、〈團扇〉、〈懊憹〉、〈長史〉、〈督護〉、〈讀曲〉、〈烏夜啼〉、〈石城〉、〈莫愁〉、〈襄陽〉、〈棲烏夜飛〉、〈估客〉、〈楊伴〉、〈雅歌〉、〈驍壺〉、〈常林歡〉、〈三洲〉、〈採桑〉、〈春江花月夜〉、〈玉樹後庭花〉、〈堂堂〉、〈泛龍舟〉等三十二曲。〈明之君〉、〈雅歌〉各二首，〈四時歌〉四首，合三十七首。又七曲有聲無辭，〈上林〉、〈鳳雛〉、〈平調〉、〈清調〉、〈瑟調〉、〈平折〉、〈命嘯〉，通前爲四十四曲存焉。〔註49〕

此段提及「清樂」本是南朝的舊樂，後經時間與地域的遞變，總稱其爲「清樂」。唐武則天時，「清樂」有六十三曲，但是宋代《唐書》編寫時所見其辭者，僅存有〈堂堂〉等三十二首曲，餘尚有〈明之君〉、〈雅歌〉各二首，〈四時歌〉四首，合三十七首。又七曲有聲無辭，共爲四十四曲。再者，《舊唐書·禮樂志》與《新唐書·五行志》提及：

〈春江花月夜〉、〈玉樹後庭花〉、〈堂堂〉，並陳後主所作。叔寶常與宮中女學士及朝臣相和爲詩，太樂令何胥又善於文詠，採其尤豔麗者以爲此曲。〔註50〕

調露初，京城民謠有「側堂堂，橈堂堂」之言。太常丞李嗣眞曰：「側者，不正；橈者，不安。自隋以來，樂府有〈堂堂〉曲，再言〈堂堂〉者，唐再受命之象。」〔註51〕

二段提及〈堂堂〉爲陳後主所作，原爲隋清商樂曲，入唐爲「法曲」。京城之民謠，論述隋之後〈堂堂〉的使用情況。而且，「堂堂」一詞在唐代被賦予政治意義，成爲政權得失的象徵。〔註52〕任半塘《唐聲詩》

〔註49〕 〔後晉〕劉昫著，楊家駱主編：《新校本舊唐書附索引》卷二十九〈志第九·音樂二〉，頁1062-1063。

〔註50〕 〔後晉〕劉昫著，楊家駱主編：《新校本舊唐書附索引》卷二十九〈志第九·音樂二〉，頁1067。

〔註51〕 〔宋〕歐陽修、宋祁著，楊家駱主編：《新校本新唐書附索引》卷三十五〈志第二十五·五行二〉，頁918-919。

〔註52〕 袁綉柏、曾智安著：《近代曲辭研究》，以《重修玉篇》、《說文》、《白

提及，〈堂堂〉又名〈堂堂詞〉，二字本為高顯的樣子，陳後主所作，
高宗時入「法曲」。唐人以為重言「堂」字是唐祚再興之兆。〔註53〕

第四節　聲詩與曲名的聯繫

一、〈聖明樂〉與「聖明樂」的關係

　　《樂府詩集》卷八十〈聖明樂〉三首之下引有《樂苑》：「〈聖明
樂〉，開元中太常樂工馬順兒造。又有〈大聖明樂〉，並商調曲也。」
《隋書‧樂志》：「文帝開皇六年，高昌獻〈聖明樂〉曲。帝令知音者
於館所聽之，歸而肄習。及客方獻，先於前奏之，胡夷皆驚焉。」然
則隨已有之矣。〔註54〕如下：

　　玉帛殊方至，歌鍾比屋聞。

　　華夷今一貫，同賀聖明君。(張仲素〈聖明樂〉之一)

　　九陌祥煙合，千春瑞月明。

　　宮華將苑柳，先發鳳皇城。(張仲素〈聖明樂〉之二)

　　海浪恬丹徼，邊塵靖黑山。

　　從今萬里外，不復鎮蕭關。(令狐楚〈聖明樂〉)〔註55〕

《全唐詩》卷二十七以第一首與第三首為張仲素（A.D 約 769-819 年）

　　　虎通》、《禮記》、《風俗通》、《新唐書‧五行志》與《樂書》論證「堂」
　　　字的本義與房屋有關，也用來描述人的外貌，且「堂」還有言明的
　　　意思，明禮義，並用於姓氏。而「堂」字重疊，又有深一層的寓意，
　　　作者以《新唐書‧五行志》與《樂書》二段引文，說明「堂堂」一
　　　詞在唐代被賦予政治含意，而成為政權得失的象徵。頁 132-133。
〔註53〕 任半塘著：《唐聲詩》（下編），頁 34。
〔註54〕 〔宋〕郭茂倩著：《樂府詩集》卷八十，頁 1134。《樂苑》一段文字
　　　不見於今本《樂苑》，〔明〕梅鼎祚所編的《樂苑》出自於《景印文
　　　淵閣四庫全書》冊 1395。〔唐〕魏徵著、楊家駱主編：《隋書》卷十
　　　五〈志第十‧音樂下〉，頁 379。
〔註55〕 〔宋〕郭茂倩著：《樂府詩集》卷八十，頁 1134-1135。〔清〕彭定求
　　　等編：《全唐詩》（增訂本）卷二十七，頁 390。張仲素〈聖明樂〉之
　　　二，又載於〔清〕彭定求等編：《全唐詩》（增訂本）卷三百六十七，
　　　頁 4149。

所作，前二首題名下，列有「開元年（A.D.713-741）中，太常樂工馬順兒所造，又有〈大聖明樂〉，并商調曲」的註釋。張氏〈聖明樂〉之一，論述慶賀聖君一統華夷之盛事，首二句以「玉帛」與「歌鍾」提起；張氏〈聖明樂〉之二，前二句先闡述天下祥和與春暖月明之景，再點明宮廷內苑柳與鳳凰城之景。第二首則在《樂府詩集》中列爲張仲素所作，但是《全唐詩》卷二十七則視爲令狐楚（A.D.765-836）所作。〔註56〕

二、〈秦王破陣樂〉與「破陣樂」的關係

　　〈秦王破陣樂〉，《唐會要》提及：「武德（A.D.618-626）初，未暇改作，每讌享，因隋舊制，奏九部樂：一〈讌樂〉……至貞觀十六年（A.D.643）十二月，宴百寮，奏十部樂。……其後分爲立、坐二部。立部伎有八部：……三〈破陣樂〉……其〈破陣〉、〈上元〉、〈慶善〉三舞，皆易其衣冠，合之鐘磬，以享郊廟。……坐部伎有六部：一〈讌樂〉，張文收所作也，又分爲四部，有〈景雲〉、〈慶善〉、〈破陣〉、〈承天〉等樂；……六〈小破陣樂〉，玄宗所作，生於立部伎，舞用四人，被之金甲。」〔註57〕又《唐會要》云，貞觀初，作〈破陣樂〉，舞有發揚蹈礪之容，歌有和易嘽發之音，以表興王之盛烈。〔註58〕佚名〈破陣樂〉與張說〈破陣樂〉二首，如下：

　　秋風四面足風沙，塞外征人暫別家。

　　千里不辭行路遠，時光早晚到天涯。（佚名〈破陣樂〉）

　　漢兵出頓金微，照日明光鐵衣。

　　百里火幡焰焰，千行雲騎騑騑。

　　蹇踏遼河自竭，鼓噪燕山可飛。

　　正屬四方朝賀，端知萬舞皇威。（張說〈破陣樂〉之一）

　　少年膽氣凌雲，共許驍雄出群。

〔註56〕〔清〕彭定求等編：《全唐詩》（增訂本）卷二十七，頁391。王昆吾、任半塘編著：《隋唐五代燕樂雜言歌辭集》，頁1506。

〔註57〕〔宋〕王溥著：《唐會要》卷三十三〈讌樂〉，頁710-717。

〔註58〕〔宋〕王溥著：《唐會要》卷三十二〈雅樂上〉，頁697。

匹馬城南挑戰，單刀薊北從軍。

一鼓鮮卑送款，五餌單于解紛。

誓欲成名報國，羞將開口論勳。（張說〈破陣樂〉之二）〔註59〕

《全唐詩》卷二十七於題名後，曾為詩歌作以下註解，這三首詩歌本為商調舞曲，太宗所造。三首歌辭，第一首失撰人名，後二首張說所作，張氏的二首詩作就是平起、一韻到底，六言八句律詩的體式。第一首先描述秋天塞外征人暫離家鄉，千里不辭行路之遠，儘管時光飛逝但終會走到盡頭；第二首則論述漢兵在外征戍，衣著魁梧，戰地火幡焰焰，騎兵馬不停蹄地踏遍遼河與燕山之地，此時四方各國朝賀，即呈現出萬舞皇威之景；第三首則提及少年氣壯梟雄的一面，單刀從軍抵禦外敵，立誓從軍報國，不論功勳的雄心氣概。《樂府詩集》卷二十《唐凱樂歌辭》下列有〈破陣樂〉、〈應聖期〉、〈賀聖歡〉與〈君臣同慶樂〉四首，其中〈破陣樂〉一首，如下：

受律辭元首，相將討叛臣。

咸歌破陣樂，共賞太平人。（佚名〈破陣樂〉）〔註60〕

這首詩歌的背景是描寫唐時命將出征，慶賀將軍立大功、獻俘馘的詩歌。《樂府詩集》此題下記載：「太宗平東都，破宋金剛，其後蘇定方執賀魯，李勣平高麗，皆備軍容凱樂以入。」〔註61〕而且，以當時樂制的形式，是採以凱樂鐃吹二部，樂器有笛、篳篥、簫、笳、鐃、鼓，歌七種來演奏。此外，敦煌歌辭另有哥舒翰（A.D.？-757）的〈破陣樂〉詩，如下：

〔註59〕〔宋〕郭茂倩著：《樂府詩集》卷八十〈破陣樂〉三首，頁1127。〔清〕
　　　　彭定求等編：《全唐詩》（增訂本）卷二十七，頁385。《全唐詩》卷
　　　　五百一十一，第一首「秋風四面足風沙」以張怙為作者，頁5892。
　　　　王昆吾、任半塘編著：《隋唐五代燕樂雜言歌辭集》（下）為三首詩
　　　　加註說明，「第一首：無作者名氏，《全唐詩》卷五百五十一屬張祜。
　　　　《萬人唐人絕句》屬蓋嘉運『編入樂府詞十四首』；其餘二首為校
　　　　勘說明，頁1561、1393。
〔註60〕〔宋〕郭茂倩著：《樂府詩集》卷二十，頁302。
〔註61〕〔宋〕郭茂倩著：《樂府詩集》卷二十，頁301-302。

西戎最沐恩深，犬羊違背生心。

神將驅兵出塞，橫行海畔生擒。

石堡巖高萬丈，鵰窠霞外千尋。

一唱盡屬唐國，將知應合天心。（哥舒翰〈破陣樂〉）〔註62〕

《新唐書‧哥舒翰列傳》有言：「哥舒翰，其先蓋突騎施酋長哥舒部之裔。父道元，爲安西都護將軍、赤水軍使，故仍世居安西。……年四十餘，遭父喪，不歸。不爲長安尉所禮，慨然發憤，游河西，事節度使王倕。倕攻新城，使翰經略，稍知名。又事王忠嗣，署衙將。翰能讀《左氏春秋》、《漢書》，通大義。疏財，多施予，故士歸心。爲大斗軍副使，佐安思順，不相下。忠嗣更使討吐蕃，副將倨見，翰怒，立殺之，麾下爲股抃。遷左衛郎將。吐蕃盜邊，與翰遇苦拔海。吐蕃枝其軍爲三行，從山差池下，翰持半段槍迎擊，所嚮輒披靡，名蓋軍中。擢授右武衛將軍，副隴右節度，爲河源軍使。」〔註63〕此段言及哥氏爲突騎之後，其人勤習武、讀漢書，爲唐將領所用。其中「吐蕃盜邊，哥氏於苦拔海持半段槍迎擊」的論述，更是展現他英勇的一面。詩中的「石堡」是指「石堡城」，此地由於形勢險要，正爲吐蕃與唐二國兵家必爭之重地。《舊唐書》曾記載「石堡城」戰役：「十七年二月……甲寅，禮部尚書、信安王禕帥眾攻拔吐蕃石堡城。」〔註64〕「六月……隴右節度使哥舒翰攻吐蕃石堡城，拔之。」〔註65〕前爲開元十七年（A.D.729）時，後一次則爲天寶六年（A.D.747）由哥舒翰領軍突襲之。整首詩氣勢磅礴，主要闡釋驅兵勇猛作戰，期待天下歸心的局面。

〔註62〕任半塘編著：《敦煌歌辭總編》卷二，頁432。

〔註63〕〔宋〕歐陽修、宋祁著，楊家駱主編：《新校本新唐書附索引》卷一百三十五〈列傳第六十〉，頁4569。

〔註64〕〔後晉〕劉昫著，楊家駱主編：《新校本舊唐書附索引》卷八〈本紀第八‧玄宗上‧開元十七年〉，頁193。

〔註65〕〔後晉〕劉昫著，楊家駱主編：《新校本舊唐書附索引》卷九〈本紀第九‧玄宗下‧天寶八年〉，頁223。

三、〈飲酒樂〉與「飲酒樂」的關係

其次，〈飲酒樂〉爲玄宗開天間之「法曲」，作者依序有下列陸機
與聶夷中三首，如下：

葡萄四時芳醇，瑠璃千鍾舊賓。

夜飲舞遲銷燭，朝醒弦促催人。（〔晉〕陸機〈飲酒樂〉）〔註66〕

飲酒須飲多，人生能幾何。

百年須受樂，莫厭管弦歌。（〔晉〕陸機〈飲酒樂〉）〔註67〕

日月似有事，一夜行一周。草木猶須老，人生得無愁。

一飲解百結，再飲破百憂。白髮欺貧賤，不入醉人頭。

我願東海水，盡向杯中流。安得阮步兵，同入醉鄉遊。

（聶夷中〈飲酒樂〉）〔註68〕

《唐會要》〈諸樂〉一節，開頭提及太常梨園，別教院，教法曲樂章。
其中十二首中，列有〈飲酒樂〉一曲。〔註69〕《樂府詩集》〈飲酒樂〉
下，引有《樂苑》：「〈飲酒樂〉，商調曲。」之一段文字。其註又提出
卷七十七載有陳陸瓊〈還臺樂〉歌辭與其相同，句末亦多出「春風秋
樂恆好，歡醉日月言新」二句，且以爲這非陸機所作，而爲陳的陸瓊
作品。〔註70〕而且又引第二首〈飲酒樂〉，說明其非陸機詩。〔註71〕
第一首「葡萄四時芳醇」，描繪美食佳餚當前，會場陳列輝煌，宴請
舊時賓客，夜晚昇歌舞蹈直至白晝的畫面；第二首「飲酒須飲多」，
是詠調名的本意，意謂對酒暢飲，人生幾何，應當即時行樂，即使長
年笙歌演奏，生在其中，實在無須煩厭；第三首「日月似有事」，於

〔註66〕 〔宋〕郭茂倩著：《樂府詩集》卷七十四，頁 1049。

〔註67〕 〔宋〕郭茂倩著：《樂府詩集》卷七十四，頁 1050。

〔註68〕 〔宋〕郭茂倩著：《樂府詩集》卷七十四，頁 1050。〔清〕彭定求等
編：《全唐詩》（增訂本）卷二十六、卷六百三十六，頁 361、7348。

〔註69〕 〔宋〕王溥著：《唐會要》卷三十三〈諸樂〉，頁 717。

〔註70〕 〔宋〕郭茂倩著：《樂府詩集》卷七十四、卷七十七，頁 1049、1084。
但《樂苑》一段文字不見於今本《樂苑》，僅錄有第二首佚名〈飲酒
樂〉，〔明〕梅鼎祚所編的《樂苑》出自於《景印文淵閣四庫全書》
冊 1395，頁 427。

〔註71〕 〔宋〕郭茂倩著：《樂府詩集》卷七十四，頁 1049。

《全唐詩》卷二十六此詩題之下，標註有「商調曲」的說明。依據詩的內容說明日月一日復一日，草木隨著時間的流逝，逐步轉向衰老。首次飲酒解除了心中的疑惑，再次飲酒則破除內心的憂慮。儘管已白髮蒼蒼，但人生失意之時，我仍暢飲東海之水，如同魏晉時的阮籍一般，瀟灑自適，以明哲保身。

四、〈堂堂〉與「堂堂」的關係

最後，關於〈堂堂〉的部分，《樂府詩集》載有〈堂堂〉李義府（A.D.614-666）二首、李賀（A.D.791-817）一首與溫庭筠（A.D.812-約870）〈堂堂〉一首，如下：

> 鏤月成歌扇，裁雲作舞衣。自憐迴雪影，好取洛川歸。
> 懶正鴛鴦被，羞裊珷玞牀。春風別有意，密處也尋香。
> （李義府〈堂堂〉之一、二）〔註72〕

> 堂堂復堂堂，紅脫梅灰香。十年粉蠹生畫梁，飢蟲不食推碎黃。蕙花已老桃葉長，禁院懸簾隔御光。華清源中石湯，徘徊百鳳隨君王。〔註73〕（李賀〈堂堂〉）

> 錢塘岸上春如織，淼淼寒潮帶晴色。
> 淮南遊客馬連嘶，碧草迷人歸不得。
> 風飄客意如吹煙，纖指殷勤傷雁弦。
> 一曲堂堂紅燭筵，金鯨瀉酒如飛泉。（溫庭筠〈堂堂〉）〔註74〕

此題之下載有《樂苑》與《會要》之引文。《樂苑》云：「〈堂堂〉，角調曲，唐高宗朝曲也。」《會要》曰：「調露中，太子既廢，李嗣真私人謂人曰：『禍猶未已。主人不親庶務，事無巨細決於中宮。宗室雖眾，俱在散位，居中制外，其勢不敵，恐諸王蕃翰，爲中宮所蹂踐矣。隋已來樂府有〈堂堂曲〉，再言堂者，是唐再受命也。中宮僭擅，復歸子孫，

〔註72〕 〔宋〕郭茂倩著：《樂府詩集》卷七十九，頁1117。
〔註73〕 〔宋〕郭茂倩著：《樂府詩集》卷七十九，頁 1117。〔清〕彭定求等編：《全唐詩》（增訂本）卷三百九十一，頁4420。
〔註74〕 〔清〕彭定求等編：《全唐詩》（增訂本）卷二十一、卷五百七十六，頁 266、6760。

則為再受命矣。近日閭里又有〈側堂堂〉、〈撓堂堂〉之謠，側者不正之
辭，將見患難之作不久矣。』後皆如其言。」〔註75〕《會要》一段，意
謂高宗調露二年（A.D.680），李嗣真為太常丞，掌理五禮儀注，以為〈堂
堂曲〉自隋流傳至唐後，尚有〈側堂堂〉、〈撓堂堂〉的歌謠傳唱著，雖
非雅正歌辭，但至此卻可見得患難作品即將出世的徵兆。因此，〈堂堂〉
可視為是政權得失的象徵。李義府〈堂堂〉之一，描述把月亮當成了鏤
空的歌扇，把天空中的幾朵浮雲當成是歌女穿的舞衣，此景象就彷彿天
空中的美麗佳人正唱歌跳舞一般。後世「鏤月裁雲」的成語，比喻作極
為精緻工巧之意，其原典故即出自於此。李義府〈堂堂〉之二，描寫閨
閣中的女子，意態闌珊地整理著繡有鴛鴦的被褥，又撩起玳瑁裝飾的帳
幕，春風洋溢之情態。這二首筆者看來詩中的女子可象徵作「帝王」，「帝
王」受命享有極高的權位，以此治理國家。

　　至於李賀〈堂堂〉詩，句型為「五五五七七七七六六」，實有違聲
詩之條例第三：「聲詩限五、六、七言的近體詩，唐代的四、五、七
言古詩、古樂府、新題樂府及雜言詩等，不屬之。」〔註76〕在此李賀
則五、六、七言雜言體穿插使用，而非正體的近體詩。因此，這裡李
氏的作品，不屬為聲詩。李氏的〈堂堂〉詩，開頭二句先為後面的詩
句作一起興，再提及歷經十年風霜的雕樑畫棟，已遭飢蟲蛀食，不再
呈現當年的風華之景。如今花草樹木到處叢生，生氣早已不再，久閉
的苑囿在簾幕的遮掩下，因此更顯得淒暗與冷清。唯有跟隨在帝王兩
側的眾多妃子們，方能享受華清池的湯泉。

　　最後，溫庭筠〈堂堂〉詩，此首描寫春天的錢塘江岸，遊客如織，

〔註75〕〔宋〕郭茂倩著：《樂府詩集》卷七十九，頁1116-1117。《會要》一
　　　段文字，文意原出自〔宋〕王溥著：《唐會要》卷三十四〈論樂〉，
　　　但文字略有更動，頁729。《樂苑》一段文字不見於今本《樂苑》，〔明〕
　　　梅鼎祚所編的《樂苑》出自於《景印文淵閣四庫全書》冊1395，僅
　　　載有「堂堂：陳後主所作者，唐高宗朝常歌之。」，頁554。
〔註76〕任半塘著：《唐聲詩》（上編），頁93。黃坤堯著：〈唐聲詩歌詞考〉，
　　　《中國文化研究所學報》，頁111-143。

冬天則寒氣廣闊無際，且帶有些許晴空的色澤。遊客連綿不絕，碧草如茵的景象是多麼的吸引人。在此歌〈堂堂〉一曲，喝上如飛泉般的大容量酒器，實在讓人痛快。任半塘以爲，溫庭筠的〈堂堂〉與初唐法曲中的〈堂堂〉，未必有關。溫氏的〈堂堂〉既爲吳聲，便不可能摻用胡樂。任氏尚針對林謙三所言的「法曲，由所用樂器及有清樂曲之〈堂堂〉觀之，確是清樂系。」提出辯駁，任氏認爲，林氏是爲尋覓二者的關係，而有此說。但其實二曲所發生的時代相隔甚遠，吳聲爲我國南方地域之聲，未足爲法曲〈堂堂〉之源。〔註77〕根據前述之說，若非將林氏所言的〈堂堂〉，指爲特定的溫庭筠之詞，其實以隋時的〈堂堂〉爲例，以及唐高宗時的〈堂堂〉「法曲」來看，由此探尋其關係，亦無不合理。

第五節　樂曲與聲詩的塡配

一、「聖明樂」曲與〈聖明樂〉的塡配

〈聖明樂〉於《羯鼓錄》內，屬爲太簇商。〔註78〕日本所傳唐《五絃譜》廿二曲中有〈聖明樂〉，屬大食調。日本所傳唐《五絃譜》內，有〈聖明樂〉譜，無歌辭。調名下具「大食」二字；譜內簡字約一二〇個。就唐代直接有關資料來說，〈聖明樂〉辭唯有五言四句一體。以辭二十字配一百二十聲，其非一字一聲，有不俟辨。〔註79〕《唐

〔註77〕 任半塘著：《唐聲詩》（下編），頁591。袁綉柏、曾智安著：《近代曲辭研究》，對任氏所言的清樂〈堂堂〉與法曲〈堂堂〉「發生時代相隔甚遠，吳聲爲我國南方地域之聲，未足爲法曲〈堂堂〉之源」，與林謙三「欲於兩種〈堂堂〉曲之間，尋覓關係」二段文字提出見解。作者以爲，「任氏將林氏所說的〈堂堂〉誤解爲特指溫庭筠的〈堂堂〉，而忽略了陳後主創作的〈堂堂〉也是清樂。因此，從發生的時間來看，二者非但相隔不遠，還有同時存在的階段，因此法曲〈堂堂〉源於清樂〈堂堂〉必是無疑。而且法曲〈堂堂〉很可能就是在清樂〈堂堂〉的基礎上改造而成。」因此，認爲林謙三的觀點較爲合理。頁132。

〔註78〕 〔宋〕南卓著：《羯鼓錄》卷三十三〈諸宮曲〉，頁24。

〔註79〕 任半塘著：《唐聲詩》（下編），頁57。

會要》則另列有林鐘商（時號小食調）。〔註 80〕葉棟所譯唐傳《五弦
琵琶譜》三十二首中，其中〈聖明樂〉為其一，葉氏且將其填配張仲
素以下三首詩歌，如譜例十八：〔註 81〕

　　玉帛殊方至，歌鐘比屋聞。華夷今一貫，同賀聖明君。

　　海浪恬丹徼，邊塵靖黑山。從今萬里外，不復鎮蕭關。

　　九陌祥煙合，千春瑞月明。宮華將苑柳，先發鳳皇城。〔註 82〕

譜例十八　《五弦琵琶譜・聖明樂》

〔註80〕〔宋〕王溥著：《唐會要》卷三十三〈諸樂〉，頁 719。

〔註81〕葉棟著：《唐樂古譜譯讀》，頁 249-250。

〔註82〕〔宋〕郭茂倩著：《樂府詩集》卷八十，頁 1134-1135。〔清〕彭定求等
　　　　編：《全唐詩》（增訂本）卷二十七，頁 390。張仲素〈聖明樂〉之二，
　　　　又載於〔清〕彭定求等編：《全唐詩》（增訂本）卷三百六十七，頁 4149。

全首節拍以 2/4 拍爲主，譜表的第一行爲五弦琵琶演奏，第二行爲
人聲演唱。三段歌辭，皆爲仄起的平聲韻。歌辭的第一、二句詩反
覆疊唱一次，後面的第三、四句詩亦反覆疊唱一次。原則上，一字
以一拍爲主，僅有五言的最末字「至」、「貫」、「君」的音長時值爲
二拍，還有第二十小節的「君」與「華」字，各爲半拍。五弦琵琶
的器樂演奏旋律與人聲演唱的旋律，行進的方式大致呈現完全一度
與完全八度的平行演奏，爲「支音複聲」的呈現，第七、第九、第
十四、第十五、第二十小節樂器與人聲的旋律則略有變化。各樂句
與歌辭的塡配，大致爲三小節一句。開頭的第一、二句詩第二次反
覆疊唱時，五弦琵琶的演奏與人聲的演唱，與第一次兩邊的旋律，
完全相同，僅有第二次的「屋聞」與第一次的「屋聞」，旋律與節
拍不同；第四句詩在詩句中反覆疊唱時，亦呈現旋律與節奏相同的
情況。以上因歌辭的疊唱，所表現的音樂現象，可稱之爲「樂段重
覆」。尚且，每句五言的最末字或其次拍，皆加有延長記號。依其
歌辭內容的演唱，主要闡釋帝王的聲威與歌誦君主的聖明；音樂的
表現上，亦呈現出高聲誦揚與開闊宏偉的氣勢。因此，歌辭與音樂
二者結合後，無不傳達出作者所欲傳達的內涵。

二、「秦王破陣樂」曲與〈破陣樂〉的塡配

其次，關於〈秦王破陣樂〉的部分。《唐會要》與《新唐書・禮樂
志》曾提及，如下：《唐會要》提及，天寶十三載（A.D.754）時之曲名，
此曲分入太簇商（時號大食調）、林鐘商（時號小食調）、黃鐘商（時號

越調）、中呂商（時號雙調）、南呂商（時號水調）。〔註83〕其音調是在
漢族清樂的基礎上，加入龜茲樂的音樂元素組合而成的。〔註84〕譯譜除
有葉氏之外，何昌林亦曾根據唐代宗大曆八年（A.D.733）唐朝樂工石
大娘傳譜的《五弦譜》中，七首曲譜之一的〈秦王破陣樂〉和唐高祖武
德三年（A.D.620）的歌詞譯成詞曲組合稿。孫繼南、周柱銓所主編的
《中國音樂通史簡編》便稱何氏的譯譜為「一首在漢族音調基礎上，又
『雜有龜茲之聲』的著名作品」。〔註85〕至今在日本有九種傳譜，包括
《五弦琵琶譜・秦王破陣樂》、《三五要錄・秦王破陣樂》琵琶譜、《仁
智要錄・秦王破陣樂》箏譜、《三五要錄・皇帝破陣樂》、《三五要錄・
散手破陣樂》、《鳳笙譜呂卷・秦王破陣樂》笙譜、《中原蘆聲抄・秦王
（皇）》篳篥譜、《龍笛要錄・秦王破陣樂》笛譜與《三五中錄・秦王破
陣樂》琵琶譜。〔註86〕王昆吾著《隋唐五代燕樂雜言歌辭研究》提及：
「日本《陽明文庫》並存有〈秦王破陣樂〉五弦譜，143 字，有反覆記
號，有『第二換頭』記號，實為《破陣樂》的一個摘遍曲。」〔註87〕
葉氏〈秦王破陣樂〉所填配的歌辭與譜例十九，〔註88〕如下：

受律辭元首，相將討叛臣。咸歌破陣樂，共賞太平人。〔註89〕

〔註83〕〔宋〕王溥著：《唐會要》卷三十三〈諸樂〉，頁 718-720。

〔註84〕黃敏學編著：《中國音樂文化與作品賞析》（合肥：合肥工業大學出
　　　　版社，2007 年 9 月），頁 117。

〔註85〕孫繼南、周柱銓主編：《中國音樂通史簡編》，頁 82-84。

〔註86〕陳四海著：〈從《秦王破陣樂》談音樂的傳播與傳承〉，《中國音樂》
　　　　3 期（2000 年），頁 30。

〔註87〕王昆吾著：《隋唐五代燕樂雜言歌辭研究》，頁 146。

〔註88〕葉棟著：《唐樂古譜譯讀》，頁 249-251。

〔註89〕〔宋〕郭茂倩著：《樂府詩集》卷二十，頁 302。

譜例十九 《五弦琵琶譜・秦王破陣樂》（B）

第一行爲五弦琵琶譜，第二行爲人聲演唱，除了第十二小節的「平
人」，第十五小節的「破」，第十六小節的「樂」，第二十小節的「相」，
第三十一小節的「樂」，器樂演奏與人聲演唱略有節奏或和弦的變化
外，二者旋律皆呈現完全一度與完全八度行進，爲「支音複聲」的表
現。全首節拍以 2/4 拍演奏，樂調屬爲大食調，《羯鼓錄》列爲太簇
商。〔註90〕歌辭以四絕詩「受律辭元首，相將討叛臣。咸歌破陣樂，
共賞太平人。太平人。秦王破陣樂，受律辭元首，相將討叛臣。咸歌
破陣樂，共賞太平人。太平人。秦王破陣樂，受律辭元首，相將討叛
臣。咸歌破陣樂，共賞太平人。太平人。秦王破陣樂，受律辭元首，
相將討叛臣。咸歌破陣樂，共賞太平人。太平人。秦王破陣樂。」演
唱，歌辭中詩歌末句的「太平人」，以三拍的節奏「太平人」反覆演
唱作「和聲」，且加上「秦王破陣樂」的「和聲」，進而銜接二次的「受
律辭元首」四絕。從樂曲來看，整首曲調反覆一次，樂曲若不反覆，
它的整首旋律看來，並無明顯的重覆性，而且，樂曲各小節的每個節
拍節奏鮮明而有力，因此，歌辭即使重覆，旋律與節奏的表現則不相
同。從歌辭來看，四絕詩則全首重覆四次，內容主要呈現破陣樂的恢
宏氣勢，以及慷慨激昂的魄力。樂曲與歌辭二者結合後，所欲傳達的
也是戰士兵將的威武與氣魄，其鮮明的節奏就彷彿是軍隊的陣勢排
列，明朗的旋律又是表現兵將們威武而恢宏的氣概，歌辭的和聲則是
堅定的回應，歌辭的反覆是軍隊列隊歌唱齊一的呈現。葉棟〈唐代音
樂與古譜譯讀〉亦提及：「《五弦琴譜》中的這首琵琶曲調，雖難說能
再現當年歌舞的氣勢，但音樂仍具有堅定昂揚的氣質。又，若填入唐
佚名的五言四句二十字及其和聲五字的同名詩，則整首詩疊唱，並將
末句之末三字『太平人』疊唱後接五字和聲『秦王破陣樂』，在音樂
上形成前後兩段，十個樂句的旋律各不相同，相當於曲式學中的無再
現的兩段體。」〔註91〕又如譜例二十：〔註92〕

〔註90〕〔宋〕南卓著：《羯鼓錄》卷三十三〈諸宮曲〉，頁23。
〔註91〕葉棟著：〈唐代音樂與古譜譯讀〉，《唐樂古譜譯讀》，頁70。

譜例二十　　《五弦琵琶譜‧秦王破陣樂》（A）

此純爲五弦琵琶譜，譜例二十與譜例十九的不同在於譜例二十全首以
3/4 拍演奏，旋律部分與譜例十九的器樂演奏略同，但因節拍的不同，
演奏的強弱重點，自有不同。譜例二十最爲特色之處，在於附點的節
拍與切分拍的長音之後，多以延長記號演奏。

三、「飲酒樂」曲與〈飲酒樂〉的塡配

　　再來〈飲酒樂〉的部分，樂曲屬爲大食調，《羯鼓錄》列爲太簇
商。〔註93〕日本所傳唐《五弦琵琶譜》內有此曲。其可塡配的歌辭與
譜例二十一，如下：

　　　　日月似有事，一夜行一周。草木猶須老，人生得無愁。

　　　　一飲解百結，再飲破百憂。白髮欺貧賤，不入醉人頭。

　　　　我願東海水，盡向杯中流。安得阮步兵，同入醉鄉遊。〔註94〕

〔註92〕葉棟著：《唐樂古譜譯讀》，頁 247-248。

〔註93〕〔宋〕南卓著：《羯鼓錄》卷三十三〈諸宮曲〉，頁 23。

〔註94〕〔宋〕郭茂倩著：《樂府詩集》卷七十四，頁 1050。〔清〕彭定求

葡萄四時芳醇，瑠璃千鍾舊賓。

夜飲舞遲銷燭，朝醒弦促催人。〔註95〕

飲酒須飲多，人生能幾何。

百年須受樂，莫厭管弦歌。〔註96〕

譜例二十一　　《五弦琵琶譜・飲酒樂》

全曲第一行爲五弦琵琶的演奏，第二行爲人聲演唱的部分。樂曲於第
四小節後，單一樂段，反覆兩次；歌辭的演唱順序爲「日月似有事，
一夜行一周。草木猶須老，人生得無愁。人生得無愁。一飲解百結。」

　　等編：《全唐詩》(增訂本)卷二十六、卷六百三十六，頁361、7348。

〔註95〕〔宋〕郭茂倩著：《樂府詩集》卷七十四，頁1049。

〔註96〕〔宋〕郭茂倩著：《樂府詩集》卷七十四，頁1050。

「日月似有事，再飲破百憂。白髮欺貧賤，不入醉人頭。不入醉人頭。
我願東海水。」「日月似有事，盡向杯中流。安得阮步兵，同入醉鄉
遊。同入醉鄉遊。」音樂雖有重複，但詩句不反覆。葉氏稱整首詩的
演唱形式爲「近似現代的分節歌」。〔註97〕樂句以五言歌辭爲一句，
每一句以三小節呈現。第六、第十二、第十五與第十九小節的附點四
分音符，皆以延長記號表示，此首樂曲的旋律與節奏，整體來說，較
〈聖明樂〉與〈秦王破陣樂〉更有變化，風格爲闡釋人生苦短，藉酒
澆愁，以解失意之慨嘆。

四、「書卿堂堂」曲與〈堂堂〉的塡配

　　最後，〈堂堂〉的部分，《羯鼓錄》列爲太簇商。〔註98〕《唐會
要》列入林鐘角調。〔註99〕葉氏所譯樂譜列其名爲〈書卿堂堂〉。任
半塘《唐聲詩》提及：「此曲因唐祚之受武周影響，斷而復續，已付
會爲讖兆，唐人多信之。日本有〈韋鄉堂堂〉樂譜，乃《五絃譜》二
十二曲之一。」〔註100〕其所塡配的歌辭與譜例二十二，〔註101〕如下：

　　　　鏤月成歌扇，裁雲作舞衣。

　　　　自憐迴雪影，好取洛川歸。〔註102〕

譜例二十二　《五弦琵琶譜・書卿堂堂》

〔註97〕葉棟著：〈唐代音樂與古譜譯讀〉，《唐樂古譜譯讀》，頁71。
〔註98〕〔宋〕南卓著：《羯鼓錄》卷三十三〈諸宮曲〉，頁24。
〔註99〕〔宋〕王溥著：《唐會要》卷三十三〈諸樂〉，頁720。
〔註100〕任半塘著：《唐聲詩》（下編），頁36。
〔註101〕葉棟著：《唐樂古譜譯讀》，頁269-272。
〔註102〕〔宋〕郭茂倩著：《樂府詩集》卷七十九，頁1117。

依據葉氏〈敦煌壁畫中的五弦琵琶及其唐樂〉所言，歌辭以李義府的絕句詩相配，每段十二小節，恰好為方整性的四樂句，每句三小節，末句落於角長音。〔註103〕全首以 2/4 拍演奏，音域橫跨「e¹」至「c³」，有十三度之多。絕句詩之後的配辭，採以「一、二、三、四、五」表示。樂曲中，標有「第一」、「第二」、「第三」、「第四」、「第五」、「第六」，共有六個小節，此可視為音樂與歌辭填配的分段。總結來說，第一，譯者可能將反覆歌唱的唱辭省略，使用數字的方式，標出每節拍的拍點處；第二，譯者雖未於樂譜後，指明尚可填配其他歌辭，但是，假若有合適的歌辭得以填配，此處的「一、二、三、四、五」，恰可抽換成其他詩人的歌辭。

第六節　小　結

　　總結上述各節可知，本章主要從「法曲的淵源與特色」、「四首曲調的沿革」、「聲詩與曲名的聯繫」與「聲詩與樂曲的填配」等四方面來探討。其重點如下：

　　第一，「法曲」可視為唐的正聲，出自於清商部，風格清而近雅，樂調以商調為主，能夠辨察民情、教化社會與通和政事，器樂演奏則包含鐃、鈸、鐘、磬等部分，且以直項的秦琵琶作演奏。

　　第二，從歌辭來看，〈聖明樂〉歌誦封建君主之聖明，〈秦王破陣樂〉撰寫臨陣破敵的威武，〈飲酒樂〉歌詠飲酒之樂，〈書卿堂堂〉詠唐人再興之兆，四者皆屬為「法曲」。〈聖明樂〉歌辭的第一、二句詩反覆疊唱一次，後面的第三、四句詩亦反覆疊唱一次；〈秦王破陣樂〉四絕詩全首重複四次；〈飲酒樂〉單一樂段則反覆兩次，音樂雖重複，但詩句卻不反覆；〈書卿堂堂〉絕句詩四句的配辭後，再來則採以「一、二、三、四、五」表示。樂曲的演唱，依其曲調曲名之意，風格不盡相同。

　　第三，四曲樂調皆屬於大食調，太簇商，日本的唐傳《五弦琵琶

〔註103〕　葉棟著：〈敦煌壁畫中的五弦琵琶及其唐樂〉，《唐樂古譜譯讀》，頁31。

譜》亦皆包含四曲於其中。樂譜除了〈秦王破陣樂〉譜例二十爲 3/4
拍外，其餘皆爲 2/4 拍爲主。器樂與人聲的部分，除了〈書卿堂堂〉
外，二部行進的方式大致呈現完全一度與完全八度的旋律演奏，「支
音複聲」的方式呈現。

第七章 從《仁智要錄》與《五弦琵琶譜》論唐代法曲和樂譜——以〈王昭君〉與〈婆羅門〉爲例

第一節 前 言

　　唐代「法曲」與〈王昭君〉和〈婆羅門〉曲調之聲詩相關者，爲數眾多。尤其，〈王昭君〉相關的文學體裁，自漢以後，無論詩歌、小說或民間俗文學，歷來多以此史實人物的事蹟作爲唱誦與流傳的對象。〈婆羅門〉本源於印度的種姓與宗教，流傳於中國後，經梵語譯音以「淨聖清貴」解釋，《樂府詩集》與《敦煌歌辭總編》皆載有〈婆羅門〉詩作，〈婆羅門〉此名或作〈望月婆羅門〉，且後來改名爲〈霓裳羽衣〉。《五弦琵琶譜》中，除有第九首〈聖明樂〉，第十六首、第十七首〈秦王破陣樂〉（A）（B），第十八首〈飲酒樂〉與第二十九首〈書卿堂堂〉爲「法曲」外，尚有第七首與第八首〈王昭君〉（A）（B），以及《仁智要錄》箏譜第九首〈婆羅門〉與第十首〈王昭君〉，亦屬於「法曲」。本章即考察出自《全唐詩》與《敦煌歌辭總編》之曲調〈王昭君〉與〈婆羅門〉歌辭的使用情況，以及著名樂歌〈王昭君〉二首與〈婆羅門〉一首樂曲，論述其歷史淵源，歌辭的使用情況與樂曲結構。

第二節　〈王昭君〉法曲與聲詩

一、〈王昭君〉曲調的淵源

　　〈王昭君〉曲調，內容是詠漢元帝宮人王昭君遠嫁匈奴的事，另有〈王明君〉、〈明君詞〉、〈王昭君樂〉、〈昭君怨〉與〈明妃〉等別名，但不全為五言八句體。本來是漢代歌曲，晉代以後作為舞曲及琴曲。到了唐代則作吳聲歌曲，玄宗開元、天寶年間入「法曲」。[註1]關也維《唐代音樂史》提及，唐代所傳的〈昭君〉，是從江南傳到北方的，前述的同名作品，有些屬於異曲同名者，另有一些則屬於訛變所致。由於古代琴譜還不完善，尤其在打譜過程中，還帶有不同程度的加工改編成份，因此各派琴家對所傳的〈王昭君〉，曲調不盡相同，曲名也有變易。[註2]關於「王昭君」的故事，《漢書·匈奴傳》與《後漢書·南匈奴列傳》分別記載其生平，如下：

> 王昭君號寧胡閼氏，生一男伊屠智牙師，為右日逐王。呼韓邪立二十八年，建始二年死。始呼韓邪嬖左伊秩訾兄呼衍王女二人。長女顓渠閼氏，生二子，長曰且莫車，次曰囊知牙斯。……呼韓邪死，雕陶莫皋立，為復株絫若鞮單于。復株絫若鞮單于立，遣子右致盧兒王醯諧屠奴侯入侍，以且麋胥為左賢王，且莫車為左谷蠡王，囊知牙斯為右賢王。復株絫單于復妻王昭君，生二女，長女云為須卜居次，小女為當于居次。[註3]

> 初，元帝時，以良家子選入掖庭。時呼韓邪來朝，帝勅以宮女五人賜之。昭君入宮數歲，不得見御，積悲怨，乃請掖庭令求行。呼韓邪臨辭大會，帝召五女以示之。昭君豐

[註1] 任半塘著：《唐聲詩》（下編），頁187。葉棟著：〈唐代音樂與古譜譯讀〉，《唐樂古譜譯讀》，頁119。

[註2] 關也維著：《唐代音樂史》，頁110。

[註3] 〔漢〕班固著、〔唐〕顏師古注，楊家駱主編：《新校本漢書》卷九十四下〈匈奴傳第六十四下〉（台北：鼎文書局，1979年），頁3806-3808。

容靚飾，光明漢宮，顧景裴回，竦動左右。帝見大驚，意
欲留之，而難於失信，遂與匈奴。生二子，及呼韓邪死，
其前閼氏子代立，欲妻之，昭君上書求歸，成帝勅令從胡
俗，遂復爲後單于閼氏焉。〔註4〕

二段說明王昭君在漢元帝（B.C.49-33）時，以良家子的身份被選入宮
作宮女。她相貌出眾，品格高尚，不以其他手段來謀求皇帝的寵愛，
但也因此「入宮數歲，不得見御，積悲怨」。後來，匈奴呼韓邪單于
來朝請求和親，昭君的美貌這時候才受到眾人的注意，皇帝原本有意
留下她，但基於誠信，便將其送予匈奴。呼韓邪單于（B.C.？-31）封
昭君爲「寧胡閼氏」，二人育有一子，名爲「伊屠智牙師」，後爲「右
日逐王」。呼韓邪過世後，昭君欲歸漢，漢成帝命其「從胡俗」，再嫁
呼韓邪單于之子「復株累若鞮單于」（生卒不詳），育有二女，長女爲
「須卜居次」，次女爲「當於居次」。王昭君死後，葬於胡地，《遼史·
地理志》記載其墓爲「青冢」。〔註5〕

　　關於唐代以「王昭君」爲主題的詩歌，曾有多位詩人撰寫。《樂
苑》衍錄卷一：「王昭君亦曰王嬙，亦曰王明君。」其註提出「若以
爲延壽畫圖之說則委巷之談，流入風騷人口中，故供其賦詠，至今不
絕。」〔註6〕《樂府詩集》卷二十九「相和歌辭」與卷五十九「琴曲
歌辭」，分別錄有〈王昭君〉詩歌數首，其詩的前註載有：

一曰〈王昭君〉。《唐書·樂志》曰：「〈明君〉，漢曲也。元
帝時，匈奴單于入朝，詔以王嬙配之，即昭君也。及將去，
入辭，光彩射人，悚動左右，天子悔焉。漢人憐其遠嫁，爲
作此歌。晉石崇妓綠珠善舞，以此曲教之，而自製新歌。」

〔註4〕　〔南朝宋〕范曄著、〔唐〕李賢等注，楊家駱主編：《新校本後漢書》
　　　　卷八十九〈南匈奴列傳第七十九〉（台北：鼎文書局，1978 年），頁
　　　　2941。
〔註5〕　〔元〕脫脫等著，楊家駱主編：《新校本遼史》卷四十一〈志第十一·
　　　　地理志五·西京道·豐州〉（台北：鼎文書局，1980 年），頁 508。
〔註6〕　〔明〕梅鼎祚著：《樂苑》，載於《景印文淵閣四庫全書·史部九·
　　　　地理類》冊 1395，頁 553。

按此本中朝舊曲，唐爲吳聲，蓋吳人傳授訛變使然也。〔註7〕

《西京雜記》曰：「元帝後宮既多，不得常見，乃使畫工圖其形，案圖召幸。宮人皆賂畫工，多者十萬，少者亦不減五萬。昭君自恃容貌，獨不肯與。工人乃醜圖之，遂不得見。後匈奴入朝，求美人爲閼氏，帝按圖以昭君行。及去召見，貌爲後宮第一，善應對，舉止閑雅。帝悔之，而名籍已定，方重信於外國，故不復更人，乃窮按其事。畫工有杜陵、毛延壽，爲人形，醜好老少，必得其眞。安陵陳敞，新豐劉白、龔寬，並工爲牛馬飛鳥。……京師畫工於是差稀。」〔註8〕

《古今樂錄》曰：「〈明君〉歌舞者，晉太康中季倫所作也。王明君本名昭君，以觸文帝諱，故晉人謂之明君。匈奴盛，請婚於漢，元帝以後宮良家子明君配焉。初，武帝以江都王建女細君爲公主，嫁烏孫王昆莫，令琵琶馬上作樂，以慰其道路之思，送明君亦然也。其造新之曲，多哀怨之聲。晉、宋以來，〈明君〉只以絃隸少許爲上舞而已。梁天監中，斯宣達爲樂府令，與諸樂工以清商兩相閒絃爲〈明君〉上舞，傳之至今。」〔註9〕

王僧虔《技錄》云：「〈明君〉有閒絃及契注聲，又有送聲。」〔註10〕

謝希逸《琴論》曰：「平調〈明君〉三十六拍，胡笳〈明君〉三十六拍，清調〈明君〉十三拍，間絃〈明君〉九拍，蜀調〈明君〉十二拍，吳調〈明君〉十四拍，杜瓊〈明君〉二十一拍，凡有七曲。」〔註11〕

《琴集》曰：「胡笳〈明君〉四弄，有上舞、下舞、上閒絃、下閒絃。〈明君〉三百餘弄，其善者四焉。又胡笳〈明君別〉

〔註7〕 〔宋〕郭茂倩著：《樂府詩集》卷二十九，頁 425。
〔註8〕 〔宋〕郭茂倩著：《樂府詩集》卷二十九，頁 425。
〔註9〕 〔宋〕郭茂倩著：《樂府詩集》卷二十九，頁 425。
〔註10〕 〔宋〕郭茂倩著：《樂府詩集》卷二十九，頁 425。
〔註11〕 〔宋〕郭茂倩著：《樂府詩集》卷二十九，頁 425-426。

五弄，辭漢、跨鞍、望鄉、奔雲、入林是也。」按琴曲有
〈昭君怨〉，亦與此同。〔註12〕

《樂府解題》曰：「王嬙，字昭君。《琴操》載：昭君，齊
國王穰女。端正閑麗，未嘗窺門戶。穰以其有異於人，求
之者皆不與。年十七，獻之元帝。元帝以地遠不之幸，以
備後宮。積五六年，帝每遊後宮，常怨不出。後單于遣使
朝貢，帝宴之，盡召後宮。昭君盛飾而至，帝問欲以一女
賜單于，能者往。昭君乃越席請行。時單于使在旁，驚恨
不及。昭君至匈奴，單于大悅，以爲漢與我厚，縱酒作樂。
遣使報漢，白璧一隻，騮馬十匹，胡地珍寶之物。昭君恨
帝始不見遇，乃作怨思之歌。單于死，子世達立，昭君謂
之曰：『爲胡者妻母，爲秦者更娶。』世達曰：『欲作胡禮。』
昭君乃吞藥而死。」按《漢書・匈奴傳》曰：「竟寧中，呼
韓邪來朝，漢歸王昭君，號寧胡閼氏。呼韓邪死，子雕陶
莫皋立，爲復株累若鞮單于，復妻昭君。」不言飲藥而死。
〔註13〕

以上無論《西京雜記》、《古今樂錄》、《技錄》、《琴論》或《樂府解題》
之說，皆爲《漢書・匈奴傳》與《後漢書・南匈奴列傳》二正史所記
載的「王昭君」，再多加補充說明。張文德所著的《王昭君故事的傳
承與嬗變》中，提及《漢書》是有關王昭君最早的信史，班固去古未
遠，對王昭君的描述應當說是最接近史實，最權威，也最可信從。所
以，如果《後漢書》與《漢書》有牴觸之處，自當以《漢書》爲準，
而不應以《後漢書》作爲依據。〔註14〕根據前述所言，張氏之說，可
以採信。而且，還提到王昭君的生卒年，史無確語，文獻不足徵；有
關王昭君的族屬、籍貫，更是眾說紛紜；其父母的情況，亦無史無徵，
不便妄測；王昭君到達匈奴後，生兒育女則從胡俗；其昭君台遺址，

〔註12〕〔宋〕郭茂倩著：《樂府詩集》卷二十九，頁426。
〔註13〕〔宋〕郭茂倩著：《樂府詩集》卷五十九，頁853。
〔註14〕張文德著：《王昭君故事的傳承與嬗變》（上海：學林出版社，2008
年12月），頁24。

經考古證實爲現今的湖北興山縣，而非湖北秭歸縣，因此，此地發現了許多六朝以來的斷碑殘磚。〔註15〕又張高評〈王昭君形象之流變與唐宋詩之異同——北宋詩之傳承與開拓〉一文提及，昭君形象大抵來自三個系統：一爲《漢書》、《後漢書》；二爲《西京雜記》；三爲《琴操》。其中尤以《西京雜記》最爲廣遠昌盛。〔註16〕其實王昭君故事的形成，唐以前可歸納爲五大系統：一則《漢書・元帝紀》、《漢書・匈奴傳》；二則范曄《後漢書・南匈奴傳》；三則蔡邕《琴操》；四則東晉石崇〈王明君辭・並序〉；五則東晉葛洪《西京雜記》。前述的《後漢書・南匈奴傳》較《漢書》的記載，昭君和番的情節更爲詳盡，且蔡邕《琴操》中和親的結局是不願再嫁作閼氏，這倒是在唐聲詩中未繼承的內容，而《西京雜記》又較《漢書》與《後漢書》的內容，更加精彩，成爲唐代詩歌中，昭君形象的主要基礎。

另外，《樂府詩集》卷二十九「相和歌辭」與卷五十九「琴曲歌辭」題下的引文，皆曾提及「王嬙，字昭君，又曰明君」之論述。漢魏時期時，因王嬙字昭君，故通稱王昭君。到晉代由於避晉文帝司馬昭名諱，改稱王昭君，或稱明君；南北朝時期，王昭君與王明君同時並稱，而以稱明君者尤多。這樣的情況，到了唐宋時期後，較魏晉時

〔註15〕 張文德著：《王昭君故事的傳承與嬗變》，頁 25、26、28。

〔註16〕 張高評著：〈王昭君形象之流變與唐宋詩之異同——北宋詩之傳承與開拓〉，《中央研究院中國文哲專刊》17 期（2000），頁 488。張高評著：〈〈明妃曲〉之同題競作與宋詩之創意研發——以王昭君之「悲怨不幸與琵琶傳恨」爲例〉，《中國學術年刊》29 期（2007），再言道：「昭君和親的故事，載存於班固（32-92）《漢書》者，最爲原始濫觴；其次，則《樂府詩集》所載蔡邕（133-192）《琴操》，敘述另類，情節獨特；其次，東晉石崇（249-300）〈王明君辭并序〉，誤讀歷史，移花接木；其次，則號稱葛洪（283-363）所撰《西京雜記》，踵事增華，秀異可觀；最其後，則劉宋范曄（398-446）《後漢書》所敘，情節完整，將昭君美麗形象具體化、生動化。」此文依前述各類史籍記載，加以排序且依次闡述，頁 87。張高評著：〈王昭君和親主題之異化與深化——以《全宋詩》爲例〉，《中國文學學報》1 期（2010），再提及「王昭君故事的五個系統」，頁 103-105。

更爲盛行。由於唐宋詩詞中，「明君」的稱謂盛行，遼金元亦承傳不違，到了元代馬致遠的雜劇《漢宮秋》更明確地讓漢元帝封王昭君爲西宮「明妃」。〔註17〕以上即爲「明君」歷代沿用的情況。

　　再者，李曉明《唐詩歷史觀念研究》，陳建華〈繼承、拓展、創新——評唐代的詠王昭君詩〉一文，亦言及唐代昭君詩歌的內容中，所涵括的觀點。〔註18〕在此筆者也歸納唐代「王昭君」曲調的聲詩，或依其內容，或依其形式，或依其組合等，列爲以下四類：

二、胡地與漢室的對比

　　「胡地」與「漢室」對比的詩作，內容不乏從史實的詠懷與人性的自然流露來吟詠王昭君爲歷史的貢獻。歷史學家許倬雲提及：「胡漢對抗，中國以和親與戰爭的兩手策略，對付匈奴，和親時的交往，雙方必有一些因接觸而轉換的人群。」〔註19〕又言道：「唐代中國的

〔註17〕張文德著：《王昭君故事的傳承與嬗變》，頁 95-96。
〔註18〕李曉明著：〈第三章　昭君詩片論〉，《唐詩歷史觀念研究》提及唐代昭君詩的研究，李氏將和親的觀點分爲三種，第一，持肯定和贊成態度的；第二，持否定和反對態度的；第三，介於兩者之間或前後態度有變化的。其中還包括對歷史和現實的態度，肯定或否定是針對歷史的、贊成或反對是針對現實的。再者，李氏再由唐詩人詠史的作法，說明幾項重點：其一，對自己與昭君性格和命運的比附；其二，昭君與君王；其三，借昭君話題說明對人生價值的認識，其四，價值觀的判斷。最後，再談昭君議題的繼承與傳承，其內容包括：其一，昭君故實及增益；其二，話題的繼承；其三，話題的增益；其四，話題的並行；其五，話題的傳承。（北京：人民出版社，2009 年 3 月），頁 126-165。陳建華著：〈繼承、拓展、創新——評唐代的詠王昭君詩〉，《齊齊哈爾大學學報》6 期（1999 年），頁 30-32。便言及唐以前「王昭君」相關的詩歌，概括有三個內容：第一，感嘆歲月易老，人生無常；第二，嘆畫師的無情和明妃色相誤身，以致薄命紅顏；第三，寫昭君在胡地的生活和對漢宮及故鄉追憶的情恨。再舉例說明唐詩人此類詩作的繼承、拓展與創新之處，其一，描寫對「和親」政策的態度；其二，指斥君主的軟弱無力和謀臣猛將尸位素餐；其三，指出和親的後果；其四，借明妃自況，抒自身之情恨。
〔註19〕許倬雲著：〈族群「主」與「客」的轉化〉，《我者與他者：中國歷史

四周，固然有服從中國的國家，也有不少國家，獨立於『大唐秩序』
之外。……（國外各族）與唐代中國相比，漢代中國除了必須面對匈
奴，幾乎沒有可以平起平坐的鄰國……，唐代中國已身在列國體制的
國際社會之中，不能再自居爲天下之中，更不能自以爲中國即是『天
下』。」〔註20〕依此來分別「國內外的分際」，下列詩歌中的「胡地」
可視爲「國外」，「漢室」則視爲「國內」。筆者首先列舉唐人描寫「昭
君離漢」的詩作，如下：

> 合殿恩中絕，交河使漸稀。肝腸辭玉輦，形影向金微。
> 漢宮草應綠，胡庭沙正飛。願逐三秋雁，年年一度歸。
>
> （盧照鄰〈王昭君〉）〔註21〕
>
> 漢國明妃去不還，馬馱弦管向陰山。
> 匣中縱有菱花鏡，羞對單于照舊顏。（楊凌〈明妃怨〉）〔註22〕

盧照鄰的詩作，是由昭君離別漢宮，與進入胡人國度的對比，描寫昭
君二地生活的差異，作者最後則以「願逐三秋雁」與「年年一度歸」，
闡釋心仍歸漢的最終期待。楊凌詩作，先提起明妃離漢的情景，再提
及她不願離漢的無奈心情。又如：

> 自古無和親，貽災到妾身。胡風嘶去馬，漢月吊行輪。
> 衣薄狼山雪，妝成虜塞春。回看父母國，生死畢胡塵。
>
> （梁氏瓊〈昭君怨〉）〔註23〕
>
> 昭君拂玉鞍，上馬啼紅頰。今日漢宮人，明朝胡地妾。
>
> （劉長卿〈王昭君〉）〔註24〕

上的內外分際》（台北：時報文化出版社，2009年10月），頁83。

〔註20〕　許倬雲著：〈唐代的中國〉，《我者與他者：中國歷史上的內外分際》，
　　　　　頁98-99。

〔註21〕　〔宋〕郭茂倩著：《樂府詩集》卷二十九，頁428。〔清〕彭定求等編：
　　　　　《全唐詩》（增訂本）卷十九，頁209。王昆吾、任半塘編著：《隋唐
　　　　　五代燕樂雜言歌辭集》（下），附有校勘說明，頁1364。

〔註22〕　〔宋〕郭茂倩著：《樂府詩集》卷五十九，頁855。〔清〕彭定求等編：
　　　　　《全唐詩》（增訂本）卷二九一，頁3303。

〔註23〕　〔宋〕郭茂倩著：《樂府詩集》卷五十九，頁855。〔清〕彭定求等編：
　　　　　《全唐詩》（增訂本）卷二十三，頁297。

　　跨鞍今永訣，垂淚別親賓。漢地行將遠，胡關逐望新。

　　交河擁塞路，隴首按沙塵。唯有孤明月，猶能遠送人。

　　　　　（陳昭〈王昭君〉）〔註25〕

梁氏瓊一詩，同以「妾」字指稱「王昭君」，又「父母國」所指為「漢
宮」。詩歌中且以「胡風」與「漢月」，「狼山雪」與「虜塞春」，「父母
國」與「畢胡塵」作二地的對比。劉長卿的絕句詩，寫作方式與盧氏
相仿之處，在於「玉鞍」與「上馬」，「漢宮」與「胡地」，「今日」與
「明朝」的對比，說明昭君離開朝廷，身處胡地的遭遇與差異處。陳
昭的詩作，在二地的對比描述中，又加入了更為強烈的個人情感。盧
照鄰的「肝腸」與「願逐」，到了陳昭則轉為「永訣」、「垂淚」與「唯
有孤明月」，因此，此詩更是凸顯出無奈、傷心與孤獨的傷感之情。

　　非君惜鸞殿，非妾妒蛾眉。薄命由驕虜，無情是畫師。

　　嫁來胡地惡，不並漢宮時。心苦無聊賴，何堪上馬辭。

　　　　　（沈佺期〈王昭君〉或宋之問〈王昭君〉）〔註26〕

　　圖畫失天真，容華坐誤人。君恩不可再，妾命在和親。

　　淚點關山月，衣銷邊塞塵。一聞陽鳥至，思絕漢宮春。

　　　　　（梁獻〈王昭君〉）〔註27〕

　　毛延壽畫欲通神，忍為黃金不為人。

　　馬上琵琶行萬里，漢宮長有隔生春。（李商隱〈王昭君〉）〔註28〕

〔註24〕〔宋〕郭茂倩著：《樂府詩集》卷二十九，頁430。

〔註25〕〔宋〕郭茂倩著：《樂府詩集》卷二十九，頁434。〔清〕彭定求等編：
　　　　《全唐詩》（增訂本）卷十九，頁213。

〔註26〕〔宋〕郭茂倩著：《樂府詩集》卷二十九，頁428。〔清〕彭定求等編：
　　　　《全唐詩》（增訂本）卷十九、九十六，頁210、1030。及〔清〕彭
　　　　定求等編：《全唐詩》（增訂本）卷五十二，頁646。王昆吾、任半塘
　　　　編著：《隋唐五代燕樂雜言歌辭集》（下），附有校勘說明，頁
　　　　1371-1372。

〔註27〕〔宋〕郭茂倩著：《樂府詩集》卷二十九，頁428。〔清〕彭定求等編：
　　　　《全唐詩》（增訂本）卷十九，頁210。王昆吾、任半塘編著：《隋唐
　　　　五代燕樂雜言歌辭集》（上），頁204。

〔註28〕〔宋〕郭茂倩著：《樂府詩集》卷二十九，頁431。〔清〕彭定求等編：
　　　　《全唐詩》（增訂本）卷十九、五百四十，頁212、6263。王昆吾、任

自倚嬋娟望主恩，誰知美惡忽相翻。

黃金不買漢宮貌，青冢空埋胡地魂。(僧皎然〈王昭君〉) 〔註29〕

漢宮若遠近，路在沙塞上。

到死不得歸，何人共南望。(戴叔倫〈王昭君〉) 〔註30〕

北望單于日半斜，明君馬上泣胡沙。

一雙淚滴黃河水，應得東流入漢家。(王偃〈王昭君〉) 〔註31〕

沈佺期或宋之問，梁獻與李商隱詩歌，皆提及漢宮內無情的畫師，使得昭君不受帝王的寵愛，胡地的生活終究不比漢宮，就此任其嫁入胡地，以雙方和親的政策，作為維持邊境安寧的政治手段。而且，李商隱詩歌中的「馬上琵琶」，是以琵琶寫怨，恰與杜甫七律的〈詠懷古跡〉五首之三：「千載琵琶作胡語，分明怨恨曲中論。」〔註32〕所描述的內涵，恰為吻合。僧皎然的作品，後二句言及昭君因未收買漢宮畫師，而葬死於胡地「青冢」。南朝宋劉義慶編的《世說新語》就曾提及：「王昭君姿容甚麗，志不苟求」，〔註33〕這段話恰表現僧皎然詩句中的「黃金不買漢宮貌」。戴叔倫作品中的「到死不得歸」，亦說明昭君死後葬於異地，漢人若欲緬懷這位和親的王氏，唯有向南面望去，以表敬意。關於「青冢」一詞，蔣玉斌〈唐人詠昭君詩與士人心態〉一文提及，「青冢」是昭君的墓地，在今呼和浩特市南（即古豐州西六十里地），因塞草皆白，唯昭君墓獨青，故曰「青冢」。另外，又以「青冢」隱喻邊塞建功，蔣玉斌以為，這是唐代士人們張揚進取精神的方式，因這個意象常出現在唐詩中，從而具有某種固定情感的情韻。此名詞出現在詩

半塘編著：《隋唐五代燕樂雜言歌辭集》(下)，附有校勘說明，頁1588。

〔註29〕 〔宋〕郭茂倩著：《樂府詩集》卷二十九，頁431。〔清〕彭定求等編：《全唐詩》(增訂本) 卷十九，頁212。

〔註30〕 〔宋〕郭茂倩著：《樂府詩集》卷二十九，頁434。

〔註31〕 〔宋〕郭茂倩著：《樂府詩集》卷二十九，頁433。〔清〕彭定求等編：《全唐詩》(增訂本) 卷二十九，頁212。

〔註32〕 〔清〕彭定求等編：《全唐詩》(增訂本) 卷二百三十，頁2511。

〔註33〕 〔南朝宋〕劉義慶著，徐震堮校箋：《世說新語校箋》〈賢媛第十九〉(台北：文史哲出版社，1989年9月)，頁363。

中，有時為實指，有時非實指，一見它自然地想起邊塞征戰，以激起
昂揚向上的精神。〔註34〕依前文論述來看，僧皎然詩作的「青塚」，本
為史實中的地點，但若將其視為「昭君出塞」，是維繫兩國和平的精神
象徵，倒也無不可以。其次，王偓的詩歌，由「日半斜」與「胡沙」
的環境空間，烘托昭君不捨離開漢室，馬上泣訴的情形。另外，還有
下面四位詩人的「昭君」曲調詩作，如下列作品：

> 琵琶馬上彈，行路曲中難。漢月正南遠，燕山直北寒。
> 鬢鬟風拂散，眉黛雪霑殘。斟酌紅顏盡，何勞鏡裏看。
> （董思恭〈王昭君〉）〔註35〕

> 莫將鉛粉匣，不用鏡花光。一去邊城路，何情更畫妝。
> 影銷胡地月，衣盡漢宮香。妾死非關命，祇緣怨斷腸。
> （顧朝陽〈王昭君〉）〔註36〕

> 斂容辭豹尾，緘怨度龍鱗。金鈿明漢月，玉筯染胡塵。
> 妝鏡菱花暗，愁眉柳葉嚬。唯有清笳曲，時聞芳樹春。
> （駱賓王〈王昭君〉）〔註37〕

> 李陵初送子卿回，漢月明明照帳來。

> 憶著長安舊遊處，千門萬戶玉樓臺。（李端〈王昭君〉）〔註38〕

最後，出自《樂府詩集》卷二十九「相和歌辭」的董思恭（生卒不詳）、
顧朝陽（生卒不詳）、駱賓王（A.D.約 626-684 後）等詩人作品，仍
以「漢月」、「漢宮」與「胡塵」、「燕山」、「胡地」作前後的對比，較
前述詩作不同的是，他們多從昭君的「鬢鬟」、「眉黛」與「畫妝」著
筆，且以閨閣中的「鏡裏」、「鉛粉匣」、「金鈿」、「玉筯」與「妝鏡」

〔註34〕蔣玉斌著：〈唐人詠昭君詩與士人心態〉，《西南民族大學學報‧人文
　　　社科版》24 卷 8 期（2003 年），頁 193。

〔註35〕〔宋〕郭茂倩著：《樂府詩集》卷二十九，頁 429。〔清〕彭定求等編：
　　　《全唐詩》（增訂本）卷十九，頁 210。

〔註36〕〔宋〕郭茂倩著：《樂府詩集》卷二十九，頁 429。〔清〕彭定求等編：
　　　《全唐詩》（增訂本）卷十九，頁 210。

〔註37〕〔宋〕郭茂倩著：《樂府詩集》卷二十九，頁 428。〔清〕彭定求等編：
　　　《全唐詩》（增訂本）卷十九，頁 210。

〔註38〕〔宋〕郭茂倩著：《樂府詩集》卷二十九，頁 434。

來呈現「昭君出塞」的史實與無奈。李端的作品，描寫李陵送走了昭君後，昭君自胡地憶起昔日漢宮的住處，詩句中隱含著獨處異地，不勝感慨之景，在此是「明明照帳」與「長安舊遊」，前者所指漢月照進胡人所居的帳篷內，恰與長安的舊地，有所對應。

三、象徵與譬喻的運用

復次，列舉離開漢室後，隋唐詩人描寫「胡地昭君」的詩作，如下：

> 昔聞別鶴弄，已自軫離情。
> 今來昭君曲，還悲秋草并。（〔隋〕何妥〈昭君詞〉）〔註39〕
>
> 漢使南還盡，胡中妾獨存。
> 紫臺綿望絕，秋草不堪論。（崔國輔〈王昭君〉）〔註40〕
>
> 一回望月一回悲，望月月移人不移。
> 何時得見漢朝使，爲妾傳書斬畫師。
> （崔國輔〈王昭君〉或作無名氏）〔註41〕
>
> 玉關春色晚，金河路幾千。琴悲桂條上，笛怨柳花前。
> 霧掩臨妝月，風驚入鬢蟬。緘書待還使，淚盡白雲天。
> （上官儀〈王昭君〉）〔註42〕
>
> 日暮驚沙亂雪飛，傍人相勸易羅衣。
> 強來前帳看歌舞，共待單于夜獵歸。（儲光羲〈王昭君〉）〔註43〕
>
> 胡風似劍鏤人骨，漢月如鉤釣胃腸。
> 魂夢不知身在路，夜來猶自到昭陽。（胡令能〈王昭君〉）〔註44〕

〔註39〕〔宋〕郭茂倩著：《樂府詩集》卷二十九，頁433。

〔註40〕〔宋〕郭茂倩著：《樂府詩集》卷二十九，頁427。〔清〕彭定求等編：《全唐詩》（增訂本）卷十九，頁209。

〔註41〕〔宋〕郭茂倩著：《樂府詩集》卷二十九，頁427。〔清〕彭定求等編：《全唐詩》（增訂本）卷十九、七百八十六，頁209、8955。

〔註42〕〔宋〕郭茂倩著：《樂府詩集》卷二十九，頁428-429。〔清〕彭定求等編：《全唐詩》（增訂本）卷十九、四十，頁210、511。

〔註43〕〔宋〕郭茂倩著：《樂府詩集》卷二十九，頁430。〔清〕彭定求等編：《全唐詩》（增訂本）卷十九，頁211。

戒途飛萬里，回首望三秦。忽見天山雪，還疑上苑春。

玉痕垂淚粉，羅袂拂胡塵。爲得胡中曲，還悲遠嫁人。

（張文琮〈昭君詞〉）〔註45〕

何妥（生卒不詳）先以「別鶴」比喻夫妻離散，滿懷傷痛之意，再提起吟詠「昭君」曲，以此發抒「秋草」萋萋之嘆。再來，崔國輔（A.D.678-755）有作品二首，皆以「妾」字來指稱「王昭君」，前首的「漢使」與「胡中」採對比起興，「紫臺」意謂著遠方的「漢宮」，「秋草」則指當前的「胡地」，此首詩歌感慨漢使節送走了昭君後，便只剩昭君獨處於異鄉之地，遠處的漢宮樓臺，早已渺茫不可見，僅有眼前的秋草雜亂叢生。後一首崔國甫的作品與第四首上官儀作品，同以「望月」提出思鄉的內涵，因這個意象所呈現的明月千里，恰是表現遙寄相思的感受。尤其，崔國輔詩作後面的「何時得見漢朝使，爲妾傳書斬畫師。」正是作者代昭君之筆，對畫師表現出強烈不滿的詩句。此外，上官儀於詩作中，又以「玉關」與「金河」之路遙，「琴」與「笛」聲之悲怨，「霧」與「風」之蕭寒，提起心中的哀怨之情。第五首儲光羲（A.D.707-約760）的作品，描寫昭君入胡地之後，氣候的景象，與胡人一同欣賞歌舞，以及等待單于歸來的情形。胡令能的作品，「胡風似劍」與「漢月如鉤」的比喻，論述昭君身處異地，夢中心懷舊地之嘆。最後，張文琮（生卒不詳）詩中，開頭以「飛萬里」，形容路途之遙，速度之快，與「三秦」之地恰形成一對比。張氏以「玉痕」象徵眼淚的垂落，「羅袂」象徵女子的衣袖。描寫女子身在胡地，身不由己的慨嘆。因此，以上詩作多採以「象徵」與「譬喻」的方式，描寫已嫁入「胡地」的昭君。

四、連章詩的多面陳述

另外，還有同是撰寫「王昭君」的「連章詩」，如下：

〔註44〕〔清〕彭定求等編：《全唐詩》（增訂本）卷七百二十七，頁8404。

〔註45〕〔宋〕郭茂倩著：《樂府詩集》卷二十九，頁434。〔清〕彭定求等編：《全唐詩》（增訂本）卷三十九，頁508。

漢道初全盛，朝廷足武臣。何須薄命妾，辛苦遠和親。

掩涕辭丹鳳，銜悲向白龍。單于浪驚喜，無復舊時容。

萬里胡風急，三秋□漢初。唯望南去雁，不肯爲傳書。

胡地無花草，春來不似春。自然衣帶緩，非是爲腰身。

（東方虬〈王昭君〉四首）〔註46〕

自嫁單于國，長銜漢掖悲。容顏日憔悴，有甚畫圖時。

厭踐冰霜域，嗟爲邊塞人。思從漢南獵，一見漢家塵。

聞有南河信，傳聞殺畫師。始知君惠重，更遣畫蛾眉。

（郭元振〈王昭君〉三首）〔註47〕

滿面胡沙滿鬢風，眉銷殘黛臉銷紅。愁苦辛勤憔悴盡，如今卻似畫圖中。

漢使卻回憑寄語，黃金何日贖蛾眉。君王若問妾顏色，莫道不如宮裡時。

（白居易〈王昭君〉二首）〔註48〕

錦車天外去，氈幕雲中開。魏闕蒼龍遠，蕭關赤雁哀。

仙娥今下嫁，驕子自同和。劍戟歸田盡，牛羊遶塞多。

（令狐楚〈王昭君〉二首）〔註49〕

〔註46〕 東方虬〈昭君怨〉之其一、其二、其四，皆出於〔宋〕郭茂倩著：《樂府詩集》卷二十九，頁429。〔清〕彭定求等編：《全唐詩》（增訂本）卷十九，頁 211。僅有其三（斯五五五），出自於王重民輯錄，陳尚君修訂：《補全唐詩》卷一百（北京：中華書局，2008 年），頁 10307。東方虬〈昭君怨〉其一、其二、其三與其四，皆載於徐俊纂輯：《敦煌詩集殘卷輯考》（北京：中華書局，2000 年 6 月），頁 508-509。

〔註47〕 〔宋〕郭茂倩著：《樂府詩集》卷二十九，頁 429。〔清〕彭定求等編：《全唐詩》（增訂本）卷十九，頁 211。王昆吾、任半塘編著：《隋唐五代燕樂雜言歌辭集》（下），附有校勘說明，頁 1376。

〔註48〕 〔宋〕郭茂倩著：《樂府詩集》卷二十九，頁 431。〔清〕彭定求等編：《全唐詩》（增訂本）卷十九、四百三十七，頁 212、4871。王昆吾、任半塘編著：《隋唐五代燕樂雜言歌辭集》（下），附有校勘說明，頁 1534。

〔註49〕 〔宋〕郭茂倩著：《樂府詩集》卷二十九，頁 212。〔清〕彭定求等編：《全唐詩》（增訂本）卷十九，頁 212。

萬里邊城遠，千山行路難。舉頭唯見月，何處是長安？

漢庭無大議，戎虜幾先和。莫羨傾城色，昭君恨最多。

（張祜〈昭君怨〉）〔註50〕

西行隴上泣胡天，南向雲中指渭川。毳幕夜來時宛轉，何
由得似漢王邊。

胡王知妾不勝悲，樂府皆傳漢國辭。朝來馬上箜篌引，稍
似宮中閒夜時。

日暮驚沙亂雪飛，傍人相勸易羅衣。強來前殿看歌舞，共
待單于夜獵歸。

彩騎雙雙引寶車，羌笛兩兩秦胡笳。若為別得橫橋路，莫
隱宮中玉樹花。（儲光羲〈明妃曲〉四首）〔註51〕

東方虯（生卒不詳）三首皆為五言絕句，第一首論述國家盛世當前，
派遣眾多武臣攻略之，何需昭君薄命，辛苦和親。〔註52〕東方虯在此
清楚表明不主張和親。第二首提及昭君嫁入胡地，掩涕辭漢宮，儘管
單于至此和親歡喜，但卻不見昭君昔日的容顏。第三首首先提到胡地
的氣候不同於漢室，後二句再以雁子不願傳書來表達，在異地無人聞
問與對外聯絡極為不便的情況。第四首亦提及胡地的氣候與花草為著
眼點，說明異地風俗不同，語言和飲食也有差異，昭君正因而消瘦，
本詩採以胡地愁人的景色來烘托離恨之情，讀來委婉感人。郭元振
（A.D.656-713）三首亦為五言絕句詩，第一首同是撰寫「昭君和親」
之悲，塑造一「容顏憔悴」的景象；第二首將「邊塞」與「漢家」作
一對比，說明二地的景致與生活的差異處；第三首作者以「殺畫師」
與「君惠重」，為昭君的境遇作一強而有力的辯解。再來白居易的詩

〔註50〕〔宋〕郭茂倩著：《樂府詩集》卷五十九，頁855。〔清〕彭定求等編：
　　　《全唐詩》（增訂本）卷二十三，頁298。

〔註51〕〔清〕彭定求等編：《全唐詩》（增訂本）卷一百三十九，頁1418。

〔註52〕李曉明著：〈第三章　昭君詩片論〉，《唐詩歷史觀念研究》，提及依
　　　照此詩第一首的首句，原注：「一作今，一作初。」以為，無論是作
　　　「方」或「今」，對於作者當時生活的唐代情景皆符合，但如作「方」
　　　和「初」，便對於昭君出塞的漢元帝有所不符。頁130。

作二首,不同於郭氏的詩作,他未直接指刺畫師的錯誤,而是提出異
地的環境,才是促成昭君「眉銷殘黛臉銷紅」與「愁苦辛勤憔悴盡」
的原因所在;第二首則言及聯絡昭君與君王的使節,見得昭君生活不
如從前,昭君亦提醒使節,莫說自己的處境,整首委婉烘托出異地生
活對昭君的影響與不易。至於令狐楚的二首詩,第一首以「錦車」與
「毳幕」,「魏闕」與「蕭關」的對比烘托兩地的環境不同;第二首再
將昭君下嫁的生活與環境作一相關的論述。張祜〈昭君怨〉二首,先
提及邊城遙遠,行路困難,以此說明邊疆的環境;再說明漢朝廷缺乏
長遠謀略,昭君作為維持兩國和平的籌碼,這種方式值得人們深思。
最後,儲光義四首〈明妃曲〉,第一首作者以胡漢的不同,烘托出二
地的差異與心寄漢室之情;第二首描寫胡王用箜篌等樂來為明妃解思
鄉之愁;第三首此詩曾出現於《樂府詩集》,題標為〈王昭君〉,因此
這裡不再贅述;第四首提出明妃所處的胡地之物與樂。根據張高評〈王
昭君形象之流變與唐宋詩之異同——北宋詩之傳承與開拓〉一文所
言,唐人敘寫昭君流落異域之恨所描述的視角,可整理五點:其一,
思念故國;其二,路遠不歸;其三,斬殺畫師;其四,不慣胡沙;其
五,諸種因緣交會,而歸於顏色憔悴。[註53]筆者則以為,「連章詩」
雖僅有一詩題,但各首之間,內容無不與題目有所繫聯,且以不同的
視角闡釋胡漢之差異,或言昭君和親之悲,或言昭君之憔悴。原則上,
詩人們仍是以肯定的態度,為史實人物的事蹟,作為傳誦的對象。

五、不屬於聲詩的詩作

除了上面所列舉的詩作以外,還有其他吟詠王昭君的詩作,但不
屬於聲詩,如下:

> 我本良家子,充選入椒庭。不蒙女史進,更無畫師情。
> 蛾眉非本質,蟬鬢改真形。專由妾命薄,誤使君恩輕。

〔註53〕張高評著:〈王昭君形象之流變與唐宋詩之異同——北宋詩之傳承與
開拓〉,《中央研究院中國文哲專刊》,頁 517。

啼落渭橋路，歎別長安城。今夜寒草宿，明朝轉蓬征。
卻望關山迴，前瞻沙漠平。胡風帶秋月，嘶馬雜笳聲。
毛裘易羅綺，氈帳代帷屏。自知蓮臉歇，羞看菱鏡明。
釵落終應棄，髻解不須縈。何用單于重，詎假閼氏名。
駃騠聊強食，桐酒未能傾。心隨故鄉斷，愁逐塞雲生。
漢宮如有憶，為視旄頭星。（〔隋〕薛道衡〈王明君〉）〔註54〕

斂眉光祿塞，遙望夫人城。片片紅顏落，雙雙淚眼生。
冰河牽馬渡，雪路抱鞍行。胡風入骨冷，夜月照心明。
方調琴上曲，變入胡笳聲。（〔隋〕薛道衡〈明君詞〉）〔註55〕

自矜妖豔色，不顧丹青人。那知粉繢能相負，卻使容華翻
誤身。上馬辭君嫁驕虜，玉顏對人啼不語。北風雁急浮清
秋，萬里獨見黃河流。纖腰不復漢宮寵，雙蛾長向胡天愁。
琵琶弦中苦調多，蕭蕭羌笛聲相和。可憐一曲傳樂府，能
使千秋傷綺羅。（劉長卿〈王昭君〉）〔註56〕

漢家秦月地，流影照明妃。一上玉關道，天涯去不歸。漢
月還從東海出，明妃西嫁無來日。燕支長寒雪作花，蛾眉
憔悴沒胡沙。生乏黃金枉圖畫，死留青塚使人嗟。（李白〈王
昭君〉）〔註57〕

掖庭嬌幸在蛾眉，爭用黃金寫豔姿。始言恩寵由君意，
誰謂容顏信畫師。微軀一自入深宮，春華幾度落秋風。
君恩不惜便衣處，妾貌應殊畫壁中。聞道和親將我敵，
選貌披圖遍宮掖。圖中容貌既不如，選后君王空悔惜。
始知王意本相親，自恨丹青每誤身。昔是宮中薄命妾，

〔註54〕〔宋〕郭茂倩著：《樂府詩集》卷二十九，頁433。
〔註55〕〔宋〕郭茂倩著：《樂府詩集》卷二十九，頁433。
〔註56〕〔宋〕郭茂倩著：《樂府詩集》卷二十九，頁430。〔清〕彭定求等編：
　　　《全唐詩》（增訂本）卷十九，頁211。王崑吾、任半塘編著：《隋唐
　　　五代燕樂雜言歌辭集》（上），此詩後註有幾點，第一，錄《樂府詩
　　　集》二九《相和歌辭》：《全唐詩》一五一題《王昭君歌》；第二，又
　　　入明蔣克謙《琴書大全》，《唐聲詩》中亦列有《王昭君》調。頁204。
〔註57〕〔宋〕郭茂倩著：《樂府詩集》卷二十九，頁430。〔清〕彭定求等編：
　　　《全唐詩》（增訂本）卷十九，頁211。

今成塞外斷腸人。九重恩愛應長謝，萬里關山愁遠嫁。
飛來北地不勝春，月照南庭空度夜。夜中含涕獨嬋娟，
遙念君邊與朔邊。氍幕不同羅帳目，氈裘非復錦衾年。
長安高闕三千里，一望能令一心死。秋來懷抱既不堪，
況復南飛雁聲起。（伯二七四八〈王昭君怨諸詞人連句〉）〔註58〕

薛道衡（A.D.540-609）、劉長卿（A.D.709-780）與李白的詩作，內容
不乏從地理環境、史實人物與女子的心情來加以陳述昭君的處境，可
謂是五七雜言體的長篇敘事詩。伯二七四八連句的內容，既敘述歷史
事件又表達情感的愁苦，以呈現昭君所面臨的情景與內心惆悵的心
境。薛道衡有三十個五言句，全詩以「昭君」第一人稱的寫作方式，
口述事件的經過與心境。劉長卿作品的句型則為「五五七七七七七七
七七七七七七」，描述昭君容華誤身與琵琶傳怨的情景。李白作品的
句型則為「五五五五七七七七七七七」，短暫描寫「昭君」一生的敘述。
前述四首詩作，因不符合聲詩之條例第三：「聲詩限五、六、七言的
近體詩，唐代的四、五、七言古詩、古樂府、新題樂府及雜言詩等，
不屬之。」〔註59〕因此，五七言雜言體並非正體的近體詩，這裡的四
首詩作，不屬於聲詩。伯二七四八連句就其形式上，則是首七言二十
八句的連句，共一百九十六字。又每四句似可視為一組詩，因為它的
平仄與韻腳上多有對應與叶韻，但是非一韻到底，中間有多次換韻。
第一組四句押上平聲「四支韻」，韻腳「眉」、「姿」、「師」；第二組四
句押上平聲「一東韻」，韻腳是「宮」、「風」、「中」；第三組押入聲「十
一陌韻」，韻腳是「掖」、「惜」；第四組押上平聲「十一眞韻」，韻腳
是「親」、「身」、「人」；第五組押去聲「二十二禡韻」，韻腳是「謝」、
「嫁」、「夜」；第六組押下平聲「一先韻」，韻腳為「娟」、「邊」、「年」；

〔註58〕王重民輯錄，陳尚君修訂：《補全唐詩拾遺》卷二（北京：中華書局，
　　　　2008 年），頁 10360。孫望輯錄，陳尚君修訂：《全唐詩補逸》卷十
　　　　七（北京：中華書局，2008 年），頁 10557。
〔註59〕任半塘著：《唐聲詩》（上編），頁 93。黃坤堯著：〈唐聲詩歌詞考〉，
　　　　《中國文化研究所學報》，頁 111-143。

第七組押上聲「四紙韻」，韻腳是「里」、「死」、「起」。〔註60〕所以仍
未符合聲詩的條件。最後，還有安雅〈王昭君〉一首，如下：

自君信丹青，曠妾在掖庭。悔不隨眾例，將金買幃屛。
惟明在視遠，惟聰在聽德。奈何萬乘君，而爲一夫惑。
所居近天關，咫尺見天顏。聲盡不聞叫，力微安可攀。
初驚中使入，忽道君王喚。拂匣欲粧梳，催入已無筭。
君王見妾來，遽展畫圖開。知妾枉如此，動容凡幾迴。
朕以富宮室，每人看未畢。故勒就丹青，所期按聲實。
披圖閱宮女，爾獨負儔侶。單于頻請婚，倏忽悞相許。
今日見蛾眉，深辜在畫師。故我不明察，小人能面欺。
掖庭連大内，尚敢相矇昧。有怨不得申，況在朝廷外。
往者不可追，來者猶可思。鬱陶胡余心，顏後有怔忬。
所談不容易，天子言無戲。豈緣賤妾情，遂失邊番意。
二八進王宮，三十和遠戎。雖非兒女願，終是丈夫雄。
脂粉總留著，管弦不將去。女爲悦己容，彼非賞心處。
禮者請行行，前驅已抗旌。琵琶馬上曲，楊柳塞垣情。
抱鞍啼未已，牽馬私相喜。顧恩不告勞，爲國豈辭死。
太白食毛頭，中黃沒戍樓。胡馬不南牧，漢君無北憂。
預計難終始，妾心豈期此。生願足鴛鴦，死願同螻蟻。
一朝來塞門，心存口不論。縱埋青塚骨，時傷紫庭魂。
綿綿思遠道，宿昔令人老。寄謝輸金人，玉顏長自保。〔註61〕

安雅的〈王昭君〉是首長篇敘事詩，五言七十六句，共三百八十字。
詩歌每四句有一韻，且其平仄與韻腳上多有對應與叶韻。中間多次換
韻，韻部及韻腳的情況，依次爲「下平九青韻」，韻腳爲「青」、「庭」、
「屛」；「入聲十三職韻」，韻腳爲「德」、「惑」；「上平十五刪韻」，韻
腳爲「關」、「顏」、「攀」；「去聲十五翰韻」，韻腳爲「喚」、「筭」；「上

〔註60〕余照春婷編輯，盧元駿輯校：《增廣詩韻集成》，出自《詩詞曲韻總
檢》，頁1-2，8-9，29-30，42-44，84-87，140，165-166。

〔註61〕徐俊纂輯：《敦煌詩集殘卷輯考》，此詩又見伯二五五五卷（簡稱甲
卷）、伯四九九四與斯二○四九拼合卷（簡稱乙卷），題同。頁124-125。

平十灰韻」，韻腳是「來」、「開」、「迴」；「入聲四質韻」，韻腳是「室」、「畢」、「實」；「上聲六語韻」，韻腳是「女」、「侶」、「許」；「上平四支韻」，韻腳是「眉」、「師」、「欺」；「去聲四寘韻」，韻腳是「易」、「戲」、「意」；「上平聲一東韻」，韻腳是「宮」、「戎」、「雄」；「去聲六御韻」，韻腳作「著」、「去」、「處」；「下平八庚韻」，韻腳作「行」、「旌」、「情」；「上聲四紙韻」，韻腳作「已」、「喜」、「死」；「下平十一尤韻」，韻腳作「頭」、「樓」、「憂」；「上平十三元韻」，韻腳作「門」、「論」、「魂」；「上聲十九皓韻」，「道」、「老」、「保」。〔註62〕前述除了「上平四支韻」與「上聲四紙韻」在詩歌中使用兩次相同的韻部外，其餘皆更換不同的韻部陳列。由於此首非一韻到底，因此，仍未符合聲詩的條件。

根據張文德《王昭君故事的傳承與嬗變》所言，「和親」是漢王朝處理與周邊少數民族政權關係的一種手段和政治策略，是軍事進攻間歇的彈簧與調節器。而且，張氏又評價昭君出塞的歷史作用。〔註63〕曾永義《俗文學概論》提及，漢代自高祖起始，所謂的「和親」是為了安定邊將、諧和外夷。一方面期待藉由婚媾後的血緣來羈縻匈奴，一方面也用大量的金帛來賄絡匈奴，以此希冀匈奴能接受中國禮教而與中國達成和平。高祖時，曾以當時的公主下嫁冒頓單于；後來的惠

〔註62〕余照春婷編輯，盧元駿輯校：《增廣詩韻集成》，出自《詩詞曲韻總檢》，頁 1-2，8-12，27-28，34-36，39-41，62-64，66-68，71-73，84-87，88-89，102-103，116-117，120-121，126-127，132-133，154，168-169。
〔註63〕張文德著：《王昭君故事的傳承與嬗變》，有以下重點：其一，西漢有三種不同性質的「和親」，西漢初是「屈辱求和」，蓄勢待發；中期是「安邊結托」，遠交近攻；後期是「羈縻安撫」，示德柔遠。其共同的原則是「有利於我」，不是為了民族間的「平等友好」。西漢和親的歷史證明，漢匈能否和睦相處並不取決於「和親」，而主要取決於雙方實力的消長。漢王朝若無強大的綜合國力和軍事威懾，匈奴不可能臣服歸順，更不會有西漢後期民族和解新局面的到來。其二，昭君出塞十八年前，漢朝與匈奴已經和平共處。漢匈五十年沒有征戰，張氏以為這是匈奴畏威懷德的結果，而非完全歸功於昭君和親。昭君出塞只是增進信任、加強和鞏固漢匈間已經存在的和睦關係。頁 37-38。

帝、文帝與景帝也對匈奴和親；武帝以公主先後事烏孫王祖孫二人；
到了元帝時又嫁王嬙。但是元帝未依往例以宗室女封公主而和親，卻
僅以宮女遣嫁。〔註 64〕筆者整理上述分類四節的「昭君」詩作後，無
不呈現以下幾個特點：第一，昭君與胡漢的關係；第二，唐詩中的昭
君，還有著悲愁與怨嘆的人格特徵；第三，昭君的歷史定位，象徵著
「和親」政策的得與失。

第三節　〈婆羅門〉法曲與聲詩

一、〈婆羅門〉的淵源與聲詩

　　關於「婆羅門」，各典籍對其詞義各有不同的解釋，唐玄奘《大
唐西域記》卷二，提及：「印度種姓、族類群分，而婆羅門特爲清貴。
從其雅稱，傳以成俗。無云經界之別，總謂婆羅門國焉。」〔註 65〕唐
慧琳《一切經音義》三釋「婆羅門」：「此言訛略也。應云：『婆羅賀
磨拏』。此美云：『承習梵天法者，其人種類自云：從梵天口生四姓中
勝，故獨取梵名唯五天竺有諸國，即無經中梵志亦此名也。』」〔註 66〕
關於〈婆羅門〉一詩，任氏以爲，是玄宗開元間〈婆羅門〉大曲的一
遍，此三字爲梵語譯音，淨聖清貴的意思。〔註 67〕《樂府詩集》卷八

〔註64〕　曾永義著：《俗文學概論》，關於「漢元帝未依往例以宗室女封公主
　　　　　而和親，卻僅以宮女遣嫁」一事，作者推判「可能因爲那時漢強胡
　　　　　弱，南匈奴等同漢之藩屬，『和親』又是單于所求。所以，元帝以宗
　　　　　室的立場『賜』與昭君，而且賜號『寧胡閼氏』，意謂使匈奴從此寧
　　　　　靜的單于王后。至於呼韓邪單于『驩喜』的理由，可能有二：一是
　　　　　從此南匈奴有靠山，不必擔憂北匈奴；二是可能王昭君極爲美麗，
　　　　　故而『驩喜』。」（台北：三民書局股份有限公司，2003 年 8 月），頁
　　　　　495-496、498。
〔註65〕　〔唐〕釋辯機撰，釋玄奘譯：《大唐西域記》卷二〈三國〉，載於《景
　　　　　印文淵閣四庫全書・史部九・地理類》冊 593（台北：台灣商務印書
　　　　　館，1983 年），頁 653。
〔註66〕　〔唐〕慧琳著，徐時儀校注：《一切經音義》卷十八，頁 832。
〔註67〕　任半塘著：《唐聲詩》（下編），頁 439。

十，載有〈婆羅門〉詩一首，如下：

> 迴樂峰前沙似雪，受降城外月如霜。
>
> 不知何處吹蘆管，一夜征人盡望鄉。〔註68〕

此詩題下標明《樂苑》曰：「〈婆羅門〉，商調曲。開元中，西涼府節度楊敬述進。」其後註解此詩為李益（A.D.約 755-？）〈夜上受降城聞笛〉，而《全唐詩》卷二百八十三內確實載有李益〈夜上受降城聞笛〉一首。〔註69〕內容描寫夜裡於受降城外聽聞笛聲的情景。《新唐書・李益列傳》：「李益……於詩尤所長。……一篇成，樂工爭以賂求取之，被聲歌，供奉天子。至〈征人〉、〈早行〉等篇，天下皆施之圖繪。」〔註70〕任半塘以為，李益此辭，一稱〈征人歌〉（取末句辭意），教坊與民間皆取之，一時傳唱甚遍，且有施之圖畫者。唯李益詩或唐詩之題〈征人歌〉者尚有在，則不必皆為〈婆羅門〉之辭。〔註71〕另外，敦煌曲辭則有〈望月婆羅門〉詩四首，如下：

> 望月婆羅門，青霄現金身。面帶黑色齒如銀，處處分身千萬億。錫杖撥天門，雙林禮世尊。
>
> 望月隴西生，光明天下行。水精宮裏樂轟轟，兩邊仙人常瞻仰。鸞舞鶴彈箏，鳳凰說法聽。
>
> 望月曲彎彎，初生似玉環。漸漸團圓在東邊，銀城周迴星流徧。錫杖奪天關，明珠四畔懸。
>
> 望月在邊州，江東海北頭。自從親向月中遊，隨佛逍遙登上界。端坐寶花樓，千秋似萬秋。〔註72〕

〔註68〕〔宋〕郭茂倩著：《樂府詩集》卷八十，頁1128。

〔註69〕〔清〕彭定求等編：《全唐詩》（增訂本）卷二百八十三，頁3225。

〔註70〕〔宋〕歐陽修、宋祁著，楊家駱主編：《新校本新唐書附索引》卷二百三十〈列傳第一百二十八・文藝下〉，頁5784。

〔註71〕任半塘著：《唐聲詩》（下編），頁441。

〔註72〕任半塘編著：《敦煌歌辭總編》卷三，頁823-824。任半塘著：《敦煌曲初探》於〈婆羅門〉格調下，題名〈詠月〉四首，附有校勘說明，頁69-70。

首先，先談〈婆羅門〉與〈望月婆羅門〉的差異處，任半塘《敦煌曲初探》提及〈婆羅門〉與〈望月婆羅門〉的由來：「考玄宗朝，實先有〈婆羅門〉大曲，其調名上確無『望月』二字。後從大曲內，摘遍為雜曲，例如本調之作五七言長短句，因用以詠月，入望月之意，始影響調名，而多出『望月』二字。」〔註73〕又《教坊記箋訂》：「敦煌曲有辭四曲，起句皆曰『望月』云云，應即始辭，《初探》已訂為玄宗時之作。後人於『望月』二字應否冠於調名，頗有爭論。應知大曲原稱〈婆羅門〉，雜曲則有本書之曲名，與敦煌曲之四辭為證，『望月』二字不可刪。」〔註74〕

　　第一首的內容言及「婆羅門」於青霄之中，現出金身的模樣，衪面帶黑色齒，看來有如銀色一般。其千萬億個分身，手持錫杖撥開天門，受到眾多僧侶的尊崇與擁戴。其中，「錫杖」的部分，任氏《敦煌歌辭總編》以為，「錫杖」是有聲杖，杖頭安大小環，搖動作聲，在門外乞食時，用代打門，行路時用驚蟲蛇讓路。此僧侶專用之物。〔註75〕第二首則言及神仙世界，如同世人的生活一般，有歌有舞，眾所矚目，不禁引人仰慕。第三首提起月亮、銀河與星辰，手持銀杖開啟天界，彷彿明珠懸起一般。至於「天關」的解釋，任氏以為，「天關」猶言生天界，入天堂之關。〔註76〕第四首亦從宇宙天地說起，再來的「隨佛逍遙」便引入更高的境界，以「端坐寶花樓」呈現出鮮明的形象來。

　　程石泉先生〈某些敦煌曲的寫作年代〉提及，這四首疑和唐明皇月宮之遊的神話有關，且應為西元七二九至七四三年間（開元十六年至天寶二年）的作品，因「唐明皇遊月宮」在玄宗生前流傳一時，甚至唐疆邊州百姓也深信不疑，且用以入歌。不幸其中兩首原文汙損，

〔註73〕任半塘著：《敦煌曲初探》，頁31。
〔註74〕〔唐〕崔令欽著，任半塘箋訂：《教坊記箋訂》，頁103。
〔註75〕任半塘編著：《敦煌歌辭總編》卷三，頁825。
〔註76〕任半塘編著：《敦煌歌辭總編》卷三，頁825。

最後一首有詩句「自從親向月中遊」，所指即爲明皇，除明皇之外，
不可能另指他人顯然依據這神話而來；「隨佛逍遙登上界，端坐寶花
樓。」則是佛徒對玄宗不露斧鑿痕的諛辭，在傳說中，尚有一道士申
天師隨玄宗遊月，此與佛教無關，可見玄宗時雖佛道並行，卻各自爭
取皇帝的寵顧。末句的「千秋似萬秋」是指對玄宗的祈祝，此一祈祝
在玄宗遊月的神話裡因他的不死而實現。〔註 77〕以上四首整體來說，
不脫離神仙佛僧的內容，句法上皆爲「五五七七五五」的句型。任氏
以爲，五言六句爲塡實泛聲而來。〔註 78〕筆者依前述所言，這裡的詩
歌有違聲詩之條例第三：「聲詩限五、六、七言的近體詩，唐代的四、
五、七言古詩、古樂府、新題樂府及雜言詩等，不屬之。」〔註 79〕因
此，五七言雜言體並非正體的近體詩，這裡的〈望月婆羅門〉四首詩
作，不屬爲聲詩。

二、〈婆羅門〉與〈霓裳羽衣〉的關係

再者，關於〈婆羅門〉與〈霓裳羽衣〉之間的關係。《唐會要》
卷三十三提及，〈婆羅門〉改爲〈霓裳羽衣〉。〔註 80〕《教坊記箋訂》
言及，〈婆羅門〉是佛曲，〈霓裳〉是道曲。此〈霓裳羽衣〉既由〈婆
羅門〉改名，可知其並非法曲〈霓裳〉，二者爲同名異曲。〔註 81〕又
〈霓裳〉應爲〈霓裳羽衣曲〉之簡稱。〔註 82〕因此，這段意謂著〈霓
裳〉本爲「法曲」，此「法曲」〈霓裳〉（即〈霓裳羽衣曲〉），與〈婆
羅門〉或〈霓裳羽衣〉是不相同的，〈霓裳羽衣〉應由〈婆羅門〉而
來，〈霓裳〉則是〈霓裳羽衣曲〉的簡稱。《樂府詩集》卷五十六載有

〔註 77〕 程石泉著，蔡振念譯：〈某些敦煌曲的寫作年代〉，《大陸雜誌》，頁
260-261。
〔註 78〕 任半塘著：〈與長短句辭關係〉，《唐聲詩》（上編），頁 363。
〔註 79〕 整理自任半塘著：《唐聲詩》（上編），頁 27、46、50。黃坤堯著：〈唐
聲詩歌詞考〉，《中國文化研究所學報》，頁 111-143。
〔註 80〕 〔宋〕王溥著：《唐會要》卷三十三〈諸樂〉，頁 720。
〔註 81〕 〔唐〕崔令欽著，任半塘箋訂：《教坊記箋訂》，頁 103。
〔註 82〕 〔唐〕崔令欽著，任半塘箋訂：《教坊記箋訂》，頁 156。

王建（A.D.847-918）〈霓裳辭〉七言絕句十首，一曰〈霓裳羽衣曲〉。
如下：

> 弟子部中留一色，聽風聽水作〈霓裳〉。散聲未足重來授，
> 直到床前見上皇。中管五弦初半曲，遙教合上隔簾聽。一
> 聲聲向天頭落，效得仙人夜唱經。自直梨園得出稀，更番
> 上曲不教歸。一時跪拜〈霓裳〉徹，立地階前賜紫衣。旋
> 翻新譜聲初足，除卻梨園未教人。宣與書家分手寫，中官
> 走馬賜功臣。伴教〈霓裳〉有貴妃，從初直到曲成時。日
> 長耳裡聞聲熟，拍數分毫錯總知。弦索擬擬隔綵雲，五更
> 初發一山聞。武皇自送西王母，新換〈霓裳〉月色裙。敕
> 賜宮人澡浴回，遙看美女院門開。一山星月〈霓裳〉動，
> 好字先從殿裡來。傳呼法部按〈霓裳〉，新得承恩別作行。
> 應是貴妃樓看，內人舁下綵羅箱。朝元閣上山風起，夜聽
> 〈霓裳〉玉露寒。宮女月中更替立，黃金梯滑並行難。知
> 向華清年月滿，山頭山底種長生。去時留下〈霓裳曲〉，總
> 是離宮別館聲。〔註83〕

而且，此詩題下先後引有《唐逸史》與《樂苑》二段文字，如下：

> 羅公遠多秘術，嘗與玄宗至月宮。初以拄杖向空擲之，化為
> 大橋。自橋行十餘里，精光奪目，寒氣侵人。至一大城，公
> 遠曰：「此月宮也。」仙女數百，皆素練霓衣，舞于廣庭。問
> 其曲，曰〈霓裳羽衣〉。帝曉音律，因默記其音調而還。回顧
> 橋樑，隨步而沒。明日，召樂工，依其音調，作〈霓裳羽衣
> 曲〉。一說曰：開元二十九年中秋夜，帝與術士葉法善遊月宮，
> 聽諸仙奏曲。後數日，東西兩川馳騎奏，其夕有天樂自西南
> 來，過東北去。帝曰：「偶遊月宮聽仙曲，遂以玉笛接之，非
> 天樂也。」曲名〈霓裳羽衣〉，後傳於樂部。〔註84〕

> 〈霓裳羽衣曲〉，開元中，西涼府節度楊敬述進。鄭愚曰：
> 「玄宗至月宮，聞仙樂，及歸，但記其半。會敬述進〈婆

〔註83〕　〔宋〕郭茂倩著：《樂府詩集》卷五十六，頁817。〔清〕彭定求等編：
　　　　《全唐詩》（增訂本）卷十三百○一，頁3418-3419。
〔註84〕　〔宋〕郭茂倩著：《樂府詩集》卷五十六，頁816。

羅門曲〉，聲調相符，遂以月中所聞爲散序，敬述所進爲曲，而名〈霓裳羽衣〉也。」白居易曰：「〈霓裳〉法曲也。其曲十二遍，起於開元，盛於天寶。」凡曲將終，聲拍皆促，唯〈霓裳〉之末，長引一聲。故其歌云「繁音急節十二遍，唳鶴曲終長引聲」是也。按王建辭云：「弟子部中留一色，聽風聽水作〈霓裳〉。」劉禹錫詩云：「三鄉陌上望仙山，歸作〈霓裳羽衣曲〉。」然則非月中所聞矣。〔註85〕

依據上述二書引文，主要論述玄宗因嚮往神仙前往月宮見到仙女的神話，仙女們穿著白色霓衣於庭院裡歌舞，玄宗曉其音律便莫記音調，召樂工依其音調譜寫〈霓裳羽衣曲〉。而且，〈霓裳羽衣曲〉是玄宗根據河西節度使楊敬述所獻〈婆羅門〉曲加工改編而成，帶有「法曲」風格。

《樂府詩集》〈霓裳辭〉的這十首內容：其一，描寫樂人於大山間傾聽風和水聲，感興製樂的情形；其二，方才演出一半的樂曲，其樂聲遙傳遠方，彷彿是一聲聲的仙樂從天上落下來一般；其三，論述君王召請臣子至殿庭，且賜予紫衣；其四，樂譜方才譜寫完成，除了梨園的樂工之外，未將其教予其他人來演奏。但因其樂曲動聽，因此引起書家分手傳抄，官吏們紛相傳抄賞賜功臣的盛況，越來越普遍；其五，描寫玄宗與樂工們譜寫樂曲時，貴妃在身旁陪伴，直到樂曲完成時，其樂早已耳熟能詳，就連拍數分毫的錯誤亦能分辨；其六，此爲想像乘雲於天際與山地之間遨遊的情況；其七，描寫皇帝傳喚舞伎們上殿裡舞蹈〈霓裳〉，頗受歡迎的情況；其八，描述臣下以法曲〈霓裳〉作爲感謝皇帝的恩德賜予；其九，夜晚的宮裡，隱隱流傳著〈霓裳〉樂聲，但此時非正表演著大型的歌舞劇，而只是幾位宮女們輪流守著寒樓中；其十，描寫爲貴妃所建造的「華清池」，亦流傳著〈霓裳〉的樂聲。此外，王昆吾先生《隋唐五代燕樂雜言歌辭研究》所錄的陳叚〈霓裳羽衣歌〉一首：「聖功成兮至樂修，大道叶兮皇風流。

〔註85〕〔宋〕郭茂倩著：《樂府詩集》卷五十六，頁 816-817。《樂苑》一段文字不見於今本《樂苑》，〔明〕梅鼎祚所編的《樂苑》出自於《景印文淵閣四庫全書》冊 1395。

願揣俸於竹帛，贊玄化於鴻休。」，〔註86〕經筆者檢視詩集各書，卻不見其載於《樂府詩集》、《全唐詩》與《敦煌歌辭總編》之中。

三、〈霓裳羽衣曲〉的特色

　　王灼《碧雞漫志》卷三，亦提及〈霓裳羽衣曲〉的由來：「〈霓裳羽衣曲〉，說者多異。予斷之曰：西涼創作，明皇潤色，又爲易美名。其他飾以神怪者，皆不足信也。……」〔註87〕王氏所言，概言之有三說：第一，爲西涼進獻；第二，爲玄宗創作；第三，玄宗據〈婆羅門〉而改編而成。前述一段文字，王氏主要陳述〈霓裳羽衣曲〉是西涼樂人創作的樂曲，再經明皇潤色後，換一個名字後所產生的，也就是這部是由唐玄宗所改編而成的。王安潮先生〈〈霓裳羽衣曲〉考〉提及：「李隆基獲〈婆羅門〉，加以潤色並製詞，創製成了這首梨園名曲。天寶十三年（A.D.754），他又易曲名爲〈霓裳羽衣曲〉。文人的記述多有誇大浮遊之衍展，但唐玄宗親自監督並積極參與到這一大曲的創作是確鑿可信的，他是〈霓裳羽衣曲〉的主要作者，其中當然還有其他樂人的參與，但在古代大都有將之全記在帝王名頭上的習慣，今人在理解上要清楚這一點。」〔註88〕袁綉柏、曾智安所著的《近代曲辭研究》以爲，《樂府詩集》的創作與獻納時間必須略作辨正，二人提到「《樂府詩集》所引文獻中，已有將其繫之於開元二十九年（A.D.741）中秋者，此實誤。」且以岳珍《碧雞漫志》〈霓裳羽衣曲〉條出的「校記」爲例，岳氏提及，「根據蘇鶚的〈令薛訥等與九姓共伐默啜制〉和《資治通鑑》指出，指出楊敬述爲河西節度使，在玄宗開元四年（A.D.716）正月二日王建。至開元九年（A.D.722）王建，其職務被郭知運取代。」再以《新舊唐書》爲證，歸納出楊敬述獻〈婆羅門〉的時間，應該在開元四年（A.D.717）至開元八年（A.D.721）之間。

〔註86〕王昆吾著：《隋唐五代燕樂雜言歌辭研究》，頁 1232。
〔註87〕〔宋〕王灼著：《碧雞漫志》卷三，頁 13。
〔註88〕王安潮著：〈〈霓裳羽衣曲〉考〉，《浙江藝術職業學院學報》5 卷 4 期（2007 年 12 月），頁 43。

〔註89〕至此可見得，後人所考證進獻〈婆羅門〉更爲確切的時間。

　　再者，陳暘《樂書》提及〈婆羅門〉舞蹈與衣著的樣貌：「婆羅門舞，衣緋紫色衣，執錫鐶杖。唐太和（A.D.827-835）初，有康遒、米禾稼、米萬槌，後有李百媚、曹觸新、石寶山，皆善弄〈婆羅門〉者也。後改爲〈霓裳羽衣〉矣。其曲開元（A.D.713-741）中西涼府節度楊敬述所進也。」〔註90〕又《舊唐書·音樂志》：「睿宗（A.D.684-690）時，婆羅門獻樂，舞人倒行，而以足舞於極銛刀鋒，倒植於地，低目就刀，以歷臉中，又植於背下，吹觱篥者立其腹上，終曲而亦無傷。又伏伸其手，兩人躡之，旋身遶手，百轉無已。」〔註91〕《新唐書·音樂志》：「睿宗（A.D.684-690）時，婆羅門國獻人倒行以足舞，仰植銛刀，俯身就鋒，歷臉下，復植於背，觱篥者立腹上，終曲而不傷。又伏伸其手，二人躡之，周旋百轉。開元初，其樂猶與四夷樂同列。」〔註92〕關於音樂的部分，《舊唐書·音樂志》：「婆羅門樂，與四夷同列。婆羅門樂用漆觱篥二，齊鼓一。」〔註93〕根據上述四引文，筆者整理其內容重點如下：〈婆羅門〉的「舞蹈」爲執錫鐶杖，舞人倒行，仰植銛刀，俯身就鋒，臉下，復植於背。又伏伸其手，二人躡之，周旋百轉。「衣著」上則爲衣緋紫色衣。「音樂」的部分，與四夷同列，採用漆觱篥二，齊鼓一演奏。舞蹈行進中，曾以觱篥者立腹上來演出。

四、〈霓裳羽衣曲〉的內容

　　關於白居易〈寄元微之霓裳羽衣曲歌〉，原詩如下：

〔註89〕 袁繡柏、曾智安著：《近代曲辭研究》，頁 95。

〔註90〕 〔宋〕陳暘著：《樂書》卷一百八十四，《景印文淵閣四庫全書·經部二〇五·樂類》冊 211，頁 829。

〔註91〕 〔後晉〕劉昫著，楊家駱主編：《新校本舊唐書附索引》卷二十九〈志第九·音樂二·散樂〉，頁 1073。

〔註92〕 〔宋〕歐陽修、宋祁著，楊家駱主編：《新校本新唐書附索引》卷二十二〈列傳第十二·禮樂十二〉，頁 479-480。

〔註93〕 〔後晉〕劉昫著，楊家駱主編：《新校本舊唐書附索引》卷二十九〈志第九·音樂二·散樂〉，頁 1073。

我昔元和侍憲皇，曾陪内宴宴昭陽。千歌百舞不可數，就中
最愛〈霓裳〉舞。……虹裳霞帔步搖冠，鈿瓔纍纍佩珊珊。
娉婷似不任羅綺，顧聽樂懸行復止。磬簫筝笛遞相攙，擊撥
彈吹聲邐迤。散序六奏未動衣，陽臺宿雲慵不飛。中序擘騞
初入拍，秋竹竿裂春冰拆。飄然轉旋迴雪輕，嫣然縱送遊龍
驚。小垂手後柳無力，斜曳裾時雲欲生。煙蛾斂略不勝態，
風袖低昂如有情。上元點鬟招萼綠，王母揮袂別飛瓊。繁音
急節十二遍，跳珠撼玉何鏗錚。翔鸞舞了卻收翅，唳鶴曲終
長引聲。……。由來能事皆有主，楊氏創聲君造譜。〔註94〕

《碧雞漫志》卷三，提及「白樂天〈和元微之霓裳羽衣曲歌〉云：『由
來能事各有主，楊氏創聲君造譜。』自注云：『開元中，西涼節度使
楊敬述造。』鄭愚《津陽門詩》注亦稱西涼府都督楊敬述。予又考《唐
史・突厥傳》，楊敬述爲噉煌谷所敗，白衣檢校涼州事。鄭愚之說是
也。」〔註95〕又樂天〈和元微之霓裳羽衣曲歌〉云：「磬簫筝笛遞相
攙，擊撥彈吹聲邐迤。」注云：「凡法曲之初，眾樂不齊，惟金石絲
竹次第發聲，霓裳序初亦復如此。」又云：「散序六奏未動衣，陽臺
宿雲慵不飛。」注云：「散序六遍無拍，故不舞。」又云：「中序擘騞
初入拍，秋竹竿裂春冰拆。」注云：「中序始有拍，亦名拍序。」又
云：「繁音急節十二遍，跳珠撼玉何鏗錚。」注云：「〈霓裳〉十二遍
而曲終。」又云：「翔鸞舞了卻收翅，唳鶴曲終長引聲。」注云：「凡
曲將畢，皆聲拍促速，惟〈霓裳〉之末，長引一聲也。」〔註96〕

　　此詩開頭四句先提及白居易侍奉憲宗皇帝於元和（A.D.806-820）
年間，曾在宮中參加廷宴，見過的宮廷歌舞不可勝數，其中最喜愛的是
「霓裳羽衣舞」。再來的詩歌內容包含幾個重點，其一，先言及「舞女
的衣著」部分，舞女們身著彩虹般的衣裳，頭戴鑲有珠子的飾冠；身上
有許多瓔珞和玉珮，舞動時會發出清脆的聲響。舞女們的身形娉婷，好

〔註94〕〔清〕彭定求等編：《全唐詩》（增訂本）卷四百四十四，頁4991-4992。
〔註95〕〔宋〕王灼著：《碧雞漫志》卷三，頁18-19。
〔註96〕〔清〕彭定求等編：《全唐詩》（增訂本）卷四百四十四，頁4991。

似不勝羅衣，傾聽舞曲行止有矩。輕盈旋轉的舞姿如回風飄雪，嫣然前行的步伐如遊龍矯捷。垂手時又如柳絲一般地嬌柔無力，舞裙斜飄時彷彿白雲升起。黛眉流盼說不盡的嬌美之態，舞袖迎風飄飛帶著萬種風情。就像是上元夫人招來了仙女萼綠華，又彷彿是西王母揮袖送走了仙女許飛瓊。

其二，關於樂曲中的「演奏樂器」，白氏詩歌提及「磬簫箏笛遞相攪，擊擫彈吹聲邐迤」二句，其中「磬簫箏笛」與「擊擫彈吹」的部分，一般稱之為「擫笛吹簫」，在此詩句採「互易」的方式呈現，實為了「平仄」對文的結果；白氏詩中的「遞相攪」一語，《宋史》卷一百三十一載姜夔〈大樂議〉提及，「同奏則動手不均，迭奏則發聲不屬。」這是敘述當時樂工素質低落的情形，所謂「迭奏」就是次第發聲，當樂器依序加入時，旋律就應綿密接續、「相屬」演奏，音律也必須有所相應。〔註97〕因此，白氏的「磬簫箏笛遞相攪，擊擫彈吹聲邐迤。」便是說明了磬、簫、箏、笛等樂器相繼奏起，擊、擫、彈、吹等聲音悠長旖旎的情形。再者，白氏自注「法曲之初，眾樂不齊，唯金石絲竹次第發聲。」的一段文字，亦提及先由金、石之類的樂器作為領奏，後面才由絲、竹樂器層遞加入。《國語・周語下》記載伶州鳩對周景王云：「金石以動之，絲竹以行之。」〔註98〕這是說明鐘磬一類的樂器是固定音樂器，先敲擊後，旋律才由絲、竹接續演奏，而且像這樣金石一類的樂器，除了作為引領的開頭外，還兼具著調校音準的功能。因此，《國語》與前述白氏自注的文字內容，大意相近，同指金石樂器先作領奏，後才由絲竹次第加入。

其三，「樂曲的結構」部分，依據詩歌的內容，可演奏「散序」六遍，舞女們的舞衣如陽臺峰上駐留的宿雲片片；「中序」的樂曲和

〔註97〕〔元〕脫脫著，楊家駱編：《新校本宋史并附編三種》卷一百三十一〈志第八十四・樂志六〉（台北：鼎文書局，1980年），頁3051。

〔註98〕〔吳〕韋昭注：《國語》（附校刊札記）卷三〈周語下〉（北京：中華書局，1985年），頁43。

入節拍，其聲如秋竹暴裂，如春冰化解；十二遍的曲破繁音急促而華
麗，就像跳動的珠子敲擊玉片鏗鏘有聲。所謂「十二遍」是指曲破，
曲破是變奏樂段，主題旋律以不同的節奏形式與旋法發展，到了入破
後，節奏趨緊，速度亦逐漸加快。即蘇軾（A.D.1036-1101）〈哨遍・
春詞〉所言及的：「撥胡琴語，輕攏慢撚總伶俐。看緊約羅裙，急趣
檀板，〈霓裳〉入破驚鴻起。」〔註99〕最後詩歌再提出，舞曲結束後，
就如飛翔的鸞鳳收斂彩翅，終曲的長鳴聲好像空中鶴唳一般。剛看此
舞時驚心眩目，觀賞完了意猶未足。

　　至於白居易的〈霓裳羽衣歌〉注，王昆吾先生《隋唐五代燕樂
雜言歌辭研究》整理其結構，如下：「一、散序六段（六遍），散板
（無拍），由器樂獨奏（金石絲竹次第發聲）、輪奏，不舞，不歌；
二、中序，有拍，亦名『拍序』，緩舞，似有歌；三、破，『繁音急
節十二遍』，作快舞；四、結束『長引一聲』。白居易所描寫的是地
方官妓的表演，未必與〈霓裳羽衣〉的教坊樂制全同。」〔註100〕
丘瓊蓀《法曲》也提到：「〈霓裳羽衣〉曲凡十二遍，前六遍爲散序，
無拍，第七遍爲中序，至此始有拍而舞，謂之拍序，曲終則長引一
聲。」〔註101〕而且，丘氏又言：「〈霓裳〉一舞，天寶亂後即失傳，
馮定重製者，已非舊時姿態。南唐昭惠后殘譜不言有舞，歐陽修《六
一詩話》明明白白說有曲無舞。北宋教坊譜無舞，南宋內人亦有歌
無舞，『廢而不傳』者，至此已四百多年了。可知〈霓裳羽衣〉，其
舞法在天寶亂後即散佚；其樂曲則曾延續了一個不很長的時期，而
且所傳者都非天寶當年的舊貌。」〔註102〕「〈霓裳〉曲是以外族樂
爲藍本，參酌中國樂曲而改制成功的法曲。」〔註103〕上述王昆吾先
生與丘瓊蓀先生二人的主張，與白居易〈寄元微之霓裳羽衣曲歌〉

〔註99〕　〔宋〕蘇軾著：《東坡詞》（北京：中國書店，1996年4月），頁71。
〔註100〕　王昆吾著：《隋唐五代燕樂雜言歌辭研究》，頁157。
〔註101〕　丘瓊蓀著：《法曲》，頁39。
〔註102〕　丘瓊蓀著：《法曲》，頁41。
〔註103〕　丘瓊蓀著：《法曲》，頁41。

所描述的內容有所不同。因為，白氏的「繁音急節十二遍，跳珠撼玉何鏗錚。」不可能是散序無拍的音樂，而是富有變奏的樂段，且以不同的節奏形式表現主題旋律，加以發展，到了入破後，速度也逐漸加快。王灼《碧雞漫志》卷三，也提到：「〈霓裳羽衣曲〉，說者多異。」〔註104〕又列舉歷來傳世者對此曲的不同說法。因此，筆者由白詩、王氏與丘氏的整理看來，概略可知〈霓裳羽衣〉中，「舞女的衣著」、「演奏的樂器」與「樂曲的結構」等相關內容，及其所主張的異與同。

第四節　樂曲與聲詩的塡配

一、《仁智要錄・王昭君》與〈王昭君〉的塡配

　　《仁智要錄》有〈王昭君〉一曲，大食調，葉棟〈唐代音樂與古譜譯讀〉提及：「本曲樂調明朗歡快，表達了昭君出塞這一時期，胡、漢和親，胡、漢雙方和平安定，農牧業繁榮興旺的景象。」〔註105〕葉氏所塡配的歌辭與譜例二十三，〔註106〕如下：

　　　　仙娥今下嫁，驕子自同和。劍戟歸田盡，牛羊遠塞多。〔註107〕

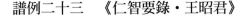
譜例二十三　《仁智要錄・王昭君》

〔註104〕　〔宋〕王灼著：《碧雞漫志》卷三，頁18。
〔註105〕　葉棟著：〈唐代音樂與古譜譯讀〉，《唐代古譜譯讀》，頁69。
〔註106〕　葉棟著：〈唐傳十三弦箏曲譯譜〉，《唐代古譜譯讀》，頁311。
〔註107〕　〔宋〕郭茂倩著：《樂府詩集》卷二十九，頁212。〔清〕彭定求
　　　　　　等編：《全唐詩》（增訂本）卷十九，頁212；卷三百六十七，4148。

此曲歌辭出自於《樂府詩集》卷二十九與《全唐詩》卷十九，令狐楚的作品；同時又載於《全唐詩》卷三百六十七，作者為憲宗時翰林學士張仲素。李曉明《唐詩歷史觀念研究》提及，「仙娥今下嫁」一詩，張仲素是贊同「和親」政策的，其詩中的「今」字，便說明張仲素眼見當時的現實情況，當局藉由「和親」一事，安定邊疆，以維護民族間的關係。歷來史書未曾記載王昭君到匈奴之後的情況，究竟為何。因此，李氏以為，「劍戟歸田盡，牛羊遍塞多。」正是「昭君和親」所帶來的邊塞繁榮。〔註108〕此詩呈現一歡愉的氣氛，既沒有離別的不捨，也沒有思念故鄉的怨嘆，後二句還以正面的口吻，提出昭君所帶來的新興繁榮景象。

　　樂曲的部分，葉氏又言：「這首琵琶曲調，可填入張仲素的同名五言絕句，在起句疊唱（樂句反覆，詩句也反覆）後，整首詩亦疊唱。又，編配為合唱和合唱曲的音樂，均採用了馬蹄式的伴奏型襯托出『琵琶馬上彈』的行進式旋律，表現了塞外歡快的情景，栩栩如生。」〔註109〕依據譜表的呈現，此為五聲宮調式音階，第一行為十三弦箏的演奏，第二行為人聲的演唱，歌辭的演唱順序為「仙

〔註108〕　李曉明著：〈第三章　昭君詩片論〉，《唐詩歷史觀念研究》，頁130。
〔註109〕　葉棟著：〈唐代音樂與古譜譯讀〉，《唐代古譜譯讀》，頁68。

娥今下嫁，今下嫁。驕子自同和，自同和。劍戟歸田盡，牛羊遶塞
多。」經過反覆後，再一次演唱「仙娥今下嫁，今下嫁。驕子自同
和，自同和。劍戟歸田盡，牛羊遶塞多。」此歌辭的特色，在於詩
句開頭的前二句，各句句尾、樂拍演唱結束後，方以「和聲」的「疊
唱」方式，再演唱一次「今下嫁」與「自同和」的歌辭。再者，「今
下嫁」與「自同和」，第一、二次的「今」字皆為一拍的音長時值；
第一次的「下」與「同」字為二拍的音值，第二次的「下」與「同」
字則為一拍半；第一次的「嫁」與「和」字，在正拍演唱，二字第
二次出現時皆為後半拍出現。「劍戟歸田盡，牛羊遶塞多。」二句，
「劍」與「牛」字皆為後半拍起始。整體言之，此樂曲與歌辭的填
配，並非全是一字一拍，有些或一字半拍，或一字一拍，或一字一
拍半，或一字兩拍等，變化較多，呈現出明朗歡愉的氛圍。

二、《五弦琵琶譜・王昭君》與〈王昭君〉的填配

另外，《五弦琵琶譜》也有〈王昭君〉一首，此曲除了填入令狐
楚（張仲素）的詩作外，葉氏於譯譜後，提出還可填配盧照鄰
（A.D.632-695）、董思恭、上官儀（A.D.約 608-664）的詩歌，如下，
其譯譜如譜例二十四〔註110〕：

> 合殿恩中絕，交河使漸稀。肝腸辭玉輦，形影向金微。
> 漢宮草應綠，胡庭沙正飛。願逐三秋雁，年年一度歸。
>
> （盧照鄰〈王昭君〉）〔註111〕
>
> 琵琶馬上彈，行路曲中難。漢月正南遠，燕山直北寒。
> 髻鬟風拂散，眉黛雪霑殘。斟酌紅顏盡，何勞鏡裏看。
>
> （董思恭〈昭君怨〉）〔註112〕

〔註110〕　葉棟著：〈唐傳《五弦琵琶譜》譯譜〉，《唐代古譜譯讀》，頁 228-230。
〔註111〕　〔宋〕郭茂倩著：《樂府詩集》卷二十九，頁 428。〔清〕彭定求等
　　　　　編：《全唐詩》（增訂本）卷十九，頁 209。王昆吾、任半塘編著：《隋
　　　　　唐五代燕樂雜言歌辭集》（下），頁 1364。
〔註112〕　〔宋〕郭茂倩著：《樂府詩集》卷二十九，頁 429。〔清〕彭定求等
　　　　　編：《全唐詩》（增訂本），頁 210。

玉關春色晚，金河路幾千。琴悲桂條上，笛怨柳花前。
霧掩臨妝月，風驚入鬢蟬。緘書待還使，淚盡白雲天。
（上官儀〈王昭君〉）〔註113〕

譜例二十四　《五弦琵琶譜・王昭君》（A）

〔註113〕〔宋〕郭茂倩著：《樂府詩集》卷二十九，頁 428-429。〔清〕彭定
求等編：《全唐詩》（增訂本）卷十九、四十，頁 210、511。

－245－

劍戟歸田盡，牛羊遶塞多。

本首樂曲爲大食調，五聲商調式音階，其樂譜的第一行爲五弦琵琶的旋律，第二行爲人聲的演唱。器樂的旋律與人聲的演唱，旋律與節奏大致一致。歌辭的演唱順序爲「仙娥今下嫁，仙娥今下嫁。驕子自同和。劍戟歸田盡，牛羊遶塞多。」此旋律與相同歌辭反覆一次後，繼續往下進行「仙娥今下嫁，仙娥今下嫁。驕子自同和。劍戟歸田盡，牛羊遶塞多。」後半段的旋律與歌辭，同樣再反覆一次，最後樂曲方爲結束。從音樂結構來看，全曲三十二小節，中間的第十七小節爲前後段旋律的分界點。原則上一字二拍，僅有第一段的「嫁」與「同」字，第二段的「嫁」與「和」字音長時值爲二拍。歌辭每句末尾的最末字「嫁」、「和」、「盡」，多以延長記號呈現。再來，第一與第二段的兩次「仙娥今下嫁」，器樂的節奏與人聲的旋律幾乎相同，但人聲的演唱仍較器樂有變化，旋律與歌辭亦呈現出明朗而歡愉的氣氛。此外，《五弦琵琶譜》還有一首〈王昭君〉，譜例二十五：〔註114〕

〔註114〕 葉棟著：〈唐傳《五弦琵琶譜》譯譜〉，《唐代古譜譯讀》，頁231。

譜例二十五　《五弦琵琶譜・王昭君》（Ｂ）

此樂譜純為五弦琵琶譜，亦為大食調。葉氏未將其填配歌辭，與譜例二
十四相同之處，其一，在於譜例二十五樂曲的結構亦分為前後兩段，全
首三十二個小節中，中間的第十八小節為前後段旋律的分界點；其二，
以第十八小節為前後段旋律的分界，旋律既有「重覆」也有「變化」，「重
覆」的是第十三小節至第十五小節與第二十八小節至第三十小節，「變
化」的是前後段的旋律同中有異；其三，前後兩個樂段，前面的樂段反
覆兩次，後面的樂段則反覆一次；其四，各樂句的末尾，音值較長處或
附點拍的出現處，多有延長記號。譜例二十四與譜例二十五的不同處在
於，其一，譜例二十四的節拍為 2/4 拍，節奏變化較譜例二十五多而複
雜，譜例二十五的節拍為 4/4 拍，2/4 拍的節拍較 4/4 拍演奏來，本較

為輕快，因此，二者演奏風格略有不同。

三、《仁智要錄·婆羅門》與〈婆羅門〉的填配

《仁智要錄》有〈婆羅門〉一曲，越調，《唐會要》卷三十三，〈婆羅門〉黃鐘商，時號越調。〔註115〕《羯鼓錄》則列〈婆羅門〉為太簇商。〔註116〕清代毛奇齡《竟山樂錄》提及：「唐時〈婆羅門〉曲所用之調，然又名子母調。」〔註117〕又「子母調即西涼調，唐時為婆羅門調。」下註〈婆羅門〉即〈霓裳羽衣〉。〔註118〕日本曲〈婆羅門〉則為戴假面的舞曲。〔註119〕葉棟所填配的歌辭與譯譜例二十六，〔註120〕分別如下：

> 望月曲彎彎。初生似玉環。漸漸團圓在東邊。
> 銀城周迴星流徧，錫杖奪天關。明珠四畔懸。
> 望月在邊州。江東海北頭。自從親向月中遊。
> 隨佛逍遙登上界，端坐寶花樓。千秋似萬秋。〔註121〕

譜例二十六　　《仁智要錄·婆羅門》

<hr>

〔註115〕　〔宋〕王溥著：《唐會要》卷三十三〈諸樂〉，頁720。
〔註116〕　〔宋〕南卓著：《羯鼓錄》卷三十三〈諸宮曲〉，頁24。
〔註117〕　〔清〕毛奇齡著：《竟山樂錄》卷二，載於《景印文淵閣四庫全書·經部九·樂類》冊220（台北：台灣商務印書館，1983年），頁314。
〔註118〕　〔清〕毛奇齡著：《竟山樂錄》卷二，載於《景印文淵閣四庫全書·經部九·樂類》冊220，頁315。
〔註119〕　〔唐〕崔令欽著，任半塘箋訂：《教坊記箋訂》，頁103。
〔註120〕　葉棟著：〈唐傳十三弦箏曲譯譜〉，《唐代古譜譯讀》，頁310。
〔註121〕　任半塘編著《敦煌歌辭總編》卷三，頁823-824。

第一行為十三弦箏的旋律，第二行為人聲演唱。葉棟〈敦煌歌辭的
音樂初探〉提及：「今譯譜基本上即為一字一拍，變化不多，速度
平穩，聲調如梵唄。」「此曲曲名、箏譜旋律、拍眼多寡與句式長
短（五字句合四、五拍，七字句合六、七拍），同填辭曲曲意比較
符合，並具有王建〈霓裳辭〉十首詩句『一聲聲向天頭落，效得仙
人夜唱經』的宗教氣氛。」〔註122〕前述文字十三弦箏的單音或八度
演奏，大致與人聲的旋律一致，開頭由不完全小節起始，前三小節
為 4/4 拍，第四小節為 5/4 拍，後面則又回到 4/4 拍。全曲的歌辭順
序為「望月曲彎彎。初生似玉環。漸漸團圓在東邊。銀城周迴星流
徧，錫杖奪天關。明珠四畔懸。」一次結束後，再承接第二次的演
唱「望月在邊州。江東海北頭。自從親向月中遊。隨佛逍遙登上界，
端坐寶花樓。千秋似萬秋。」樂曲轉為 5/4 拍的小節中，恰可作為

〔註122〕　葉棟著：〈敦煌歌辭的音樂初探〉，《唐樂古譜譯讀》，頁 119。

歌辭第二句與第三句，五言與七言巧妙的銜接之處。至於節奏的部分，樂曲的節奏不複雜，但並非僅爲葉氏所說的「一字一拍」，應作有些爲「一字一拍」、「一字半拍」或「一字一拍半」較爲正確。

第五節　小　結

　　總結上述各節可知，本章主要從「〈王昭君〉的曲調與聲詩」、「〈婆羅門〉的曲調與聲詩」與「樂曲與聲詩的填配」等三方面來探討。其重點如下：

　　其一，〈王昭君〉的部分，從「胡地與漢室的對比」的書寫方式，詩歌中「象徵與譬喻的運用」，以及「連章詩的多面陳述」來看此曲調的聲詩，不論從昭君離漢、胡地昭君或多視角的連章詩來著筆，在詩中可見得，昭君與當時胡漢的關係，爲歷來詩歌所吟詠；唐代詩歌爲昭君的形象，塑造一悲愁與怨嘆的人格特徵；昭君在唐詩人的筆下，其歷史定位象徵著「和親」政策的得與失，「得」的是維持胡漢兩邊之和平關係，「失」的是一個女子在異地生活的無奈與追憶。但是，對於昭君爲當時的社會歷史貢獻，仍保持著一正面與肯定的態度。

　　其二，〈婆羅門〉的部分，依據筆者爲聲詩所整理的條例，僅有《樂府詩集》卷八十的一首〈婆羅門〉，可認定爲七言絕句的近體詩，內容爲描寫夜裡於受降城外聽聞笛聲的情景。《敦煌歌辭總編》所收錄的〈望月婆羅門〉四首，由於是五、七言的雜體，句數不一，非屬於近體詩，因此，在本章未涵括其中。〈婆羅門〉後來改爲〈霓裳羽衣〉，唐詩也有數首〈霓裳〉辭，這些詩歌主要論述唐代歌舞的衣著，器樂的演奏以及樂曲的結構。

　　其三，《仁智要錄》與《五弦琵琶譜》二種樂譜中，葉氏分別譯有〈王昭君〉樂曲，且樂曲皆爲大食調。其中，《仁智要錄》的〈王昭君〉一曲，曲調風格明快，歌辭多採以「和聲」、「疊唱」的方式表現。《五弦琵琶譜》的〈王昭君〉二曲，譜例二十四葉氏有配辭，譜

例二十五葉氏沒有配辭，二樂曲分爲前後兩段，結構相同，但是由於
節拍不同，因此演奏風格略有不同。其次，《仁智要錄》尚有〈婆羅
門〉一曲，葉氏將敦煌曲辭填配其中，但筆者以爲此四首歌辭，應不
屬爲聲詩。依葉氏所譯樂譜與歌辭二者看來，樂曲主要呈現速度平
穩，梵唄聲調與佛教的內容。

第八章　從《五弦琵琶譜》與《三五要錄》論唐代舞曲和樂譜——以〈昔昔鹽〉與〈三臺〉爲例

第一節　前　言

　　唐代的〈昔昔鹽〉和〈三臺〉之聲詩曲調，皆屬於唐舞曲，且別名眾多。這二曲調的詩歌表現了歌辭傳唱主題的延續、歌辭因樂曲而作改造的情況、每句曲辭再作爲題目以衍生出其他詩歌的題目，以及曲調相同但每首字數、句數體裁不同的趨勢。隋唐時代的〈昔昔鹽〉主要是五言體爲主；隋唐的〈三臺〉則有五言四句、六言四句與七言四句等不同形式的詩歌。本章主要考察《樂府詩集》與《全唐詩》之曲調〈昔昔鹽〉與〈三臺〉歌辭的使用情況，論述其歷史淵源。樂曲的部分，唐傳日本的《三五要錄》爲一系列的琵琶譜，是江戶時代建九三年（A.D.1192）的寫本，由日本的藤原師長（A.D.1138-1192）所譜曲，上野日本音樂資料室所藏，全數一共十二卷十二冊。〔註 1〕葉棟有譯譜九首，分別爲〈打球樂〉、〈庶人

〔註 1〕趙維平著：〈第四章　樂譜的接納及其演變〉，《中國古代音樂文化東流日本的研究》，頁 306。

三臺〉、〈回忽〉、〈扶南〉、〈春楊柳〉、〈想夫憐〉、〈甘州〉、〈泛龍舟〉
與〈酒胡子〉等曲目，本章主要從《五弦琵琶譜》中的著名樂歌第
十二、第十三首〈惜惜鹽〉（A）（B），以及出自於《三五要錄》〈庶
人三臺〉樂曲第二首、《五弦琵琶譜》第二首〈三臺〉曲以探討歌
辭的使用情況與樂曲結構。

第二節　〈昔昔鹽〉舞曲與聲詩

一、〈昔昔鹽〉舞曲的沿革

　　〈昔昔鹽〉爲盛唐舞曲。「昔昔」或爲隋宮人名，「昔」一作「析」，
或「淅」，或「惜」。「鹽」則是曲的別稱，〔註2〕又爲疏勒舞曲之稱，
起於北魏。〔註3〕任半塘《唐聲詩》提及，「鹽」曲名考略有三十一首，
包括〈疏勒鹽〉、〈昔昔鹽〉、〈一捻鹽〉、〈一斗鹽〉、〈鷦嶺鹽〉、〈要殺
鹽〉、〈大秋秋鹽〉、〈突厥鹽〉〔註4〕、〈野鵲鹽〉、〈神鵲鹽〉、〈神雀鹽〉、
〈阿鵲鹽〉、〈白蛤鹽〉、〈舞鵲鹽〉、〈大序鹽〉、〈刮骨鹽〉、〈小天疏勒
鹽〉、〈甘州鹽〉、〈三臺鹽〉、〈安樂鹽〉、〈壹德鹽〉、〈合歡鹽〉、〈黃帝
鹽〉、〈皇帝鹽〉、〈白鴿鹽〉、〈滿座鹽〉、〈歸國鹽〉、〈一臺鹽〉、〈竹枝
鹽〉、〈烏鹽角〉、〈鹽角兒〉等，名稱多種，但內容不同。〔註5〕

　　《樂府詩集》卷七十九「近代曲辭」〈昔昔鹽〉，題下則註有「隋
薛吏部有〈昔昔鹽〉，唐趙嘏廣之爲二十章。」郭茂倩又引《樂苑》
曰：「〈昔昔鹽〉，羽調曲，唐亦爲舞曲。」「昔」一作「析」。〔註6〕
《全唐詩》卷二十七〈昔昔鹽〉二十首，題下註有「隋薛道衡有昔昔

〔註2〕　〔唐〕崔令欽著，任半塘箋訂：《教坊記箋訂》，頁120。
〔註3〕　任半塘著：《唐聲詩》（下編），頁208。
〔註4〕　〔明〕胡震亨著：《唐音癸籤》卷十三，提及〈突厥鹽〉的由來「龍
　　　　朔來，里歌有此，後則天遣閻知微入突厥，突厥挾之入寇，爲突厥
　　　　鹽之應。」頁134。
〔註5〕　任半塘著：《唐聲詩》（下編），頁214-218。
〔註6〕　〔宋〕郭茂倩著：《樂府詩集》卷七十九，頁1109。

鹽。鰕廣之為二十章。羽調曲。唐亦為舞曲。」〔註7〕的說明。前述
引文意為〈昔昔鹽〉是隋代舊曲，到了唐代屬於舞曲的編制。

二、〈昔昔鹽〉的各首聲詩

首先，先從薛道衡的作品來看：

> 垂柳覆金堤，蘼蕪葉復齊。水溢芙蓉沼，花飛桃李蹊。
> 採桑秦氏女，織錦竇家妻。關山別蕩子，風月守空閨。
> 恒斂千金笑，長垂雙玉啼。盤龍隨鏡隱，彩鳳逐帷低。
> 飛魂同夜鵲，倦寢憶晨雞。暗牖懸蛛網，空梁落燕泥。
> 前年過代北，今歲往遼西。一去無消息，那能惜馬蹄。
>
> （〔隋〕薛道衡〈昔昔鹽〉）〔註8〕
>
> 碧落風煙外，瑤臺道路賒。何如連御苑，別自有仙家。
> 此地回鸞駕，緣溪滿翠華。洞中明月夜，窗下發煙霞。
>
> （〔隋〕薛道衡〈昔昔鹽〉）〔註9〕

前一首為五言二十句的詩作，袁綉柏與曾志安的《近代曲辭研究》
提及，此首從風格上來說是蕭梁以來豔情宮體詩的延續，從歌辭創
作的角度出發，這首算是齊梁以來歌辭創作中的一個「詩化」趨勢，
即指歌辭開始從追求聽覺的敘事轉向追求視覺的呈現，歌辭中沒有
完整的故事，沒有變化的敘述，可說是敘事的框架很簡單。〔註10〕
內容開頭以「垂柳」、「蘼蕪」、「芙蓉」與「桃李」起興。「採桑秦
氏女」的典故出自於〈陌上桑〉中的「秦氏有好女，自名為羅敷。
羅敷善蠶桑，採桑城南隅。」〔註11〕至於「織錦竇家妻」一句有二
說，一為竇滔本是前秦苻堅時秦州刺史，被謫戍外地後，其妻蘇蕙
織錦回文詩寄贈丈夫，以表達相思之情，二為竇滔在外為官，迷戀
寵妾，不想回家，因其妻蘇蕙在錦上織出迴文詩寄贈，感動竇滔，

〔註7〕　〔清〕彭定求等編：《全唐詩》（增訂本）卷二十七，頁 375。
〔註8〕　〔宋〕郭茂倩著：《樂府詩集》卷七十九，頁 1109。
〔註9〕　〔宋〕郭茂倩著：《樂府詩集》卷七十九，頁 1109。
〔註10〕袁綉柏、曾志安著：《近代曲辭研究》，頁 202。
〔註11〕〔宋〕郭茂倩著：《樂府詩集》卷二十八，頁 410-411。

夫妻和好如初。〔註12〕此二句與後面的二句，提出思婦獨守空閨的情形，再來的八句寫思婦的悲苦，景物襯托，把思婦的思念勾勒出來。最後還用問句作結，將內心的埋怨之情展現而出。

　　薛道衡後一首的〈昔昔鹽〉，與王維的〈奉和聖制幸玉眞公主山莊因題石壁十韻之作應制〉〔註13〕詩開頭的前五個詩句相同，第六句開始各句略有不同。如下：

　　　　碧落風煙外，瑤臺道路賒。如何連帝苑，別自有仙家。
　　　　此地回鸞駕，緣谿轉翠華。洞中開日月，窗裡發雲霞。
　　　　庭養沖天鶴，溪流上漢查。種田生白玉，泥灶化丹砂。
　　　　谷靜泉逾響，山深日易斜。御羹和石髓，香飯進胡麻。
　　　　大道今無外，長生詎有涯。還瞻九霄上，來往五雲車。

　　　　（王維〈奉和聖制幸玉眞公主山莊因題石壁十韻之作應制〉）〔註14〕

由此可見，王維承繼了薛道衡部分詩句，後人又將王維詩入調以歌。其次，《樂府詩集》作「緣溪滿翠華。洞中明月夜，窗下發煙霞。」《全唐詩》王維的作品則作「緣谿轉翠華。洞中開日月，窗裡發雲霞。」任半塘《唐聲詩》言及，這種現象：「必此調之唐樂先減，然後有人截用王詩入調以歌。」〔註15〕故而可視爲是一首因樂曲的更動，而截用他人歌辭傳唱的詩歌。再者，依照「聲詩」的原則，條例「第一，聲詩必爲唐代近體詩」，「第三，聲詩限五、六、七言的近體詩，唐代的四、五、七言古詩、古樂府、新題樂府及雜言詩等，不屬之。」〔註16〕因此，上列第一首〈昔昔鹽〉應不屬於「聲詩」，第二首〈昔昔鹽〉是五言律詩，才屬於聲詩。王維的〈奉和聖制幸玉眞公主山莊因題石壁十韻之作應制〉一詩，也不屬「聲詩」。王維的詩歌，依題目來看，此篇是一首「應制」作品，爲玉眞公主的山莊題石壁而作，詩的韻部爲

〔註12〕謝无量著：《中國婦女文學史》（台北：中華書局，1979 年 8 月），頁101-102。
〔註13〕〔清〕彭定求等編：《全唐詩》（增訂本）卷一百二十七，頁 1286。
〔註14〕〔清〕彭定求等編：《全唐詩》（增訂本）卷一百二十七，頁 1286。
〔註15〕任半塘著：《唐聲詩》（下編），頁 207-208。
〔註16〕任半塘著：《唐聲詩》（上編），頁 27、46。

下平聲六麻韻，韻腳爲「賒」、「家」、「華」、「霞」、「查」、「砂」、「斜」、「麻」、「涯」、「車」等十韻；〔註 17〕此詩內容主要由環境的描繪，闡釋各類生物與自然的美好，在這樣的盛世，能享有如仙家、鸞駕一般的騰雲駕霧，於九霄之上，乘著五雲車來回往來，無不令人讚嘆。

　　此外，關於薛道衡〈昔昔鹽〉（碧落風煙外）一首的創作時間，蕭滌非《漢魏六朝樂府文學史》以爲它是煬帝時期的作品；〔註 18〕袁綉柏與曾志安的《近代曲辭研究》則認爲是文帝時期的作品，而且此首不單只是思婦主題，它是借助閨怨這一題材抒發個人的失意，所以此首應是薛道衡失意時的創作。〔註 19〕以上二首〈昔昔鹽〉詩歌，曲題與原詩的詩題、主旨沒有直接關聯，任半塘先生以爲，這樣的詩歌是樂工採當時的名家詩歌入樂，而且辭與曲都是現成的作品。〔註 20〕梁海燕的《舞曲歌辭研究》亦提及〈昔昔鹽〉詩歌爲選詩入樂。〔註 21〕袁綉柏與曾志安的《近代曲辭研究》則認爲這些詩歌在選入配樂後，相對於原詩來說，幾乎都有不同程度的改動或刪減。〔註 22〕因此，依前述的詩歌因樂曲而作改造的情況，古今以來，傳唱久遠的詩與曲，皆有相同的現象產生。

　　而且，任氏再提及，「王維初未作〈昔昔鹽〉之八句歌辭。顧況（A.D.約 725-約 814）、趙嘏（A.D.806-853）各以此調分詠薛辭之二

〔註 17〕余照春婷編輯，盧元駿輯校：《增廣詩韻集成》，出自《詩詞曲韻總檢》，頁 55-58。

〔註 18〕蕭滌非著：《漢魏六朝樂府文學史》（台北：長安出版社，1981 年），頁 293。

〔註 19〕袁綉柏、曾志安著：《近代曲辭研究》，頁 198。

〔註 20〕任半塘著：《唐聲詩》（下編），頁 207-208。

〔註 21〕梁海燕著：《舞曲歌辭研究》，頁 94。

〔註 22〕袁綉柏、曾志安著：《近代曲辭研究》，其理由如下：第一，擷取詩歌部分內容入樂是唐代常用的一種方式；第二，樂工爲了使作品更符合樂曲的節奏，有意識地對詩歌進行改造；第三，經樂工的改造之後，原詩在聲律上更爲和諧、響亮，表現出更高的藝術技巧，同時也有助於詩歌的進一步傳播與流行；第四，樂工爲了牽合聲律而對原詩字句進行改造，有時候還能夠提高原詩的藝術水準。頁 162-164。

十句，惟趙辭二十首全，顧作祗傳一首。隋調尚未成律體，唐調已爲成熟之五律，平起、仄起俱有。」〔註23〕依據前述所言，筆者先考察顧氏一首，見得《全唐詩》卷二百六十六有詩〈空梁落燕泥〉：「卷幕參差燕，常銜濁水泥。爲黏珠履迹，未等畫梁齊。舊點痕猶淺，新巢緝尚低。不緣頻上落，那得此飛棲。」〔註24〕一首，其題名是取自薛道衡〈昔昔鹽〉（垂柳覆金堤）一首的詩句，歌辭是一首五言律詩，內容與題目相關，主要論述落燕的活動情形與構築新巢而棲的情況。

至於趙嘏的〈昔昔鹽〉二十首，於《全唐詩》與《樂府詩集》皆有所錄，以下就從《樂府詩集》與《全唐詩》二部分來作說明。筆者依其特色分類說明如下：

> 新年垂柳色，嫋嫋對空閨。不畏芳菲好，自緣離別啼。
> 因風飄玉戶，向日映金堤。驛使何時度，還將贈隴西。
> （趙嘏〈垂柳覆金堤〉，〈昔昔鹽〉二十首之一）〔註25〕

> 那堪聞蕩子，迢遞涉關山。腸爲馬嘶斷，衣從淚滴斑。
> 愁看塞上路，詎惜鏡中顏。儻見征西雁，應傳一字還。
> （趙嘏〈關山別蕩子〉，〈昔昔鹽〉二十首之七）〔註26〕

> 萬里無人見，眾情難與論。思君常入夢，同鵲屢驚魂。
> 孤寢紅羅帳，雙啼玉箸痕。妾心甘自保，豈復暫忘恩。
> （趙嘏〈驚魂同夜鵲〉，〈昔昔鹽〉二十首之十三）〔註27〕

> 暗中蛛網織，歷亂綺窗前。萬里終無信，一條徒自懸。
> 分從珠露滴，愁見陳風牽。妾意何聊賴，看看劇斷弦。
> （趙嘏〈暗牖懸蛛網〉，〈昔昔鹽〉二十首之十五）〔註28〕

〔註23〕任半塘著：《唐聲詩》（下編），頁 207-208。
〔註24〕〔清〕彭定求等編：《全唐詩》（增訂本）卷二百六十六，頁 2946。
〔註25〕〔宋〕郭茂倩著：《樂府詩集》卷七十九，頁 1110。〔清〕彭定求等編：《全唐詩》（增訂本）卷二十七、五百四十九，頁 375、6394。
〔註26〕〔宋〕郭茂倩著：《樂府詩集》卷七十九，頁 1111。〔清〕彭定求等編：《全唐詩》（增訂本）卷二十七、五百四十九，頁 376、6395。
〔註27〕〔宋〕郭茂倩著：《樂府詩集》卷七十九，頁 1112。〔清〕彭定求等編：《全唐詩》（增訂本）卷二十七、五百四十九，頁 376、6395。
〔註28〕〔宋〕郭茂倩著：《樂府詩集》卷七十九，頁 1112。〔清〕彭定求等

代北幾千里，前年又復經。燕山雲自合，胡塞草應青。

鐵馬喧鼙鼓，蛾眉怨錦屏。不知羌笛曲，掩淚若為聽。

（趙嘏〈前年過代北〉，〈昔昔鹽〉二十首之十七）〔註29〕

這二十首詩的詩題全為五字句，《全唐詩》卷五百四十九〈昔昔鹽〉二十首，題下註有言：「以薛道衡詩每句為題」。〔註30〕即意指源自於薛道衡〈昔昔鹽〉（垂柳覆金堤）一首，以詩中的每句曲辭作為題目所衍生而出的五字句題目，成為另一首曲辭。而且，各首詩句中，再取自詩題中相同的詞來創作，如第一首題為〈垂柳覆金堤〉，詩句中有「新年垂柳色」與「向日映金堤」；第七首題為〈關山別蕩子〉，詩句中有「那堪聞蕩子，迢遞涉關山」；第十三首題為〈驚魂同夜鵲〉，詩句中有「同鵲屢驚魂」；第十五首題作〈暗牖懸蛛網〉，詩句中有「暗中蛛網織」與「一條徒自懸」；第十七首題作〈前年過代北〉，詩句中有「代北幾千里，前年又復經。」另外，也有些詩句與詩題之間，是用意義相接近的詞彙，加以組合而成，如下所列：

當年誰不羨，分作竇家妻。錦字行行苦，羅帷日日啼。

豈知登隴遠，祇恨下機迷。直候陽關使，殷勤寄海西。

（趙嘏〈織錦竇家妻〉，〈昔昔鹽〉二十首之六）〔註31〕

良人猶遠戍，耿耿夜閨空。繡戶流宵月，羅帷坐曉風。

魂飛沙帳北，腸斷玉關中。尚自無消息，錦衾那得同。

（趙嘏〈風月守空閨〉，〈昔昔鹽〉二十首之八）〔註32〕

鸞鏡無由照，蛾眉豈忍看。不知愁鬢換，空見隱龍蟠。

那惬紅顏改，偏傷白日殘。今朝窺玉匣，雙淚落闌干。

　　　　編：《全唐詩》（增訂本）卷二十七、五百四十九，頁 376、6396。

〔註29〕〔宋〕郭茂倩著：《樂府詩集》卷七十九，頁 1113。〔清〕彭定求等
　　　　編：《全唐詩》（增訂本）卷二十七、五百四十九，頁 377、6396。

〔註30〕〔清〕彭定求等編：《全唐詩》（增訂本）卷五百四十九，頁 6394。

〔註31〕〔宋〕郭茂倩著：《樂府詩集》卷七十九，頁 1111。〔清〕彭定求等
　　　　編：《全唐詩》（增訂本）卷二十七、五百四十九，頁 376、6395。

〔註32〕〔宋〕郭茂倩著：《樂府詩集》卷七十九，頁 1111。〔清〕彭定求等
　　　　編：《全唐詩》（增訂本）卷二十七、五百四十九，頁 376、6395。

（趙嘏〈蟠龍隨鏡隱〉，〈昔昔鹽〉二十首之十一）〔註33〕

去去邊城騎，愁眠掩夜閨。披衣窺落月，拭淚待鳴雞。
不憤連年別，那堪長夜啼。功成應自恨，早晚發遼西。

（趙嘏〈倦寢聽晨雞〉，〈昔昔鹽〉二十首之十四）〔註34〕

良人征絕域，一去不言還。百戰攻胡虜，三冬阻玉關。
蕭蕭邊馬思，獵獵戍旗閒。獨把千重恨，連年未解顏。

（趙嘏〈一去無還意〉，〈昔昔鹽〉二十首之十九）〔註35〕

如上面的第六首題目作〈織錦竇家妻〉，詩句作「當年誰不羨，分作
竇家妻。錦字行行苦，羅帷日日啼。」；第八首題作〈風月守空閨〉，
詩句作「良人猶遠戍，耿耿夜閨空。繡戶流宵月，羅帷坐曉風。」；
第十一首題作〈蟠龍隨鏡隱〉，詩句作「鸞鏡無由照，蛾眉豈忍看。
不知愁髮換，空見隱龍蟠。」；第十四首題作〈倦寢聽晨雞〉，詩句作
「去去邊城騎，愁眠掩夜閨。披衣窺落月，拭淚待鳴雞。」；第十九
題作〈一去無還意〉，詩句作「良人征絕域，一去不言還。」「獨把千
重恨，連年未解顏。」其餘的各首詩作，如下：

提筐紅葉下，度日采蘼蕪。掬翠香盈袖，看花憶故夫。
葉齊誰復見，風暖恨偏孤。一被春光累，容顏與昔殊。

（趙嘏〈蘼蕪葉復齊〉，〈昔昔鹽〉二十首之二）〔註36〕

漾沼春光後，青青草色濃。綺羅驚翡翠，暗粉妒芙蓉。
雲遍窗前見，荷翻鏡裡逢。將心託流水，終日渺無從。

（趙嘏〈水溢芙蓉沼〉，〈昔昔鹽〉二十首之三）〔註37〕

〔註33〕〔宋〕郭茂倩著：《樂府詩集》卷七十九，頁 1112。〔清〕彭定求等
編：《全唐詩》（增訂本）卷二十七、五百四十九，頁 376、6395。
〔註34〕〔宋〕郭茂倩著：《樂府詩集》卷七十九，頁 1112。〔清〕彭定求等
編：《全唐詩》（增訂本）卷二十七、五百四十九，頁 376、6396。
〔註35〕〔宋〕郭茂倩著：《樂府詩集》卷七十九，頁 1113。〔清〕彭定求等
編：《全唐詩》（增訂本）卷二十七、五百四十九，頁 377、6396。
〔註36〕〔宋〕郭茂倩著：《樂府詩集》卷七十九，頁 1110。〔清〕彭定求等
編：《全唐詩》（增訂本）卷二十七、五百四十九，頁 375、6394。
〔註37〕〔宋〕郭茂倩著：《樂府詩集》卷七十九，頁 1110。〔清〕彭定求等
編：《全唐詩》（增訂本）卷二十七、五百四十九，頁 375、6394。

遠期難可託，桃李自依依。花徑無容跡，戎裳未下機。
隨風開又落，度日掃還飛。欲折枝枝贈，那知歸不歸。

　　（趙嘏〈花飛桃李蹊〉，〈昔昔鹽〉二十首之四）〔註38〕

南陌采桑出，誰知妾姓秦。獨憐傾國貌，不負早鶯春。
珠履盈花溼，龍鉤折桂新。使君那駐馬，自有侍中人。

　　（趙嘏〈采桑秦氏女〉，〈昔昔鹽〉二十首之五）〔註39〕

玉顏恆自斂，羞出鏡臺前。早惑陽城客，今悲華錦筵。
從軍人更遠，投喜鵲空傳。夫婿交河北，迢迢路幾千。

　　（趙嘏〈恆斂千金笑〉，〈昔昔鹽〉二十首之九）〔註40〕

雙雙紅淚墮，度日暗中啼。雁出居延北，人猶遼海西。
向燈垂玉枕，對月灑金閨。不惜羅衣溼，惟愁歸意迷。

　　（趙嘏〈長垂雙玉啼〉，〈昔昔鹽〉二十首之十）〔註41〕

巧繡雙飛鳳，朝朝伴下帷。春花那見照，暮色已頻欺。
欲卷思君處，將啼裛淚時。何年征戍客，傳語報佳期。

　　（趙嘏〈綵鳳逐帷低〉，〈昔昔鹽〉二十首之十二）〔註42〕

春至今朝燕，花時伴獨啼。飛斜珠箔隔，語近畫梁低。
帷卷閒窺戶，床空暗落泥。誰能長對此，雙去復雙棲。

　　（趙嘏〈空梁落燕泥〉，〈昔昔鹽〉二十首之十六）〔註43〕

萬里飛書至，聞君已渡遼。只諳新別苦，忘卻舊時嬌。
烽戍年將老，紅顏日向凋。胡沙兼漢苑，相望幾迢迢。

〔註38〕〔宋〕郭茂倩著：《樂府詩集》卷七十九，頁 1110。〔清〕彭定求等
　　　　編：《全唐詩》（增訂本）卷二十七、五百四十九，頁 375、6394。
〔註39〕〔宋〕郭茂倩著：《樂府詩集》卷七十九，頁 1110。〔清〕彭定求等
　　　　編：《全唐詩》（增訂本）卷二十七、五百四十九，頁 375、6394。
〔註40〕〔宋〕郭茂倩著：《樂府詩集》卷七十九，頁 1111。〔清〕彭定求等
　　　　編：《全唐詩》（增訂本）卷二十七、五百四十九，頁 376、6395。
〔註41〕〔宋〕郭茂倩著：《樂府詩集》卷七十九，頁 1111。〔清〕彭定求等
　　　　編：《全唐詩》（增訂本）卷二十七、五百四十九，頁 376、6395。
〔註42〕〔宋〕郭茂倩著：《樂府詩集》卷七十九，頁 1112。〔清〕彭定求等
　　　　編：《全唐詩》（增訂本）卷二十七、五百四十九，頁 376、6395。
〔註43〕〔宋〕郭茂倩著：《樂府詩集》卷七十九，頁 1112-1113。〔清〕彭定
　　　　求等編：《全唐詩》（增訂本）卷二十七、五百四十九，頁 377、6396。

（趙嘏〈今歲往邊西〉，〈昔昔鹽〉二十首之十八）〔註44〕

雲中路杳杳，江畔草萋萋。妾久垂珠淚，君何惜馬蹄。

邊風悲曉角，營月怨春鼙。未道休征戰，愁眉又復低。

（趙嘏〈那能惜馬蹄〉，〈昔昔鹽〉二十首之二十）〔註45〕

根據「聲詩」的條件，趙嘏的〈昔昔鹽〉二十首，皆吻合條例「第三，聲詩限五、六、七言的近體詩，唐代的四、五、七言古詩、古樂府、新題樂府及雜言詩等，不屬之。」〔註46〕這二十首詩皆爲五言律詩，因此，應屬於「聲詩」。

三、〈昔昔鹽〉的三類主題

關於〈昔昔鹽〉二十首詩的內容，根據袁綉柏與曾志安《近代曲辭研究》所言，提到：「這二十首曲辭基本上都沿襲了薛道衡〈昔昔鹽〉的主題，即閨中少婦對丈夫的思念。除了〈蘼蕪葉復齊〉、〈蟠龍隨鏡隱〉、〈彩鳳逐帷低〉、〈驚魂同夜鵲〉、〈空梁落燕泥〉等幾首外，其他各首甚至落實到征人這一點上。換言之，儘管是對薛道衡二十句曲辭的分別鋪衍，但趙嘏還是嚴格地遵守了前者曲辭的主題。」〔註47〕而且，「趙嘏的曲辭，相對於薛道衡的曲辭來說，已經從以表面畫面、以畫面抒情爲主，轉爲了以直接敘述、抒情爲主。」〔註48〕又提及「趙嘏的曲辭放棄了對畫面的表現，注重直接敘事或抒情，實則是遵循了歌唱藝術中注重聽覺的藝術創作經驗。」〔註49〕這二十首大致可分爲幾個部分：第一部分爲描述女子獨守空閨的詩歌，〈昔昔鹽〉二十首的第一「嫋嫋對空閨」、「自緣離別啼」，第二的「看花憶故夫」、「一被春

〔註44〕〔宋〕郭茂倩著：《樂府詩集》卷七十九，頁 1113。〔清〕彭定求等編：《全唐詩》（增訂本）卷二十七、五百四十九，頁 377、6396。

〔註45〕〔宋〕郭茂倩著：《樂府詩集》卷七十九，頁 1113。〔清〕彭定求等編：《全唐詩》（增訂本）卷二十七、五百四十九，頁 377、6396。

〔註46〕任半塘著：《唐聲詩》（上編），頁 27、46。

〔註47〕袁綉柏、曾志安著：《近代曲辭研究》，頁 204。

〔註48〕袁綉柏、曾志安著：《近代曲辭研究》，頁 205。

〔註49〕袁綉柏、曾志安著：《近代曲辭研究》，頁 205。

光累，容顏與昔殊。」，第三的「將心託流水，終日渺無從」，第四的
「遠期難可託」、「那知歸不歸」，第十五的「暗中蛛網織，歷亂綺窗前。
萬里終無信，一條徒自懸。」、「妾意何聊賴，看看劇斷弦。」上述六
首主要描寫夫婿不在，婦人獨守空閨的等待之情。

　　第二部分爲描述連年征戍的詩歌，〈昔昔鹽〉二十首的第七「那堪
聞蕩子，迢遞涉關山。」、「腸爲馬嘶斷，衣從淚滴斑。」，第八的「良
人猶遠戍，耿耿夜閨空。」、「尚自無消息，錦衾那得同。」，第九的「從
軍人更遠，投喜鵲空傳。夫婿交河北，迢迢路幾千。」，第十的「雁出
居延北，人猶遼海西。」，第十二的「欲卷思君處，將啼裛淚時。何年
征戍客，傳語報佳期。」，第十四的「去去邊城騎」、「功成應自恨，早
晚發遼西。」，第十七的「代北幾千里，前年又復經。」，第十八的「萬
里飛書至，聞君已渡遼。」、「烽戍年將老，紅顏日向凋。胡沙兼漢苑，
相望幾迢迢。」，第十九的「良人征絕域，一去不言還。」，第二十的
「妾久垂珠淚，君何惜馬蹄。邊風悲曉角，營月怨春鼜。未道休征戰，
愁眉又復低。」以上或言男子久戰不歸，或言夫婿無消息，妻子因而
內心擔憂、掩面哭泣的愁緒，無不闡釋戰爭爲家庭、爲生活，所帶來
的困境與思念。

　　第三部分是不屬於前面二類的，其餘各首詩歌，皆歸於此。這邊
先言〈昔昔鹽〉二十首的第五「南陌采桑出，誰知妾姓秦。」、「使君
那駐馬，自有侍中人。」其故事情節則出自於《樂府詩集》「相和歌
辭」的〈陌上桑〉，〔註50〕〈陌上桑〉文中提及：「秦氏有好女，自名
爲羅敷。」意指文中的女主角即爲採桑秦氏女，「使君謝羅敷，寧可
共載不？」的「使君」，是指從南來的「使君」，對秦氏女感興趣，因
此，「使君遣吏往，問此誰家姝。」實際上，「使君自有婦，羅敷自有
夫」。所以，「自有侍中人」一句中的「侍中」，所指並非「使君」，而
是指羅敷的「夫婿」。至於〈昔昔鹽〉二十首的第六「當年誰不羨，

〔註50〕〔宋〕郭茂倩著：《樂府詩集》卷二十八，頁 410-411。

分作竇家妻。」是敘述一女子嫁作竇家妻，從事織錦工作的情形。第十一首的「鸞鏡無由照，蛾眉豈忍看。」，「那愜紅顏改，偏傷白日殘。」描寫女子年華已逝之感慨與落寞。第十三首的「思君常入夢，同鵲屢驚魂。」，「妾心甘自保，豈復暫忘恩。」所言及的內容，主要敘述萬里不見君，女子獨自寢臥於紅羅帳之中，因恩情難忘，無不等待著伊人的歸來。第十五首的「暗中蛛網織，歷亂綺窗前。萬里終無信，一條徒自懸。」以蛛網描寫妻妾在家等候，因歷時久遠，終究只見到蛛網的結織與斷弦，卻不見任何的音信。第十六首的「花時伴獨啼」、「帷卷閒窺戶，床空暗落泥。」提出燕子於花開時節，伴著閨中之人而啼鳴，燕兒窺看閨閣裡的情況，卻只見到空床的景象，不禁至此落淚。因此，本首是藉燕子的雙棲雙宿，寫出閨中女子的哀怨與孤單之寫照。

第三節　〈三臺〉舞曲與聲詩

一、〈三臺〉舞曲的沿革

　　〈三臺〉創始於唐教坊舞曲，玄宗開元（A.D.713-741）顧況以前人作，五言四句外，尚有六言四句、六言八句及七言四句之三體，別名為〈上皇三臺〉。《唐音癸籤》以為：「〈二臺〉、〈急三臺〉古今解『三臺』者不一。」又引《馮鑑續事》所言：「漢蔡邕三日之間，周歷三臺。樂府以邕曉音律，為製此曲。」引劉禹錫劉公《嘉話錄》：「鄴中有曹公銅雀、金虎、冰井三臺。北齊高洋毀之，更築金風、聖應、崇光三臺。宮人拍手呼上臺送酒，因為其曲為三臺。」引李氏《資暇錄》曰：「三臺，三十拍促曲名。昔鄴中有三臺，石季龍常為宴遊之所，而造此曲以促飲。」胡氏以為，按前者諸說李氏似乎可據。尚且，〈二臺〉與〈急三臺〉之後，又羅列〈宮中三臺〉、〈江南三臺〉、〈上皇三臺〉、〈怨陵三臺〉與〈突厥三臺〉。〔註51〕任半塘《唐聲詩》則

〔註51〕〔明〕胡震亨著：《唐音癸籤》卷十三，頁131。

提及，本於北齊高洋改築三臺，宮人歌曲送酒之事。〔註52〕至於六言四句的〈三臺〉，別名作〈宮中三臺〉、〈江南三臺〉與〈三臺令〉；五言四句及七言四句二體，為高宗龍朔以前人所作；〔註53〕六言八句三調的〈三臺〉，是根據中宗景龍四年民間為本，原題曰：「十二月〈三臺詞〉」。〔註54〕《唐會要》卷三十三，太樂署供奉曲名，其中「林鐘羽」，時號平調，包含〈三臺鹽〉一曲。〔註55〕

　　《教坊記箋訂》有載，敦煌卷子內有舞譜，調名訛為「三當」。早在高宗龍朔以前，本調是以六言體作豔曲，許敬宗的「上恩光曲歌詞啓」可見到。後來韋應物有作品五言四句（上皇三臺）、六言四句（宮中三臺或江南三臺）、七言四句（突厥三臺）等聲詩，又另有長短句（三臺令等）諸調。此外，還有〈怨陵三臺〉一調。再者，《唐會要》列林鐘羽為〈三臺鹽〉。唐調另有〈折花三臺〉。唐人酒筵催飲食，多歌〈三臺〉，其拍甚促。《聲詩格調》稿對於〈三臺〉調之演變，已列二十二種。日本所種之〈三臺鹽〉，為武后時作。《大日本史》三四八屬平調，又另有〈三臺樂〉。〔註56〕以上即為眾多與「三臺」調合稱的聲詩曲調名稱。

二、〈三臺〉的各首聲詩

　　《樂府詩集》卷七十五「雜曲歌辭」，〈三臺〉二首題下有段引言，如下：

　　　　《後漢書》曰：「蔡邕為侍御史，又轉持書侍御史，遷尚書。
　　　　三日之間，周歷三臺。」馮鑑《續事始》曰：「樂府以邕曉
　　　　音律，製〈三臺曲〉以悅邕，希其厚遺。」劉禹錫《嘉話錄》
　　　　曰：「三臺送酒，蓋因北齊高洋毀銅雀臺，築三個臺。宮人
　　　　拍手呼上臺送酒，因名其曲為〈三臺〉。」李氏《資暇》曰：
　　　　「〈三臺〉，三十拍促曲名。昔鄴中有三臺，石季龍常為宴遊

〔註52〕任半塘著：《唐聲詩》（下編），頁90。
〔註53〕任半塘著：《唐聲詩》（下編），頁300。
〔註54〕任半塘著：《唐聲詩》（下編），頁321。
〔註55〕〔宋〕王溥著：《唐會要》卷三十三〈諸樂〉，頁720。
〔註56〕〔唐〕崔令欽著，任半塘箋訂：《教坊記箋訂》，頁113。

之所。樂工造此曲以促飲。」未知孰是。《鄴都故事》曰:「漢
獻帝建安五年,曹操破袁紹於鄴。十五年築銅雀臺,十八年
作金虎臺。十九年造冰井臺,所謂鄴中三臺也。」《北史》
曰:「齊文宣天保中營三臺於鄴,因其舊基而高博之。九年
臺成,改銅爵曰金鳳,金虎曰聖應,冰井曰崇光」云。按《樂
苑》,唐天寶中羽調曲有〈三臺〉,又有〈急三臺〉。〔註57〕

上述引言,《後漢書》先提及蔡邕(A.D.133-192)遊歷三臺之事;五
代蜀人馮鑑(生卒不詳)《續事始》再言,因邕曉音律,製〈三臺曲〉
以悅蔡邕;中唐劉禹錫《嘉話錄》提及,「三臺」與「三臺曲」為送酒
曲;又中晚唐李匡乂《資暇集》提及,〈三臺〉為三十拍促曲名;〔註
58〕《鄴都故事》則說明「鄴中三臺」的淵源;《北史》再補充三臺於
鄴,因其舊基而高博之,九年臺成。由前述唐、五代人的論述看來,
向回的《雜曲歌辭與雜歌謠辭研究》以為,這些唐五代時人的說法,
恰可看出〈三臺〉曲在唐時雖甚為流行,但唐時人卻已難以考知曲調
的來源,因此,它的產生應該遠在唐代以前。〔註59〕《樂苑》則最後
提及唐天寶中羽調曲有〈三臺〉,又有〈急三臺〉。以下先言六言體:

一年一年老去,明日後日花開。未報長安平定,萬國豈得
銜杯。

冰泮寒塘始綠,雨餘百草皆生。朝來門閤無事,晚下高齋
有情。(韋應物〈三臺〉二首)〔註60〕

〔註57〕〔宋〕郭茂倩著:《樂府詩集》卷七十五,頁 1057。

〔註58〕向回著:《雜曲歌辭與雜歌謠辭研究》(北京:北京大學出版社,2009
年 8 月)。所引陶敏、李一飛《隋唐五代文學史料學》(北京:中華
書局,2001 年),頁 179,言及《資暇集》與《嘉話錄》為考訂事實、
談論學問的唐人筆記。又引陳尚君所寫馮鑑小傳、周祖撰主編《中
國文學家大辭典‧唐五代卷》(北京:中華書局,1992 年),頁 151,
說明《續事始》是增廣劉孝標等著《事始》之作,原書不存,原本
《說郛》錄有兩萬五千餘字。(北京:北京大學出版社,2009 年 8 月),
頁 180。任半塘著,陳文和、鄭杰編:〈南宋詞之音譜拍眼考〉,《從
二北到半塘──文史學家任中敏》,頁 232。

〔註59〕向回著:《雜曲歌辭與雜歌謠辭研究》,頁 180。

〔註60〕〔清〕彭定求等編:《全唐詩》(增訂本)卷二十六、卷一百九十五、

上列韋應物（A.D.713-約 790）的六言絕句二首，是唐代的六言絕句
聲詩，此二首《全唐詩》卷一百九十五，題下註明：「按《樂苑》，唐
天寶中，羽調曲有〈三臺〉，又有〈急三臺〉。」《全唐詩》卷八百九
十，題下註明：「或加令字，一名〈翠華引〉，一名〈開元樂〉。」〔註
61〕第一首開頭二句，以時間的層遞呈現出歲月的流逝，後面再論述
戰事未平，怎能把酒言歡的敘述。第二首則提及寒塘中的冷雨，使得
百草叢生，一朝一晚中，彼此相言有情。再來的六言體，另有王建的
〈宮中三臺〉二首，〈江南三臺〉四首，如下：

> 魚藻池邊射鴨，芙蓉園裡看花。日色柘袍相似，不著紅鸞扇
> 遮。
> 池北池南草綠，殿前殿後花紅。天子千年萬歲，未央明月清
> 風。（王建〈宮中三臺〉二首）〔註62〕

> 揚州橋邊小婦，長干市裡商人。三年不得消息，各自拜鬼
> 求神。
> 青草湖邊草色，飛猿嶺上猿聲。萬里三湘客到，有風有雨
> 人行。
> 樹頭花落花開，道上人去人來。朝愁暮愁即老，百年幾度
> 三臺。
> 聞身強健且爲，頭白齒落難追。准擬百年千歲，能得幾許
> 多時。（王建〈江南三臺〉四首）〔註63〕

卷八百九十，頁 362、2013、10126。〔宋〕郭茂倩著：《樂府詩集》
卷七十五，頁 1057。上述《全唐詩》所錄二卷，將詩歌視爲二首，《樂
府詩集》亦載相同詩歌則視爲一首。

〔註61〕〔清〕彭定求等編：《全唐詩》（增訂本）卷一百九十五、卷八百九
十，頁 2013、10126。

〔註62〕〔清〕彭定求等編：《全唐詩》（增訂本）卷二十六、卷三百〇一、卷
八百九十，頁 363、3417、10126-10127。〔宋〕郭茂倩著：《樂府詩
集》卷七十五，頁 1058。王昆吾著：《隋唐五代燕樂雜言歌辭集》（下），
附有校勘說明，頁 1472。

〔註63〕〔清〕彭定求等編：《全唐詩》（增訂本）卷二十六、卷三百〇一、卷
八百九十，頁 363、3417、10126-10127。〔宋〕郭茂倩著：《樂府詩
集》卷七十五，頁 1058。

任半塘的《唐聲詩》有言:「此調傳辭,有韋應物〈三臺〉二首,王建〈宮中三臺〉二首,〈江南三臺〉四首,內叶三平韻者僅二首而已。」〔註64〕前述《唐聲詩》此段所言的詩歌,即指以上筆者所引的六首詩歌,至於「內叶三平韻者僅二首而已」,是指王建〈江南三臺〉的第三、第四二首,其餘四首詩歌,皆「內叶二平韻」。再者,任氏《唐聲詩》又言:「常體一、三兩句以仄起,首二句與後二句平仄悉同,六首全合,並無二致。」〔註65〕依照任氏提出的「常體」之說,是以王建的〈宮中三臺〉第二為例子,但就此例的第一、第二句的平仄為「平仄平平仄仄」、「仄平仄仄平平」,第三、第四句的平仄,為「仄平仄仄平平」、「仄平平仄平平」,第三字仍不相同,因此,前後二句「平仄悉同」的說法,應為有誤。況且,「六首全合,並無二致」,亦並非如此,其餘五首詩歌或平起,或仄起,前後二句的格律,未對稱一致,所以,此言亦為有誤。

關於詩歌的內容,〈宮中三臺〉二首皆描寫宮中之景,第一首從「魚藻池邊」與「芙蓉園裡」提起,第二首則從「池北池南草綠」與「殿前殿後花紅」提起;第一首後面的「柘袍」與「扇遮」,恰點出宮中人物的存在,至於第二首後面的二句,有「未央」一詞,在此是借指為宮殿的意思,因此,既提到「天子」,又言「未央」,明確點出宮中的人物與物件,恰與第二句的「殿前殿後」,有所呼應。再來王建的〈江南三臺〉四首,第一首提到揚州、長干二地,有著像小婦與商人一般的凡夫俗人,長時間等待遠方親人的消息,心中因而有所依託,他們以求神拜鬼作為心靈的慰藉;第二首先言江南一地的景致,再提出萬里來訪的客人,行走在有風有雨的大自然之中;第三首前三句皆採疊句「花落花開」、「人去人來」、「朝愁暮愁」的描寫,後面的「幾度三臺」,依據任氏《唐聲詩》所言:「所謂『幾度三臺』,或指幾度貴顯,或指幾度歡醉,於義都可。」〔註66〕整首文意來說,主要提及歲月流逝,人群來往,年華老去

〔註64〕任半塘著:《唐聲詩》(下編),頁 300-301。
〔註65〕任半塘著:《唐聲詩》(下編),頁 300-301。
〔註66〕任半塘著:《唐聲詩》(下編),頁 301。

與難得的貴顯或歡醉之景，向回《雜曲歌辭與雜歌謠辭研究》提到此首旨在勸人行樂，應是來自於唐時酒筵上的送酒曲，它是一節奏明快且促人速飲的歌曲，因此可將其視爲一「酒令」詩；〔註67〕第四首身體強健有所作爲，白髮齒落難以追回，若要活到百年千歲，這是多麼地難得而久遠啊！以上即爲王建的〈江南三臺〉四首的闡釋。《全唐詩》卷八百九十錄有上述六首詩歌，皆以〈三臺〉名之，又於題下注曰：「〈宮中〉二首，〈江南〉四首。」〔註68〕由此可見，二首是以〈三臺〉爲曲調，前二首寫宮中，因而名爲〈宮中三臺〉；後四首寫江南，故名爲〈江南三臺〉。關於這〈三臺〉曲調的使用，任半塘《唐聲詩》曾有說明：「〈三臺〉爲催酒之舞曲，唐時早然。其舞乃一種基本舞式，可以多方面結合使用。如與〈調笑〉結合，〈調笑〉乃名〈三臺令〉；與〈太平樂〉結合，乃有〈河西獅子三臺舞〉名目。後世有〈伊州三臺〉、〈梁州三臺〉、〈熙州三臺〉等曲牌，可能皆因採取〈三臺〉舞容之故。」〔註69〕向回於《雜曲歌辭與雜歌謠辭研究》提及：「宮中和江南指是歌詩的題材限定，〈三臺〉才是所依曲調。」〔註70〕

三、〈三臺〉曲調的類別

　　以下就言七言絕句的〈三臺〉詩，下面有韋應物或盛小叢〈突厥三臺〉一首：

　　　　雁門山上雁初飛，馬邑欄中馬正肥。
　　　　日旰山西逢驛使，殷勤南北送征衣。
　　　（韋應物或盛小叢〈突厥三臺〉）〔註71〕

〔註67〕向回著：《雜曲歌辭與雜歌謠辭研究》，頁 182-183。
〔註68〕〔清〕彭定求等編：《全唐詩》（增訂本）卷八百九十，頁 10126-10127。
〔註69〕任半塘著：《唐聲詩》（上編），頁 320。
〔註70〕向回著：《雜曲歌辭與雜歌謠辭研究》，頁 126。
〔註71〕〔清〕彭定求等編：《全唐詩》（增訂本）卷二十六，頁 362；卷八百○二，提及「盛小叢，越妓。李訥爲浙東廉使，夜登城樓，聞歌聲激切。召至，乃小叢也。時崔侍御元范至府幕，赴闕。李錢之，命小叢歌錢，在座各賦詩贈之。小叢有詩一首。」即爲此詩，頁 9128。〔宋〕

關於〈突厥三臺〉的由來，《教坊記箋訂》提及：「述古堂本作『突厥三寶』。《萬首唐人絕句》謂為玄宗時，蓋嘉運進。……《朝野僉載》謂『唐龍朔已來人唱歌，名〈突厥鹽〉』。……日人謂高宗時武后作，一謂太宗時作。——此三曲可能相通。《安祿山事蹟》下，謂『開元、天寶中，人間多於宮調奏〈突厥神〉，未知與此同異如何。」〔註72〕《羯鼓錄》列〈突厥鹽〉為太簇商，〔註73〕《唐會要》列為林鐘羽〈三臺監〉（即為〈三臺鹽〉）。〔註74〕王昆吾《隋唐五代燕樂雜言歌辭研究》有言：「太簇商與林鐘羽同一調高，同以太簇律為主音，故〈突厥三臺〉應為〈突厥鹽〉（太簇商）與〈三臺鹽〉（林鐘羽）合成之大曲。猶如〈劍器渾脫〉之為〈劍器〉與〈渾脫〉合成之調，〈散手破陣樂〉之為〈散手〉與〈破陣樂〉合成之調。……〈突厥鹽〉與〈三臺鹽〉均盛行或改制於高宗、武后年間，故〈突厥三臺〉也是利用犯聲（商羽相犯）制成的大曲，產生在初唐時代。」〔註75〕尚且，王氏又將其歸類為「盛唐教坊大曲」。韋應物或盛小叢〈突厥三臺〉詩歌一首，內容主要闡釋塞外邊地，既有飛雁，也有欄中馬，驛使日日於荒涼的山地中奔波著，在此送其征衣以犒賞其辛勞。最後，從五言四句的五絕詩，探討韋應物的〈上皇三臺〉，如下：

　　不寐倦長更，披衣出戶行。

　　月寒秋竹冷，風切夜窗聲。（韋應物〈上皇三臺〉）〔註76〕

《樂府詩集》卷七十五「雜曲歌辭」，名〈上皇三臺〉，不具作者名。〔註

　　　郭茂倩著：《樂府詩集》卷七十五，頁 1058。

〔註72〕〔唐〕崔令欽著，任半塘箋訂：《教坊記箋訂》，頁 158-159。

〔註73〕〔宋〕南卓著：《羯鼓錄》〈諸宮曲〉，頁 24。

〔註74〕〔宋〕王溥著：《唐會要》卷三十三〈諸樂〉，頁 720。

〔註75〕王昆吾著：《隋唐五代燕樂雜言歌辭研究》，頁 162。

〔註76〕〔清〕彭定求等編：《全唐詩》（增訂本）卷二十六，頁 362；卷一百九十五，載盛小叢所作，頁 2013。〔宋〕郭茂倩著：《樂府詩集》卷七十五，其註提及「《全唐詩》卷二十六作韋應物作，按《韋江州集》中無此詩」頁 1058。

〔註77〕〔宋〕郭茂倩著：《樂府詩集》卷七十五，頁 1058。

77〉任氏《唐聲詩》曾提及：「『上皇』二字乃因某一辭之內容而附加，
猶曰〈英王石州〉、〈駕車西河〉等。韋應物歷事玄（A.D.712-756）、肅
（A.D.756-762）、代（A.D.761-779）、德（A.D.779-805）四主，〈上皇
三臺〉之名，應在玄宗爲上皇時有之，其辭不傳。若此辭之內容，卻不
類玄宗在南內之『上皇』。趙宋頗用〈三臺〉舞辭，究不知是齊言否。」
〔註78〕上述文字，說明了「上皇」的源由。關於此詩的內容，主要提及
夜裡無法成眠，只好披衣外出，這時只見得月寒秋竹在寒風中搖曳著，
而且風的吹拂也使得夜晚的窗戶，咚咚作響著。

　　最後，王昆吾歸納上述各類「三臺」曲調種類，《隋唐五代燕樂
雜言歌辭研究》中的「盛唐教坊曲」，整理如下，唐代「三臺」類曲
計有數十種：

　　（1）〈突厥三臺〉，見《教坊記》和《樂府詩集》「雜曲歌
辭」，存辭爲七言四句體。（2）〈宮中三臺〉、〈江南三臺〉、
〈三臺〉（羽調），見《樂府詩集》「雜曲歌辭」，皆六言四
句體。（3）〈上皇三臺〉，註錄同上，羽調，辭爲五言四句
體。（4）〈三臺令〉，別名《調笑令》、《轉應曲》、《宮中調
笑》，雜言體，以六言四句爲主，有韋應物、戴叔倫、王建
辭。（5）〈西河子獅子三臺舞〉，見《羯鼓錄》；〈怨陵三臺〉
見《教坊記》：皆無傳辭，體制不明。（6）〈庶人三臺〉，乞
食調；〈皇帝三臺〉，黃鐘調（黃鐘羽），均爲「拍子十六，
延八拍子」，見《教訓抄》、《體源抄》、《續教訓抄》。以上
種種「三臺」，似有大體相同的調式和節拍，但曲式不同。
　　——這應當就是它們的調名有同有異的原因。〔註79〕
筆者今於《樂府詩集》中，見得〈三臺〉、〈突厥三臺〉、〈宮中三臺〉、
〈江南三臺〉與〈上皇三臺〉五種，分屬爲六言四句、七言四句與五
言四句之三類聲詩。而且，王氏《隋唐五代燕樂雜言歌辭研究》提及，
〈三臺〉與前面幾章所言及的〈回波樂〉，有共同的樂制、辭式和來

〔註78〕任半塘著：《唐聲詩》（下編），頁91。
〔註79〕王昆吾著：《隋唐五代燕樂雜言歌辭研究》，頁161。

源，二曲的相關說明為：

> 都起於北朝俗樂，是第一批華夷融和的樂曲的實例；……都
> 在酒筵風俗背景上產生；而且，……都同用六言句式。這些
> 共同點，足以說明唐著辭曲調同它所屬的隋唐曲子一樣，在
> 民間有源遠流長的發展。它的音樂風格，由於西域樂舞的輸
> 入而得以形成；同一般曲子相比，它的俗樂特點和新音樂的
> 特點更加顯著；它的遊戲性質，使它具有音樂素材的純藝術
> 性，較少受到關於雅俗、華夷等等級觀念的束縛。它利用了
> 教坊曲，同時也選擇了教坊曲；那些原本產於宴飲風俗的送
> 酒曲，那些配合舞蹈而富於娛樂性的樂曲，那些保留了拋、
> 接、打、送等表演動作而易於結合酒令技藝的樂曲，總之，
> 那些短小、熱鬧而包含了豐富的動作性的樂曲，才成就為著
> 辭曲。由於酒筵娛樂的非正式性，文人首先在這裡接觸、了
> 解和接受了俗樂，因而著辭的產生也成為曲子辭通過文人創
> 作而進一步興盛的契機。〔註80〕

由此可見，〈三臺〉曲調與〈回波樂〉曲調的共同點，在於它們原先
的曲調，皆是以酒筵風俗為背景，且來自於西域的樂舞，不受雅樂、
華夷的音樂所侷限，頗能將宴飲送酒曲中的俗樂，藉由文人的著辭表
現出來。

第四節　樂曲與聲詩的填配

一、《五弦琵琶譜・惜惜鹽》與〈昔昔鹽〉的填配

《樂府詩集》提及，《樂苑》曰：「昔昔鹽，羽調曲，唐亦為舞曲。」
〔註81〕葉棟曾於〈敦煌壁畫中的五弦琵琶及其唐樂〉說道：「經解譯為
大食調中清樂音階的商調曲，也即相當為古音階的羽調曲。」〔註82〕

〔註80〕王昆吾著：《隋唐五代燕樂雜言歌辭研究》，頁227。
〔註81〕〔宋〕郭茂倩著：《樂府詩集》卷七十九，頁1109。
〔註82〕葉棟著：〈敦煌壁畫中的五弦琵琶及其唐樂〉，《唐樂古譜譯讀》，頁
　　　26；葉氏：〈唐代音樂與古譜譯讀〉，《唐樂古譜譯讀》，頁62。

《唐聲詩》中又提及：「日本所傳唐《五弦譜》內，既稱〈惜惜鹽〉，『惜惜』與人名乃愈近。」〔註 83〕再者，「德宗貞元（A.D.785-805）間歌者華奴善此曲。」〔註 84〕又「王維曾任太樂丞，詩多入樂章，事載史傳。『鹽』，原爲疏勒舞曲之稱，起於北魏。〈昔昔鹽〉乃羽調。唐亦爲舞曲，惟舞姿不詳。樂用箜篌。日本藏《五弦譜》內有譜，作〈惜惜鹽〉。」〔註 85〕由此可見，〈昔昔鹽〉出自於日本所傳唐代的《五弦譜》之中，本爲一舞曲，屬於大食調中清樂音階的商調曲，也就是古音階的羽調曲。葉棟譯譜〈惜惜鹽〉（即前述曲調〈昔昔鹽〉的樂曲）後，所填配的聲詩與其譜例二十七，〔註 86〕如下：

　　碧落風煙外，瑤臺道路賒。何如連御苑，別自有仙家。
　　此地回鸞駕，緣溪滿翠華。洞中明月夜，窗下發煙霞。
　（〔隋〕薛道衡〈昔昔鹽〉）〔註 87〕

譜例二十七　《五弦琵琶譜・惜惜鹽》（A）

〔註 83〕任半塘著：《唐聲詩》（下編），頁 210。
〔註 84〕任半塘著：《唐聲詩》（下編），頁 208。
〔註 85〕任半塘著：《唐聲詩》（下編），頁 208。
〔註 86〕葉棟著：《唐樂古譜譯讀》，頁 239-240。
〔註 87〕〔宋〕郭茂倩著：《樂府詩集》卷七十九，頁 1109。

樂曲所填配的聲詩，是一首五言律詩，整首詩歌先從外在的「碧落風煙」提起，再來闡釋前往「瑤臺」的道路，以及抵達「御苑」之處的不易，而「別自有仙家」一句，又道出了彷彿身處在不同的境遇，能享有仙家一般的鸞駕待遇。另外，樂曲的最後，又附註提到此樂譜還可填配隋代的薛道衡〈昔昔鹽〉，如下：

> 垂柳覆金堤，靡蕪葉復齊。水溢芙蓉沼，花飛桃李蹊。
> 採桑秦氏女，織錦竇家妻，關山別蕩子，風月守空閨。
> 恒斂千金笑，長垂雙玉啼。盤龍隨鏡隱，彩鳳逐帷低。
> 飛魂同夜鵲，倦寢憶晨雞。暗牖懸蛛網，空梁落燕泥。
> 前年過代北，今歲往遼西。一去無消息，那能惜馬蹄。

　　　　〔〔隋〕薛道衡〈昔昔鹽〉〕〔註88〕

薛氏的〈昔昔鹽〉（垂柳覆金堤）一首，為一五言二十句的作品，主要由自然景物起興，再進而提出女子的生活、思婦獨守空閨的情形，與表現思婦的悲苦，以傳達出女性內心的埋怨之情。因此，前述薛氏的〈昔昔鹽〉二首詩歌所欲呈現的內容與意境，頗不相同。

　　關於〈惜惜鹽〉（Ａ）樂譜的部分，譜例二十七的第一行是五弦琵琶的旋律，第二行是人聲演唱的部分。此樂曲為 2/4 拍，共十七小節，旋律反覆二次，共演奏三次旋律，原則上人聲演唱與五弦琵琶的彈奏，大致呈現八度音的行進，僅有第一小節、第四小節、第六小節、第十二小節，二部略有不同。第一小節是一不完全小節，即樂曲中的「引」；第二小節之後，大多數的小節，二部多是以完全八度音程且相同的節奏來彈奏，可視為「支音複聲」；第四小節

〔註88〕〔宋〕郭茂倩著：《樂府詩集》卷七十九，頁1109。

器樂的譜例，是一附拍子的節奏，而人聲則是附點四分音符——即
一拍半的呈現，二者從音長時值看來並無區別，皆是一拍半，只是
樂譜所呈現的樣貌不同；第五小節與第十一小節的二部旋律，是以
完全八度與完全一度的音程進行；第六小節與第十二小節的器樂
譜，較人聲演唱的節奏更有些微的變化。從音域上來看，五弦琵琶
的音域較人聲為高，集中在「e^1」至「d^3」之間，人聲的音域則集
中在中央音域「b」至「d^2」的部分；五弦琵琶的音域較人聲為廣，
橫跨十四度，而人聲則僅有十度的音程。至於詩歌與音樂的關係，
歌辭中的表現，主要是一字一拍，每句的最後一字是以二拍作結，
詩歌有二十句，全數便以前述的節拍來呈現。詩歌填配薛道衡〈昔
昔鹽〉「碧落風煙外」一首，樂曲呈現一悠哉而嚮往仙界的抒情曲
調。另外，日本的唐傳《五弦譜》中，尚有一首不同旋律的〈惜惜
鹽〉（B）（即聲詩曲調的〈昔昔鹽〉），如譜例二十八：〔註89〕

<h3 style="text-align:center">譜例二十八　《五弦琵琶譜‧惜惜鹽》（B）</h3>

這首樂曲〈惜惜鹽〉（B），為一 4/4 拍的曲調，全曲八小節，屬於大
食調。此樂曲〈惜惜鹽〉（B）與〈惜惜鹽〉（A）的旋律，幾乎相同，
僅有三處不同。第一，（A）曲第六小節第二拍的最後一音，（A）曲
為「e^2」音，（B）曲的第三小節第四拍的最末音為「e^1」音；又（A）

〔註89〕葉棟著：《唐樂古譜譯讀》，頁 239-240。

曲第十二小節的第二拍的最末音爲「e^2」音,(B) 曲第六小節第四拍的最末音爲「e^1」音。第二,(A) 曲的弱起不完全小節作爲樂曲的開頭,(B) 曲的第一小節視爲完整的四拍節奏。除此之外,其他小節所呈現的器樂旋律,皆完全一致。至於〈惜惜鹽〉(B) 一曲,葉氏未予以塡配聲詩,演奏來是首旋律鮮明且自在抒情的五弦琵琶器樂曲。器樂的旋律,音域主要集中在「e^1」至「d^3」,與〈惜惜鹽〉(A) 一曲相同,都是橫跨十四度的音域。

二、《五弦琵琶譜・三臺》與〈三臺〉的塡配

其次,關於〈三臺〉的部分,任半塘《唐聲詩》有言:「據《樂府詩集》引《樂苑》:『天寶中,羽調曲有〈三臺〉,又有〈急三臺〉。』急曲凡三十拍,自唐至宋,均入酒令,用以催酒。其他急、慢曲發展變化甚多:由唐迄元,由聲詩迄北曲,並聯合歌舞關係,名目繁雜,性質紛歧。……日本有〈三臺鹽〉,屬平調,其著辭原是五言四句否,無考……日本傳唐《五弦譜》內有〈三臺〉簡字譜。」〔註90〕尚且,「〈急三臺〉之送酒,唐兼用歌舞,宋似已專用樂,不用歌舞。慢曲〈三臺〉雖似以舞爲重,但歌必隨之,難爲徒舞。惟歌之情況幾爲樂舞所掩,記載特少。」〔註91〕又「〈三臺〉之舞,已成一種基本舞蹈,可向多方面配合應用。如所謂〈西河師子三臺舞〉,「〈山香〉一曲舞〈三臺〉,及〈伊州三臺〉、〈梁州三臺〉、〈熙州三臺〉、〈三臺夜半樂〉等,皆是。」〔註92〕由上述可知,《五弦譜》中錄有〈三臺〉曲,歌調爲羽調,唐時爲一歌舞曲。葉棟曾譯此樂譜,以及塡配聲詩韋應物〈突厥三臺〉(或盛小叢)一首,其詩歌與譜例二十九,〔註93〕如下:

雁門山上雁初飛,馬邑欄中馬正肥。

日昕山西逢驛使,殷勤南北送征衣。

〔註90〕任半塘著:《唐聲詩》(下編),頁 91-92。
〔註91〕任半塘著:《唐聲詩》(下編),頁 95-96。
〔註92〕任半塘著:《唐聲詩》(下編),頁 96。
〔註93〕葉棟著:《唐樂古譜譯讀》,頁 201-203。

（韋應物或盛小叢〈突厥三臺〉）〔註94〕

譜例二十九　　《五弦琵琶譜・三臺》

此曲採用平調定弦，樂譜的第一行爲五弦琵琶的旋律，第二行爲人聲演唱。樂曲共爲十三小節，4/4 拍演奏與演唱。開頭的第一小節爲一不完全小節；器樂與人聲的旋律，除第一小節外，其餘各小節大致呈現完全八度與完全一度的行進，少數二部相差兩個八度，即十六度音程的音域，屬於「支音複聲」；節奏上，二部也大略一致。

〔註94〕　〔清〕彭定求等編：《全唐詩》（增訂本）卷二十六，頁 362；卷八百
　　　　　○二，提及「盛小叢，越妓。李訥爲浙東廉使，夜登城樓，聞歌聲激
　　　　　切。召至，乃小叢也。時崔侍御元范至府幕，赴闕。李餞之，命小
　　　　　叢歌餞，在座各賦詩贈之。小叢有詩一首。」即爲此詩，頁 9128。〔宋〕
　　　　　郭茂倩著：《樂府詩集》卷七十五，頁 1058。

詩歌與樂曲的搭配上，由於歌辭以七言爲主，每句七言之後，再以「和聲」的方式，取其後面三字，加以演唱，全首歌辭依序爲「雁門山上雁初飛，雁初飛。馬邑欄中馬正肥，馬正肥。日旰山西逢驛使，逢驛使。殷勤南北送征衣，送征衣。」而且，一字一拍，四絕中的每個七言句，首字皆在每小節第四拍的正拍上，開始演唱，由於後面還有三個字作爲「和聲」，因此，每個樂句所對應的歌辭，應在七言句加上「和聲」之後，才算是完整的一個樂句結束。歌辭唱來曲調曲折，頗有塞外征戍的氛圍。另外，樂曲除了可填配韋應物或盛小叢〈突厥三臺〉之外，葉氏尚提出，此曲還可填配其他二首詩歌。如下：

> 不寐倦長更，披衣出戶行。
>
> 月寒秋竹冷，風切夜窗聲。（韋應物〈上皇三臺〉）〔註95〕
>
> 池北池南草綠，殿前殿後花紅。
>
> 天子千年萬歲，未央明月清風。（王建〈宮中三臺〉之二）〔註96〕

上面韋應物〈上皇三臺〉的歌辭，爲一五言絕句；王建〈宮中三臺〉的歌辭，是六言句，此二首實與七言的韋應物〈突厥三臺〉（或盛小叢所作），字數上頗爲不同。因此，若以五言詩和六言詩來作爲樂曲歌辭的演唱，還必須斟酌音樂旋律和節拍上的對應才是。

三、《三五要錄・三臺》與〈三臺〉的填配

　　另外，《三五要錄》琵琶譜的第二首〈庶人三臺〉，亦列有與「三臺」曲調相關的樂曲，其詩歌與譜例三十，〔註97〕如下：

〔註95〕〔清〕彭定求等編：《全唐詩》（增訂本）卷二十六，頁 362；卷一百九十五，載盛小叢所作，頁 2013。〔宋〕郭茂倩著：《樂府詩集》卷七十五，其註提及「《全唐詩》卷二十六作韋應物作，按《韋江州集》中無此詩」，頁 1058。

〔註96〕〔清〕彭定求等編：《全唐詩》（增訂本）卷二十六、卷三百〇一、卷八百九十，頁 363、3417、10126-10127。〔宋〕郭茂倩著：《樂府詩集》卷七十五，頁 1058。

〔註97〕葉棟著：《唐樂古譜譯讀》，頁 434。

不寐倦長更，披衣出戶行。

月寒秋竹冷，風切夜窗聲。（韋應物〈上皇三臺〉）〔註98〕

譜例三十　《三五要錄・三臺》

上面譜例三十所填配的是韋應物的五言絕句〈上皇三臺〉一詩，歌辭
演唱的順序爲「不寐倦長更，披衣出戶行。不寐倦長更，披衣出戶行。
月寒秋竹冷，風切夜窗聲。月寒秋竹冷，風切夜窗聲。」前後二句分
別於樂曲中，反覆疊唱。而樂曲本身亦反覆一次，因此這四句在整首
樂曲中，每句反覆傳唱的次數，便有四次之多。關於樂譜的部分，此
首爲2/4拍，節奏變化多樣，多有切分拍或附拍子的呈現，開頭爲一
不完全小節起始，旋律亦多變，歌辭與其搭配後，呈現出夜晚不寐，
觀察月色與風聲情景，風格上則有著空靈而寂寥的意境。

〔註98〕　〔清〕彭定求等編：《全唐詩》（增訂本）卷二十六，頁362；卷一百
　　　　　九十五，載盛小叢所作，頁2013。〔宋〕郭茂倩著：《樂府詩集》卷
　　　　　七十五，其註提及「《全唐詩》卷二十六作韋應物作，按《韋江州集》
　　　　　中無此詩」頁1058。

第五節　小　結

　　從本章中的「〈昔昔鹽〉舞曲與聲詩」、「〈三臺〉舞曲與聲詩」、「樂曲與聲詩的塡配」各節來看，可歸納以下重點：

　　第一，〈昔昔鹽〉曲調屬於唐舞曲，且別名眾多。〈昔昔鹽〉詩歌爲選詩入樂的形制，而且詩歌因樂曲多有不同程度的改動或刪減來看，古今以來，傳唱久遠的詩與曲，皆有相同的現象產生。而且，薛道衡〈昔昔鹽〉詩中，也化用了他首歌辭的敘事人物或情節於作品中。關於趙嘏〈昔昔鹽〉二十首的部分，屬於「聲詩」的範疇，這二十首的二十個題目則源自於薛道衡〈昔昔鹽〉（垂柳覆金堤）一首的二十個詩句，如此衍生出的五字句題目便分別創造出另外一首新的詩歌，而且新的各首詩句內容中，再取自與詩題中相同的詞來創作。筆者歸納其內容大致分爲幾個部分：第一，描述女子獨守空閨的詩歌；第二，描述連年征戍的詩歌；第三，不屬於前面二類者，皆歸於第三類。

　　第二，〈三臺〉亦爲舞曲，今於《樂府詩集》中，可見得〈三臺〉、〈突厥三臺〉、〈宮中三臺〉、〈江南三臺〉與〈上皇三臺〉五種，分屬爲六言四句、七言四句與五言四句之三類聲詩。尚且，〈突厥三臺〉、〈宮中三臺〉、〈江南三臺〉與〈上皇三臺〉等曲調，可分別將〈突厥三臺〉視爲是〈突厥〉與〈三臺〉二者所合成之調，〈宮中三臺〉爲〈宮中〉與〈三臺〉所合成之調，〈江南三臺〉爲〈江南〉與〈三臺〉所合成之調，〈上皇三臺〉可視爲〈上皇〉與〈三臺〉所合成之調。總之，前述的五種類曲調，其聲詩內容各有不同。

　　第三，關於聲詩與樂曲的搭配上，〈昔昔鹽〉歌辭本身沒有出現「和聲」或「疊唱」的情況，而搭配《五弦琵琶譜》中的〈惜惜鹽〉一曲後，也沒有爲了歌曲的需要，增加局部或各句的歌辭於樂曲中，僅因爲樂譜的旋律得需反覆二次，所以整首樂曲從開頭至結束，等於是將歌辭全數演唱三遍。至於〈三臺〉曲調的部分，本章歌辭是以〈突

厥三臺〉與〈庶人三臺〉二首為例，《五弦琵琶譜》中有〈三臺〉一
曲，歌辭即搭配韋應物或盛小叢的〈突厥三臺〉一詩，每當唱一個句
子後，後面緊接著前句末尾的詞，再「和聲」、「疊唱」一遍；《三五
要錄》琵琶譜的〈庶人三臺〉一曲則是搭配韋應物的〈上皇三臺〉一
詩來演唱，歌辭在樂曲中，是以每句歌辭再次重複前面唱過的句子來
呈現。

第九章　結　論

　　前面各章中，將屬於大曲的〈慢曲子伊州〉、〈伊州〉、〈涼州辭〉、〈還京樂〉、〈蘇莫遮〉、〈回波樂〉、〈春鶯囀〉、〈想夫憐〉、〈劍器渾脫〉、〈泛龍舟〉、〈何滿子〉、〈簇拍陸州〉等十二曲調，法曲的〈聖明樂〉、〈秦王破陣樂〉、〈飲酒樂〉、〈書卿堂堂〉、〈王昭君〉、〈婆羅門〉等六曲調，以及不屬於大曲與法曲的〈昔昔鹽〉與〈三臺〉等二曲調之聲詩為探討對象，將《全唐詩》、《樂府詩集》與敦煌歌辭中所涵括前述的曲調，作一整理。又採葉棟先生所譯譜的《敦煌曲譜》、唐傳十三弦《仁智要錄》箏譜、唐大曲《仁智要錄》箏曲、唐傳《五弦琵琶譜》、《三五要錄》琵琶譜譯譜與《博雅笛譜》橫笛譜譯譜，以及所填配的唐聲詩作為研究對象，進而申說唐代歌辭與樂譜的關係。筆者之所以採用葉氏的譯譜，是因為葉氏將唐傳的各器樂樂譜整理的最為完整，且另有多篇論文的論述，進而簡述樂譜的由來與譯譜的結構，可供為讀譜的參考。

　　筆者根據上述的唐代詩歌與音樂材料，歸納得以下幾項結論：

一、聲詩總數與譯譜論述的情況

　　關於各章聲詩數量，先作一統計：第一，「大曲」曲調之聲詩，也可稱之為「大曲」之摘遍。包含第二章的〈伊州〉歌辭有十首；第三章的〈涼州辭〉有三十首，〈還京樂〉一首，〈蘇莫遮〉五首，〈回

波樂〉四首,〈春鶯囀〉一首;第四章的〈想夫憐〉有三首,〈劍器渾脫〉三首,〈泛龍舟〉二首;第五章的〈何滿子〉有五首,〈簇拍陸州〉八首,以上各章「大曲」的部分,共有七十二首。

第二,「法曲」曲調之聲詩,第六章的〈聖明樂〉有三首,〈秦王破陣樂〉有五首,〈飲酒樂〉有二首,〈堂堂〉有三首;第七章的〈王昭君〉有三十八首,〈婆羅門〉一首。以上二章「法曲」的部分,共有五十二首。

第三,不屬於「大曲」與「法曲」曲調的有第八章〈昔昔鹽〉二十一首,〈三臺〉十首,二者總共三十一首。

因此,本論文所整理的「大曲」與「法曲」聲詩,共有一百二十四首,其餘不屬於前述「大曲」與「法曲」二項曲調的聲詩有三十一首,合計有一百五十五首。

再者,論文中所提及的《敦煌曲譜》二十五首(原譜如附錄一),可將其視為一組唐大曲,葉棟譯譜二十五首,筆者論述二首;唐傳十三弦《仁智要錄》箏譜,原為十二卷本、十三種調、二百多首箏曲,葉氏譯譜三十首,筆者論述十一首;唐大曲《仁智要錄》箏曲,葉氏譯譜六首,筆者論述一首;《三五要錄》琵琶譜,有十二卷本,葉氏譯譜九首,筆者論述三首;唐傳《五弦琵琶譜》(原譜如附錄二),葉氏譯譜三十二首,筆者論述十二首;《博雅笛譜》橫笛譜,葉氏譯譜五首,筆者論述二首。

二、五種樂譜的結構與聲詩填配

關於各類樂譜的演奏與曲中聲詩歌辭的填配上,《敦煌曲譜》中的〈慢曲子伊州〉與〈伊州〉二首曲譜,可填配二首聲詩。〈慢曲子伊州〉曲的歌辭為《伊州》的第一疊,〈伊州〉曲則可填配王維的〈渭城曲〉,後人依其演唱習慣,又名為《陽關三疊》。若由唐大曲的組織來探討《敦煌曲譜》的結構,〈慢曲子伊州〉與〈伊州〉二首的樂曲,可視為整首《敦煌曲譜》的摘遍。尚且,二首樂曲的特色為散板自由,

節奏變化不多，每一拍與字音的對應上為一字一拍，歌辭的用韻方式、韻腳與平仄聲的掌握，以及詩歌的原意內容之間，恰存在著對應的關係。

第二，唐傳十三弦《仁智要錄》箏譜的部分，筆者探討〈涼州辭〉、〈還京樂〉、〈蘇莫遮〉、〈回波樂〉、〈春鶯囀〉、〈想夫憐〉、〈劍器渾脫〉、〈泛龍舟〉等聲詩與譯譜的關係。上述各首箏譜的器樂演奏與人聲演唱，其旋律與節奏大略一致，且十三弦箏的伴奏主要在旋律的基礎上，再略加其他八度和弦或單音的變奏，以作不同於人聲的變化，可謂為「支音複聲」的呈現。而樂曲所搭配的歌辭，除了「蘇莫者」曲，所填配的是敦煌歌辭〈聰明兒〉的雜言詩之外，其餘各首皆符合聲詩條例的唐聲詩，且與其箏譜的原曲名有所對應，即「涼州」曲所對應的歌辭為王翰、孟浩然、王之渙的〈涼州詞〉；「還京樂」曲所對應的是竇常的〈還京樂歌詞〉；「回杯樂」曲所對應的是李景伯〈回波樂〉一首；「春鶯囀」颯踏曲所對應的是張祜的〈春鶯囀〉詩，葉氏更將唐大曲《仁智要錄・春鶯囀》箏曲，作一全首的呈現；「想夫憐」曲所對應的是佚名〈相府蓮〉詩；「劍器渾脫」曲所對應的是敦煌歌辭〈劍器渾脫〉三首；「泛龍舟」曲所對應的是隋煬帝的〈泛龍舟〉二首。至於未符合聲詩條例的聲詩，筆者則將其排除之。

第三，唐傳《五弦琵琶譜》的部分，筆者則論述〈何滿子〉、〈簇拍陸州〉、〈聖明樂〉、〈秦王破陣樂〉、〈飲酒樂〉、〈書卿堂堂〉、〈王昭君〉、〈婆羅門〉、〈昔昔鹽〉與〈三臺〉等聲詩與譯譜的關係。各首琵琶與人聲的旋律上，大致相同，二部呈現完全一度或完全八度的音程結構，亦為「支音複聲」的表現。樂曲所搭配的歌辭中，「何滿子」曲所填配的是敦煌歌辭〈何滿子〉四首、白居易〈何滿子〉；「六胡州」曲所對應的是岑參的〈簇拍陸州〉；「聖明樂」曲所對應的是張仲素〈聖明樂〉三首；「秦王破陣樂」曲所對應的是〈破陣樂〉一首；「飲酒樂」曲所對應的是聶夷中〈飲酒樂〉的前四句，以及晉人陸機的〈飲酒樂〉二首；「書卿堂堂」曲所對應的是李義府〈堂堂〉一首；「王昭君」曲

所對應的是盧照鄰的〈王昭君〉、董思恭〈昭君怨〉、上官儀〈王昭君〉詩;「婆羅門」曲所對應的是敦煌歌辭〈望月婆羅門〉二首;「昔昔鹽」曲所對應的是薛道衡〈昔昔鹽〉一詩,歌辭取律詩的前五句;「三臺」曲所對應的是韋應物或盛小叢的〈突厥三臺〉。以上除了「飲酒樂」曲以聶夷中的〈飲酒樂〉作塡配,其詩歌本身爲一五言十二句,非屬於聲詩條例規範中的絕句、律詩之外,樂曲僅採用前面的四句作爲曲譜的歌辭,以及「婆羅門」曲的敦煌歌辭〈望月婆羅門〉二首爲雜言詩外,其餘各樂曲皆吻合聲詩條件,加以演唱。

　　第四,《三五要錄》琵琶譜與《博雅笛譜》的部分,筆者前者論述了〈想夫憐〉、〈泛龍舟〉、〈三臺〉的譯譜,後者則論述〈劍器渾脫〉、〈泛龍舟〉二曲。《三五要錄・想夫憐》琵琶譜未塡配聲詩,僅以器樂演奏,曲中的旋律較《仁智要錄・想夫憐》複雜,也沒有《仁智要錄・想夫憐》箏曲八度音的呈現,《三五要錄・想夫憐》是採固定的音型節奏來演奏。《三五要錄・泛龍舟》琵琶譜未塡配聲詩,純粹爲琵琶譜的演奏,樂曲的旋律較《五弦琵琶譜》中的〈泛龍舟〉更爲複雜,且有固定的音型節奏、附拍子的呈現,與《五弦琵琶譜》相較之下,它是較有變化的。《三五要錄・三臺》琵琶譜,所塡配韋應物的〈上皇三臺〉詩,節奏變化多樣,且多有切分拍與附拍子的呈現。至於《博雅笛譜・劍器渾脫》橫笛譜,未塡配聲詩,笛譜旋律簡單,以單音吹奏且略有變奏,與《仁智要錄・劍器渾脫》器樂八度的演奏,大有不同。《博雅笛譜・泛龍舟》是一橫笛樂譜,樂譜未塡配任何聲詩,純粹爲旋律的演奏,旋律的行進方式既有多處的大二度、小三度、大三度與小三度的上行音階,也有小二度、大二度、完全四度的下行音階,整首樂曲形成一上下行旋律,鮮明的波幅,因此,與《三五要錄・泛龍舟》琵琶譜和《五弦琵琶譜・泛龍舟》二曲的相較之下,它的旋律與節奏的呈現,顯得較爲簡單,但其旋律的特色,卻是其他二首所沒有的。

三、聲詩歌辭在樂曲組織的詮釋

　　聲詩歌辭在所對應的樂曲中，大致可歸類為以下幾種情況：第一、歌辭本身為律詩、絕句的齊言詩，樂曲中經由人聲全曲演唱過一次後，樂曲再次反覆一到二次，讓原先的曲調與相同的歌辭，反覆吟詠。如：《仁智要錄・劍器渾脫》、《仁智要錄・還城樂》、《仁智要錄・泛龍舟》、《仁智要錄・想夫憐》、《仁智要錄・回波樂》、《五弦琵琶譜・何滿子》、《五弦琵琶譜・簇拍陸州》、《五弦琵琶譜・昔昔鹽》等，共有八首樂曲。

　　第二、人聲所演唱的聲詩歌辭，在樂曲的曲中就進行反覆，與前面的第一項，樂曲與旋律全數演奏過一次後，才重頭反覆的情況，略有些不同。因為，從中間反覆樂曲的歌辭，就整個音樂的旋律來說，前面的歌辭與旋律相同處再演唱過一次後，還必須緊接著後半段的樂曲，所以後半段的配辭與音樂旋律上，未必與前半段的音樂旋律完全相同。如：《敦煌曲譜・慢曲子伊州》、《仁智要錄・蘇莫者》、《仁智要錄・春鶯囀》等，共有三首樂曲。

　　第三、聲詩歌辭中，特定的詞句在樂曲中作多次的反覆吟詠，而音樂上的旋律則有所變化，並非相同的旋律多次的反覆。如：《敦煌曲譜・伊州》、《仁智要錄・涼州辭》、《五弦琵琶譜・聖明樂》、《五弦琵琶譜・書卿堂堂》、《五弦琵琶譜・三臺》等，共有五首樂曲。

　　第四、聲詩歌辭中，不僅特定的詞句在樂曲中作多次的反覆吟詠，音樂旋律有所變化外，尚且，樂曲中再反覆回到指定的小節上，加以進行反覆。如《五弦琵琶譜・秦王破陣樂》、《五弦琵琶譜・飲酒樂》、《仁智要錄・王昭君》、《五弦琵琶譜・王昭君》、《三五要錄・三臺》等，共有五首樂曲。

　　以上「聲詩總數與譯譜論述的情況」、「五種樂譜的結構與聲詩填配」與「聲詩歌辭在樂曲組織的詮釋」等三方面的論述，即為筆者《唐聲詩及其樂譜研究》的博士論文，所作的綜合整理，盼能在前人為「唐聲詩」所作的研究中，再賦予一新的生命力，也為「聲詩」在「唐樂

譜」的實踐上，將中國唐、五代古典詩歌與傳統音樂樂譜、中國音樂文獻學，作一跨領域的結合，以開啟不同的道路。

參考書目

一、古籍書目（先依年代，再依作者筆劃順序排列）

1. 〔吳〕韋昭注：《國語》（附校刊札記），北京：中華書局，1985 年。

2. 〔漢〕班固著、〔唐〕顏師古注，楊家駱主編：《新校本漢書》，台北：鼎文書局，1979 年。

3. 〔南朝宋〕范曄著、〔唐〕李賢等注，楊家駱主編：《新校本後漢書》，台北：鼎文書局，1978 年。

4. 〔南朝宋〕劉義慶著，徐震堮校箋：《世說新語校箋》，台北：文史哲出版社，1989 年 9 月。

5. 〔南朝梁〕沈約著，楊家駱主編：《新校本宋書》，台北：鼎文書局，1980 年。

6. 〔唐〕元稹著，冀勤點校：《元稹集》，北京：中華書局，1982 年。

7. 〔唐〕杜佑著：《通典》，北京：中華書局，1988 年。

8. 〔唐〕杜甫著，〔清〕錢謙益箋注，錢曾編：《杜甫錢注》，台北：世界書局，1991 年 9 月。

9. 〔唐〕杜甫著，〔清〕楊倫箋注：《杜詩鏡詮》，台北：華正出版社，1990 年。

10. 〔唐〕姚思廉著，楊家駱主編：《新校本梁書》，台北：鼎文書局，1980 年。

11. 〔唐〕段安節著：《樂府雜錄》，北京：中華書局，1985 年。

12. 〔唐〕段成式著：《酉陽雜俎》，台北：漢京文化事業有限公司，1983 年 10 月。

13. 〔唐〕崔令欽著，任半塘箋訂：《教坊記箋訂》，台北：宏業書局，1973 年。

14. 〔唐〕張鷟著：《朝野僉載》，北京：中華書局，1985 年。

15. 〔唐〕慧琳著，徐時儀校注：《一切經音義》，上海：上海古籍出版社，2008年。

16. 〔唐〕魏徵，楊家駱主編：《新校本隋書》，台北：鼎文書局，2006年。

17. 〔唐〕蘇鶚著：《杜陽雜編》，北京：中華書局，1985年。

18. 〔唐〕釋辯機撰，釋玄奘譯：《大唐西域記》，載於《景印文淵閣四庫全書》冊593，台北：台灣商務印書館，1983年。

19. 〔後晉〕劉昫著，楊家駱主編：《新校本舊唐書附索引》，台北：鼎文書局，2000年。

20. 〔宋〕歐陽修、宋祁著，楊家駱主編：《新校本新唐書附索引》，台北：鼎文書局，1998年。

21. 〔宋〕計有功著：《唐詩紀事》，上海：上海古籍出版社，2009年5月。

22. 〔宋〕南卓著：《羯鼓錄》，北京：中華書局，1974年。

23. 〔宋〕陳暘著：《樂書》，收於《景印文淵閣四庫全書》冊211，台北：台灣商務印書館，1983年。

24. 〔宋〕鄭樵著：《通志》，台北：新興書局，1959年7月。

25. 〔宋〕王讜著：《唐語林》，北京：中華書局，1985年。

26. 〔宋〕錢易著：《南部新書》，北京：中華書局，1985年。

27. 〔宋〕贊寧著，范祥雍點校：《宋高僧傳》，北京：中華書局，1993年。

28. 〔宋〕王灼著：《碧雞漫志》，台北：廣文書局，1971年9月。

29. 〔宋〕沈括著：《夢溪筆談》，台北：中華書局，1985年。

30. 〔宋〕郭茂倩編：《樂府詩集》，北京：中華書局，2007年6月。

31. 〔宋〕蘇軾著：《仇池筆記》，北京：中華書局，1985年。

32. 〔宋〕蘇軾著：《東坡志林》，北京：中華書局，1985年。

33. 〔宋〕蘇軾著：《東坡詞》，北京：中國書店，1996年4月。

34. 〔宋〕蘇軾著：《東坡題跋》，北京：中華書局，1985年。

35. 〔宋〕王溥著：《唐會要》，上海：上海古籍出版社，2006年。

36. 〔宋〕李昉：《太平御覽》，台北：台灣商務印書館，1983年。

37. 〔元〕李冶著：《敬齋古今黈》，台北：中華書局，1985年。

38. 〔元〕脫脫著，楊家駱編：《新校本宋史并附編三種》，台北：鼎文書局，1987年。

39. 〔元〕脫脫等著，楊家駱編：《新校本遼史》，台北：鼎文書局，1980年。

40. 〔明〕胡震亨著：《唐音癸籤》，上海：上海古籍出版社，1981 年 5 月。

41. 〔明〕梅鼎祚著：《樂苑》，《景印文淵閣四庫全書》冊 1395，台北：商務印書館，1983 年。

42. 〔清〕王士禛著，李永祥校注：《唐人萬首絕句選校注》，山東：齊魯書社，1995 年 3 月。

43. 〔清〕王重民輯錄，陳尚君修訂：《全唐詩補編》，北京：中華書局，2008 年。

44. 〔清〕何文煥著：《歷代詩話》，北京：中華書局，2009 年 5 月。

45. 〔清〕彭定求等編：《全唐詩》（增訂本）全十五冊，北京：中華書局，2008 年

46. 〔清〕毛奇齡著：《竟山樂錄》，載於《景印文淵閣四庫全書》冊 220，台北：台灣商務印書館，1983 年。

47. 〔清〕凌廷堪著：《燕樂考原》，黑龍江：人民出版社，1986 年。

48. 《仁壽本二十六史》，台北：成仁出版社，1971 年。

二、近人著作（依照姓氏筆劃排列）

1. 中國舞蹈藝術研究會舞蹈史研究組編：《全唐詩中的樂舞資料》，北京：人民音樂出版社，2003 年 8 月。

2. 方寶璋、鄭俊暉著：《中國音樂文獻學》，福州：福建教育出版社，2006 年 5 月。

3. 王子初著：《音樂考古》，北京：文物出版社，2006 年。

4. 王昆吾、任半塘編著：《隋唐五代燕樂雜言歌辭集》（上）（下），成都：巴蜀書社，1990 年。

5. 王昆吾著：《隋唐五代燕樂雜言歌辭研究》，北京：中華書局，1996 年。

6. 王重民輯錄，陳尚君修訂：《補全唐詩》，北京：中華書局，2008 年。

7. 王重民輯錄，陳尚君修訂：《補全唐詩拾遺》，北京：中華書局，2008 年。

8. 王維真著：《漢唐大曲研究》，台北：學藝出版社，1988 年。

9. 王德壎著：《中國樂曲考古學與實踐》，貴陽：貴州人民出版社，1998 年。

10. 王耀華、杜亞雄著：《中國傳統音樂概論》，福州：福建教育出版社，2006 年 5 月。

11. 王耀華著：《中國傳統音樂樂譜學》，福州：福建教育出版社，2006 年 12 月。

12. 丘瓊蓀著，任中杰、王延齡校：《燕樂探微》，載於《燕樂三書》，哈爾濱：黑龍江人民出版社，1986 年。

13. 丘瓊蓀著：《法曲》，台北：鼎文書局，1974 年。

14. 任半塘著：《唐聲詩》（上編）（下編），上海：上海古籍出版社，2006 年 6 月。

15. 任半塘著：《敦煌曲初探》，上海：上海文藝聯合出版社，1954 年 11 月。

16. 任半塘著：《敦煌曲校錄》，上海：上海文藝聯合出版社，1955 年 5 月。

17. 任半塘著：《敦煌歌辭總編》，上海：上海古籍出版社，2006 年 7 月。

18. 向回著：《雜曲歌辭與雜歌謠辭研究》，北京：北京大學出版社，2009 年 8 月。

19. 朱謙之著：《中國音樂文學史》，上海：上海人民出版社，2006 年 8 月。

20. 余照春婷編輯，盧元駿輯校：《增廣詩韻集成》，載於《詩詞曲韻總檢》，台北：正中書局，1999 年 10 月。

21. 吳湘洲著：《唐代歌詩與詩歌——論歌詩傳唱在唐詩創作中的地位和作用》，北京：北京大學出版社，2000 年 5 月。

22. 李曉明著：《唐詩歷史觀念研究》，北京：人民出版社，2009 年 3 月。

23. 沈冬著：《唐代樂舞新論》，北京：北京大學出版社，2005 年 1 月。

24. 沈思岩著：《聲樂講座》，北京：人民音樂出版社，1983 年。

25. 岳珍著：《音樂與文獻論集》，武漢：華中科技大學出版社，2010 年 4 月。

26. 金文達著：《中國古代音樂史》，北京：人民音樂出版社，2001 年 4 月。

27. 南京大學歷史系編：《中國歷代人名辭典》，南京：江西教育出版社，1989 年 3 月。

28. 洪萬隆著：《音樂與文化》，高雄：高雄復文圖書出版社，1996 年 9 月。

29. 唐朴林著，郭樹群、周小靜主編：《音樂學論文集》，上海：上海音

樂學院出版社，2006 年 3 月。

30. 夏野著：《中國古代音樂史簡編》，上海：音樂出版社，2002 年 5 月。

31. 孫望輯錄，陳尚君修訂：《全唐詩補逸》，北京：中華書局，2008 年。

32. 孫曉輝著：《兩唐書樂志研究》，上海：上海音樂學院出版社，2005 年 8 月。

33. 孫繼南、周柱銓著：《中國音樂通史簡編》，濟南：山東教育出版社，2006 年 9 月。

34. 徐俊纂輯：《敦煌詩集殘卷輯考》，北京：中華書局，2000 年 6 月。

35. 徐嘉瑞著：《近古文學概論》，台北：鼎文出版社，1974 年。

36. 袁繡柏、曾志安著：《近代曲辭研究》，北京：北京出版社，2009 年 8 月。

37. 張文德著：《王昭君故事的傳承與嬗變》，上海：學林出版社，2008 年 12 月。

38. 張前著：《中日音樂交流史》，北京：人民音樂出版社，1999 年 10 月。

39. 張援著：《中國古代的樂舞》，台北：文津出版社有限公司，2001 年 5 月。

40. 梁廷燦編：《歷代名人生卒年表》，台北：台灣商務印書館，1979 年。

41. 梁海燕著：《舞曲歌辭研究》，北京：北京大學出版社，2009 年 8 月。

42. 莊永平：《音樂詞曲關係史》，台北：國家出版社，2010 年 12 月。

43. 莊捃華著：《音樂文學概論》，北京：人民音樂出版社，2006 年 12 月。

44. 許之衡：《中國音樂小史》，台北：台灣商務印書館，1996 年 5 月。

45. 許倬雲著：《我者與他者：中國歷史上的內外分際》，台北：時報文化，2009 年 10 月。

46. 許常惠著：《尋找中國音樂的泉源》，台北：水牛圖書出版事業公司，1988 年 2 月。

47. 郭樹群、周小靜編：《音樂學論文集》，上海：上海音樂學院出版社，2006 年。

48. 陳文和、鄭杰編：《從二北到半塘——文史學家任中敏》，南京：南京大學出版社，2000 年 3 月。

49. 陳萬鼐著：《中國古代音樂研究》，北京：文史哲出版社，2000 年 2 月。

50. 陳慶麒編著：《中國大事年表》，台北：台灣商務印書館，2004 年 4 月。

51. 陳應時著:《敦煌樂譜解譯辯證》,上海:上海音樂學院出版社,2005 年 6 月。

52. 曾永義著:《俗文學概論》,台北:三民書局股份有限公司,2003 年 8 月。

53. 童忠良、谷杰、周耘、孫曉輝著:《中國傳統樂學》,福州:福建教育出版社,2009 年 12 月。

54. 舒蘭著:《敦煌歌辭總編》,台北:渤海堂文化事業有限公司,1989 年。

55. 項楚著:《敦煌歌辭總編匡補》,成都:巴蜀書社,2000 年 6 月。

56. 黃俶成著,陳文和、鄭杰編:《從二北到半塘——文學家任中敏》,南京:南京大學出版社,2000 年 3 月。

57. 黃敏學著:《中國音樂文化與作品賞析》,合肥:合肥工業大學出版社,2007 年 9 月。

58. 楊旻瑋著:《唐代音樂文化之研究》,台北:文史哲出版社,1993 年 9 月。

59. 楊家駱,徐嘉瑞著:《近古文學概論》,台北:鼎文書局,1974 年。

60. 楊蔭瀏著:《中國古代音樂史稿》,台北:大鴻出版社,1997 年 7 月。

61. 葉棟著:《唐代音樂與古譜譯讀》,西安:陝西省社會科學院出版,1985 年 9 月。

62. 葉棟著:《唐樂古譜譯讀》,上海:上海音樂出版社,2001 年 5 月。

63. 董榕森著:《中國樂語研究》,台北:樂韻出版社,1999 年 7 月。

64. 聞一多著:《唐詩雜論》,武漢:武漢大學出版社,2008 年 11 月。

65. 趙為民著:《唐代二十八調理論體系研究》,北京:商務印書館,2006 年 6 月。

66. 趙維平主編:《第五屆中日音樂比較國際學術研討會論文集》,上海:上海音樂學院出版社,2005 年 7 月。

67. 趙維平著:《中國古代音樂文化東流日本的研究》,上海:上海音樂學院出版社,2004 年 5 月。

68. 劉大杰著:《中國文學發展史》,台北:漢京文化事業出版,1992 年 6 月。

69. 劉月珠著:《唐人音樂詩研究——以箜篌、琵琶、笛笳為主》,台北:秀威資訊科技股份有限公司,2007 年。

70. 劉永濟著:《宋代歌舞劇曲錄要》,北京:中華書局,2007 年 10 月。

71. 劉再生著:《中國古代音樂史簡述》,北京:人民音樂出版社,2008

年 4 月。

72. 劉崇德著：《樂府歌詩：古樂譜百首》，保定：河北大學出版社，2001 年 5 月。

73. 劉堯民著：《詞與音樂》，昆明：人民出版社，1985 年 5 月。

74. 蕭滌非著：《漢魏六朝樂府文學史》，台北：長安出版社，1981 年。

75. 薛宗明著：《中國音樂史‧樂器篇》（上）（下），台北：台灣商務印書館，1990 年。

76. 薛宗明著：《中國音樂史‧樂譜篇》，台北：台灣商務印書館，1999 年 2 月。

77. 謝无量著：《中國婦女文學史》，台北：中華書局，1979 年 8 月。

78. 韓淑德、張之年著，劉東升、吳劍譯：《中國琵琶史稿》，台北：丹青圖書有限公司，1987 年。

79. 魏勵編：《中國文史簡表匯編》，北京：商務印書館，2007 年 6 月。

80. 羅小平、黃虹著：《音樂心理學》，上海：上海音樂學院出版社，2008 年 11 月。

81. 譚其驤著：《中國歷史地圖集》，北京：中國地圖出版社，1996 年 6 月。

82. 關也維著：《唐代音樂史》，北京：中央民族大學出版社，2006 年 5 月。

83. 饒宗頤編：《敦煌琵琶譜》，台北：新文豐出版社，1990 年。

84. 饒宗頤編：《敦煌琵琶譜論文集》，台北：新文豐出版社，1991 年。

三、日文書目（依照年代順序排列）

1. 〔日〕林謙三著，錢稻孫譯：《東亞樂器考》，北京：人民音樂出版社，1996 年。

2. 〔日〕林謙三著：《正倉院樂器の研究》，東京：風間書房出版社，1994 年。

3. 〔日〕林謙三著：《雅樂：古樂譜の解讀》，東京都：音樂之友社，1969 年。

4. 〔日〕林謙三著，郭沫若譯：《隋唐燕樂調研究》，上海：商務印書館，1955 年。

四、學位論文（依照年代順序排列）

1. 鄭慧玲著：《唐大曲與大曲音樂詩探討》，玄奘大學中國語文學系碩士在職專班碩士論文，2007 年。

2. 孫貴珠著：《唐代音樂詩研究》，國立台灣師範大學國文研究所博士論文，2006 年 1 月。

3. 劉月珠著：《唐人音樂詩研究——以箜篌琵琶笛笳爲主》，中國文化大學中國文學研究所博士論文，2006 年。

4. 陳鍾琇著：《唐聲詩研究》，東海大學中國文學系博士學位論文，2004 年。

5. 蔡霓眞著：《白居易詩歌及樂舞研究》，中國文化大學中國文學研究所碩士在職專班碩士論文，2004 年。

6. 馮淑華著：《《唐聲詩》研究》，首都師範大學中國古代文學系碩士論文，2003 年 5 月。

7. 周曉蓮著：《中唐樂舞詩研究》，中國文化大學中國文學研究所博士論文，2003 年 6 月。

8. 林恬慧著：《唐代詩歌之樂器音響研究》，逢甲大學中國文學系碩士論文，2000 年。

9. 劉怡慧著：《唐代燕樂十部伎、二部伎之樂舞研究》，國立高雄師範大學國文系碩士論文，1999 年。

10. 歐純純著：《唐代琴詩研究》，國立中興大學中國文學研究所碩士論文，1999 年 6 月。

11. 沈冬著：《隋唐西域樂部與樂律研究》，國立台灣大學中國文學研究所博士論文，1991 年 6 月。

12. 謝怡奕著：《九宮大成譜中唐聲詩研究》，東吳大學中國文學系博士論文，1984 年。

五、期刊論文（依照年代順序排列）

1. 張高評著：〈清人題詠昭君與琵琶寫怨——王昭君形象之流變與定調〉，《高師大國文學報》14 期（2011），頁 1-31。

2. 張高評著：〈清代王昭君題詠之轉化與創新——以和親是非之主題爲例〉，《彰化師大國文學誌》22 期（2011），頁 17-44。

3. 張高評著：〈《漢宮秋》本事之變異與創新——從唐宋詩到元雜劇的演化〉，《文化遺產》3 期（2011），頁 20-32，157。

4. 張高評著：〈王昭君和親主題之異化與深化——以《全宋詩》爲例〉，《中國文學學報》1 期（2010），頁 103-122。

5. 王顏玲著：〈論唐代大曲《陸州》、《涼州》〉，《樂府學》4 期（2009），頁 257-291。

6. 蔡振念著：〈論唐代樂府詩之律化與入樂〉，《文與哲》15 期（2009），

頁 61-98。

7. 王安潮著：〈〈霓裳羽衣曲〉考〉，《浙江藝術職業學院學報》5 卷 4 期（2007），頁 39-57。

8. 楊海義著：〈公孫大娘劍器舞四種學說評述〉，《體育科技文獻通報》15 卷 7 期（2007），頁 26-28。

9. 孫麗萍著：〈從公孫大娘劍器舞的來源與影響看藝術間的互通〉，《三門峽職業技術學院學報》6 卷 1 期（2007），頁 84-87。

10. 張高評著：〈〈明妃曲〉之同題競作與宋詩之創意研發——以王昭君之「悲怨不幸與琵琶傳恨」爲例〉，《中國學術年刊》29 期（2007），頁 85-114。

11. 張正民、楊秀梅、沈時明、張萍著：〈劍器源流考〉，《體育科技文獻通報》4 卷 7 期（2007），頁 10-11。

12. 蔣玉斌著：〈唐人詠昭君詩與士人心態〉，《西南民族大學學報・人文社科版》24 卷 8 期（2003），頁 192-297。

13. 陳秉義著：〈關於《渭城曲》在唐宋元時期產生和流傳的情況及其研究〉，《樂府新聲》3 期（2002），頁 3-10。

14. 趙春婷著：〈唐時《陽關》疊法探微〉，《中央音樂學院學報（季刊）》2 期（2002），頁 83-89。

15. 陳四海著：〈從《秦王破陣樂》談音樂的傳播與傳承〉，《中國音樂》3 期（2000），頁 29-30。

16. 張高評著：〈王昭君形象之流變與唐宋詩之異同——北宋詩之傳承與開拓〉，《中央研究院中國文哲專刊》17 期（2000），頁 487-526。

17. 陳建華著：〈繼承、拓展、創新——評唐代的詠王昭君詩〉，《齊齊哈爾大學學報》6 期（1999），頁 30-33。

18. 李石根著：〈唐代大曲第一部——秦王破陣樂〉，《交響——西安音樂學院學報（季刊）》1 期（1997），頁 3-5。

19. 劉陽著：〈唐詩中所見外來樂舞及其流傳——兼論唐人詩中的「何滿子」〉，《中國比較文學》1 期（1996），頁 72-78。

20. 金文達著：〈從日本雅樂術語觀念想到的——兼談〈春鶯囀〉的表演程式〉，《音樂研究》4 期（1990），頁 51-57。

21. 何昌林著：〈古譜與古譜學〉，《中國音樂》3 期（1983），頁 9-12。

22. 黃坤堯著：〈唐聲詩歌詞考〉，《中國文化研究所學報》13 卷（1982），頁 111-143。

23. 程石泉，蔡振念譯：〈某些敦煌曲的寫作年代〉，《大陸雜誌》66 期（1979），頁 258-262。

附錄一　　《敦煌曲譜》〔註1〕

No.1　No.2　No.3　No.4

No.5　No.6　No.7　No.8

2

〔註1〕　〔日〕林謙三著：〈敦煌琵琶譜の解読〉，《雅楽：古楽譜の解読》，
　　　　　頁 222-225。

No.9

No.10

感皇恩

文傅事

No.12

頻盃樂

No.13

又傅曲子西江月

No.14

又傅曲子

No.15

傷曲子心事子

No.16

又倍曲子伊州

No.17

又慢曲子

No.18

水鼓子

第二遍至王字末

No.19

急朝相聞

卻渡頒至王字末

王字末

No.20

長沙女引

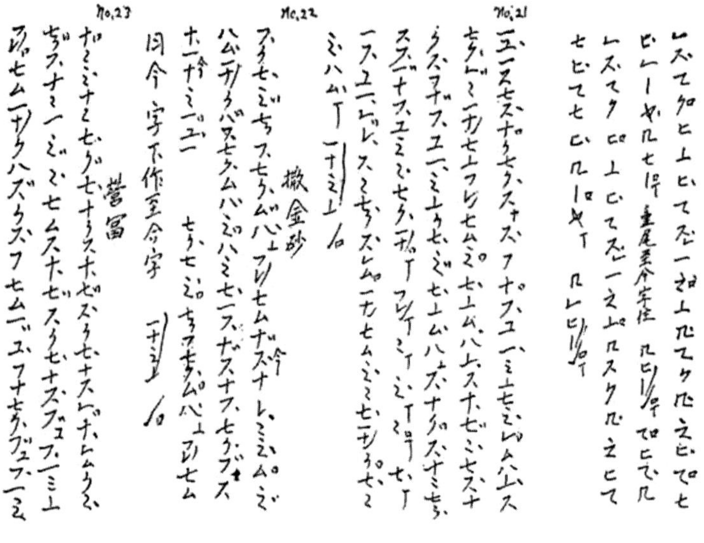
No.21
No.22
撤金砂
No.23
營富

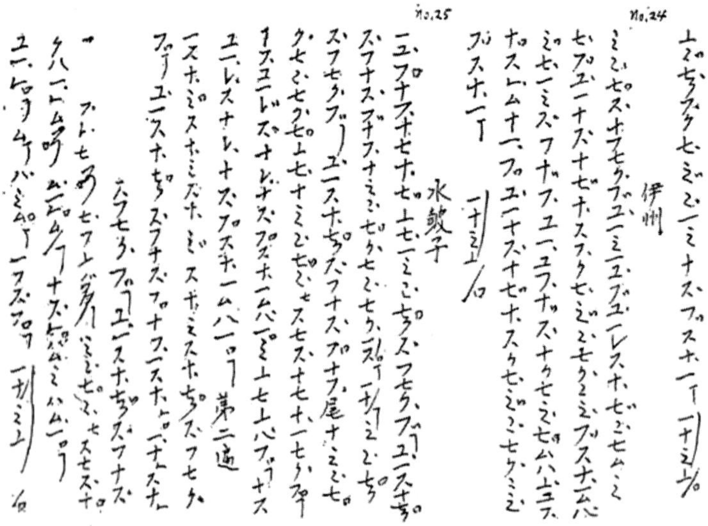
No.24
伊州
No.25
水鼓子
第二遍

附錄二　《五弦琵琶譜》〔註1〕

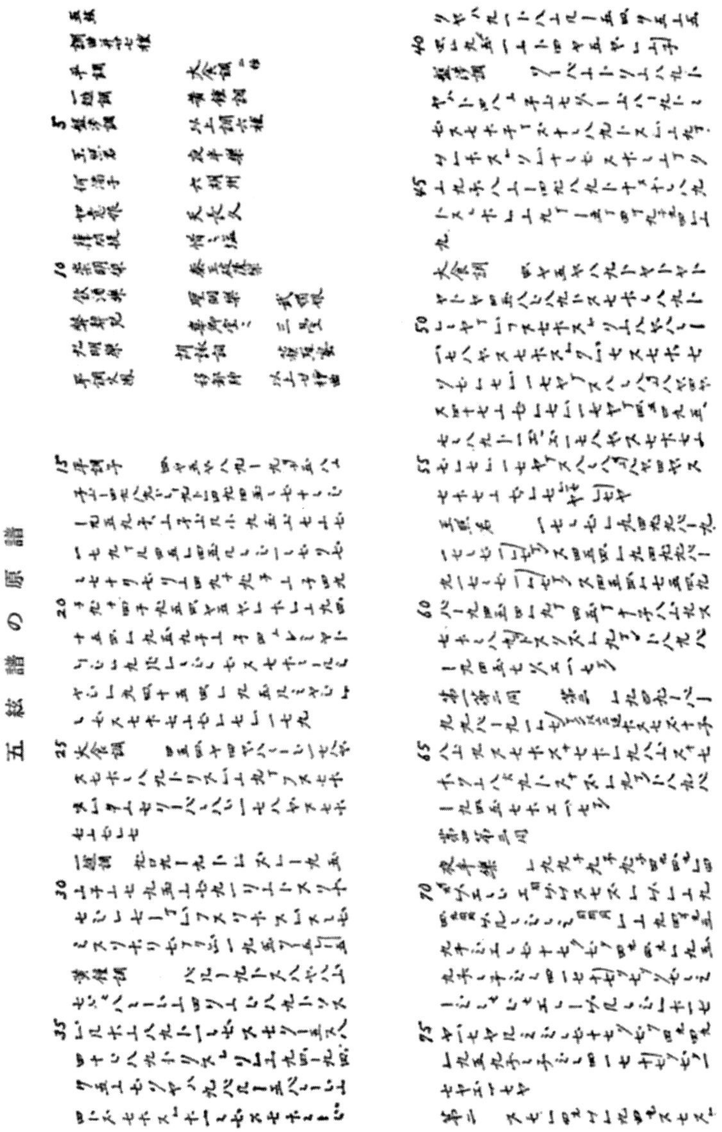

〔註1〕〔日〕林謙三著：〈全訳五絃譜〉，《雅楽：古楽譜の解読》，頁178-185。

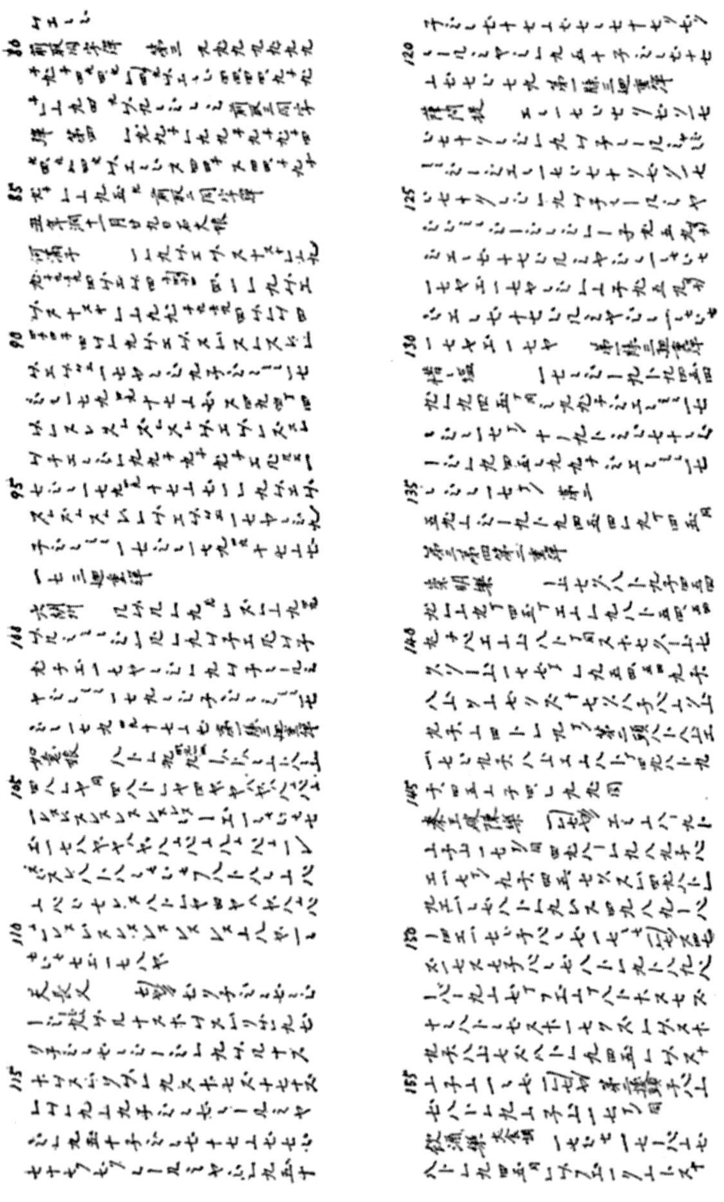

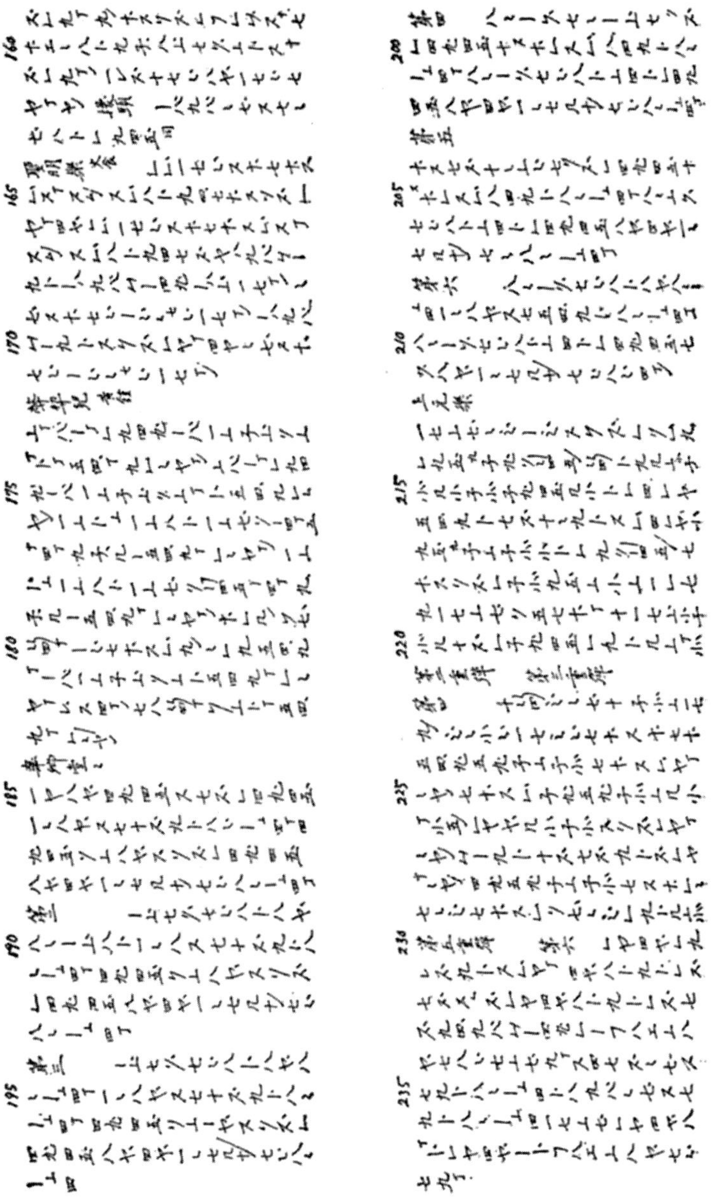

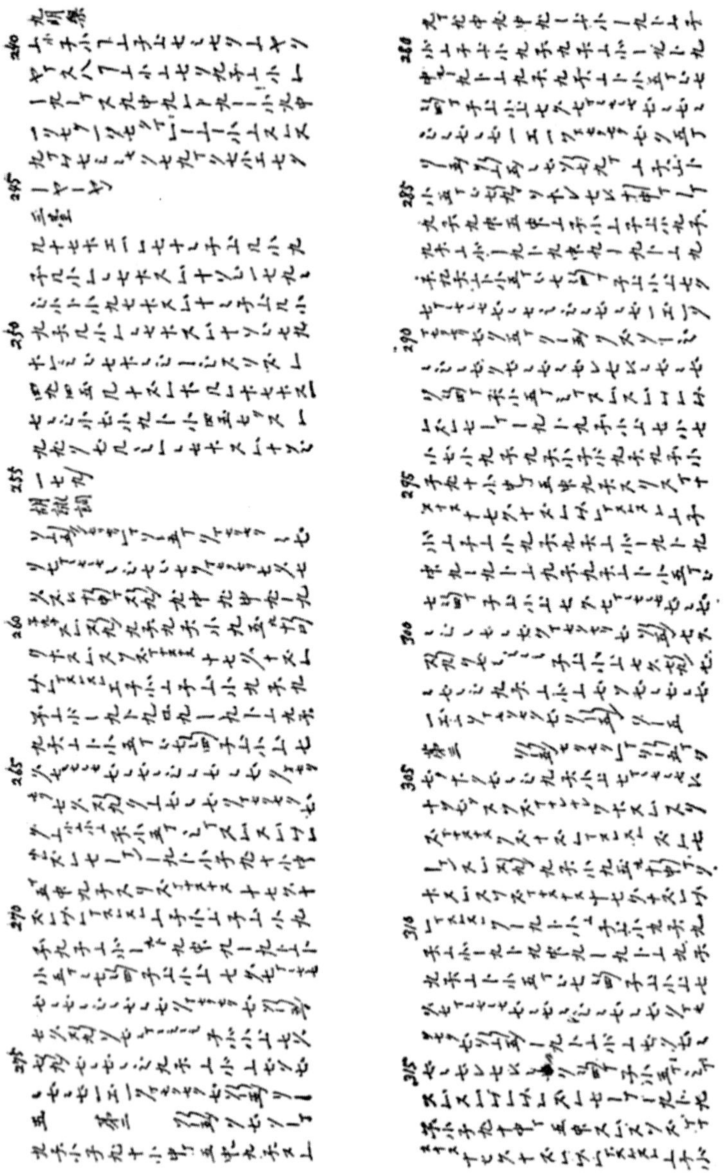

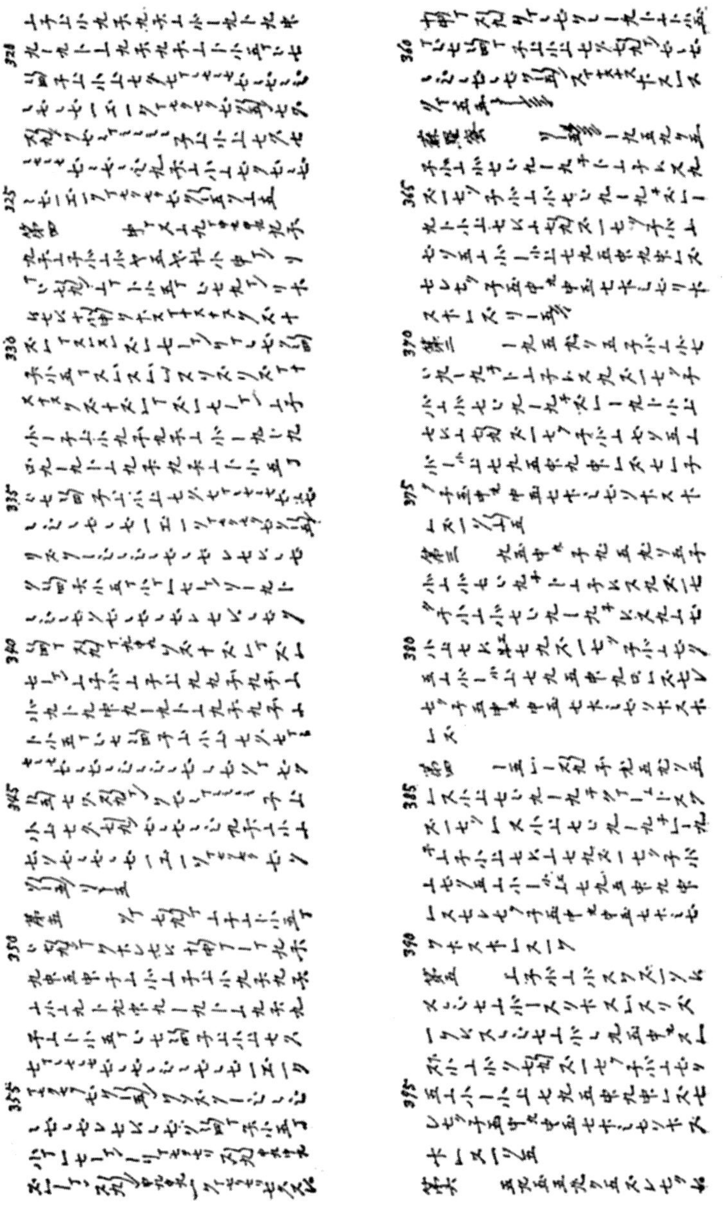

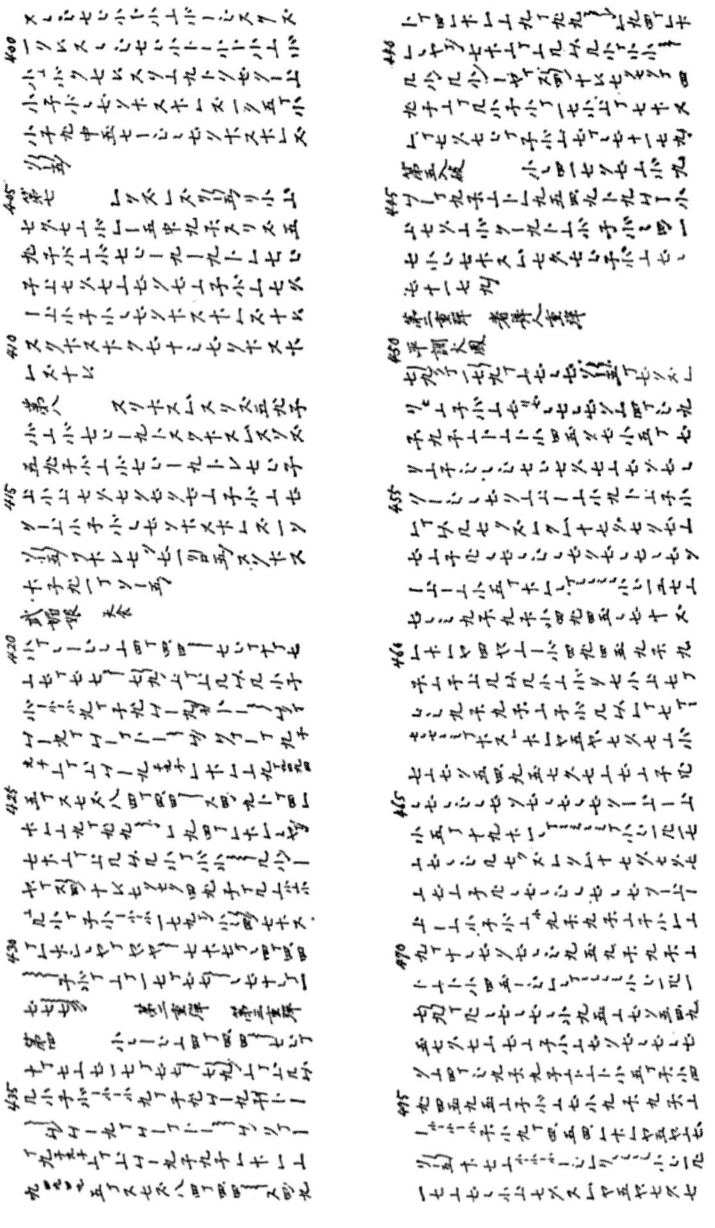

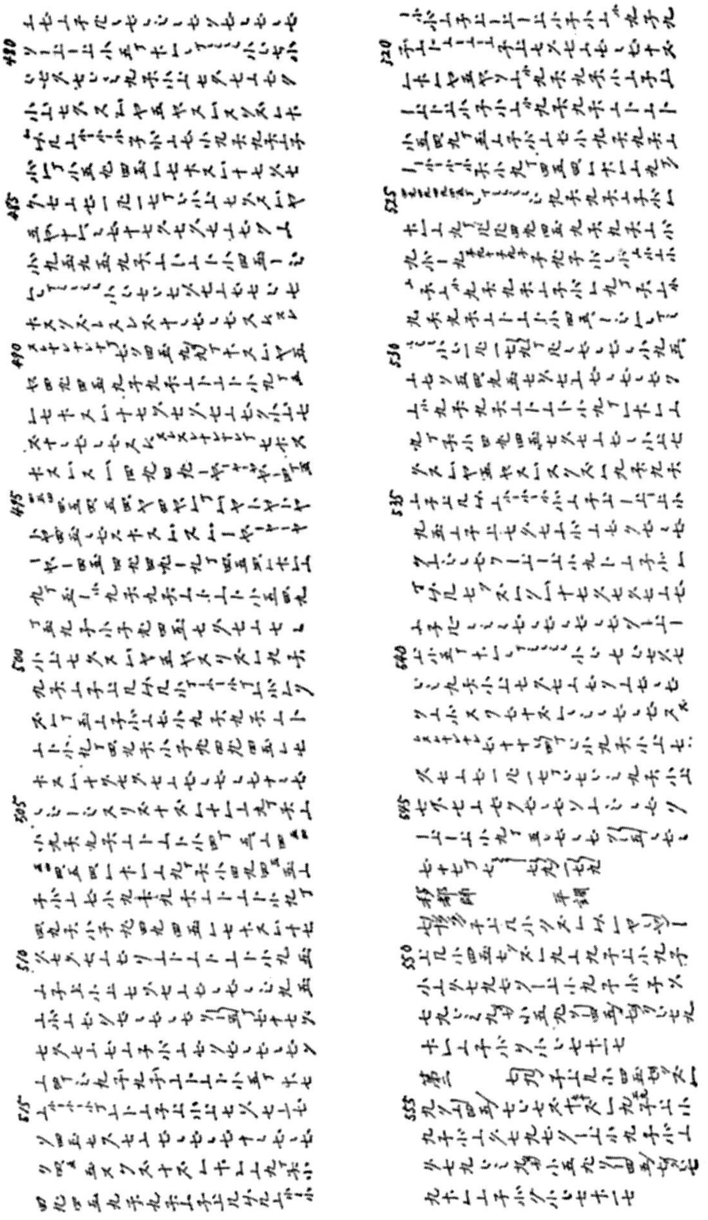

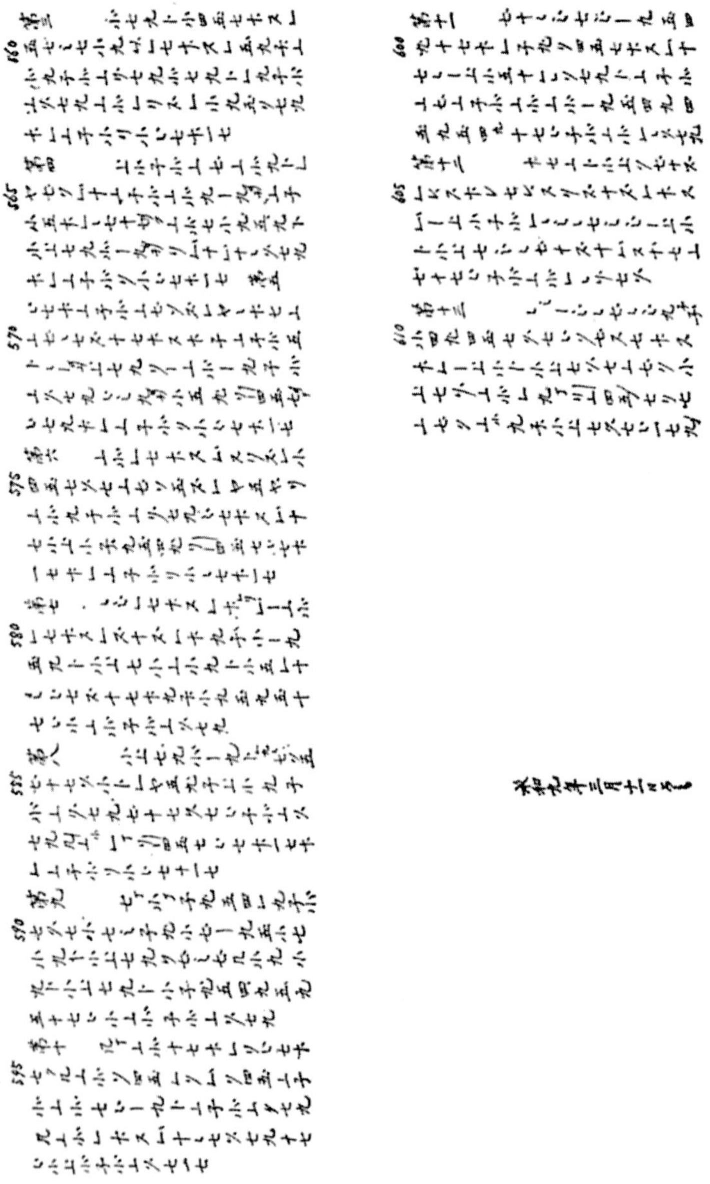